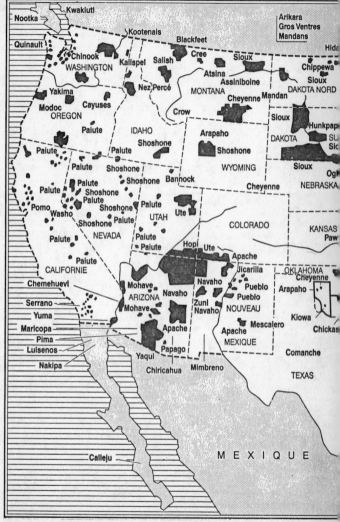

Les parties en noir indiquent les emplacements actuels des réserves indiennes
Les noms des tribus indiquent l'emplacement de ces tribus avant leur extinction o
leur mise en réserve, ce qui explique que certaines sont signalées plusieurs fois.

Nous avons établi une carte avec les groupes linguistiques puis les tribus les plus connues. Celle-ci ne prétend pas être exhaustive.

Adrian C. Louis

Colères sioux

Les guerriers d'Iktomi

Traduit de l'américain
par Danièle Laruelle
Avant-propos de la traductrice

Gallimard

Titre original :

SKINS

Adrian C. Louis est né dans le Nevada. Indien paiute lovelock, ancien directeur de la rédaction du *Lakota Times*, il enseigne depuis 1984 à l'Université Oglala Lakota dans la réserve de Pine Ridge, Dakota du Sud.

Les écrits d'Adrian C. Louis — un des auteurs indiens les plus prometteurs de la nouvelle génération — lui ont valu de nombreux prix, ainsi que des bourses du Conseil des Arts du Dakota du Sud.

AVANT-PROPOS

Le roman de Adrian C. Louis que vous avez en main est imprégné de tradition orale, construit et raconté à la manière des cycles de légendes indiennes concernant le trickster, personnage trouble, à la fois bienfaiteur, porteur de connaissance, et joueur impénitent de tours bons et mauvais. Iktomi, le trickster sioux, tient d'ailleurs dans le roman une place importante.

Ce choix narratif conférerait une dimension mythique aux protagonistes humains si le récit n'était pas ancré dans la réalité quotidienne la plus sordide. Prenez pour cadre la réserve de Pine Ridge, lieu le plus pauvre des États-Unis avec un taux de chômage supérieur à 80 % et un problème d'alcoolisme endémique. Prenez pour héros un flic de réserve dont le frère, son double mythique et sa part d'ombre, est alcoolique. Vous embarquez pour un drôle de « Voyage au bout de la nuit », une plongée dans ce que l'auteur appelle avec son personnage la « Zone d'Ombre façon indienne ».

L'alcool, le sexe, la violence et le racisme sous toutes ses formes sont au cœur du roman. Le choix de la langue est marqué lui aussi. Le style parlé domine, puise abondamment dans l'argot et l'argot de réserve ;

9

il est truffé de jurons dans les registres sacré et profane, registres que la traduction reproduit scrupuleusement. À un moment du livre, Rudy, le héros, regrette d'avoir fait des études supérieures. C'est une clé.

Voilà un livre issu d'une «minorité ethnique» — guillemets de rigueur — qui ne cherche pas à se rendre acceptable à nos yeux, à se faire accepter de la Grande Tradition Littéraire Occidentale — majuscules de rigueur. Tout au contraire, le livre se situe aux antipodes du «politiquement correct», se pose d'emblée comme n'ayant rien à perdre et ose en conséquence avouer l'inavouable. Il choquera.

Mais quiconque surmonte le choc et regarde sans crainte le miroir qu'il nous tend a beaucoup à apprendre, sur lui-même et sur l'autre — l'Indien en l'occurrence —; sur notre humanité, commune, avec ses faiblesses et aussi ses valeurs inaliénables, même dans le pire des contextes. Et sur l'espoir, sur l'indéfectible optimisme qui s'attache à toute vie.

Par un tour de passe-passe digne du trickster, Adrian C. Louis rejoint ici la tradition des contes dont l'enseignement se situe par-delà le miroir, au-delà des apparences. À nous de faire l'effort et de les transcender. Le propre de l'initiation est d'être douloureuse.

La traductrice,
Danièle Laruelle.

Pour tous les miens,
parents par le sang
et parents spirituels.

À Colleen, et à tous ceux qui,
invisibles, mènent leur lutte
obscure dans ce pays volé
de nos rêves.

À l'Armée du Salut, un employé m'a surpris à rôder parmi les vieilles cuillères et les couteaux, les pull-overs et les chaussures. Qu'aurais-je pu voler? Ma vie m'avait déjà été volée.

SIMON ORTIZ.

Réserve indienne de Pine Ridge,
Sud Dakota occidental,
printemps 1962

Rudy Yellow Shirt avait douze ans lorsque la veuve noire remonta en dansant des profondeurs des cabinets et lui mordit les testicules. La morsure lui fit l'impression qu'on le transperçait avec une aiguille chauffée au rouge. Il lança un cri à vous glacer le sang et se prit les joyeuses. Sa main tomba sur l'araignée et, surpris par son immense taille, il poussa un nouveau hurlement. Il la cueillit précautionneusement au creux de sa main et la jeta sur le sol de planches. Ensuite, Rudy sauta en l'air et fit une brève danse de guerre sur le maléfique corps noir, écrasant l'arachnide, le précipitant dans l'oubli. Malgré sa douleur et sa peur, il s'estima heureux que la veuve noire ne l'eût pas mordu une seconde fois à la main.

Après une sortie fracassante par la porte à ressorts des cabinets, Rudy émergea, chancelant-dansant dans la lumière vive d'avril, avec son jean autour des chevilles. Son frère Mogie et leur ami Oliver Tall Dress étaient assis sur le capot d'une épave posée sur des blocs de bois — une Ford noire de 1952. En hiver, lorsque les Yellow Shirt chassaient le cerf ou même les lapins, ils utilisaient le coffre de la vieille voiture comme congélateur. C'était leur véhicule à tout faire.

Parfois, par les nuits chaudes d'été, Mogie et Rudy s'étendaient sur les sièges et, vitres ouvertes, scrutaient le ciel en quête d'étoiles filantes, de soucoupes volantes ou de femmes-cerfs, jusqu'à sombrer dans le sommeil.

Installés sur le capot rouillé, les garçons attendaient que Rudy ait fini pour continuer à travailler leur jeu de passes avec le ballon de football tout neuf qu'Oliver avait reçu la veille en cadeau d'anniversaire et qui déjà n'avait plus le lustre du neuf tant le cuir en était éraflé. Lorsqu'ils virent Rudy qui poussait de grands cris en se tenant les couilles et s'avançait vers eux en clopinant avec son pantalon aux chevilles, ils écarquillèrent les yeux un instant, puis ils pouffèrent de rire.

D'un an plus âgé que Rudy, Mogie tomba à genoux en s'esclaffant. Emporté par la folie du moment, Oliver, un Indien de race pure comme eux, se prit les couilles à deux mains et se mit à sautiller en imitant Rudy. Son corps rebondi se secouait de partout, et il riait si fort que des chandelles de morve lui pendaient au nez. Tordu de douleur, Rudy se laissa choir sur le dos, agitant les jambes en l'air comme un enfant qui fait une colère. Là, les deux autres prirent peur pour de bon ; ils savaient que Rudy était un môme coriace. En le voyant péter les plombs, ils cessèrent net de s'esclaffer et le regardèrent comme s'il y avait vraiment quelque chose de cassé, et non plus comme quelqu'un qui fait l'imbécile. La comédie avait pris un virage sur l'aile, avait tourné au drame, peut-être à la tragédie.

« Bordel, mais qu'est-ce qui t'arrive, Rudy ? demanda Oliver en trottinant jusqu'à l'endroit où le garçon s'agitait en hurlant.

— La veuve noire. La veuve noire m'a mordu les roustons, hurla Rudy.

— Merde, tu rigoles ou quoi ? ricana Oliver.

— C'est vrai, *ennut*, c'est la vraie vérité », articula péniblement Rudy, les dents serrées.

Des larmes se formaient aux coins de ses yeux sous l'effet de l'atroce douleur qui ne cessait de croître. La grosse araignée femelle avait violé ses testicules. L'espace d'un instant, il eut l'horrible vision de ses couilles qui gonflaient comme des ballons puis éclataient pour libérer des millions de bébés veuves noires.

En rougissant, Oliver tendit la main et effleura doucement les glandes sexuelles de Rudy qui enflaient à vue d'œil. Il laissa échapper un petit rire, dansa d'un pied sur l'autre.

« Ben mince, dit-il. J'espère qu'on est pas obligés de sucer le venin comme on fait pour les morsures de crotale… hihi.

— Aïïïïïïïe ! hulula Rudy tout en gigotant des jambes. Arrête tes conneries, espèce de gros lard. Si tu me forces à me lever, ton cul c'est du hachis. Je te botterai le train d'ici à la lune.

— Doucement, c'était qu'une plaisanterie », dit Oliver en se reculant.

Mogie s'approcha alors et s'agenouilla près de son frère.

« La veuve noire m'a eu, gémit Rudy.

— *Ennut* ? demanda Mogie.

— Promis, juré. Une araignée veuve noire m'a mordu. Aïe, ça fait mal. Bordel de bordel que ça fait mal. Faut que tu m'aides, Mogie. »

Son frère le fit asseoir sur l'aile de la vieille Ford et lui examina les couilles. Elle devenaient de plus en plus grosses. Rudy était gêné de voir les deux autres fixer ses parties, mais la peur l'emportait sur sa pudeur. Pendant quelques secondes de délire, il craignit que ses bourses n'enflent démesurément et ne l'emportent dans le ciel.

«Une chance qu'elle n'ait pas mordu ta saucisse, dit Oliver en passant son ballon neuf d'une main dans l'autre.

— Ça va bien, Oliver, coupa Mogie en l'expédiant plus loin d'un revers de la main.

— Tu crois que je vais survivre, *ciye*? demanda Rudy à son frère.

— Bien sûr. On va t'emmener à l'hôpital des Services de santé», répondit Mogie en remontant le pantalon de son frère avant de le boutonner.

Rudy laissa alors échapper un hurlement, mais il s'efforça de se tenir debout et de marcher. C'était beaucoup trop douloureux, et il se recala contre la vieille voiture noire; il tremblait et pleurait. Le garçon souffrait; il avait peur. Leurs parents, Sonny et Evangeline Yellow Shirt, étaient allés faire des courses à Rapid City, et ils avaient pris leur seule voiture en état de marche.

«Tiens-toi droit, ordonna Mogie.

— Pourquoi? sanglota Rudy.

— Discute pas, fais-le», dit Mogie d'une voix calme et ferme.

Puis il s'inclina devant son frère, le souleva de terre et le jeta sur son épaule. Il le porta ainsi, comme un sac de grain, sur le mile et demi qui séparait leur piste de terre de la grand-route qui menait à Pine Ridge. Pour atténuer la douleur envahissante, Rudy se racontait qu'il était un soldat blessé dans un film sur la Seconde Guerre mondiale. Comme sur un signal, Oliver se mit à fredonner un chant de marche de sa voix fausse, renforçant l'illusion.

«Par les collines, par les vallons, nous avançons

18

dans la poussière… nous avançons, les gars de l'artillerie… nous avançons, avec les canons…» chantait Oliver de sa voix aiguë.

Il les suivait à quelque distance, se lançant des passes à lui-même. Oliver ne se proposa pas pour porter Rudy, mais Rudy se doutait bien que Mogie ne le lui aurait pas permis. Durant tout le trajet jusqu'à la route, son frère ne s'arrêta pas une seule fois et, tout en marchant, il lui parlait pour le rassurer. Rudy Yellow Shirt se sentait en sécurité, il se savait sauvé.

Lorsqu'ils atteignirent la grand-route, Mogie le déposa doucement sur le gravier de l'accotement. Lorsque parut la première voiture, Mogie bondit droit devant elle, l'obligeant à piler dans un crissement de pneus. C'était un couple de Blancs âgés qui rentraient chez eux dans le Nebraska. D'abord affolés, les yeux écarquillés, ils s'imaginèrent sans doute être tombés dans une embuscade d'Indiens, mais ils acceptèrent bientôt de les conduire après que Mogie les en eut frénétiquement suppliés. Vingt minutes plus tard, le garçon mordu par l'araignée se trouvait à l'hôpital des Services de la Santé Publique où il était soigné par un médecin blanc et par quelques apprenties infirmières sioux souriantes et très timides.

En rentrant chez eux ce soir-là, son père et sa mère découvrirent qu'il était à l'hôpital de Pine Ridge et reprirent le volant pour aller le voir; ils lui apportèrent trois bouteilles vertes de Coca Cola ainsi que trois confiseries, des Heath, ses préférées. Rudy avait honte de dire à sa mère où l'araignée l'avait mordu. Par contre, son père Sonny sourit et lui fit un clin d'œil. Plus tard, lorsque ses parents quittèrent l'hôpital, sa mère l'embrassa sur la joue et son père lui serra la main et lui adressa un second clin d'œil. Il avait bu et, ayant appris que la morsure n'était pas mortelle, Sonny Yellow Shirt se mit à voir l'incident sous un jour comique. Comme un sujet de plaisanterie.

Quelques semaines plus tard, Rudy devait l'entendre dire à un compagnon de beuverie : « Se faire mordre les joyeuses, tu imagines ? Et par *Iktomi* en plus ! » Et les deux hommes de se plier de rire.

Après l'attaque de la veuve noire, Rudy avait plus ou moins décidé que Mogie s'était conduit en héros, et il l'aimait de s'être montré héroïque. Au fond de son cœur, il était convaincu que son frère lui avait sauvé la vie, même si les médecins de l'hôpital n'avaient jamais pensé qu'il était en danger et risquait d'y rester.

Ses couilles avaient enflé pour devenir aussi grosses que des oranges de bonne taille, et elles restèrent veinées de rouge et tachées de violet un certain temps. Les douleurs et la fièvre le rendirent très malade pendant une douzaine d'heures, mais il s'en tirerait. Les Services de santé le gardèrent deux jours sous analgésique, jusqu'à ce que ses testicules de douze ans reprennent leur taille normale. Sa première nuit à l'hôpital n'avait été qu'une suite de cauchemars dans lesquels des essaims de veuves noires dévoraient ses organes sexuels.

Cela, c'était avant que ses parents ne se mettent à boire sérieusement. Sonny Yellow Shirt était récemment rentré chez lui après cinq mois passés à travailler pour la compagnie minière Anaconda Copper près de Butte dans le Montana. Là, il avait perdu un morceau de pied alors qu'il travaillait avec une équipe de dynamitage. À l'époque, il n'était pas encore totalement aigri et n'avait pas encore ses accès de méchanceté. L'année où Rudy s'était fait mordre avait été la dernière année où les Yellow Shirt possédaient encore des terres, même si leur concession familiale de trois cent vingt hectares à l'origine s'était entre-temps réduite à quatre-vingts.

Le château des Yellow Shirt, une vieille maison en rondins avec des extensions «modernes» dans tous les sens, était située près de Wolf Creek, à environ six miles à l'est de Pine Ridge. La maison avait l'électricité, mais pas l'eau courante. Ils avaient une vieille cabane de pompage où leur père avait installé une pompe électrique pour tirer l'eau. Il y avait un robinet dans la cabane, et ils portaient l'eau dans des seaux jusqu'à la maison. Quand ils avaient besoin d'un bain, il leur fallait chauffer d'énormes marmites d'eau sur le poêle à bois, puis la verser dans un tub de fer blanc. Le bain terminé, deux d'entre eux — en général Mogie et Rudy — traînaient le tub dehors pour le vider dans la cour.

Ils possédaient quatre-vingts hectares de terrain et en louaient soixante-dix à un Blanc du nom de Marvin Herrin. Il cultivait du blé et faisait beaucoup d'argent sur les terres qu'il louait aux Yellow Shirt et à d'autres Indiens. Herrin vivait sur un terrain qu'il avait acheté à un mile et demi environ de la maison *onsika* — pitoyable — de Rudy, et là, sur les terres tribales, il avait construit une magnifique maison en brique avec un étage.

À l'époque, la maison de Herrin paraissait une villa aux yeux de Rudy qui restait planté devant, fasciné, semaine après semaine pendant ces étés où Marvin Herrin l'employait pour tondre sa gigantesque pelouse. Il était alors loin de se douter que M. Herrin était le plus gros propriétaire de la réserve et que les Indiens le haïssaient. Et il était à des lieues d'imaginer que, l'année suivante, Sonny Yellow Shirt pris de boisson allait vendre leurs terres derrière leur dos et qu'ils iraient vivre dans la petite ville d'agence de Pine Ridge.

Quinze jours après sa sortie de l'hôpital, Rudy prit la curieuse et prudente habitude de déféquer dans des basses dunes dépourvues d'arbres, à mi-chemin entre leur propriété et le ranch de Herrin. La seule idée d'entrer dans les cabinets où la veuve noire s'était sauvagement attaquée à ses organes sexuels lui donnait des sueurs froides. Un jour, Mogie le surprit ainsi accroupi et le réprimanda en plaisantant.

« Merde, Rudy, tu ressembles à un Indien sauvage à chier là au milieu de nulle part. Si le serpent à sonnette te mord les couilles, compte pas sur moi pour te transporter à l'hôpital. Fais gaffe vieux, si le sonneur te mord les joyeuses, il te les arrache et il les bouffe. Et puis, je ne sauve la vie de mon frère qu'une fois. Après, qu'il se débrouille. »

Rudy avait rit en haussant les épaules et avait fait sa petite affaire comme si de rien n'était. Il savait bien que son frère ne le laisserait pas tomber. Il était convaincu de toujours pouvoir compter sur lui. C'est à cela que servaient les grands frères. Et, de son côté, Rudy s'était juré que Mogie pourrait toujours compter sur lui. Rudy serait toujours là pour lui tendre la main s'il se mettait dans la panade. *Toujours.*

En attendant, il résolut de retourner aux cabinets, veuve noire ou pas. Rudy savait bien qu'Iktomi, le *trickster*[1], prenait souvent la forme d'une araignée. Il

---

1. Trickster : littéralement « joueur de tours », « illusionniste » ; personnage mythologique proche du Renard de nos fables. Farceur et tricheur impénitent, c'est aussi un puissant magicien et les tours qu'il joue ont une portée ésotérique. Ambigu, le trickster participe

existait des centaines de contes lakotas sur le trickster araignée, mais la mise en garde de Mogie concernant le crotale qui lui couperait les couilles avait fait son effet. Non, il ne chierait plus dehors. Il irait dans les cabinets, parfaitement. Encore que, jamais Rudy n'avait entendu parler d'Iktomi déguisé en serpent à sonnette, venant sournoisement semer la zizanie dans la vie des gens.

---

du bien comme du mal; les malheurs engendrés par ses mauvais tours sont toujours porteurs d'enseignements et parfois de bienfaits; il peut aussi se montrer franchement bénéfique. Afin de ne pas réduire le concept par une traduction étriquée, nous avons conservé le terme utilisé en ethnologie. *(Toutes les notes sont de la traductrice.)*

1

White Clay Dam,
réserve indienne de Pine Ridge,
été 1991

C'était vendredi, et le lieutenant de police Rudy Yellow Shirt ne serait plus de service avant lundi. Vers midi, il gara sa nouvelle Blazer devant la petite cabane *onsika* de trois pièces où vivait son frère Mogie. Des bouteilles de vin vides s'empilaient tout autour du perron de bois qui s'affaissait, et des morceaux de cartons remplaçaient les vitres manquantes de la plupart des fenêtres. Des coups de pied avaient fait de grands trous dans la porte qu'on avait réparée en y clouant des boîtes de bière métalliques aplaties. Rudy frappa, et Mogie vint ouvrir, portant pour tout vêtement une chemise western déchirée et un slip sale. Il avait besoin de se raser. Il paraissait avoir la gueule de bois, mais Rudy n'en aurait pas juré. Ces temps-ci, son *ciye* — son grand frère — donnait toujours l'impression d'être soûl ou d'avoir la gueule de bois.

« *Hau*, Rudy. Rentre, viens prendre un café. »

Mogie semblait de bonne humeur malgré les apparences, et Rudy accepta son offre. Il s'entendait plutôt bien avec son ivrogne de frère, même s'il l'avait arrêté quinze jours auparavant pour ivresse publique manifeste. Mogie n'était pas au commissariat depuis une

25

heure que leur tante Helen était arrivée pour protester. Comment elle avait appris la nouvelle demeurait un mystère pour Rudy; sans doute par le «Mocassin Télégraphique».

«Tu as toujours envie d'aller chasser le lapin aujourd'hui? s'enquit Rudy.

— Bien sûr. Pourquoi tu demandes, tu as changé d'avis?

— Non. Dès que tu es prêt, on y va. J'ai une pinte de cognac Christian Brothers et un six-pack de Bud dans le carrosse.

— Merde, tu me soudoies ou quoi? dit en riant Mogie. Allez, en route.»

Et il se dirigea crânement vers la porte, comme s'il partait pour la chasse avec son slip sale et informe. Rudy rit à son tour et lui dit de s'habiller en vitesse, ce qu'il fit. Dix minutes plus tard, ils suivaient les méandres d'une piste de terre parmi les collines couvertes de pins qui s'étendent entre Wounded Knee et Manderson.

La matinée était d'une clarté cristalline, chaude comme une bonne couverture, et tandis que Rudy conduisait au ralenti, Mogie pointait le canon de sa carabine par la vitre et cherchait des lapins. Il en vit un, émit un sifflement et dit à Rudy de s'arrêter. Rudy s'exécuta, Mogie tira et manqua son coup. Le garenne fila et disparut dans un épais taillis d'aronias.

«Viens, on va poursuivre cet abruti, dit Mogie.

— *Ennut*», répondit Rudy, et il coupa le contact.

Il empoigna sa propre carabine, et les deux frères s'approchèrent en silence des aronias. À environ cinq mètres du fourré, il y avait une petite dune sableuse, couverte d'herbe haute et de saponaire. Mogie et Rudy s'accroupirent dans le sable et pointèrent leurs carabines sur le dernier endroit où ils avaient aperçu le lapin. Ils attendirent ainsi à croupetons pendant trois minutes environ, et là, deux gros garennes émergèrent des buissons.

En silence, Mogie montra à la manière indienne, avec la bouche, pointant les lèvres en direction du lapin de droite. Rudy hocha la tête et visa celui de gauche. Ils tirèrent en même temps. Rudy atteignit le sien dans le dos, et l'animal bondit tout droit en l'air, un bond de soixante centimètres, avant de retomber mort sur le sol. Mogie avait raté son lapin, et les deux frères le virent prendre la fuite pour s'arrêter quelques mètres plus loin sous une énorme saponaire. Il avait peur et il tremblait. Mogie émit un puissant sifflement, et le lapin se dressa sur ses pattes de derrière. Mogie tira. La balle arracha une patte avant de l'animal qui tenta de s'enfuir en boitillant sur trois pattes. Mogie se releva pour lui courir après.

« Ralentis un peu, Bugs Bunny ! » hurla Mogie.

Rudy le vit tirer son couteau Buck[1] de sa poche et dégager la lame. Il rit en silence quand Mogie lança le couteau sur le lapin en fuite. *Le Tarzan alcoolo indien va frapper !* Le couteau de Mogie pirouetta, brillant dans l'air du matin comme un boomerang dément. Le lourd instrument à tout faire toucha son but, et sa pointe d'acier acérée pénétra sans peine dans la nuque du lapin, lui clouant la tête au sol.

« Bon Dieu de merde en bois ! s'exclama Rudy en se relevant pour aller rejoindre Mogie. Comment t'as réussi ce coup-là ? C'est pas croyable. »

Avant que Mogie ait pu répondre, le lapin lança

1. Lourd couteau d'acier multilame et multifonction, d'usage courant chez les G.I's du Vietnam.

une plainte aiguë à faire frémir. Un petit geyser de sang jaillissait de son cou. Mogie tira deux fois dans le corps du petit rongeur agité de sursauts. L'une des balles déchira l'estomac, gâtant la viande. Mogie eut un haussement d'épaules, retira son couteau du cadavre et, d'un coup de pied, il envoya le lapin rouler sous les buissons d'aronias. Il considéra le lapin d'un air sévère pendant quelques instants, puis il émit un rire nerveux.

«J'ai besoin d'une bière, déclara-t-il.

— Dix à quatre», annonça Rudy.

Il avait bien besoin d'une bière lui aussi après cet épisode répugnant.

«Putain de chance que tu as eu avec ce lancer, Mogie, dit Rudy quelques minutes plus tard, alors qu'ils étaient installés à boire leur bière dans la Blazer. Dis, tu te souviens la fois où Storks a tué le cochon? Quand j'étais étudiant, tu te souviens?

— Pas trop bien, non. Ça fait un bail de ça, petit frère», répondit Mogie en lui donnant un coup de poing amical à l'épaule.

Rudy regarda son frère à la dérobée et se demanda combien de temps encore son «bon côté» aurait le dessus. Depuis qu'il était rentré du Vietnam près de vingt ans plus tôt, Mogie subissait des changements d'humeur aussi extrêmes qu'imprévisibles. Parfois, il n'adressait pas la parole à Rudy de tout un mois. Rudy décida donc de profiter des circonstances favorables pour être gentil avec son frère.

«Dis donc, Mo, tu voudrais pas venir avec nous au pique-nique de la police demain, à White Clay Dam?

— Moi, avec vous les flics? Bonté du vin, des flopées de vos têtes de cul m'ont traîné avec les menottes à l'hôtel des Cœurs Brisés.

— T'en fais pas, c'est moi qui t'invite. Alors, tu veux venir ou pas ? Ou tu chies, ou tu te pousses du pot.

— Non merci, je crois pas que je viendrai, Rudy. J'ai rien contre la police de Pine Ridge, mais en gros, vous faites une belle bande d'enfoirés et de branleurs. »

Rudy acquiesça de la tête. Son frère avait mis le doigt sur une vérité que bien peu auraient contestée. Les flics de la tribale étaient célèbres pour leur incompétence et leur brutalité.

« Comme tu veux. Je pensais que tu aurais eu du bon temps. On joue un match de touch-football[1] contre le Conseil tribal. On va rôtir une vache tout entière, et certains des gars projettent d'enfreindre la loi et d'amener en douce un tonneau de bière sur place. »

Gagné ! Les yeux de Mogie s'allumèrent.

« Ah ouais ? De la bière gratos, hein ? Bon, ben finalement, j'irai peut-être jeter un œil. Comment ils vont amener des tonneaux là-bas ? On sait tous que la loi interdit l'alcool dans la rez.

— La loi, c'est nous », dit Rudy en lui passant la pinte de cognac Christian Brothers.

Lorsqu'ils eurent terminé leur déjeuner liquide, Rudy ramena son frère à sa petite bicoque et rentra chez lui. Il porta son lapin sous l'appentis à l'arrière de la maison, le dépeça et le vida. Au beau milieu de sa tâche, il dut rentrer ses trois malamutes[2] — Hughie, Dewey et Louie — et les enfermer. Ils avaient réagi au sang et aux boyaux de lapin par un concert frénétique

1. Variété de football américain pratiquée en match amical.
2. Chien de type primitif, originaire d'Alaska, utilisé pour tirer les traîneaux.

de hurlements assourdissants, concert auquel s'étaient joints tous les chiens du voisinage.

Vers quatre heures et demie, Rudy lava le lapin à grande eau, le découpa, roula les morceaux dans la farine et les mit à cuire dans de l'huile végétale. Il mit ensuite des pommes de terre au micro-ondes et les désintégra, zap. Pour faire bonne mesure, il râpa des carottes et prépara une salade de carottes avec des raisins secs. Enfin, il fouilla les placards et dénicha une bouteille d'Asti Spumante doux, un vin que sa femme, Vivianne, aimait bien.

Il mit la table et s'assit pour fumer une cigarette en attendant que Vivianne rentre de son travail. Cinq minutes plus tard, elle arrivait et, voyant le dîner prêt, elle lui fit un gros baiser. C'était un vrai baiser, mais un baiser fatigué, un baiser qui ne contenait qu'un vague soupçon de franche gratitude.

«Merci d'avoir fait la cuisine, dit-elle. Je suis vannée. Il y a des jours où j'ai l'impression de gâcher ma vie à essayer d'éduquer ces gosses d'aujourd'hui. Dieu qu'ils sont malhonnêtes, ils ne savent pas se conduire et n'ont aucune idée de ce qu'est le respect. Zut à la fin, si leurs parents s'en fichent, pourquoi je m'en soucierais?»

Rudy ne lui répondait jamais. Il se leva, prit ses fesses fermes et rebondies dans ses deux mains, puis il lui tira une chaise pour qu'elle s'installe à table dans leur salle à manger. Pendant un bref instant, Rudy sentit monter en lui un sentiment de fierté, de satisfaction. Il était plutôt de bonne humeur. Son frère lui parlait, sa femme semblait assez contente de lui, et il avait cuisiné un bon lapin que lui avait donné *Maka Ina*, la Terre-Mère. Le seul ennui, c'est que le lapin avait un goût de gibier trop prononcé. Et sa chair était dure comme cuir. Plus dure. Ils finirent par ne manger que les légumes et donnèrent la viande aux malamutes. Même les chiens n'en raffolaient pas.

Le matin du pique-nique annuel des forces de l'ordre locales, Rudy passa un survêtement Nike et mit les chaussures de sport Adidas neuves qu'il avait achetées au Kmart de Rapid City. Ensuite, il aida Vivianne à nettoyer la maison. Il passa l'aspirateur sur le tapis du salon, puis il lava la vaisselle de la veille au soir. Ils firent le lit ensemble et mirent les chiens dehors, dans la cour.

Lorsqu'ils furent presque prêts à partir, Vivianne sortit du réfrigérateur toutes les bonnes choses qu'elle avait passé une partie de la matinée à préparer et en remplit leur grand panier d'osier réservé aux pique-niques. Il y avait de la salade de pommes de terre, des sandwiches au thon, des haricots cuits au four, une miche de pain et différentes sauces pour la viande de bœuf que les hommes feraient rôtir sur place. Ils chargèrent toutes leurs affaires et, vers onze heures, ils montèrent dans la Blazer et passèrent chercher Mogie Yellow Shirt.

Rudy klaxonna; à ce signal, Mogie sortit en traînant les pieds. Il était déjà à moitié dans le sac et avait l'air vaguement maussade. Sur le coup, Rudy regretta de l'avoir invité. Mogie portait un vieux Stetson de paille cabossé, un jean coupé aux genoux, des bottes de cow-boy et un sweat-shirt rouge avec, dessus, le visage caricatural de Madonna.

« Tu es sûr que tu veux venir, Mogie ? » demanda Rudy. Et il se mordit la langue pour ne pas demander à son frère qui l'avait travesti de la sorte.

« Maintenant, tu vas me dire que je suis plus invité,

c'est ça ? répondit Mogie, comme s'il sentait la réticence de son frère.

— Mais si, tu es invité. Allez en route, monte », dit Rudy en coulant un regard de biais à sa femme. Vivianne ne faisait pas partie du fan club de Mogie ; elle ne le tolérait que parce qu'il était le frère aîné de son époux. Elle avait subi pendant de trop longues années la sotte conduite d'ivrogne de Mogie. Elle laissa échapper un soupir audible lorsque Mogie ôta ses fausses dents et les rangea dans une petite boîte en fer blanc qu'il posa sur le tableau de bord. Durant tout le trajet, elle ne lui adressa pas la parole.

Lorsqu'ils arrivèrent au champ d'alfalfa fauché de frais près de White Clay Dam, le pique-nique annuel battait déjà son plein. Des hordes de gamins couraient en tous sens, nombre d'entre eux avec des tranches de pastèque ou de melon à la main. Le jus sucré ruisselait en traînées rouges et orange sur leurs visages sombres et poussiéreux. Le soleil ardent brunissait encore la peau brune de son peuple. Un bon groupe de ses collègues de la police s'était rassemblé autour d'un tonnelet de bière en aluminium installé dans une grande bassine de glace. D'autres pêchaient la perche ou le poisson chat au bord du réservoir ; d'autres encore étaient assis en famille et s'efforçaient de contrôler leur progéniture rampante et hurleuse.

Parfois, Rudy regrettait que la tuyauterie de Vivianne ne fonctionne pas normalement et qu'ils n'aient pas eu d'enfants, mais à la réflexion... non, ils étaient très bien comme ça. Ses trois malamutes d'Alaska et son grand frère constituaient une responsabilité suffisante. Mogie avait quarante-deux ans, un an de plus que lui. Ses chiens en avaient sept et s'acheminaient lentement vers la vieillesse canine. Comme lui, ils n'étaient plus de première jeunesse. Non, décidément, il n'avait pas besoin de gosses.

Rudy gara la voiture et Mogie en bondit aussitôt pour aller droit vers le tonneau de bière. Vivianne et Rudy déplièrent leur couverture et y posèrent leur panier plein de bonnes choses. Puis Vivianne aperçut des amies à elle et alla les rejoindre pour se livrer au passe-temps national des Indiens, le commérage. Rudy soupira et s'achemina vers le tonneau pour prévenir les flics que Mogie était là avec sa permission. Il remplit un grand gobelet en plastique de Bud et regagna la couverture pour s'y étendre en attendant le retour de Vivianne. Là, il s'assit, but une longue gorgée de liquide mousseux et se cala sur les coudes sous le chaud soleil. Il se sentait bien et, fermant les yeux, il songea aux gros et forts chevaux de trait d'antan qu'on voyait tirer les chariots de Bud remplis de tonneaux dans les séquences publicitaires à la télé.

Rudy avait rarement vu un Indien sioux boire une autre bière que de la Bud. Dans sa rez, c'était Bud ou rien. Au diable la Coors, cette limonade du Colorado. Son cousin, l'homme-médecine Ed Little Eagle, lui avait parlé un jour de la célèbre gravure représentant la dernière bataille de Custer que Anheuser-Bush avait reproduite pendant des décennies. La vaste scène épique avec ses Sioux assoiffés de sang massacrant les nobles soldats blancs à cheval avait autrefois orné de nombreux bars et auberges à travers l'Amérique et présentait certaines curiosités, par exemple des guerriers sioux et cheyennes portant des boucliers de guerre zoulous. Rudy était à peu près sûr de pouvoir mettre en rage n'importe quel traditionaliste militant en déclarant que l'affiliation des Sioux à la Budweiser remontait à la bataille de Little Bighorn.

Rudy souriait. Il somnola pendant une vingtaine de minutes. Lorsqu'il s'éveilla et se redressa, Vivianne était assise près de lui. Les yeux plissés, elle le regardait d'une drôle de façon. Il haussa les épaules. Il ne la laisserait pas lui gâcher le plaisir.

« On s'amuse déjà ? » demanda-t-il avec un sourire.

Elle haussa les épaules. Son humeur avait changé, et il ne savait pas trop pourquoi. Elle était de plus en plus souvent lunatique avec lui. Il posa un petit baiser sur sa joue, puis il alla rejoindre son patron, le capitaine Eagleman, qui surveillait le barbecue. Rudy se demandait sincèrement si Eagleman ou un seul de ceux qui l'aidaient avaient jamais fait cuire une vache entière. Il n'aurait pas même fait confiance à Eagleman pour griller un hamburger.

L'animal avait été vidé, dépecé et découpé en quartiers. Les quatre quartiers étaient suspendus à une broche d'acier, elle-même suspendue à la grue d'une vieille dépanneuse. Sous les quartiers de viande suspendus, il y avait un feu de braises de cèdre qui brûlait lentement et fumait. Le feu avait été préparé dans d'anciens barils de pétrole de quatre cents litres coupés en deux dans le sens de la longueur. Tout paraissait en bon ordre. La viande grillait en prenant une jolie teinte brune, et la graisse qui en coulait faisait de petites explosions en gouttant sur les braises rougeoyantes.

Eagleman était armé d'un pulvérisateur à pompe tout neuf, du genre de ceux qu'on utilise dans les jardins, et il avait un bidon jaune de cinquante litres attaché sur le dos. Il semblait droit sorti de *S.O.S. fantômes*. Le bidon jaune était rempli d'un mélange d'épices et de sauce barbecue allongée d'eau. Eagleman tournait lentement autour des quartiers de viande à rôtir, lançant ici ou là un jet de sauce en arc. Il ressemblait davantage à un pompier chichi qu'à un cuisinier. Le grand Indien de race pure portait un short kaki et une chemise blanche boutonnée jusqu'en haut ; il arborait aussi ses souliers vernis d'uniforme de parade et des socquettes blanches. Le capitaine Eagleman assumait les fonctions de chef de la police depuis plus de deux ans. Apparemment, personne d'autre ne voulait de cet emploi. À commencer par Rudy.

« *Hau*, capitaine. La viande a une bonne tête.

— Encore une demi-heure, lieutenant, dit le patron, et il appuya sur la poignée de pression, lançant un jet de sauce sur la viande pour l'effet.

— C'est contre les morpions, ce truc ? demanda Mogie surgi de nulle part. Qu'est ce que t'as dans ce bidon, Clyde ? » demanda-t-il encore, en fixant le capitaine droit dans les yeux.

Eagleman eut une grimace douloureuse. D'abord, il ne s'appelait pas Clyde. Il s'appelait Ernie. Pas Clyde — Ernie. Eagleman ne buvait jamais d'alcool quoi qu'il arrive et n'avait pas de temps à perdre avec les Mogie de ce monde. Il savait que Mogie était un alcoolique de première grandeur, et cela en faisait un sous-homme aux yeux du capitaine, même si son frère Rudy était l'un de ses meilleurs officiers de police.

« Du sel, du poivre, de l'attendrisseur, un litre de jus de tomate, un litre de bière, du sucre roux, du Tabasco, quatre litres d'eau, et deux grosses bouteilles de sauce barbecue du commerce pour faire bonne mesure », récita Eagleman avant de se retourner vers la viande, congédiant Mogie.

Mogie était sur le point de lancer une nouvelle charge contre le patron de Rudy quand son attention fut attirée par quelqu'un qui parlait par le haut-parleur d'une voiture de patrouille.

«Attention, attention. Les conseillers, les étalons de la police et tous ceux qui vont jouer au football sont priés de se présenter immédiatement sous le grand peuplier au milieu du champ. C'est parti!

— Faut que j'y aille, dit Rudy à son frère. Je suis de cette partie de foot à la con. J'ai promis.

— Hé, je peux jouer aussi? demanda Mogie.

— Je ne crois pas, vieux. C'est seulement entre les gars du Conseil tribal et les flics.» *Hé, vieux, ces mecs veulent pas d'ivrognes sur le terrain.* Rudy se sentait mal de devoir dire à son frère qu'il ne pouvait pas jouer. En 67, Mogie avait été le meneur de jeu de leur équipe scolaire aux championnats de l'État. Il n'avait sans doute pas touché un ballon depuis, mais il voulait tout de même participer. Rudy et Mogie avaient fait leurs études secondaires avec une bonne partie de tous ces types d'âge mûr qui allaient jouer. Mogie semblait sur le point de se mettre à bouder.

«Allez, vieux, dit Rudy. Donne donc un coup de main à Vivianne pour transporter la couverture, le pique-nique et le reste jusqu'au champ. Vous aurez une bonne vue de là-bas.

— J'ai la tête d'un esclave ou quoi? J'ai la peau noire, peut-être?

— Doucement, Mo. Personne t'oblige à rien si tu ne veux pas. On est ici pour s'amuser. Je regrette que tu ne puisses pas jouer.»

Mogie baissa la tête un brin et dit à Rudy qu'il irait plutôt voir du côté du tonneau. Rudy avait envie de lui dire de ne pas se soûler, mais il s'abstint. Essayer de dire à un ivrogne de ne pas se soûler revenait à dire à un politicien tribal de ne pas faire de promesses mensongères en période d'élection. Il y avait beau temps que Rudy avait renoncé à tenter de conseiller Mogie

36

sur la manière de lutter contre sa picolomanie, ou sur quoi que ce soit du reste.

La partie de football entre le Conseil tribal et les forces de l'ordre de Pine Ridge démarra lentement. Les conseillers tribaux avaient oublié d'amener les foulards[1]; deux gars déchirèrent un vieux drap vert que quelqu'un avait apporté pour s'asseoir et les arbitres coincèrent les bandes de tissu dans leur ceinture. Les conseillers tribaux torse nu étaient les Indiens, et les flics en chemise les Civilisés. Le gag qui n'aurait échappé à personne, c'est qu'ils étaient tous des Indiens... des putains de sauvages, des purs Peaux-Rouges de réserve.

Chaque équipe comptait neuf joueurs. On avait décidé de jouer jusqu'à ce qu'une équipe ait marqué trente points. Il n'y avait pas de points supplémentaires[2] et pas d'attaques en course[3]. Ils étaient tous trop vieux et en trop mauvaise forme pour cela. Trois passes successives réussies constituaient un premier « down[4] ». Eagleman était le meneur de jeu des flics, encore qu'il eût proposé la place à Rudy.

Rudy ne tenait pas à passer la journée derrière le gros cul d'Oliver Tall Dress. Dans leur équipe scolaire, Oliver jouait déjà avant-centre[5], mais il avait

---

1. Au football américain, les arbitres portent des foulards blancs à la ceinture qu'ils lancent lorsqu'il y a faute sur le terrain.
2. L'équipe qui marque un essai a le choix de le transformer, comme au rugby, ou de gagner des points supplémentaires en rejouant une dernière attaque qui doit aboutir du premier coup.
3. Le jeu consiste à porter la balle dans l'en-but adverse (essai) au moyen de courses ou de passes.
4. Les attaquants disposent de quatre « downs » ou tentatives pour avancer le ballon de deux zones (10 yards ou 9,14 m).
5. L'avant-centre est placé devant le meneur de jeu qu'il protège en attaque.

depuis atteint les cent cinquante kilos et chacun en ville savait qu'il avait pris des manières tout ce qu'il y a de féminines. De temps à autre, le bruit courait — sans que la preuve en soit jamais faite — qu'on l'avait vu se masturber avec d'autres hommes dans les cinémas porno de Rapid City. Dans leur enfance, Oliver avait été l'un des meilleurs amis des frères Yellow Shirt mais, avec l'âge, il s'étaient progressivement éloignés. Rudy jouait ailier, et il était content de rester à l'écart de ce groupe d'athlètes sur le retour.

Au bout d'un quart d'heure, la partie prenait des allures de promenade. Les conseillers tribaux n'étaient qu'une bande de plaisantins asthmatiques, aussi inefficaces sur le terrain que dans la salle du conseil où ils faisaient semblant de diriger leur tribu de Sioux oglalas. L'équipe des flics de Rudy n'était pas en bien meilleure forme physique mais s'était tout de même arrangée pour marquer rapidement trois essais et était en bonne voie de marquer à nouveau.

Eagleman avait dit à Rudy d'esquisser un bref mouvement de boutonnière, puis de feinter pour courir droit au pied du grand frêne vert qui leur servait de ligne de but. Le capitaine voulait en finir de ce jeu au plus vite pour pouvoir retourner à son barbecue. Son short avait encore les plis du repassage et le dernier bouton de sa chemise était toujours boutonné. Quelles que puissent être ses faiblesses en tant que fonctionnaire de police, Eagleman les compensait en s'habillant avec soin.

«Je l'envoie vers cet arbre là-bas, avait-il dit à Rudy. Démerde-toi pour y être.»

Rudy fit ce que son patron lui disait et laissa sur place par ses feintes un conseiller tribal obèse du nom de Joe Spotted Horse. Spotted Horse portait des lunettes épaisses comme des culs de bouteilles de Coca, et ses efforts pour marquer Rudy confinaient au ridicule. À quarante et un ans, Rudy était en assez bonne forme avec son mètre quatre-vingt-dix et ses quatre-vingt-cinq kilos, ce malgré son paquet et demi de Marlboro quotidien.

Rudy laissa Spotted Horse dans la poussière et sprinta tout seul vers le frêne. Eagleman lança une passe en spirale presque impeccable à près de trente mètres de haut que Rudy rattrapa sans effort avant de trotter fièrement vers la ligne de but pour marquer l'essai couru d'avance. Il voulait piquer la balle dans le sol comme les jeunes pros qu'on voit à la télévision et réfléchissait à un moyen nouveau d'y réussir quand les mauvais esprits décidèrent d'intervenir et de lui rappeler que, chez les Lakotas, l'orgueil n'était pas une vertu.

Rudy ricanait en trottant crânement vers la ligne de but quand, surgi de nulle part, peut-être même d'un univers parallèle, un salaud en béton armé le saisit aux chevilles et l'envoya valser cul par-dessus tête. Il s'étala sur la terre chaude, pantelant, sonné, avec des étoiles filantes jaunes, rouges et vertes devant les yeux. Rudy n'avait plus la balle. Mogie l'avait. *Mogie!!?* Mogie l'avait plaqué, avait récupéré la balle et courait en zigzags comme un poivrot, en bottes de cow-boy, chapeau de paille et jean coupé aux genoux, emportant le ballon vers le tonneau de Bud.

« Sainte Marie mère de Dieu ! » haleta Rudy.

Il se releva lentement et regarda incrédule son dingue de frère. La foule de cent cinquante personnes hurlait et riait, avait pété les plombs. Puisqu'on ne voulait pas de lui dans la partie, Mogie avait apparemment décidé de confisquer le ballon. Relevé, Rudy partit au petit trot à sa poursuite, jurant comme un furieux

et prenant soin de ne pas forcer sa cheville douloureuse. Lorsque Rudy arriva au tonneau, Mogie était
assis à boire un grand verre de mousse fraîche. Un
imposant groupe de flics et de conseillers tribaux en
colère lui aboyaient dessus.

« Rends-nous la balle, Mo », hurla Rudy. De gêne,
il était devenu pivoine. Mogie avait foutu la merde
dans le ventilateur et Rudy, exaspéré, se sentait devenir de plus en plus furieux.

« Essaie un peu de m'y forcer, rétorqua son frère de
quarante-deux ans. Marrant que tu essaies de prouver
que tu es un homme juste quand tes potes sont autour,
non ?

— Mogie, arrête tes conneries », gronda Rudy entre
ses dents serrées.

La foule assemblée autour d'eux était maintenant
silencieuse. Elle attendait que Rudy redresse la situation. Merde, il n'allait tout de même pas céder
devant le défi de son frère. Il n'avait pas besoin d'eux
tous pour le pousser. Rudy avait la ferme intention de
rabattre le caquet de Mogie. Le sport était une chose
sérieuse pour les Indiens.

« Donne-moi ce foutu ballon. Je ne rigole pas.

— Viens donc le prendre », ricana Mogie.

Rudy tendit les mains vers le ballon, renversant la
bière de Mogie qui éclaboussa tout le devant de son
sweat-shirt avec la tête de Madonna. Mogie lâcha un
juron, se leva d'un bond et lança un coup à son frère.
Ils roulèrent au sol tous deux, grondant et mordant,
enlacés dans un duel à mort. Chacun serrait déjà le
cou de l'autre, mais en moins d'une minute, les spectateurs les avaient séparés et Rudy, haletant, hésitait
entre la colère et la honte. Il aurait aimé avoir le pouvoir de devenir invisible.

40

«T'es qu'un torche-cul! hurla Rudy.

— Cause toujours», rétorqua Mogie.

Rudy inspira une grande bouffée d'air pour tenter de se calmer. Au même moment, une douleur aiguë, foudroyante, partit de son ventre et traversa la partie gauche de son torse. Il se plia en deux et s'effondra au sol en se tenant la poitrine et en cherchant l'air.

Ses pensées tournoyaient, éclataient comme des bulles. Non seulement la merde était tombée dans le ventilateur, mais peut-être même que la chouette avait appelé son nom. Dans la mer de visages qui l'entourait, il reconnut Mogie, l'air franchement effrayé. Mogie saignait du nez et avait presque l'air d'un petit garçon — d'un petit garçon dévoyé et d'âge mûr qui, présentement, s'agenouillait près de lui et lui prenait la main.

«C'est la grosse, la dernière, marmonna Rudy.

— T'en fais pas, ça va passer», dit Mogie en s'efforçant de réprimer ses tremblements.

Au-dessus de la foule bourdonnante, Rudy vit un bourdon qui vrombissait comme un hélicoptère tout neuf. Il se demanda si ce gros bourdon était un mauvais esprit. Il entendit un corbeau croasser dans un arbre proche. Le corbeau était-il un mauvais esprit? Il sentit son frère qui le tenait dans ses bras. Mogie était-il un mauvais esprit? Après tout ce qui s'était passé entre eux au fil de la vie, il avait de bonnes raisons de le croire.

Puis les choses devinrent floues, et Rudy s'efforça de ne pas céder à la panique. Il eut cette vieille pensée machiste de guerrier : *c'est un beau jour pour mourir*. Mais il eut tôt fait de la renier. Il était pétrifié de terreur. Rudy Yellow Shirt ne voulait pas mourir. Il voulait vivre. Il n'était pas *préparé* pour le voyage dans le monde des esprits. Il voulait encore tripoter des chattes, il voulait aller au travail, il voulait avoir ses chiens…

Puis tout sombra dans le noir opaque, et il découvrit par la suite qu'il avait mouillé son pantalon pendant l'épreuve.

Ce n'était pas une crise cardiaque, et Rudy survécut. Son appendice avait éclaté et il avait fallu l'opérer d'urgence. Il passa la première partie de la semaine suivante à être examiné par les médecins et les infirmières. En trois semaines, il était suffisamment remis pour qu'on le laisse rentrer chez lui. Il était reconnaissant envers son appendice disparu, reconnaissant de ne pas avoir fait une crise cardiaque. Son cœur était en excellente condition.

Un mois après l'opération, il prit le volant et se rendit à l'hôpital de Hot Spring pour faire vérifier son cœur plus sérieusement que ne le pouvaient les services de santé de Pine Ridge. Là-bas, ils lui injectèrent une substance chimique et le soumirent à une monstre épreuve d'endurance télévisée dans leur service de médecine nucléaire. Oui, son cœur était en bon état, solide, et il tiendrait encore longtemps. Il était là, battant pour lui du fond de l'écran en noir et blanc. Un bon cœur solide de Lakota, sans artères obstruées.

Néanmoins, ils découvrirent que Rudy avait de la tension. Elle tournait autour de 16/10, et ils le mirent à cent milligrammes quotidiens de Ténormin ; par la suite, ils y ajoutèrent quarante milligrammes d'Enalapril. Les médecins l'avertirent que le traitement aurait des conséquences sur sa vie sexuelle, qu'il aurait du mal à obtenir une érection.

Rudy en était plus curieux qu'inquiet. On lui conseilla aussi de cesser de fumer et de cesser de boire. Point, à la ligne. Il n'était pas certain de le pouvoir, mais il était sûr d'une chose : jamais plus il ne boirait avec son frère Mogie.

Il faudrait que Mogie le supplie sur son lit de mort avant que Rudy ne consente à prendre un verre de plus avec ce dingomane.

2

Pine Ridge Village,
printemps 1992

Cette nuit-là, le niveau de folie monta lentement dans le ghetto des Plaines. Rudy avait pris son service à cinq heures et, dès sept heures et demie, il décidait de faire une pause café anticipée. Lorsqu'il était plus jeune, l'air nocturne du début de l'été l'enivrait. Aujourd'hui, il lui donnait sommeil. Il gara sa voiture de patrouille sur le parking du Centre commercial de la nation sioux et déboucha sa Thermos de café décaféiné. Il était au déca depuis près d'un an, depuis qu'on lui avait découvert de l'hypertension. Une tension artérielle élevée n'était pas une bonne chose pour un flic d'âge mûr, Indien ou pas.

Le café décaféiné de Maxwell House était chaud et, autant que Rudy s'en souvenait, il avait aussi bon goût que le café normal. Il but lentement tout en regardant les acheteurs de la dernière heure sortir du magasin. C'était jour de paie tribal, et les propriétaires blancs des centres commerciaux se remplissaient les poches. Plus tard, les débits de boissons du Nebraska en bordure de la réserve se feraient de petites fortunes eux aussi. Ce soir, la prison serait pleine de butors et de braillards tribaux entassés jusqu'au plafond comme du bois de chauffe.

Il inspira profondément et ferma les yeux. Comme toujours, les conneries insensées qui risquaient de se produire un vendredi soir étaient imprévisibles. Jeune flic, il attendait l'action avec excitation. Flic d'âge mûr aujourd'hui, il était rempli de terreur et l'angoisse le rendait nerveux.

Rudy jeta un coup d'œil à son rétroviseur pour voir qui le regarderait en retour. L'homme qui plissait les yeux dans le miroir ressemblait à Elvis un peu avant que le King ne se mette à enfler. Ce devait bien être vrai, puisque certaines personnes affirmaient sérieusement qu'il ressemblait à Elvis Presley. Évidemment, il fallait imaginer Elvis avec la peau brune, un nez busqué et de longues tresses noires qui pendaient de dessous la casquette de base-ball bleu marine de la Police tribale sioux oglala.

Rudy se sourit à lui-même et alluma une Marlboro, l'une des dix cigarettes quotidiennes qu'il s'autorisait. Il buvait les dernières gouttes de son déca quand quelqu'un lui donna une violente bourrade à l'épaule en disant :

« Rudolph, le p'tit renne au nez rouge[1] ». Rudy frémit. Il savait qui c'était. Levant les yeux, il aperçut Mogie, le visage décomposé par le vin à deux sous et tenant à peine debout. Il se prit à espérer que son frère n'allait pas *icazo* — lui emprunter de l'argent.

« Va faire un tour, Mo, avant que je te flanque au gnouf », déclara-t-il en s'efforçant à la sévérité officielle. Mogie empestait comme s'il ne s'était pas lavé de toute la semaine. Avec son mètre quatre-vingt-cinq, Mogie faisait cinq centimètres de moins que lui et

---

1. Allusion à la chanson, intitulée en anglais *Rudolph the red-nosed reindeer*.

pesait dans les soixante-dix kilos. Et il ressemblait davantage à leur père, Sonny Yellow Shirt, avec chaque année qui passait.

Mogie avait la peau plus sombre que Rudy, et ses traits taillés à la serpe le rapprochaient de leur père plus que de leur mère. Des bagarres oubliées lui avaient laissé de profondes cicatrices sur les joues, il avait la peau flasque et le visage bouffi. Les dents de Mogie avaient été rongées par des années de ce vin Gibson à deux sous qu'il aimait tant. Il avait un bon dentier qu'il transportait dans une petite boîte en fer blanc lorsqu'il était soûl. Personne n'aurait jamais eu l'idée de dire que Mogie était beau et, aujourd'hui, il avait vraiment l'air d'avoir cahoté trop longtemps sur la mauvaise pente.

«Je te conseille d'appeler la cavalerie à la rescousse», dit Mogie en donnant un demi-tour au badge de Rudy pour le mettre de travers. Il parlait, c'était déjà cela. Mogie passait parfois plusieurs semaines sans lui adresser la parole. Rudy agita la tête, démarra la voiture et s'éloigna lentement, comme si l'apparition de son frère n'avait été qu'un bizarre mirage.

Rudy roulait tranquillement le long de la route en attendant le lever de rideau du carnaval peau-rouge. Pour la réserve indienne de Pine Ridge, chaque vendredi soir était une excursion dans la déchéance. Ainsi songeait Rudy lorsqu'il reçut le premier appel de son service. Des paquets d'ivrognes qui se battaient. Des ivrognes se battent. Ç'aurait pu être là l'hymne national de la rez. Et, autant qu'il pût en juger, ces quatre mots tout simples justifiaient en grande partie son salaire.

Une heure après le premier appel, Rudy en avait reçu trois autres, toujours des ivrognes, et la nuit ne faisait que commencer. Puis, vers huit heures, un citoyen à jeun appela pour rapporter une bagarre de soûlards chez les Blue Hawk, à l'autre bout de la ville par rapport à l'endroit où Rudy se trouvait. Il ne connaissait que très vaguement les Blue Hawk qui habitaient le quartier East Ridge de Pine Ridge; il n'en savait guère plus à leur sujet, à cela près que c'était un couple de jeunes d'une vingtaine d'années qui vivaient de l'assistance sociale et dont le but dans la vie consistait à mettre la main sur leur dose quotidienne de vin. Ils n'étaient pas de sa famille. La parenté est la première chose qui vient à l'esprit d'un flic indien. Dieu que Rudy avait horreur de voir ses parents se mettre dans les ennuis. Et, dans son petit monde d'arcs et de flèches accablé de douleur, la plupart des gens étaient liés par le sang.

Les choses se compliquaient encore pour lui, parce qu'il y avait dans la réserve deux grandes familles distinctes de Yellow Shirt qui n'étaient absolument pas parentes. Ogle Ziya, leur grand-père, était descendu sur les terres de Red Cloud avec le chef miniconjou Bigfoot pendant l'hiver 1890. Il avait vu les soldats blancs assassiner brutalement son peuple avec leurs canons à répétition. Après le massacre de Wounded Knee, il était resté sur place et avait épousé une jeune Oglala du nom de Eagle Woman, Wanbli Yuha Win, appartenant à la bande des Itsecas.

Autrefois, la famille passait d'abord, puis la bande, puis la tribu. L'individu et ses actes n'avaient de valeur que dans la mesure où ils servaient au bien du peuple. Rudy était conscient que tout cela avait en grande partie changé. La cellule familiale s'était à peu près désintégrée aujourd'hui et, selon lui, c'est à cela que se référaient les experts blancs du monde indien lorsqu'ils citaient la phrase de Black Elk : «Le cercle sacré est brisé.»

Lorsqu'il arriva au duplex miteux, la porte d'entrée était ouverte et, à l'intérieur, il voyait distinctement un petit homme maigre avec des lunettes à monture noire. Rudy ne le connaissait pas très bien, mais il le reconnut pour Elton Blue Hawk. Il avait les cheveux en brosse et portait pour tout vêtement un jean coupé aux genoux et des baskets noires Nike. Le jeune monsieur Blue Hawk était en train de mettre une sévère plâtrée à sa petite grosse de race pure. Il chancelait, mais il se reprenait et lançait des coups de poing, des crochets et des uppercuts au visage en sang de sa femme.

Devant ce spectacle, Rudy eut soudain la ferme intention de corriger Blue Hawk, de lui faire remonter à coups de lattes ses couilles d'*iyeska* jusque dans la gorge. Rudy n'avait rien contre les *iyeskas* — les sang-mêlé —, mais lorsqu'il voyait un homme brutaliser une femme, il lui arrivait de péter les plombs. Il bondit de sa voiture de patrouille et se précipita vers la maison brandissant sa matraque. Les remugles d'alcool et de couches sales le saisirent à la gorge.

Franchissant la porte au pas de course, Rudy eut l'impression de pénétrer dans un monde d'extraterrestres, et pourtant, c'étaient là ses *oyate* — sa tribu. Dans les dernières décennies, ceux de son peuple oglala avaient en si grand nombre perdu le respect d'eux-mêmes qu'ils en avaient contaminé les quelques rares personnes qui conservaient encore une lueur d'espoir. Ils l'avaient contaminé, lui et le reste du monde sioux, les plongeant dans les affres d'un désespoir effarant.

Rudy eut un bref pincement de pitié, puis il frappa le jeune et frêle *iyeska* au genou et lui donna une

fameuse bourrade qui l'envoya rouler sur le sol crasseux. Des bouteilles de vin, des paquets de chips
vides, des emballages de confiserie et des couches
sales traînaient partout. Monsieur et madame Blue
Hawk étaient tous deux dans le coaltar, l'œil vitreux
et le cerveau aux abonnés absents. Ils le dégoûtaient.
Après plus de quinze ans de ce métier, il n'avait plus
guère de compassion pour les abrutis suicidaires de
leur espèce.

« Hé là, vous deux, qu'est-ce qui se passe ici ?
aboya-t-il.

— Lui », geignit la femme. Rudy la regarda et se
demanda dans quel état était son foie. Bouffie par l'alcool, elle était malgré tout jolie, mais l'eau de feu à
laquelle elle était accro lui ôtait déjà le doux lustre de
la jeunesse. Son nez et ses lèvres saignaient abondamment.

Brutaliser sa femme était un hobby beaucoup trop
pratiqué par les hommes de la réserve. Rudy avait vu
plus de femmes battues qu'il n'en pouvait compter,
mais il était toujours scandalisé devant de tels actes de
folie. Il avait grandi dans la crainte des violences que
son père infligeait à sa mère, mais il ne comprenait
toujours pas ce qui poussait les hommes à agir de la
sorte. Jamais il n'en avait été ainsi parmi les Indiens
d'autrefois.

« C'est lui qui l'a fait », dit la femme avant de s'af-
faler sur un canapé défoncé. La bourre et les ressorts
s'échappaient de tous les bords. Du fond des yeux
vitreux de la femme à peau brune, un enfant regardait
Rudy.

« Avec un putain de couteau de cuisine, ajouta-
t-elle.

— Lui qui a fait quoi ? » demanda Rudy en jetant

un coup d'œil au mari pour s'assurer qu'il n'allait pas repartir à l'attaque.

Rudy pointa sa matraque vers lui et dit : «Explique-toi, *tahansi*.» Elton Blue Hawk ne broncha pas.

«Il…» commença la femme, mais elle n'avait pas entamé sa phrase que le jeune monsieur Blue Hawk lâchait un hurlement sinistre et se précipitait vers la porte de derrière en chaloupant comme un pingouin décérébré. D'instinct, Rudy se lança à sa poursuite et, à dix mètres de la porte, il frappa Blue Hawk au mollet avec son bâton de nuit et le jeune homme s'étala en hululant. Rudy lui passa les menottes et l'adossa contre la carcasse rouillée d'une voiture en ruine qui se trouvait dans la cour. Il se souvint dans un éclair de Mogie lui disant un jour que la loi interdisait d'être Indien si on avait pas dans sa cour des vieilles caisses fichues et en pièces détachées.

«Qu'est-ce que c'est que ce bordel, Elton?» demanda Rudy en reprenant son souffle. Heureusement qu'il avait pensé à prendre sa dose nocturne de pilules contre la tension une heure plus tôt.

«C'est rien. Merde, j'ai rien fait, mec, répondit Blue Hawk d'une voix pâteuse en fixant ses baskets couvertes de sang.

— Tu as battu ta bonne femme?» demanda encore Rudy, comme s'il était arrivé sur les lieux sourd, muet et aveugle. La législation concernant les violences conjugales n'était entrée en vigueur que récemment, et le fait qu'il existe des lois tribales n'impliquait pas nécessairement qu'elles seraient appliquées. Bon nombre des flics de la réserve croyaient sérieusement qu'un homme avait le droit de battre sa femme.

«Non, je l'ai pas cognée», marmonna Blue Hawk. Au même moment, Rudy crut entendre une faible

50

plainte gargouillée. Il tendit l'oreille et l'entendit de nouveau. Elle venait d'un grand container à ordures vert, à cinq mètres environ d'où il se tenait.

«Qu'est-ce que c'est que ça?» demanda Rudy au gosse. Il était complètement dans le cirage et Rudy l'empoigna, le redressa pour l'asseoir sur le sol, puis il tira sa torche électrique de son lourd ceinturon de cuir.

«Bouge pas de là, Elton», ordonna-t-il. Et il se dirigea vers le bruit. Ayant braqué le faisceau de sa lampe dans la poubelle, le lieutenant Rudy Yellow Shirt manqua dégueuler. Malgré la dose de Tenormin, son cœur s'emballait. Là, dedans, il y avait un bébé qui avait peut-être un an et qu'on avait visiblement poignardé. L'enfant saignait abondamment, mais il était en vie et gémissait.

«Sainte Marie, mère de Dieu!» marmonna Rudy.

Se retournant, il vit que Blue Hawk tentait de se relever, courut le rejoindre, lui donna un coup de pied dans les couilles et l'envoya à terre. Reprenant sa course, il traversa la maison et fila jusqu'à sa voiture. Il appela l'ambulance et repartit en courant dans l'autre sens voir ce qu'il pouvait faire pour le bébé. Heureusement, l'ambulance ne mit pas trois minutes pour venir des Services de santé à la maison Blue Hawk.

Les paramédicaux déclarèrent que le bébé s'en tirerait; par miracle, aucun organe vital n'avait été touché. Rudy n'avait aucune idée de l'avenir qui attendait Elton Blue Hawk. Il avait bonne envie d'exploser la tête de ce fichu petit métis. Il pesa le pour et le contre pendant quelques instants et décida que cette jeune raclure ne valait pas la peine de faire de la prison.

Au bout du compte, Rudy dut s'employer jusqu'à minuit à s'efforcer de savoir ce qui avait pu pousser un jeune père de vingt ans à poignarder son bébé d'un an avec un couteau de boucherie et à flanquer ensuite le bébé dans une fichue poubelle. Blue Hawk prétendait ne pas savoir pourquoi il l'avait fait, sauf que sa femme était partie avec un autre type la semaine d'avant, et qu'elle était revenue ce soir-là en disant que maintenant, elle préférait Blue Hawk à l'autre. En attendant que les fédéraux arrivent de Rapid City pour mener leur enquête, Rudy attristé et dégoûté souffrait de brûlures d'estomac.

Le F.B.I. enquêtait toujours sur les crimes importants commis dans la rez. Les flics indiens ne traitaient que les soi-disant délits mineurs. Dans les temps anciens, les choses avaient été bien différentes. En ce temps-là, il y avait le *wicasaihpeyapi*, ce qui signifie littéralement «jeter le bonhomme». Le divorce à l'indienne. Pendant que l'homme était à la chasse ou ailleurs, la femme pouvait tout simplement rassembler ses affaires et les déposer à l'extérieur du tipi. Le mec était alors officiellement congédié, dans la merde jusqu'au cou et sans gilet de sauvetage. Il n'avait pas son mot à dire. L'affaire était réglée.

Apparemment, les Blue Hawk avaient passé la soirée à boire du vin, puis ils s'étaient mis aux cocktails, des cocktails de Lysol filtré dans du Seven up. Les Noirs des centres urbains avaient leur crack. Les Indiens des réserves avaient leur Lysol, qu'ils buvaient, et l'essence qu'ils inhalaient. Le bébé était en soins intensifs, mais il survivrait. Le jeune père se vit inculpé de tentative de meurtre, de violence à enfant, de brutalité conjugale, et d'une demi-douzaine d'autres infractions à la loi. On ignorait encore si des accusations seraient retenues contre sa femme. Rudy était d'avis qu'elle méritait pour le moins d'être stérilisée — qu'on devrait les stériliser tous les deux.

Il rentra chez lui aux petites heures et sortit ses chiens dans la cour à la pelouse bien tondue — l'une des rares à Pine Ridge. Il alla ensuite jeter un œil sur Vivianne et vit qu'elle dormait profondément. Ses seins pleins et ses lourdes cuisses n'étaient recouverts que d'un mince drap bleu. Rudy déposa un léger baiser sur son visage de Chippewa à la peau claire. Elle ne réagit pas. Tendant la main, il caressa doucement ses seins. Elle ne réagissait toujours pas.

Ces dernières années, elle ne restait plus éveillée à l'attendre. Il ôta son uniforme et le suspendit dans le placard de l'entrée. Il ne voulait pas la déranger. Leur mariage battait de l'aile. Ils se l'étaient dit tous deux en termes clairs. Elle était à deux doigts de lui filer sous le nez.

De filer, peut-être pas, mais de le quitter, sans doute. Récemment, ils avaient parlé de se séparer. Au fond de lui, Rudy pouvait comprendre ce jeune salopard d'Elton Blue Hawk, parce que la femme de Blue Hawk avait filé avec un autre. Mais cette compréhension n'occupait qu'un espace minuscule, n'était qu'une pine de mouche dans l'océan de ses sentiments. La part beaucoup plus vaste de sa pensée consciente aurait volontiers exercé son droit de vote en laminant les couilles de Blue Hawk.

Rudy mit une grande pizza Tony surgelée dans le four et déboucha une Budweiser puis, en caleçon, il s'assit devant la télé qui donnait un vieux film sur la Seconde Guerre mondiale. Quand la pizza à point se mit à faire des bulles, il la recouvrit d'un bon centimètre de sauce forte au piment et prit son poste d'observation sur le canapé. Lorsque tous les chars blindés qui menaient les troupes d'assaut nazies et trois autres Bud furent démolis, il se traîna au lit et dormit d'un sommeil agité près de sa femme qui ronflait.

À six heures du matin, Rudy rêva qu'il étouffait, et le pire, c'est que c'était vrai. La pizza lui remontait. Pris de panique, il s'assit et, agitant les bras en tous sens, il assena une grande claque entre les cuisses de Vivianne. Elle poussa un cri et sursauta si violemment qu'elle perdit l'équilibre et tomba du lit. Sa tête était enfouie sous les couvertures, mais ses hurlements et ses imprécations n'étaient pas atténués pour autant.

« Bon Dieu de bois, Rudy, mais qu'est-ce qui t'arrive ? Tu m'as flanqué un coup juste dans mon *ce truc-là*. Tu es malade ou quoi ? »

Entre-temps, Rudy avait réussi à reprendre son souffle. « J'étouffais », dit-il faiblement, et il tenta de l'amadouer d'un sourire forcé. Il alluma une cigarette et aspira une longue bouffée.

« Tu étouffais ? Pourquoi tu m'a mis un gnon dans mon *ce truc-là* ?

— Excuse-moi, Viv. Je dormais.

— Tu m'as fait mal.

— J'ai dit excuse. C'est pas de ma faute, j'étouffais. Lâche-moi un peu. Merde, qu'est-ce qu'il te faut ? Des excuses par écrit, peut-être ? J'aurais pu mourir étouffé.

— Tu m'as fait mal, bordel, tu…

— Hé, je t'ai déjà dit que j'étais désolé », coupat-il. Il l'aida à remonter dans le lit, et il frotta doucement le petit monticule entre ses cuisses. Alors, elle lui porta un coup bas.

« Sous prétexte que ton *ce truc-là* est cassé, ne te sens pas obligé de démolir le mien.

— Qu'est-ce que tu veux dire?

— Ce que je veux dire? C'est que je pourrais aussi bien vivre avec une femme si tu ne me fais plus l'amour avec ton truc.

— Tu plaisantes, j'espère? Bon, je vois. Nous y revoilà.»

Elle demeura muette; une ébauche de sourire s'esquissait au coin de ses lèvres. Par moment, Rudy n'était pas loin de la haïr.

Après dix ans de mariage, cela l'irritait toujours d'entendre Vivianne appeler son sexe «mon *ce truc-là*». C'était sans doute une expression qui remontait à son enfance dans la réserve de Fond du Lac, à l'est du Minnesota. Il agita la tête mais ne dit rien. Depuis plus d'un an, sa libido sur le déclin était un sujet de discorde. Avec les pilules qu'il prenait pour sa tension, il lui était pratiquement impossible d'avoir une érection, sauf si elle enduisait son membre d'huile et le caressait pendant une demi-heure. En conséquence de quoi, il ne s'intéressait plus guère aux choses du sexe, et Vivianne avait compensé cette perte d'affection physique en s'impliquant corps et âme dans toutes les activités laïques de l'église du Saint-Rosaire.

Mais les choses n'étaient pas si simples, et leur vie sexuelle ne se laissait pas mettre de côté si facilement. Rudy en était venu à penser que l'ennui s'installait dans le couple marié quand chacun connaissait toutes les ficelles du partenaire et savait comment les tirer. Il avait toujours été fidèle à Vivianne, et il supposait qu'elle l'avait été aussi. Cependant, il avait un désir de chair fraîche. Et cela l'ennuyait sincèrement de voir que sa pâte ne levait plus.

«Mon Dieu, mon Dieu, excuse-moi, Rudy», dit elle, ironique. Puis elle rit. «J'ai cru un moment que

tu voulais de l'amour quand tu m'as fichu ce coup. »
Elle se moquait de lui, et la plaisanterie était cruelle.

« Non, dit-il en riant avec elle, d'un rire sans joie.
Tu sais, je roupillerais bien encore un peu. J'ai fini
tard hier soir, à tenter d'obtenir une déclaration du
môme Blue Hawk avant que les fédéraux arrivent. Il a
poignardé son bébé avec un couteau de boucherie.
Après quand je suis rentré, j'ai mangé une pizza surgelée avec un paquet de sauce au piment, et je crois
que ça m'a joué un sale tour. Je suis désolé de t'avoir
fait peur.

— Ouais, je t'ai entendu parler sur les ondes de la
police. »

Elle ne se préoccupait même pas de savoir s'il se
sentait mieux. Rudy aspira une longue bouffée de sa
cigarette et là, dans un nuage de fumée bleue, il vit se
dessiner un mot : divorce.

Il lui tourna le dos et s'endormit bientôt tandis que
le mégot brûlait dans le cendrier. Rudy rêva qu'il était
un aigle et volait loin au-dessus des Badlands du
Dakota, par-delà le bord ouest de la Forteresse où les
adeptes de la Ghost Dance s'étaient réfugiés après le
massacre de Wounded Knee en décembre 1890. Son
propre arrière-grand-père avait bien failli y être tué.

Dans son rêve, Rudy volait en cercles, toujours en
cercles, agitant la tête au rythme des tambours qui battaient de plus en plus fort. De son perchoir aérien,
libéré des pesanteurs terrestres de l'état de veille, il
aperçut la petite bicoque ramassée et blanchie à la
chaux où il avait grandi. La cheminée de métal
rouillée lui crachait de la fumée de bois dans les yeux
mais, à travers ce voile, il distinguait son frère Mogie.

Mogie était dans la cour ; assis sur l'aile d'une
voiture hors d'usage et sans pneus, il brandissait le

majeur en direction de Rudy. Mogie était soûl, il regardait l'aigle là-haut, louchant légèrement et jurant comme un charretier. Rudy prit un virage et alla s'emboutir tout droit dans un pin. Puis il s'éveilla.

Il se leva et alla dans la cuisine se préparer du café. Il avait une vague gueule de bois ; pourtant, il ne s'était pas soûlé. Son médecin lui avait interdit l'alcool, mais Rudy avait besoin d'un six-pack une fois le temps. Ce devait être cette sauce au piment maison et pas la bière qui avait fait remonter la pizza. Il en avait encore un sale goût dans la bouche.

C'était le début de l'été et les peupliers commençaient tout juste à étaler leurs grandes feuilles cireuses. À six heures et demie du matin, les étoiles du Sud Dakota avaient pâli et ressemblaient à de minuscules poissons morts, flottant dans le ciel de l'aube, mer de rose et de bleu crus. Rudy se frotta les yeux, alluma une cigarette, et porta sa tasse de déca sur la table de cuisine.

Il savait bien que Vivianne ne tarderait pas à le quitter pour aller rejoindre sa famille Anishinaabe d'étrangleurs de lapins à Sawyer, Minnesota, dans la réserve de Fond du Lac. Cette fois, elle en avait par-dessus la tête de lui et de Pine Ridge. Ils étaient mariés depuis dix ans, et elle qualifiait toujours Pine Ridge de « trou à rat ». Rudy trouvait cette attitude bien étrange de la part d'une femme qui avait fait carrière dans l'enseignement primaire, puis au Bureau des Affaires indiennes comme conseiller pédagogique principal pour la réserve de Pine Ridge.

L'une des rares fois où Rudy se souvenait avoir vu Vivianne soûle, elle s'était lancée dans un grand discours sur certains gosses qui arrivaient à l'école couverts de suie pour avoir brûlé de vieux pneus dans leur poêle à bois. Elle avait même plaisanté, disant que si on les roulait dans la neige, on pourrait faire le test de Rorschach sur eux. Rudy ne voyait vraiment pas ce que cela avait de drôle. Chez lui, on avait brûlé de vieux pneus dans le poêle à bois pendant les rudes hivers de son enfance.

Son humour très particulier, ou peut-être l'absence chez elle d'un humour véritable amusait Rudy. C'était l'une des raisons pour lesquelles il était tombé amoureux d'elle. Et il s'était attristé pour elle lorsqu'elle avait quitté l'enseignement pour l'administration. Non pas qu'il le lui reprochât. Enseigner dans la rez était la voie royale vers l'usure précoce. Dans la majorité des classes, les petits manquaient totalement de respect, d'eux-mêmes comme des autres. C'étaient de petites créatures cruelles, nées de parents cruels, négligents et à la dérive. Les enseignants donnaient tout ce qu'ils pouvaient, s'épuisaient, et la profession devenait pour eux un boulot comme un autre, sans plus.

Rudy but son café et passa sous la douche. Il laissa l'eau chaude ruisseler sur son crâne et ses cheveux de deux pieds de long, dissolvant ses soucis. Il avait pour projet d'emmener ses chiens courir du côté de Slim Buttes. Bientôt, il ferait trop chaud pour les longues promenades avec eux.

Au beau milieu de son shampooing, l'eau chaude le brûla. Rudy poussa un cri et écarta le rideau de douche. Vivianne était là, assise sur les toilettes dont elle venait de tirer la chasse. Il la considéra d'un air sévère.

Elle eut un bref petit sourire idiot. « Oh, excuse-moi. J'ai tiré la chasse d'eau sans réfléchir que tu étais sous la douche. » Mais Rudy savait bien qu'elle l'avait fait exprès. Depuis des années, il rouspétait pour avoir la paix dans les toilettes.

Il acheva de se rincer les cheveux et sortit de la douche. Enfin, elle n'allait pas tarder à partir au travail. Ensuite, il aurait toute sa journée pour lui. Pas de boulot à la con, pas de problèmes de bonne femme. Il passa un survêtement vert et retourna à la cuisine pour une seconde tasse de déca étrangement satisfaisante. C'est alors qu'on sonna à la porte d'entrée, ce qui déclencha les mugissements des *sunkas*.

«La porte, Rudy, s'il te plaît», lui hurla Vivianne de la chambre.

Il s'exécuta, mais pas avant d'avoir jeté un bref coup d'œil par la fenêtre pour voir qui c'était. Il y avait des tas de gens qui sonnaient à sa porte et auxquels il n'ouvrait pas. Chaque semaine, il leur fallait se cacher pour échapper aux poivrots qui bradaient leurs rations d'aliments de base, aux Témoins de Jéhovah ou aux jeunes missionnaires mormons en chemise blanche et cravate noire qui s'efforçaient de convertir les sauvages mécréants, sans parler de tous les francs-tireurs et autres fêlés de la rez.

Il regarda donc par la fenêtre et vit que c'était Herbie Yellow Shirt, le fils de Mogie âgé de quinze ans. Son neveu Herbie était râblé, sombre de teint et vif d'allure. C'était un bon élève et un athlète prometteur. Voyant Rudy épier de derrière sa fenêtre, Herbie lui sourit et lui fit un salut militaire dans les règles. Il avait hérité certains gènes facétieux de Mogie.

Rudy ouvrit à son *tunskan* et lui demanda s'il voulait du café. Herbie remercia et déclina l'offre. Il portait un sweat-shirt noir déchiré à l'effigie délavée de Willie Nelson. Il était planté là, dans le salon, à fixer le plancher, et Rudy ne voyait que les yeux de Willie. Il savait bien ce qui amenait Herbie : Mogie voulait lui emprunter de l'argent. Cela se produisait au moins une fois par mois, et Mogie ne le remboursait jamais. Le tribut du sang, en quelque sorte.

«Comment va ton père?

— *Kuja* — malade comme un chien, oncle Rudy. Sans blague, il a la gueule de bois, et il essaie de se remettre dans le rang, dit Herbie avec un petit sourire triste.

— De se remettre dans le droit chemin pour reprendre la tangente, oui», commenta Rudy qui regretta aussitôt ses paroles. Herbie était un gosse intelligent et sain. Il ressemblait tellement à Mogie lorsqu'il avait son âge que Rudy en éprouvait toujours un choc.

«Tu es en fonds ou pas, mon oncle?

— Alors, combien il veut *icazo*?

— Cinq qu'il a dit», répondit Herbie, comme toujours un peu honteux de devoir mendier pour son père auprès de son oncle. Mogie, lui, n'avait honte de rien.

«Et toi, Herbie, tu as besoin d'argent?

— Non tonton, moi ça va.» Le gosse avait de la fierté à revendre.

«Tu es sûr? Un jeune homme comme toi doit bien avoir une petite amie ou deux. Je t'ai aperçu l'autre jour près de la station service Conoco. Tu te promenais avec un joli petit morceau. L'ennui avec vous, les jeunes, c'est que vous ne savez pas quoi faire avec une minette quand vous en avez chopé une.

— Arrête. Et d'abord, c'était pas ma petite amie.»

Il était rouge de confusion, gêné par la faute de Rudy.

«Attends une minute, tu veux.»

Rudy alla chercher son portefeuille et tendit à Herbie un billet de dix dollars en lui disant d'en garder cinq pour lui. Il avait vraiment de l'affection pour le

gosse, même si Mogie était devenu un accro du goulot au-delà de tout espoir. Dur, pour un flic indien,
d'avoir pour frère l'un des pires soûlards de la ville.
Et ce n'était pas là le pire. Le pire, c'est que Rudy
avait joué un rôle non négligeable dans la métamor-
phose de son frère en ivrogne. Une vieille histoire
qu'il rejeta vivement de son esprit.

« Merci tonton, dit Herbie, et il se retourna pour
partir.

— De rien, fiston, dit Rudy en lui ébouriffant les
cheveux. Passe me voir si tu as besoin de quelques
dollars. » Sidérant comme le môme ressemblait à
Mogie l'été de ses quinze ans, l'été où Mogie s'était
pour la première fois rebiffé contre leur père Sonny.

Rudy ne savait pas quel était le problème de son
père, sauf qu'il était peut-être bien à moitié fou. Dans
ses dernières années, Evangeline leur mère disait toujours qu'il était devenu méchant après avoir perdu un
morceau de pied dans l'explosion de la mine à Butte
en 1960. Dans son compte des hivers personnels,
c'était alors que le monde s'était inversé et que tout ce
qui était bon était devenu mauvais.

Aujourd'hui, Rudy voyait son père comme un
paumé typique. Un Indien de race pure déboussolé et
frustré qui semblait haïr sa famille dès qu'il se soûlait,
c'est-à-dire la plupart du temps à l'époque où Rudy
grandissait. Autant qu'il pût en juger, son père ne
croyait pas à grand-chose en dehors de la bouteille
mais, à l'occasion, il s'efforçait d'être bon envers eux.
Et ils éprouvaient tous pour lui un mélange fluctuant
de haine et d'amour, de peur et de tendresse.

La chose avait ses rares bons côtés, et Rudy se souvenait que quand leur père était soûl, il s'effondrait ivre mort dans un fauteuil rembourré qui tombait en ruine ; ensuite, lorsqu'il était couché, les gosses fouillaient les crevasses du fauteuil en quête de menue monnaie tombée de ses poches.

Leur père avait horreur des Indiens chrétiens et se moquait aussi de ceux qui avaient choisi de marcher sur la voie de la tradition. Lorsqu'il travaillait, Sonny Yellow Shirt travaillait dans les ranchs des Blancs ou s'en allait parfois travailler dans des mines. Il détestait ces deux emplois. Il semblait avoir une dent contre Rudy et, un jour qu'il était soûl à dégueuler ses tripes, il s'était mis à hurler que Rudy n'était pas son vrai fils.

« Regarde-toi donc ! T'es pas à moi. Tu viens d'une de ces fois où ta salope de mère est partie en java. » Rudy savait bien que sa mère était belle femme, et grande pour un membre de leur tribu, mais il ne croyait pas qu'elle trompait leur père. Après cette réflexion, il avait toujours craint et détesté leur père. Jamais il n'avait rapporté à personne les paroles de son père, pas même à Mogie. C'étaient des discours de soûlard, rien de plus.

Evangeline Yellow Shirt avait été une beauté au corps bien fait, aux traits indiens classiques et aux cheveux noirs de jais qui lui tombaient jusqu'à la taille. Sa tante Helen avait un jour raconté à Rudy qu'avant de se mettre à boire sérieusement, leur mère était certainement la plus belle femme de toute la rez.

Quand Mogie et Rudy avaient dans les sept ou huit ans, un peintre de New York était venu dans la réserve. Il avait aperçu leur mère à l'épicerie et l'avait aussitôt abordée pour lui demander s'il pouvait la peindre. Elle avait accepté, mais il lui en coûterait vingt dollars. Il avait installé son chevalet sur le parking et, en deux heures, il avait fait le portrait d'Evangeline en robe de daim perlée avec des motifs en forme de bison ; au fond, on voyait les quatre Présidents morts du mont Rushmore. Quelques semaines plus tard, leur mère reçut par la poste une photo que le peintre avait prise du tableau. Cette photo était bientôt devenue sa fierté secrète et sa joie.

Leur mère disait toujours que la robe n'avait rien de sioux, mais elle avait gardé la vieille photo pâlie de son portrait jusqu'à sa mort. À chaque fois que Sonny et elle se soûlaient et que Sonny disparaissait, elle allait chercher la photo pour montrer aux enfants ce mirage d'elle-même devant les visages de pierre des morts blancs du mont Rushmore.

En entendant Sonny lui dire qu'il n'était pas son père, Rudy avait été plus ravagé que s'il avait pris une torgnole. Malgré ses quatorze ans, il se mit à chialer quand son père lui dit de se regarder dans la glace. Sonny l'agrippa de toutes ses forces en lui aboyant de la boucler. Il le secouait comme un prunier en disant qu'il avait intérêt à arrêter de pleurer avant que leur mère rentre de son travail de femme de ménage. Et Rudy sanglotait encore plus fort.

« Ferme-la, bordel ! Arrête donc de pleurer comme un bébé », hurla Sonny. Et il lui en retourna une en travers de la bouche. Rudy tomba de sa chaise sur une table à café, entraînant dans sa chute un petit panier contenant le nécessaire à couture de sa mère. Des aiguilles, des boutons et des bobines de fils se répandirent sur le plancher du salon. En voyant ces aiguilles et ces bobines, les larmes de Rudy redoublèrent. Lorsqu'elle était à jeun et qu'elle ne travaillait pas à nettoyer les maisons des fonctionnaires du B.A.I., elle piquait à la main des motifs en étoiles sur des couvertures qu'elle vendait ensuite pour les nourrir et les vêtir.

« Ce coup-là, tu vas prendre », grommela Sonny en s'avançant vers lui, la main levée. Au même moment, Mogie franchit le seuil de la porte d'entrée.

En un éclair, il avait traversé la pièce et neutralisé leur père dans l'étau d'une prise.

« Mais qu'est-ce qui te prend, Mogie ? » bredouilla Sonny à plat dos. Il louchait vaguement. Il avait l'air tout à la fois presque minable et terrifiant.

« Fiche-lui la paix, pour l'amour du ciel ! hurla Mogie.

— Sûrement, oui ! piailla leur père en vacillant comme un poivrot, cherchant à reprendre son équilibre.

— Je t'interdis de le toucher, vieux soûlard », dit Mogie en le renvoyant au sol d'une bourrade. Leur père tenta une fois encore de se relever, mais il était trop soûl et Mogie le renvoya au tapis. À la troisième tentative, Sonny finit par renoncer. Il resta par terre, et Mogie prit Rudy par le bras pour l'emmener dehors. Il conduisit Rudy à la station service Texaco et lui acheta un Coca et des Twinkies.

« Qu'il aille se faire foutre, le vieux soûlard, pas vrai ? » dit Mogie. Il donna un coup de poing amical à son frère et lui ébouriffa les cheveux.

« Ouais. Qu'il aille se faire foutre, dit Rudy en lui rendant son coup de poing.

— Tu veux un autre Coca ?

— Non, ça va. Je veux rentrer. Peut-être qu'il est parti ou tombé dans les pommes. Qu'est-ce que t'en penses ?

— Si le vieux soûlard te touche, tu me préviens, d'accord ? dit Mogie avec un clin d'œil.

64

— *Ohan*, oui », acquiesça Rudy qui souriait, radieux, à son frère aîné. D'un an seulement plus âgé que lui, Mogie était son héros, son protecteur. Rudy éprouvait pour lui un amour profond. De ce jour, il s'efforça de chasser de son esprit toute image des moments où leur père avait été bon pour eux — mais de ce jour, ces moments se firent de plus en plus rares. Sonny buvait de plus en plus. Leur mère s'était aussi mise à boire davantage, mais ils l'aimaient toujours. Il n'en allait cependant pas de même pour Sonny Yellow Shirt resté impardonné.

Vivianne se vêtit et partit au travail. Elle avait l'air sexy, bien ficelée et professionnelle en quittant la maison. Pendant quelques instants, Rudy hésita à refaire du café et à prendre la Thermos pour aller promener ses chiens à Slim Buttes. Puis il décida de faire un saut jusqu'à White Clay pour acheter un six-pack de Bud. Son excuse ? C'était son jour de congé, et il avait bien le droit de se détendre avec quelques bières.

Après une longue et agréable journée dehors avec ses chiens, Rudy rentra chez lui, s'attendant à ce que Vivianne ait préparé un repas chaud. Elle n'était pas là. Elle avait laissé un mot disant qu'elle se rendait à l'église du Saint-Rosaire où elle devait faire quelque chose pour une famille dont la caravane avait brûlé tout récemment. Ce message l'attrista. La prise de conscience lui portait un rude coup ; il savait bien qu'elle rassemblait ses forces pour le quitter. Mais Rudy avait peine à cerner ses propres sentiments avec précision. Il se disait qu'il l'aimait, qu'il avait besoin d'elle et cependant, elle le laissait indifférent. Et ce qu'il y avait de sûr, c'est qu'elle se détachait de lui.

Rudy mit des hot dogs à cuire dans une poêle à frire tout en jurant. Leur couple ressemblait à un ivrogne sur un trottoir gelé : tôt ou tard, l'ivrogne glisse et s'éclate la tête sur le pavé. Rudy avait l'esprit si agité qu'il ne fit pas attention à sa cuisine. Les hot dogs brûlèrent. Pour le plus grand plaisir de Hughie, Dewey et Louis.

Rudy dut se contenter de tartines de pâte d'arachide et de confiture. Comme elles collaient à son dentier, il l'ôta et expédia ses tartines à coups de gencives. Quand Vivianne rentra enfin, ils eurent une fameuse dispute et, pour la première fois, elle parla de leur séparation. Rudy prit peur. Ne voulant plus entendre parler de ce sujet, il ne lui adressa pas la parole de deux jours. De là, les choses ne firent qu'empirer.

Quinze jours plus tard, Vivianne regagnait son territoire chippewa du Minnesota. Leur séparation prit un tour semi-officiel. Rudy était tout sauf ravi de devoir affronter l'avenir seul. Pourtant, il y avait en lui comme un sentiment d'allégresse qui couvait à fleur de peau et cherchait à s'exprimer.

Rudy plaisantait, il racontait à ses amis que, désormais, il lui faudrait préparer ses repas tout seul, mais c'était là le vieux machisme indien. En réalité, il souffrait. « Quand on aime quelqu'un, on ne cesse jamais de l'aimer quoiqu'il arrive. » C'est ce que Rudy murmurait à ses chiens qui ne manquaient pas de remuer la queue et de le lécher, quoi qu'il dise.

3

Le premier matin qui suivit le départ de Vivianne, Rudy engloutit une boîte de soupe Campbell poulet-vermicelles en guise de petit déjeuner. Après tant d'années passées avec elle, il songea qu'il avait peut-être bien peur de vivre seul. Il était lâche. Quand il était gosse, le traiter de «trouillard» déclenchait sur le champ les hostilités. Il ne reculait jamais. Mais tout était plus simple en ce temps où il grandissait. Aujourd'hui, le pays entier vivait dans un tourbillon de violence. Aujourd'hui, des gosses se tuaient à balle pour un regard de travers.

Rudy croyait néanmoins par moments que les problèmes violents ne trouvaient leur solution que dans une action encore plus violente. Il le croyait déjà avant même d'être allé au Vietnam. Il se souvenait de ces années de lycée où il jaugeait chaque nouveau qu'il rencontrait, cherchant à déterminer le meilleur moyen de lui flanquer une bonne trempe. Pour lui, l'Ouest Sauvage d'antan n'était jamais mort.

Il supposait que, probablement, la plupart des hommes à travers le monde étaient ainsi faits. L'humanité avait toujours été une espèce animale particulièrement violente. C'était pour cela que la guerre tenait une place si importante dans la vie des hommes. *Sans rire*, il savait pertinemment que s'il prenait trente ou quarante types dans la rez et les faisait passer au peloton d'exécution, la vie serait de beaucoup plus agréable et plus facile pour les autres, ceux qui restaient. Rudy se sentait si foutrement vide depuis que Vivianne était partie que lui-même aurait volontiers fait face au peloton d'exécution.

Rudy s'apitoyait sur son sort avec complaisance. C'était déjà une belle saleté d'avoir flanqué les Indiens dans les réserves, mais le pire, c'est qu'ils apprenaient à s'opprimer tout seuls. L'homme indien, songeait-il, n'a plus d'exutoire pour le machisme des anciennes coutumes guerrières. En conséquence de quoi, bon nombre d'entre eux battaient leur femme, brutalisaient et ignoraient leurs enfants, et se tabassaient les uns les autres jusqu'à n'être plus qu'une nation de zombies décérébrés. Vivianne l'avait quitté, et son départ était aussi une forme de violence psychique.

Il existait toutes sortes de violences, mais pourquoi s'ingéniait-on tant à le nier ? Pourquoi y avait-il tant d'Indiens pour faire comme s'ils ne vivaient pas dans un tourbillon de violence ? Par moments, Rudy ne comprenait pas cette violence. Il savait que les actes violents étaient des chevaux sauvages qui couraient à travers les broussailles. Difficiles à parquer, à contrôler, il était difficile de leur donner un sens. Et puis, il pensait à sa femme. Il se sentait profondément atteint, violé, comme si elle l'avait planté dans le dos avec un couteau rouillé.

Rudy savait bien qu'il se laissait aller à la faiblesse, et il savait aussi que son peuple venait des sociétés guerrières, mais au temps des arcs et des flèches, leur vie avait un sens, une direction. Ils étaient alors partie du tout. Aujourd'hui, ils devenaient fous parce qu'il leur était très difficile de voir la beauté, la bonté de la vie quand les vents mauvais faisaient rage. Et puis, il y avait toujours cette douleur fantôme de l'histoire.

Comme Rudy était un descendant des Lakotas qu'on avait massacrés à Wounded Knee, Vivianne lui avait un jour offert pour Noël les paroles d'American Horse calligraphiées sur un parchemin. Lorsque le chef oglala American Horse était retourné dans l'Est, à Washington, il avait témoigné devant le commissaire des Affaires indiennes le 11 février 1891 :

> Une femme portant un enfant dans ses bras a été abattue alors qu'elle touchait presque le drapeau de la paix. Les femmes et les enfants gisaient blessés tout autour du village circulaire jusqu'à ce qu'on les achève. Tout près du drapeau de la paix, une mère fut abattue avec son bébé ; l'enfant ne savait pas que sa mère était morte, et il tétait toujours. Tandis qu'elles s'enfuyaient avec leurs tout-petits, les femmes furent tuées toutes ensemble, traversées par les balles, et les femmes enceintes furent tuées elles aussi. Tous les Indiens fuyaient dans trois directions et, lorsque la plupart d'entre eux eurent été tués, on appela tous ceux qui n'étaient ni morts ni blessés à s'avancer à découvert, en prétendant qu'ils n'avaient rien à craindre. De jeunes garçons qui n'étaient pas blessés sortirent de leurs refuges et, dès qu'ils furent en vue, un groupe de soldats les encercla et les massacra sur-le-champ.

Tout au long de sa vie, ce qui s'était passé à Wounded Knee en 1890 avait été pour lui un cauchemar récurrent. Après le massacre, l'Amérique avait tourné le dos et décoré ces soldats-assassins de la médaille d'honneur du Congrès. Du sel sur les plaies oglalas. L'Amérique avait toujours haï les Indiens.

Rudy avait ressenti et vécu la violence extrême, mais aussi l'aliénation et le déracinement, presque depuis toujours. Il s'était vu parfois comme une tique tentant de s'assurer une prise sur le chien enragé et galeux qu'on appelle Amérique. Il était allé au Vietnam se battre pour ce pays et cependant, il se sentait toujours exilé, étranger sur la terre de ses ancêtres. Il présumait que tous les Indiens bon teint[1] devaient se sentir plus ou moins exilés sur leurs propres terres. Mais aujourd'hui, il était sûr que tous les hommes du monde souffraient et devenaient la proie d'une violente confusion lorsque leur femme les quittait.

Par trois fois au cours du dernier mois, Rudy avait rêvé de s'installer à San Francisco et d'y prendre un emploi. Dans son rêve, il faisait ses valises et partait. En arrivant, son budget était très serré. Et là, une chose imprévisible, mauvaise, se produisait. Son frère Vinny, un homosexuel — un *winkte* — qui vivait à San Francisco, refusait de l'accueillir chez lui. Il refusait de parler à Rudy. Aucun travail n'attendait Rudy, et son argent avait tôt fait de s'épuiser. Il perdait ses valises, et il était beaucoup trop vieux pour survivre à la rue avec cette jubilation suicidaire qui l'habitait vingt ans plus tôt. C'était là la matière de son rêve. Né dans le dénuement absolu, Rudy trimbalait avec lui tout au long de la vie sa peur de se trouver sans logis.

Dans la réalité, c'était un homme d'âge mûr, à un salaire ou deux de la catastrophe financière complète. Sachant que le rêve pourrait bien se réaliser, il s'effor-

---

1. Dans le texte original, « skins » (peaux), terme par lequel on désigne les Indiens de race pure dans l'argot de réserve.

çait de se limiter au minimum vital : une voiture, un toit, la télévision par câble, un bon stock de nourriture pour ses trois chiens d'Alaska. Il se disait : *Il faut que je me reprenne, que j'arrête d'avoir la frousse comme ça. Que j'arrête de me conduire comme un fichu capon asexué.*

Les capons, ces énormes poulets mâles castrés, il ne les connaissait que pour avoir visité un jour avec Vivianne un élevage qui en produisait près de Sioux Falls, l'une des rares fois où ils avaient pris des vacances. Ils étaient tous deux restés sidérés par ce qu'ils avaient vu.

Bizarre, de voir un troupeau de gros poulets obèses et maladroits danser en trébuchant sur le sol d'avril. Et Rudy supposait que, bien sûr, on faisait avaler aux capons d'aujourd'hui toutes sortes de produits chimiques pour les rendre encore plus fous, mais les propriétaires de l'élevage leur avaient assuré que les leurs engraissaient naturellement. Certes, un animal castré engraisse. Rudy savait que l'obésité était fréquente chez le mâle castré de diverses espèces comme les chats, les chiens, les bovins, et même les humains.

Ces capons de Sioux Falls grossissaient tant que, trop lourds pour leurs maigres pattes, ils devenaient extrêmement gauches et ne cessaient de tomber en courant. Dans leur confusion hormonale, ils se montaient entre eux, battant des ailes et maladroits. Ces curieux volatiles bouffis, presque sans plumes, avaient conservé de frénétiques besoins sexuels. Ils n'auraient jamais vraiment toutes leurs plumes ; et ils tringlaient avec des glandes fantômes. Leurs tentatives balourdes et branlantes pour baiser leur prochain tout aussi eunuque qu'eux avaient attristé Rudy. Il en était triste pour eux, pour le monde, pour l'humanité. Il n'était pas triste pour lui-même ce jour-là, mais il l'était maintenant. Sans Vivianne, Rudy se sentait comme un bizarre capon sioux.

Il songeait parfois que la pire violence commise par des adultes était l'amour qu'ils se donnaient. Dans un effort pour endiguer le flot de ses pensées emballées, il se remplit la bouche de soupe au poulet. Elle avait goût de tristesse, de solitude.

4

Rudy commençait à s'inquiéter sérieusement pour
sa santé mentale. Un homme d'âge mûr qui avait passé
plus de seize ans dans les forces de l'ordre et qui envi-
sageait soudain d'aller mettre le feu à un débit de boissons, cela n'avait pas des masses de sens. Envisager
l'incendie criminel, tout de même ! Il savait bien que
s'il se faisait prendre à cela ou à n'importe quelle autre
folie préméditée, il ne **pourrait** sûrement pas en rendre
responsable la pierre qui s'était enfoncée dans son front
la nuit où il était tombé. Depuis cette nuit-là, les choses
avaient pris un tour bien étrange pour Rudy Yellow
Shirt. Zones d'Ombre, façon indienne.

Deux événements s'étaient produits après sa chute
et la rencontre brutale de sa tête avec la pierre. Ils ne
s'étaient pas produits simultanément, mais ils s'étaient
produits. D'abord, il y avait eu la naissance de son
alter ego justicier, celui qu'il appelait le « Guerrier de
la Vengeance ». Ensuite, il lui poussait des triques : sa
libido s'était éveillée de l'hibernation de l'âge mûr.
Rudy s'était mis à baiser à droite et à gauche avec des
femmes mariées, dont Stella, la femme de son propre
cousin. Il n'avait donc apparemment *pas* tiré la leçon
de l'expérience après la séance de pelotage avec la

femme de Mogie qui avait volatilisé le mariage de son frère.

La nuit où il était tombé avait commencé comme presque tous les vendredis soir dans la rez : le calme avait progressivement viré au mauvais et à la démence. Vers minuit, Pine Ridge entamait son crescendo hebdomadaire de folie alcoolique, et ceux de sa race autrefois fière se muaient massivement en gargouilles à l'épreuve des balles. Chaque vendredi soir, Rudy s'émerveillait d'avoir tenu si longtemps comme flic dans une réserve. Le vendredi soir était en grande partie un cauchemar infernal et sanglant.

Rudy avait déjà dispersé quatre rassemblements de têtes de cul qui faisaient la fête et participé à l'arrestation de six soûlards hurleurs quand il reçut l'appel. L'un des rares citoyens à respecter la loi avait téléphoné à Geraldine Lone Dog, l'opératrice de cent dix kilos qui centralisait les appels, pour dire qu'on se battait dans l'une des maisons abandonnées des lotissements Crazy Horse. Celui qui portait plainte avait expliqué à Geraldine que quelqu'un hurlait comme un veau castré. Miss Lone Dog transmit donc le renseignement par radio.

Rudy signala sa position et demanda à l'opératrice à quoi ressemblait le cri d'un veau castré. Elle ne riait pas.

« Dis donc, Rudy, tu vas grandir un jour ? lança-t-elle sur les ondes.

— J'essaie, Geraldine. Je te promets que j'essaie, chou », répondit-il.

Rudy était au lycée avec Geraldine et, à l'époque, elle était l'une des plus jolies filles de l'école. Il s'était fait branler par elle quand il était dans les grandes classes. Il s'était toujours souvenu de cette

74

séance, parce qu'elle avait les mains rêches et cal-
leuses. C'était une fille de ranch. Le frottement de ses
mains sur les jeunes et tendres parties intimes de
Rudy avait été comme une caresse au papier de verre.

«J'y vais tout de suite», dit-il et, tandis qu'il se
mettait en route, un autre clown de flic prit le micro
pour émettre un long mugissement aigu. Puis l'auteur
de ce bruit obscène se mit à ricaner et recommença.

«Meueueueu-eueu-eueueueuh!» Rudy songea que
c'était plutôt là le cri d'un veau qu'on castrait.
«Meueueueu-eueueueueueuh!!»

Et Rudy décida de mettre un terme à la plaisanterie.
«Ici le lieutenant Yellow Shirt, les enfants, et celui
qui fait le con sur les ondes a intérêt à s'arrêter. Sous
peine de congé sans solde.»

Il avait réprimandé le coupable, mais le meugle-
ment l'avait bigrement amusé. Rudy avait appris
depuis belle lurette à faire preuve d'autorité et de
sévérité, faute de quoi, les situations pouvaient dégé-
nérer. Encore que dans la rez, les choses avaient dégé-
néré une fois pour toutes. Quand le Grand Esprit avait
quitté la ville et que le Dieu de l'homme blanc était
devenu le nouveau shérif, Il avait établi une règle d'or
pour les Indiens : *Quoi qu'il arrive, vous ferez toujours tout de travers*. Rudy ne savait pas où Mogie
était allé chercher celle-là, mais il la lui avait sortie
peu de temps après leur retour du Vietnam. En gros, il
semblait bien que les Indiens n'avaient pas le mode
d'emploi de la vie. Ils pataugeaient.

«Meueueueu-eueu-eueu-eueu-oh-yeah-eueu-meuh-
hé-meu, yo!!!!» continuait le policier inconnu et irré-
vérencieux, et sa vache avait presque les accents niais
et répétitifs d'un rappeur. Si jamais Rudy découvrait le
coupable, il écoperait d'une suspension sans solde

d'une semaine. Ainsi pensait l'officier de police Yellow Shirt. Ce qui ne l'empêcha pas de prendre le micro, de froncer les lèvres, et de faire voler les ondes en éclats en lâchant le bruit de pet le plus monumental jamais entendu. Un tumulte d'explosions lui répondit, venu d'une douzaine de voitures de patrouilles stationnées dans les principaux villages de la réserve.

Rudy espérait bien qu'il n'y avait pas de fédéraux à l'écoute dans la rez. Il venait de déclencher la première guerre des pets radiophonique de toute l'histoire tribale des Sioux oglalas. Et, comme si cela ne suffisait pas, un autre plaisantin passa une cassette de Blancs aux sonorités extraterrestres. Après un prélude d'accordéons frémissants, un groupe d'abrutis du flonflon se mit à beugler : « Yah, das ist der tonneau de bière polka. » Un nouveau fantôme de la radio avait frappé. Rudy en venait parfois à croire qu'ils formaient une nation de Peter Pan, beaucoup d'entre eux ayant choisi de rester des enfants jusqu'au moment de prendre la *wanagi canku* — la route fantôme des morts.

En deux minutes, il avait atteint les lotissements Crazy Horse. Il gara sa Crown Victoria de patrouille devant la maison et alluma ses clignotants rouges de police. Il espérait que cela ferait fuir ces abrutis de fouteurs de merde, ce qui lui éviterait d'avoir à les arrêter et à se colleter la paperasserie. Il avait horreur de remplir les procès verbaux d'incidents et délits. Il resta quelques instants dans sa voiture, puis il glissa sa matraque dans sa manche, prit sa torche électrique et se dirigea au pas de charge vers la maison délabrée.

Personne ne répondit lorsqu'il frappa. Logique. Personne ne vivait là, et cependant, une faible lumière suintait des fentes tout autour des fenêtres condamnées par des planches. La maison abandonnée était un préfabriqué du H.UD.[1], le genre de boîte à biscuit que les vents de l'hiver laminaient. Le genre de boîte où l'on rôtissait en été. C'était une maison qui craignait le grand méchant loup, une maison qu'un seul de ses souffles fétides à l'odeur de charogne aurait fait disparaître. Et une tornade, donc.

Cette maison d'un vert pois cassé délavé était la réplique exacte de celle qu'habitait Rudy, mais la sienne était en bien meilleur état. Il frappa de nouveau, beaucoup plus fort cette fois. Toujours pas de réponse, mais il lui sembla entendre un rire étouffé, puis un bruit bizarre qui ressemblait à un gémissement gargouillé.

Rudy regagna son véhicule à la hâte pour appeler des renforts. Puis il prévint l'opératrice qu'il avait l'intention de rentrer dans la maison.

«Sois prudent, Rudy, ce ne sont sûrement que des mômes.

— Je règle mes culbutrons sur assommer», répondit-il. Personne n'était censé occuper la maison. Elle était vide, condamnée, bardée de planches. Puis Geraldine lui dit qu'il devrait peut-être attendre les renforts. Il acquiesça, mais il retourna jusqu'à la porte d'entrée dans la ferme intention de l'enfoncer. Il était lieutenant et n'avait pas d'ordres à recevoir d'une fichue baleine d'opératrice avec des mains en papier de verre.

Rudy n'eut pas à défoncer la porte. La poignée tourna sans résister, et il entra. Ce qu'il vit à l'intérieur le fit frémir. À la lueur d'une lampe à pétrole Coleman, il vit le corps ensanglanté d'un jeune garçon qui habitait quelques maisons plus bas dans sa rue. Rudy tira son arme, les yeux rivés sur le môme.

---

1. H.U.D. : Housing and Urban Development ; secteur administratif du logement et de l'urbanisme.

Corky Red Tail avait quinze ans, il était nu, immobile et couvert de sang humide. Il semblait avoir été tué à coups de pied. Son visage rouge betterave était zébré de traces violettes sanguinolentes. Sa tête enflée avait presque doublé de volume et il avait des marques de coups de pied sur tout le corps. Il gisait à plat ventre au milieu des boîtes de bière vides. Près de lui, il y avait un pot de vaseline et un paquet économique ouvert de préservatifs de diverses couleurs. À côté du cadavre du gosse, il y en avait un rose fluo, étiré, qui avait servi. Rudy avait vu bien des crimes atroces dans la rez, mais celui-ci lui retournait l'estomac. Lui donnait envie de tuer celui qui l'avait commis.

Corky Red Tail était un brave gosse. Peut-être un peu efféminé, mais il venait d'une famille où l'on ne buvait pas et, pendant une paire d'années, Rudy l'avait employé pour tondre sa pelouse. C'était avant que Rudy ne décide que l'exercice en question lui serait personnellement salutaire. Il regarda le corps brisé et fit le signe de croix. Un automatisme inconscient.

Pris d'un léger vertige, Rudy sentit son cœur s'accélérer. Il fouilla sa poche, trouva ses pilules et enfourna cinquante milligrammes de Tenormin au fond de sa gorge sèche. Puis il vérifia une nouvelle fois son arme pour s'assurer que le cran de sécurité était débloqué et partit explorer les autres pièces. Dans les ténèbres à sa gauche, il entendit un bruit de galopade. Suivant le nez de son Magnum 357 dans la pièce voisine, il vit quelqu'un se glisser à travers une petite fenêtre. Quelqu'un avec un Levi's noir et des Air Jordan aux pieds. Rudy ne voyait pas au-dessus de la taille du fuyard.

« Bouge pas, oiseau de merde ! » hurla-t-il.

L'animal avait comme failli obéir. Dans le faisceau

de sa lampe, Rudy remarqua que ses lacets étaient vert fluo et totalement dénoués, conformément au dernier cri de la mode lycéenne. Il ne voyait que le bas de son corps et, avant qu'il n'ait pu l'atteindre, le suspect était passé par la fenêtre.

Hurlant après ce salopard, Rudy piqua un sprint jusqu'à la porte, contourna la maison et essaya de le suivre. Au loin, dans l'obscurité, il distinguait la silhouette en fuite et, tandis qu'il courait en s'efforçant de maintenir le faisceau de sa lampe braqué sur elle, Rudy trébucha sur quelque chose et tomba. Sa tête alla cogner brutalement contre une pierre rectangulaire de la taille d'une boîte à pain.

Il revint à lui trois heures plus tard à l'hôpital des Services de santé où un jeune interne de très petite taille, un Noir du Kenya, lui annonça qu'on le gardait pour la nuit.

«On vous garde pour voir si des fois vous auriez peut-être une mauvaise commotion du cerveau et tout ça, dit le Noir.

— Hein? fit Rudy. Qui êtes-vous?» Le Noir se mit à parler, et son nom africain glissa sans laisser de trace sur les tympans de Rudy dont l'attention était retenue par les cratères de variole qui grêlaient en nombre incroyable le visage luisant et noir du médecin. Son mal de tête lui faisait venir les larmes aux yeux.

L'Africain lui donna deux cachets de Tylenol à base de codéine contre la douleur. Quand Rudy lui demanda pourquoi au juste on le gardait, il prit la mouche et répondit : «Justement, moi docteur, vous malade, vous voyez.»

Pour un médecin, il n'avait pas l'air terriblement cultivé. Rudy avait mal à la tête. Un mal de chien. Il se demandait où était passé Fitzgerald, le vieux médecin irlandais revêche qui le suivait pour sa tension.

« C'est quoi votre nom déjà, mon vieux ? » demandat-il, et l'Africain répéta le bizarre assortiment de cliquetis et de coups de glotte. Rudy considéra la peau noire du médecin puis il baissa les yeux sur ses propres mains brunes. Il haussa les épaules et dit une prière de remerciement silencieuse.

« C'est bien ce que j'avais cru comprendre », conclut Rudy en fermant les yeux. Et il fit semblant de dormir jusqu'à ce que le médecin quitte la pièce. Lorsqu'il fut sorti, Rudy se rendit dans le hall sur ses jambes cotonneuses pour téléphoner du bureau des infirmières. Il appela son cousin Storks et lui demanda de passer chez lui nourrir les chiens. Storks Janis était d'accord, pas de problème.

Soulagé, Rudy regagna la chambre où se trouvait son lit. Il y avait trois autres lits dans la pièce, dont deux inoccupés. Il tenta de réprimer son envie de vomir, n'y parvint pas et rejeta ce qu'il avait mangé dans les toilettes. Épuisé, il regagna son lit et dormit tout son soûl. La codéine lui procurait une détente brumeuse doublée d'une légère euphorie. Aucun rêve ne vint le tourmenter.

À sept heures le lendemain matin, le capitaine Ernie Eagleman et l'agent assermenté Lars Thorsen du F.B.I. de Rapid City lui rendirent visite. Le F.B.I. enquêtait sur tous les délits majeurs commis dans la réserve, même si les flics de la tribale faisaient le gros du travail pour les fédéraux. Rudy avait déjà travaillé avec Thorsen et il ne l'aimait pas. Thorsen était un Suédois glacial, un luthérien raciste qui méprisait les Indiens. Il le salua d'un *hau* sarcastique, puis resta en retrait à prendre des notes. Chacun savait pertinemment que les fédéraux voyaient la police de Pine Ridge comme une poignée de plaisantins et de ratés. Ce n'était pas loin de la vérité, mais de l'avis de Rudy, si ces flics fédéraux avaient la moindre valeur, ils ne seraient sûrement pas en poste dans le Dakota du Sud.

Eagleman lui déclara qu'ils n'avaient pas vraiment de piste pour leur enquête. Rudy lui fit le récit de l'incident d'après ce qu'il avait vu. Thorsen écrivait tout. Le capitaine émit l'hypothèse qu'un groupe de jeunes faisait la fête, qu'ils étaient soûls et défoncés, et qu'ils avaient tué le fils Red Tail à coups de pied pour une raison inconnue. Rien de tout cela n'était nouveau pour Rudy qui en était arrivé aux mêmes conclusions.

« Dis-moi, quand avons nous eu un cas de viol masculin pour la dernière fois par ici ? » demanda Rudy en tendant la main vers ses cigarettes. *Sans parler de la dernière fois où le Conseil tribal t'a roulé dans la farine, Eagleman.* Eagleman et Rudy savaient tous deux que dans la réserve, le viol était curieusement fréquent dans les cas d'inceste sur des enfants des deux sexes. Mais le viol pur et simple d'un homme par un autre était chose rare. Du coin de l'œil, Rudy remarqua que Thorsen se massait les tempes, comme si les deux Indiens lui donnaient la migraine.

Eagleman frotta son gros nez rouge et supputa que les tueurs avaient peut-être attiré Red Tail dans la maison sous le prétexte d'une fête. Quoi qu'il en soit, ils lui avaient littéralement perforé les poumons à coups de bottes de cow-boy. Ensuite, ils lui avaient lubrifié l'anus et s'étaient relayés pour lui planter leur virilité dans le derrière. Eagleman expliqua que, d'après le médecin légiste, le jeune Red Tail respirait encore et qu'il était en vie — tout juste, mais en vie —, quand il avait subi cette « invasion anale ».

« Invasion anale, elle est bien bonne celle-là, ricana Thorsen.

— Pas si c'est à vous que ça arrive, répliqua Rudy.

— Sauf si c'est votre truc, ajouta Eagleman. »

Rudy se redressa sur son lit, agita la tête, se sentit pris de nausée et se laissa retomber sur le dos. Le capitaine lui donna quelques jours de congé pour maladie. Rudy acquiesça de la tête tandis que son capitaine et le fédéral Thorsen prenaient le chemin de la porte. À six heures et demie ce soir-là, Rudy passa ses vêtements et quitta l'hôpital des Services de santé. Le Dr Fitzgerald était venu le trouver pour lui annoncer qu'il ne souffrait que d'une commotion bénigne. Rudy lui avait dit vouloir rentrer chez lui, et le médecin avait répondu d'un haussement d'épaules, ce qu'il avait interprété comme une permission de sortir.

L'homme-médecine Little Eagle répétait toujours à Rudy qu'en ces temps modernes dézingués, les Indiens bon teint se laissaient prendre dans le tourbillon de l'électricité et de la combustion interne, oubliant les puissants esprits qui vivaient autour d'eux. Qu'il était particulièrement néfaste pour un Indien d'oublier les animaux, le soleil, les eaux, les pierres et les autres esprits vivants. Rudy devait bien reconnaître qu'il ne s'était jamais beaucoup préoccupé des pierres, sauf au niveau le plus simple.

« Je me suis cogné la tête contre une pierre et j'ai des comportements bizarres et…

— C'est une question piège ? » demanda Little Eagle en plissant les yeux.

Ed Little Eagle, petit cousin et homme-médecine de Rudy, lui rappela que les pierres étaient des choses vivantes. Little Eagle était un rêveur de l'élan. Il déclara que les pierres étaient des esprits, et tout aussi vivantes que n'importe quel bipède d'âge mûr, portant arme et flic indien comme Rudy. Little Eagle ne sut que répondre quand Rudy lui demanda si les têtes sculptées dans la pierre du mont Rushmore contenaient des esprits. Puis il se fâcha quand Rudy l'interrogea sur la montagne où les Blancs avaient entrepris de tailler une statue à l'effigie de Crazy Horse, Tasunke Witko.

« Ce qui est sûr, c'est que Tasunke Witko aurait scalpé le cul blanc de ces *wasicus* pour leur apprendre à défigurer la Terre-Mère de la sorte, dit-il. Tu sais, cousin, ils ne cherchent qu'à se faire de l'argent sur notre peau… comme tous les autres *wasicus* de l'État. »

Il raconta encore que Crazy Horse avait attaché une pierre esprit derrière son oreille, et que son extraordinaire pouvoir lui venait de là. C'était la petite pierre ronde qui faisait de lui un guerrier redoutable et un chef oglala respecté. Rudy devait tout de même avouer que jusqu'ici, les pierres n'avaient pas joué un grand rôle dans sa vie, en tous cas pas jusqu'à ce qu'il se flanque la tête contre une de ces rosseries et se mette à faire des trucs déments et dangereux.

Minute, minute, lui dit une voix dans sa tête. Rudy se souvenait effectivement d'une pierre qui avait eu un impact sur sa vie autrefois, quand il était au lycée et que Mogie armé d'une pierre avait frappé un soir leur père ivre à la tête parce qu'il battait leur mère. C'était la seconde fois que son frère et son père en venaient aux mains. Son frère s'était battu et avait mis leur père au tapis, raide K.O., ce qui l'avait apparemment ramené à de meilleurs sentiments. Par la suite, il n'avait plus jamais porté la main sur sa femme ou ses gosses.

Après que Mogie eut expédié le vieux dans les

pommes, ils s'étaient mis à appeler leur père « Tête de Pierre » derrière son dos. Un an plus tard environ, Sonny Yellow Shirt atterrit à Alliance dans le Nebraska. En août 1968, il y mourut d'une crise cardiaque alors qu'il travaillait dans une fabrique de sucre de betterave. Rudy et Mogie en avaient conclu que la pierre possédait un réel pouvoir. Lorsqu'ils enterrèrent leur père au cimetière de Red Cloud, Mogie jeta la pierre dans la tombe, avec lui.

Cette année-là, Mogie avait terminé ses études au lycée. En juin 1968, il s'était engagé dans l'armée. Lorsque, deux mois plus tard, Mogie était revenu en permission pour l'enterrement de leur père, Rudy était très fier de son frère, impressionné jusqu'à l'envie. L'uniforme militaire le métamorphosait et le mettait au-dessus de l'Indien moyen de Pine Ridge. Un an après que Mogie se fut engagé dans l'armée, Rudy fit la même connerie.

Tous deux atterrirent dans l'infanterie au Vietnam. Mogie fit deux séjours dans l'enfer vert, le premier pendant l'hiver 1968-69 et l'autre après avoir rempilé en 1970. Ce fou dingue avait passé quatre années complètes dans l'armée. Rudy avait fait un séjour au Vietnam, de 1969 à 1970. Cela lui avait largement suffi.

Ed Little Eagle, lui aussi ancien du Vietnam, dit à Rudy de ne jamais oublier que la réserve grouillait littéralement d'esprits bons et mauvais. Il lui dit qu'ils devaient tous se méfier constamment d'Iktomi, le trickster. Little Eagle lui dit qu'il leur fallait se souvenir de ce qu'Inyan, la Pierre, l'ancêtre de tous les dieux, était père d'Iktomi, le roi de l'embrouille, le joueur de tours à la nœud. Il lui dit qu'ils devaient aussi se souvenir qu'Iktomi leur apparaissait sous toutes sortes de déguisements.

En général, les gens croyaient qu'Iktomi se présentait sous l'aspect d'une araignée, dit-il encore, mais il pouvait tout aussi bien paraître sous la forme d'une pierre.

Ennut, dit-il à Rudy. Iktomi était bien capable de se matérialiser sous la forme d'une pierre sur le sol, et sur le chemin d'un flic en pleine course. Et si ce flic en pleine course trébuchait et se flanquait la tête la première contre la pierre, nul ne pouvait prévoir les gags et les délires à la Tex Avery qui risquaient de se produire.

« Si ça se trouve, dit-il à Rudy, Iktomi est rentré dans ton cerveau quand ta tête a cogné contre cette pierre. »

C'était là en gros le contenu du discours que Little Eagle tint à Rudy. Et Rudy n'eut pas le cœur de l'interroger sur des questions plus graves, sur la nature exacte de la folie par exemple. La folie pouvait-elle être provoquée par un choc à la tête ? Les dieux et les esprits indiens n'avaient-ils pas mieux à faire pour passer le temps ? Ou bien encore, comment se comporterait la bourse cette année ? Rudy se contenta de se taire et d'écouter.

Par mesure de précaution, Little Eagle lui conseilla d'attendre un peu, et il lui fit les recommandations d'usage : offrir de petits sachets de tabac — ce qu'on appelle *canli wapahte* —, des fanions pour les quatre directions, de la sauge, du cèdre et une tresse de glycérie. Il promit que, si les choses ne s'arrangeaient pas, il donnerait une cérémonie de guérison pour Rudy, s'il le désirait. Mais seulement s'il le désirait.

« Et si ça ne marche pas, on aura plus qu'à te filer un lavement, dit Little Eagle en se retenant de rire à deux mains. Et on tirera la chasse sur tous ces mauvais esprits. »

85

Après sa chute cette nuit-là, Rudy avait pensé qu'il serait sans doute prudent de consulter un spécialiste pour des examens approfondis. Peut-être que ce fichu caillou lui avait provoqué une tumeur au cerveau. Allez savoir. Le Dr Fitzgerald, le type qu'il voyait régulièrement à l'hôpital, n'avait parlé que de commotion bénigne. Et, autant que Rudy pût s'en rendre compte, la chute n'avait pas eu de conséquences indésirables sur le plan physique.

Il était beaucoup moins tolérant envers les gens qu'il côtoyait dans son travail, mais cela venait sans doute du trouble que lui causait le départ de Vivianne. Rudy éprouvait aussi un besoin croissant de punir personnellement les délinquants qui croisaient son chemin. Évidemment, ce n'était pas très prudent pour un flic de se transformer en justicier de l'ombre. Récemment, la vague de brutalités policières dans les réserves avait fait la une des journaux.

Rudy savait bien qu'il devrait sans doute passer au scanner, mais il avait une frousse bleue des médecins depuis qu'il avait été blessé au Vietnam. Là-bas, il avait pris une giclée de AK-47 dans la cuisse, une blessure relativement bénigne. Il n'était pas sûr que ce soit vrai, mais en arrivant au Vietnam, les anciens lui avaient raconté que les niacoués trempaient leurs balles dans des excréments humains. Quoi qu'il en soit, sa jambe tout entière s'était infectée, et il était resté accroché à un goutte-à-goutte pendant un mois et demi. Ce souvenir le poussa finalement à consulter un spécialiste à l'hôpital militaire, mais le médecin ne lui trouva aucune lésion cérébrale.

Il se sentit soulagé que sa rencontre avec la pierre ne lui eût pas laissé de séquelles physiques. Peut-être perdait-il tout simplement l'esprit. Ce qui était tout de même plus facile à avaler que l'idée d'une tumeur enflant dans son cerveau. Rudy était convaincu que ses problèmes finiraient par s'évaporer. Si c'était Iktomi ou quelque autre méchant esprit qui le tourmentait, il ferait faire une cérémonie. S'il lui fallait recourir à une cérémonie, Rudy la ferait faire par Little Eagle. Little Eagle était un rêveur de l'élan. Il était réputé pour interpréter les rêves, donner des rêves et guérir les gens des mauvais esprits.

La plupart des Indiens bon teint croyaient dur comme fer aux rêves et, ces temps derniers, Rudy en avait fait quelques échantillons à vous électrifier l'entrejambe. Tout récemment, il avait rêvé qu'il souffrait d'un cancer des poumons. Un homme-médecine immensément gras et guilleret qu'il n'avait jamais vu lui disait d'arrêter de fumer pendant une semaine. Rudy l'avait fait, et il avait guéri. Dans le même rêve, on lui apprenait que ses artères étaient obstruées. L'homme-médecine lui disait de prendre un cachet d'aspirine tous les jours pendant une semaine. Rudy l'avait fait, et on lui avait dit que ses artères étaient comme neuves. Mais dans ce même rêve, son frère Mogie apprenait qu'il avait une cirrhose du foie. L'homme-médecine lui disait de boire de la bière légère pendant une semaine. Mogie l'avait envoyé foutre en déclarant qu'il resterait au vin.

Les rêves étaient les ombres de la réalité, à moins que ce ne soit le contraire. Dans le rêve, Mogie s'exprimait avec sa verve habituelle. Après le Vietnam, il y avait eu ces années pendant lesquelles Rudy avait considéré son frère Mogie comme une malédiction honteuse. Tous deux avaient servi le pays dans l'infanterie, comme de nombreux autres Indiens, mais à leur retour, Mogie avait plongé direct dans les drogues et la boisson. Profitant des bourses pour les anciens soldats, Rudy était entré à l'université. Après deux ans passés à étudier le journalisme et trois étés de stage à l'*Argus-Leader* de Sioux Falls, il s'était orienté vers le droit criminel.

Deux ans plus tard, en 1976, Rudy avait décroché son diplôme et regagnait la réserve de Pine Ridge pour y devenir flic. Après s'être échiné des années, et souvent ennuyé, à gravir les échelons de la hiérarchie, il avait fini par devenir détective avec grade de lieutenant. Depuis seize ans qu'il était flic, il avait sans doute arrêté Mogie Yellow Shirt une petite douzaine de fois pour ivresse manifeste ou tapage public. Mais il l'avait laissé filer — avait fermé les yeux — bien plus souvent encore.

Son jeune frère Vincent lui avait dit un jour que s'il existait une hiérarchie secrète des ivrognes, Mogie serait généralissime. Vincent était un homo, un *winkte*, là-bas, à San Francisco ; mieux valait donc ne pas le prendre trop au sérieux.

Après s'être cogné la tête, Rudy s'était embarqué dans une liaison avec Stella Janis, l'épouse de son cousin. Il s'était pourtant promis de ne pas baiser les femmes des autres après son aventure quinze ans plus tôt avec Serena, la femme de Mogie. Seulement, son entrejambe avait mystérieusement ressuscité. L'idée de sa bite ressuscitée des morts tel un drôle de Jésus tubulaire l'amusait, mais ce brusque regain de désir avait ses avantages et ses inconvénients. Inexplicable mais vrai, il lui était maintenant facile d'avoir des érections, sauf que ces érections avaient besoin d'affection.

Durant toute l'année qui avait précédé le retour de Vivianne dans le Minnesota, Rudy ne s'intéressait plus guère aux choses du sexe, et ce qui l'avait d'abord attiré chez Vivianne, c'était justement le sexe. Ce qu'elle faisait au lit de son corps magnifique l'avait littéralement hypnotisé et, ayant découvert qu'ils pouvaient aussi s'entendre en tant qu'amis, Rudy avait décidé de l'épouser.

« Tu veux qu'on se marie ? lui avait-il demandé une nuit, alors qu'ils ne sortaient ensemble que depuis quinze jours.

— Si tu m'aimes », avait-elle répondu, et il avait scellé l'accord d'une poignée de main.

La semaine précédente, deux incidents étranges s'étaient produits, témoins des importants changements qui s'opéraient en lui. Vers onze heures le vendredi, Rudy avait été appelé près de Slim Buttes pour participer à l'enquête sur un accident de la route. Deux lycéennes avaient roulé dans un ravin avec leur vieille guimbarde cabossée et avaient toutes deux été décapitées. Évidemment, les filles avaient bu. Le premier policier arrivé sur les lieux déclara qu'il y avait des boîtes de bière pleines et vides plein leur Chevrolet de 78.

Ayant rassemblé son matériel, Rudy prit la route désolée qui menait à Slim Buttes. Il n'attendait pas de surprise de l'aventure. Dans la rez, la mort au volant était chose commune. Les Indiens, les voitures et l'alcool constituaient un cocktail presque toujours fatal. Les routes de la rez étaient parsemées de ces petits monuments d'accidents mortels que la voirie de l'État érigeait avec une jubilation toute bureaucratique.

Il était à mi-course quand un fort vent chaud se leva et se mit à pousser des *tumbleweeds*[1] du haut des col-

---

1. Variété d'amarante dont la partie supérieure se détache et roule librement sur le sol.

lines vers la route. Elles dévalaient rapidement la pente, et en grand nombre, tels les fantômes des bisons qui, autrefois, parcouraient ces terres. Rudy en fut d'abord amusé et considéra la migration des plantes avec un respect mêlé de crainte, mais à mesure que le temps passait, l'irritation le gagna.

Ces herbes vagabondes nuisaient à la visibilité, l'obligeant à ralentir. Il ralentit donc, et c'est alors que l'arrière-grand-père de toutes les *tumbleweeds* s'accrocha au capot de sa voiture de patrouille. Rudy n'y voyait plus rien. Il dut piler pour s'arrêter. Le gobelet de déca posé sur le tableau de bord se renversa, inondant la radio, s'infiltrant à l'intérieur et causant un court-circuit.

Lorsqu'il sortit pour arracher de haute lutte le squelette végétal de sa voiture, il remarqua les étoiles, si nombreuses, si brillantes qu'il en resta sidéré. Il distinguait clairement la Voie lactée, la route des esprits des ancêtres défunts. Rudy se souvenait avoir pensé alors qu'il n'avait sans doute pas regardé les étoiles depuis des années. Elles étaient si brillantes qu'elles n'avaient pas l'air vraies, semblaient tout droit sorties d'une odyssée de l'espace cinématographique.

Au même moment, et par quelque mystère, un délicieux et doux sentiment d'amour se répandit dans tout son être — alors même qu'il partait enquêter sur une double mort. Rudy Yellow Shirt baignait dans des sentiments d'amour pour Vivianne. Une tendresse profonde pour tout ce qui l'entourait s'exhalait de son corps, de son âme et, simultanément, il éprouvait le désir d'être câliné. Chassant ces impressions de son esprit, il agrippa le grand-père *tumbleweed* qui avait presque la taille de sa voiture, et le souleva au-dessus de sa tête. Une violente bourrasque l'emporta dans les airs tel un cerf-volant, et la plante disparut. Alors, comme sur un signal, le vent tomba d'un coup.

Rudy reprit le volant de sa Crown Victoria de patrouille et fila vers le lieu de l'accident avec ses clignotants rouges de police allumés. Il était presque rendu lorsqu'il se découvrit une formidable érection. La trique mal venue n'était pas de ces molles imitations spongieuses de bandaison qui lui étaient si familières depuis quelques années, mais dure comme pierre, et pulsant à n'en plus pouvoir. Rudy n'avait plus d'érections spontanées depuis longtemps, et même lorsqu'il avait des rapports avec Vivianne, il fallait qu'elle s'escrime sur son micro-salami sioux pendant un bon moment pour l'amener à un état de rigidité à peu près viable.

Lorsqu'il arriva sur les lieux de l'accident, il resta quelques minutes dans sa voiture à examiner son carnet et à feindre d'écrire en attendant que l'érection disparaisse. Il ne pouvait pas sortir dans cet état. Il bandait toujours, et les autres flics ne manqueraient pas de le remarquer sur l'instant. Même pour son pénis très moyen, c'était une érection fabuleuse. Les autres flics en resteraient baba. *Ben merde, Eltee, tu te paies une fameuse trique. Ces filles en perdront sûrement pas la tête vu que c'est déjà fait, mais pour le reste, elles ont l'air à peu près entières...*

Un flic indien avait tout intérêt à s'endurcir fissa s'il tenait à survivre. N'empêche, Rudy ne comprenait vraiment pas pourquoi cette fichue érection lui était venue. Il réfléchit que peut-être, la pierre qui l'avait frappé à la tête avait en quelque sorte expédié sa densité, sa masse atomique jusque dans son pénis.

Au bout de quelques minutes, il cessa de bander et sortit de voiture pour faire son travail. Tout en mesurant les traces de dérapage, en prenant des photos du véhicule accidenté et des deux filles décapitées, il ne pensait qu'à faire l'amour avec Vivianne. Il se dégoûtait lui-même tant l'image était déplacée. Rassemblant ses forces, il tenta de se reprendre en main, de montrer un peu de respect pour les mortes. Le sang, les tripes et la cervelle avaient giclé partout, et le dénommé Rudy, flic de son état, ne pensait qu'à sa prochaine partie de cul.

Son service terminé, il rentra chez lui vers six heures le lendemain matin. Il nourrit ses trois malamutes, épongea un pipi sur le tapis avec une vieille serviette et mit les chiens dehors. Ensuite, il but deux Budweiser glacées. Rudy avait trois jours de congé avant de reprendre le travail. Il resta dans le noir, stores baissés, à boire de la bière jusqu'à s'endormir sur le Stratalounger.

C'est alors que se produisit une autre chose étrange. Un nouveau rêve, un cauchemar dont il s'éveilla trempé de sueur et tremblant, plein de remords et de tristesse.

Comme beaucoup de gars qui avaient fait le Vietnam, Mogie avait eu des pans entiers de cerveau court-circuités là-bas. Rudy avait parfois des flashbacks déplaisants, mais le malheureux Mogie avait vraiment chopé le syndrome de la guerre par le côté merdeux. Après être rentré, Mogie avait pris le sentier de l'autodestruction et s'en était fait une carrière, un but dans l'existence. Mais le Vietnam n'était pas seule cause de sa folie.

Mogie était une auto tamponneuse dans un monde de fête foraine, et il considérait tous les humains qu'il rencontrait comme autant d'autos tamponneuses. Chaque jour, il buvait et prenait des drogues qui l'envoyaient en l'air, par le fond, et même de côté. Il se battait beaucoup et, un jour, lors d'une rixe dans un bar indien de Rapid City, il avait assommé un jeune Crow avec une queue de billard. Suite à cela, Mogie avait passé six mois de l'année 1974 en taule au pénitencier d'État de Sioux Falls pour coups et blessures.

À sa sortie de prison, il était rentré à Pine Ridge et leur mère avait fait cuire une dinde pour lui. Mogie s'était montré aimable, quelque peu réservé mais, plus tard ce soir-là, il s'était soûlé et avait mis la main sur du Seconal[1]. Il avait perdu connaissance et il était tombé de sa chaise dans la cuisine, chez lui. Affolée, sa femme Serena avait appelé Rudy qui s'était rendu aussitôt à leur duplex du H.U.D. pour s'assurer que Mogie n'avait rien de grave. Rudy était rentré de l'université d'État du Dakota du Sud pour deux semaines de vacances avant de prendre son emploi de stagiaire pour l'été à l'*Argus-Leader*.

À l'époque, Rudy croyait tout savoir, mais il n'aurait pas su dire si Mogie était en danger. Il avait donc appelé les Services de santé qui étaient venus avec l'ambulance et l'avaient examiné. Rien de bien grave, avaient déclaré les deux gars des urgences. Simple défonce avec extinction des feux. Il dormirait jusqu'à ce que ça passe, avaient-ils dit, et ils avaient jeté un regard méprisant sur Rudy en découvrant le petit flacon de Seconal à moitié plein.

« C'est quoi, ce truc que t'as sur la tête ? » lui avait demandé l'un des *iyeskas* de l'ambulance. Il voulait parler de sa coupe à la Beatles. « T'es un hippy ou

---

1. Marque de tranquillisant.

quoi ?» demanda le plus visage pâle et le plus musclé des deux. Rudy n'avait jamais vu ce client de toute sa vie et ne comprenait pas ce qui le rendait si chiant. Il ignora la question imbécile, mais c'est que le type insistait. Et sarcastique avec ça.

«Alors Joe Cool, tu vas nous dire ce que c'est, ce truc posé sur ta tête ? Un animal sauvage ou…

— Ouais, ben pour être sauvage, c'est sauvage. C'est la chatte de ta mère, répondit Rudy avec un clin d'œil.

— Enfoiré !» répliqua l'ambulancier en s'avançant sur Rudy. Son collègue l'agrippa à temps, ou ils auraient vidé leur querelle sur le champ. Ensuite, il l'entraîna d'une main ferme hors de chez Mogie.

«Et tiens-le bien, que je le revoie pas ici !» hurla Rudy à leur dos.

Les ambulanciers partis, il aida Serena à monter Mogie dans la chambre où elle le dévêtit et le recouvrit de couvertures. Il dormait comme un bienheureux, et son fils Herbie tout bébé dormait dans son berceau dans un coin de la pièce. Serena et Rudy fermèrent la porte derrière eux et redescendirent au salon. Là, Serena lui proposa une Coors et des œufs au plat sur des toasts. Elle prit une bière et des œufs elle aussi et, lorsqu'ils eurent terminé, elle retourna chercher deux Coors toutes fraîches.

Elle supplia Rudy de raisonner son frère, mais cela ne servait à rien. Elle savait bien qu'il avait essayé à maintes reprises de remettre Mogie sur le droit chemin. Mais Mogie n'en faisait qu'à sa tête. Et d'ailleurs, expliqua Rudy à Serena, les grands frères ne reçoivent pas d'ordres de leurs cadets. Mogie était tout simplement un de ces invalides ambulants, une victime du Vietnam.

«Cela ne m'amuse pas beaucoup de parler du Vietnam, lui dit-il.

— Je te comprends, Rudy, tu peux me croire. À vivre avec ton frère, je comprends qu'on ait pas très envie d'en parler…

— Il ne s'agit pas de toi, tu sais. Le truc, c'est que contrairement à certains autres, je n'aime pas en parler. Là-bas, c'était l'horreur dans les grandes largeurs, tu comprends?

— Mais oui, je comprends, je te l'ai dit», répondit Serena en lui tapotant la main.

Le truc, et Rudy le savait, c'est que certains anciens combattants faisaient carrière sur leurs souffrances dues à l'armée, et d'autres pas.

Un jour, Rudy avait déclaré à un ami : «Surtout, ne t'y trompes pas. Je n'ai pas de rancune envers Mogie, en tout cas, pas que je sache.»

Mogie avait été blessé trois fois là-bas. Il avait fait deux séjours en enfer. Seuls les braves, les désespérés, où les nique-ta-mère complètement zingués y retournaient. Rudy avait été touché, mais ce n'était qu'à la cuisse, rien de très grave. Mogie avait écopé une fois aux deux bras, une fois dans le derrière, et une fois au front. Trois Purple Hearts[1], la médaille des crétins comme disaient les soldats du front; par la suite, il avait mis ses décorations au clou pour s'acheter du vin.

La femme de Mogie s'était mise à pleurer doucement et, au même moment, on avait sonné à la porte. C'était sa cousine, Felicia. Serena et Felicia se ressemblaient comme deux sœurs. Elles portaient toutes deux des tresses et des lunettes cerclées d'acier. Elles avaient la peau claire des sang-mêlé. Rudy était de

1. Cœurs de pourpre, décoration.

race pure, mais il était toujours resté en marge du climat d'hostilité qui régnait dans la rez entre les Indiens de race pure et les sang-mêlé. Sa propre famille élargie était composée pour moitié d'Indiens bon teint et pour moitié d'*iyeskas*. Et bon nombre de ces *iyeskas* avaient franchement l'air de Blancs avec leurs yeux verts, leurs cheveux blonds, leur petits nez retroussés, parfois même leurs taches de rousseur.

Serena et Felicia avaient un peu plus de vingt ans, elles étaient bien en chair, timides toutes deux, et parlaient sans hausser le ton. Assis entre elles deux sur le canapé tandis qu'ils buvaient de la bière, Rudy était devenu selon son expression d'alors un livre de concupiscence entre deux serre-livres de désir, ou un truc à la noix de ce genre. Aujourd'hui, il avait parfois peine à croire qu'il avait un jour été pris dans l'engrenage de ce cliché débile : bite qui bande n'a pas de conscience.

Il savait bien que ce qu'il faisait risquait de foutre en l'air toute la vie de Mogie, mais il le fit quand même. Le désir innocent n'était qu'un leurre. Et ces filles n'étaient pas totalement innocentes ; parfaitement conscientes de ce qui se passait, elles auraient pu y mettre un terme tout autant que lui.

Rudy ne savait pas au juste comment cela avait commencé, ni quels messages chimiques codés s'étaient échangés en secret, mais il savait que de puissants salopards d'esprits se promenaient dans l'air, les dirigeaient, les incitaient au désir charnel. Serena pleurait sur Mogie, et il l'avait entourée de son bras pour la consoler en beau-frère loyal.

Felicia s'était rapprochée et penchée en travers de lui pour réconforter Serena. Alors, il avait entouré les deux femmes de ses bras. Toutes deux s'étaient mises à pleurer, et lui aussi. Puis Rudy les avait embrassées toutes les deux, gentiment, pas de ces baisers sexuels avec langue chercheuse, seulement de doux et tendres baisers fraternels de compassion. C'est ainsi que la trahison avait commencé, qu'il avait trahi son frère.

Un tourbillon de passion les avait emportés et, bientôt, Rudy ne pouvait plus s'arrêter. Cinq minutes plus tard et deux Coors plus loin, il avait sortit les seins de Serena de son corsage cependant que son autre main était enfouie dans le jean déboutonné de Felicia. Les deux filles s'escrimaient sur sa braguette, tentant de dégager sa trique monstre bandante du pantalon. C'est alors que — Dieu de miséricorde — Mogie était entré dans la pièce avec le petit Herbie dans les bras. Il avait tendu le bébé à Serena sans même jeter un regard sur son frère, comme si Rudy Yellow Shirt n'était pas là.

« Doux Seigneur Jésus sur une croix d'allumettes ! » avait bredouillé Rudy dans un souffle. Il transpirait à grosses gouttes, et il avait à moitié peur de devoir affronter Mogie.

Drapé d'une vieille couverture, Mogie ne broncha pas. Mais, du coin de l'œil, Rudy entr'aperçut sur le visage de son frère une expression de tristesse à vous arracher le cœur. Il se sentait *kuja* — malade à vomir —, il avait envie de se lever, de mentir, de déclarer qu'il ne faisait pas de mal, mais Mogie tourna les talons et regagna la chambre. Après cela, Mogie ne lui avait pas adressé un seul mot de deux ans, et Rudy ne pouvait pas vraiment lui en vouloir. Mogie était son frère aîné, et Rudy lui avait carrément planté le couteau de Caïn entre les omoplates.

Quinze jours plus tard, Mogie divorçait de Serena. Et quatre ans après le divorce, Serena mourait d'une overdose d'héroïne à Bell Gardens en Californie. Her-

bie fut réexpédié dans la rez pour y être élevé par sa
tante Helen. À ce moment-là, Mogie s'était engagé
corps et âme sur la voie de l'autodestruction.

Lorsque Vivianne et Rudy s'étaient proposés pour
recueillir Herbie chez eux, Mogie avait refusé. Lorsqu'ils lui avaient demandé pourquoi, il s'était abstenu
de répondre. Il était resté là à regarder par terre, serrant et desserrant les poings. Il n'avait pas besoin
d'exprimer le fond de sa pensée que Rudy connaissait.
Il en voulait toujours à son frère pour ce qu'il lui avait
fait subir, et ni l'un ni l'autre ne comprenaient comment Rudy avait pu se conduire avec tant de cruauté.

Dans son rêve, Rudy avait revécu toute la scène
avec Serena et Felicia, mais il y avait une différence de
taille, une différence terrifiante qui l'avait réveillé,
tremblant et trempé de sueur : Mogie était sorti de la
chambre en feu, complètement enveloppé de flammes.
C'était une vision à vous ratatiner les testicules et, à
peine réveillé, Rudy s'était levé pour avaler une bière
avec trois aspirines.

Deux heures plus tard, après s'être douché et vêtu,
il prit le volant et remonta la route sur trois miles
jusqu'à Whiteclay, Nebraska, cherchant Mogie pour
s'assurer qu'il n'avait rien de cassé. C'était le remords
qui le poussait, évidemment, mais il aimait encore son
grand frère et l'aimerait toujours. Toujours.

Rudy le trouva assis parmi les mauvaises herbes, un
peu en retrait de la grand-rue du petit hameau minable.
Il se hâta de sortir de la voiture pour aller lui parler.

« Allez Mogie, dis au moins *hau!* » l'encourageait
Rudy. Mais Mogie s'entêtait à ne pas répondre. Il regardait son frère sans le voir, comme s'il était transparent.

Rudy essaya de lui donner deux dollars, mais Mogie détourna la tête et grommela quelques mots en indien que Rudy ne put saisir. Mogie portait des vêtements crasseux et semblait ne pas s'être rasé d'une semaine. Il empestait, comme s'il avait chié dans son froc. L'un de ses compagnons, un petit gros édenté de race pure qui répondait au nom de Verdell Weasel Bear[1], prit les deux dollars de Rudy.

« Il est pas d'humeur à causer, Rudy. Je veillerai sur le pognon pour lui. Merde, tu sais bien que tu peux me faire confiance.

— Ça va, l'ours, je te ferais même pas confiance pour te torcher le cul », dit Rudy en feignant de lui envoyer un coup à l'estomac. Il savait bien que Weasel Bear veillait fidèlement sur Mogie. « Arrête donc de jouer les machos, ça te va pas.

— Je suis pas un macho d'Indien. T'es quoi, toi ? Le fouine merde officiel de la police ? » Weasel Bear eut un sourire niais, comme s'il trouvait sa remarque drôle. « Et d'abord, me traite pas de macho.

— Je te traite pas. T'es qu'un chien galeux qui a appris le langage des humains et qui traîne autour de mon frère.

— Pour sûr que je suis humain. C'est pas moi qu'on prendrait à gagner de l'argent pour enfermer les miens dans les prisons de l'homme blanc, rétorqua Weasel Bear en regardant Rudy droit dans les yeux. Et je dirais pas que t'es mon *kola*, Rudy. Tu te crois sans doute trop bien pour nous autres, ceux de la base…

— De la base ?

— Ouais, nous les Indiens de base. »

Verdell Weasel Bear avait deux classes d'avance

---

1. *Weasel*, « fouine » ; *bear*, « ours ».

sur Rudy au lycée et, depuis ce temps-là, les années ne l'avaient pas épargné. Sa peau sombre avait cette teinte violacée qui trahissait souvent de graves problèmes de foie. Mais compte tenu des milliers de litres de vin qu'il avait engloutis, sa tête s'avérait étonnamment claire à l'occasion.

« Arrange-toi pour qu'il récupère les deux dollars, tête de fouine, ou si je te retrouve, je te claque la gueule à t'en faire pisser dans ton froc », dit Rudy en pointant vers lui un index menaçant. Il s'efforçait au sérieux mais manquait de conviction. Heureusement qu'il arrivait à garder son sérieux dans le travail !

« Elle est bien bonne, Rudy. Me claquer la gueule à me faire pisser, hein ? Où tu l'as prise, celle-là ? Tu sais que tu ferais un bon comique ? Un Arsenio, un truc de ce genre, dit-il en pouffant de rire. Même que tu ressembles à Arsenio.

— Tu veux parler de ton cousin *hasapa*.

— De ton amant secret au cul noir, renchérit Weasel Bear qui voulait le dernier mot. De ton joli petit copain tout noir. »

Le soleil couchant était couleur citrouille et, quelque part, une grande chouette hululait. Rudy se détourna du triste tableau que faisait Mogie avec son Sancho Pança peau-rouge et reprit le volant pour rentrer tranquillement à Pine Ridge.

C'est alors que lui vint l'idée qu'un « Guerrier de la Vengeance » devrait mettre le feu aux débits de boissons de Whiteclay. Peut-être que leur tribu se soûlerait un peu moins si quelques marchands de whisky flambaient. Tout valait la peine d'être essayé ; même un truc aussi bête que celui-là.

Quoique. Les gens iraient dénicher leur picolo ailleurs. En Amérique, toutes les villes qui bordaient les réserves faisaient du fric sur le dos des Indiens d'une manière ou d'une autre. Et quand les Indiens n'avaient plus d'argent, on les traitait comme des bêtes. Toutes ces villes s'engraissaient de la misère indienne, et il en serait peut-être toujours ainsi. Mais les Indiens pouvaient geindre et râler tout leur content. Les villes frontières n'étaient pas leurs pires ennemis. Leurs pires ennemis, c'étaient eux-mêmes. Storks avait dit un jour à Rudy que l'homme blanc avait opprimé les Indiens pendant des siècles et que les Indiens avaient ainsi appris à s'opprimer eux-mêmes.

En tant que flic, le travail de Rudy consistait à sauver les Indiens d'eux-mêmes. Il aurait été satisfait s'il avait seulement pu sauver Mogie de lui-même, mais c'était en soi un travail à temps plein. Et il en savait trop pour se porter volontaire.

5

Rudy retrouverait ces salopards qui avaient tué le jeune Red Tail. Il vengerait sa mort. Mais d'abord, il allait se dénicher une chatte disponible pour voir s'ils ne pourraient pas se payer un bon moment à deux. Son état de rut soudain le laissait confondu. Ses hormones étaient en révolte, et il n'allait pas rester sur la touche à regarder en innocent spectateur pendant qu'à l'étage en dessous, son serpent de braguette lui faisait un numéro de banane d'assaut.

Il lui fallut deux semaines avant de retrouver les assassins. Il venait de terminer son service pour la journée, et la chaleur de l'après-midi s'était dissipée pour céder la place à une soirée d'une douceur surprenante. Des nuages de pluie narguaient la terre déshydratée lorsqu'il se gara devant le Conoco Minimart de Big Bat pour prendre un café et grignoter quelque chose. Il était vanné, crasseux, et heureux d'en avoir fini pour la journée.

Rudy s'installa à une table près de la fenêtre et commanda du poulet et des frites qui avaient dû bouillir dans la même huile. Il avait un besoin congénital de sel et d'aliments riches en cholestérol. Il se sentait un brin masochiste, comme s'il avait besoin de se punir un minimum pour avoir, la semaine précédente, fait l'amour pour la septième fois avec la femme de son cousin Storks.

Lorsque la serveuse, jolie mais boutonneuse, lui apporta son plat, Rudy s'y attaqua gloutonnement en s'efforçant de ne pas prêter attention au groupe de lycéens défoncés qui dansaient le rap au son d'une machine à bruit près d'une table en coin de la zone restaurant. Tous semblaient souffrir d'une pathologie de l'attention[1]. Parmi tous les parents que Rudy connaissait, rares étaient ceux qui n'avaient pas de problèmes avec leurs enfants adolescents. Mais ces ados-là lui faisaient l'effet d'extraterrestres. Ils venaient d'une autre planète, pour sûr.

Vingt-cinq ans plus tôt, quand il avait leur âge, les jeunes étaient différents, mais tout aussi secoués. La seule différence, c'est que leur monde bougeait moins vite, qu'il était moins violent. Ils avaient les Beatles, les Stones, les Grateful Dead. Aujourd'hui, ils avaient Ice-T et Madonna, le Heavy Metal et tous ces rappeurs machos sans éducation, avec leur mauvaises rimes et leurs appels aux armes, les attardés mentaux du gangstérisme. Rudy haussa les épaules et se remit à manger. C'est alors qu'une bagarre éclata entre deux des garçons qui paraissaient un peu plus âgés que les autres mômes du groupe.

Ce n'étaient pas vraiment des garçons mais des jeunes gens. Il y en avait un que Rudy ne connaissait

---

1. *Attention deficit disorder*, pathologie de l'attention qui se manifeste chez les jeunes par une incapacité à se concentrer souvent doublée de conduites répétitives ou obsessionnelles. Ce dysfonctionnement est généralement lié au syndrome d'alcoolisme fœtal, fréquent dans les réserves, les ghettos urbains et les couches sociales défavorisées. On le rencontre aussi chez les drogués.

pas ; l'autre, il le connaissait vaguement, un des
mômes de la famille Black Lodge. Le jeune Black
Lodge faisait à peine un mètre quatre-vingts et rendait
cinq bons centimètres à son adversaire. Ils devaient
avoir dans les vingt et un ans. En T-shirts noirs et cas-
quettes des L.A. Raiders avec la visière sur la nuque,
les cheveux complètement rasés sur les côtés — une
coupe à faire peur —, ils avaient l'air de transfuges du
ghetto urbain. Ils portaient tous deux des shorts noirs
beaucoup trop grands et si informes que, de dos, on
aurait pu croire qu'ils avaient un paquet de merde aux
fesses.

Pour une raison inexpliquée, le jeune Black Lodge
portait des bottes de cow-boy avec son short informe.
Ces bottes horripilaient Rudy sans qu'il parvienne à
comprendre pourquoi. Cela lui venait peut-être de son
passé. En tout cas, le môme avait une drôle de touche,
mais Rudy n'était pas là pour juger de leur tenue ou
leur donner des leçons en matière de mode. Dans les
années soixante, Mogie et lui avaient été les deux premiers de la rez à arborer des coupes à la Beatles. Et
puis zut, à la fin, il était fatigué, il n'avait pas besoin
de s'empoisonner la vie avec ces mômes. Il n'était
plus de service.

Ils roulaient sur le sol quand Rudy prit le mors aux
dents. Bondissant de son siège, il agrippa le jeune
Black Lodge par la peau du cou et le décrocha de
l'autre garçon pour l'expédier plus loin d'une bourrade. Puis il tendit la main pour relever l'adversaire.
C'est alors que Rudy remarqua les Air Jordan noires à
lacets vert fluo aux pieds du môme. Cet enfoiré avait
des putains de lacets vert fluo !

Le cerveau de Rudy tournait à plein régime. Il avait
les mains moites. Mais il s'efforça au calme. Depuis

quinze jours, il regardait les chaussures des gens en quête des lacets verts, et ils étaient là, sous son nez. Les esprits venaient de lui offrir une jolie chance. Dans le travail de police, il arrivait souvent que les choses tombent niaisement en place sans raison apparente, par chance, par pure, fichue coïncidence.

Rudy tira le garçon près de son camarade et leur dit à tous deux d'arrêter leurs conneries. Il fit de son mieux pour paraître détaché, indifférent, vaguement paternel. Il les fixa une dernière fois d'un œil sévère et retourna finir son poulet. Il mangeait lentement, attendant que monsieur Lacets Verts se décide à partir et, lorsqu'il se décida, Rudy le suivit.

Monsieur Lacets Verts sortit avec le fils Black Lodge, son adversaire de tout à l'heure. Ils riaient tous deux, apparemment réconciliés. Rudy fouilla ses souvenirs, se demandant s'il avait un jour été aussi jeune, aussi sot, aussi superficiel et pitoyable. C'était vraiment gâcher la jeunesse que de la donner aux jeunes.

«Allons nous chercher quelques mousses», proposa monsieur Lacets Verts. Rudy était sur leurs talons mais, dans le parking encombré, ils n'y prêtèrent pas attention.

«Chiche», répondit le fils Black Lodge, et ils montèrent tous deux dans une Firebird passée à l'enduit gris avec de grosses roues sport. Ils démarrèrent en trombe dans un jet de graviers, laissant derrière eux un nuage de poussière et les cris enthousiastes d'un groupe de fillettes à bicyclette. Rudy se fit la remarque que les gosses d'aujourd'hui n'avaient aucune humilité. S'ils n'avaient pas de honte, ils ne pouvaient guère avoir de fierté.

L'humilité était autrefois une vertu lakota. Mogie avait un jour déclaré que le dernier Indien libre était mort quand Crazy Horse avait été tué à Fort Robin-son. C'était peut-être vrai, songea Rudy. Aucun d'entre eux n'était plus libre. À voir leur vie d'aujour-d'hui, il était foutrement difficile d'imaginer qu'un jour ils l'avaient été. Ils rendaient volontiers l'homme blanc responsable de tous leurs maux. De l'avis de Rudy cependant, la pauvreté de la rez était avant tout due à dix pour cent d'ignorance et quatre-vingt-dix pour cent de paresse.

Il suivit les jeunes sur les trois miles qui condui-saient à Whiteclay de l'autre côté de la frontière et se terra dans sa Chevrolet Blazer en les voyant sortir de Chief Liquors avec une caisse de Old Milwaukee. Devant le magasin, Mogie et un autre type mendiaient ou essayaient d'obtenir *icazopi* auprès des clients en fonds. Rudy n'éprouvait ni pitié, ni colère, ni honte pour son frère. Mogie s'avança vers les mômes que Rudy épiait, leur dit quelques mots, et ils lui tendirent une boîte de bière. Mogie Yellow Shirt tourna le coin du bâtiment et s'assit comme un fantôme parmi les ombres pour boire tranquillement sa médecine liquide, son courage liquide.

Rudy éprouvait parfois un sentiment d'impuis-sance, comme si son frère n'était qu'une statistique de réserve parmi tant d'autres, une statistique à laquelle il ne pouvait rien changer. Il ne servait à rien de dire à un ivrogne d'arrêter de boire, cela, il en avait la certi-tude. Il fallait que l'ivrogne touche le fond pour choi-sir entre la mort et la sobriété. Mais Mogie avait déjà touché le fond. Et plusieurs fois. Des tas de putains de fois.

Parfois, Rudy regardait certains politiciens locaux qui s'étaient fait élire pour la seule raison qu'ils étaient devenus sobres. Certains étaient effectivement des alcooliques repentis, mais la plupart d'entre eux avaient déménagé en oubliant d'éteindre les lumières. La ligne était aux abonnés absents. Leurs cellules cérébrales avaient grillé en masse. Le cœur lourd, Rudy reconnaissait que Mogie était comme eux. Le cerveau de Mogie était confit dans du vin à deux sous.

Il renonça à poursuivre ses réflexions philosophiques quand les deux mômes reprirent le chemin de Pine Ridge après un nouveau démarrage sur les chapeaux de roues. À environ un mile de la ville, ils prirent sur une piste de terre. Rudy avait éteint ses phares et les suivait discrètement, à une cinquantaine de mètres. Il faisait noir d'encre dehors, et il avait un mal de chien à voir la route.

Il avançait lentement, se démanchant le cou pour voir. Dans un creux entre des dunes basses, les jeunes s'arrêtèrent et sortirent de voiture. À la lueur de leurs phares, ils se firent un petit feu de saponaires sèches et s'installèrent devant, à boire et bavarder. Lorsque le feu fut lancé, l'un d'eux alla éteindre les phares de la Firebird. Rudy gara son véhicule, coupa le contact et s'approcha d'eux à pas feutrés, glissant parmi les ombres tel un sauvage assoiffé de sang dans un film de John Wayne. Une irrésistible poussée de sexualité brute montait en lui.

Il était peut-être à dix mètres de ces butors, à plat ventre dans l'herbe sèche, et il aurait aimé avoir une de leurs bières. Les Air Jordan et les lacets verts n'étaient qu'une piètre pièce à conviction, un petit indice de rien du tout, pas grand-chose. Rudy se proposait d'épier leur conversation pour voir ce qu'il pourrait apprendre. Pourquoi pas ? Il ne prétendait pas être Sherlock Holmes.

Aplati contre le sol, Rudy les écouta dégoiser pendant près de cinq minutes. Des discours décousus de jeunes qui avaient bu où il était surtout question de femmes et de qui baisait qui dans la rez. Puis monsieur Lacets Verts se mit à se moquer du fils Black Lodge qui portait les super bottes de cow-boy à deux sous au bout recouvert de métal brillant.

« Merde, cousin, dit-il en riant, t'étais même pas fichu de bander pour les fesses de Corky. Hahaha. »

Bingo ! Les yeux de Rudy tournaient comme une machine à sous. Et s'arrêtèrent sur les cerises. Il avait décroché le gros lot. Il dressa l'oreille, s'efforçant d'entendre la réponse de Black Lodge.

« Ayyy », dit celui-ci. Ce fut tout.

Monsieur Lacets Verts continua de persifler. « Comme je disais, *kola* t'as même pas pu bander. Qu'est-ce que tu fais quand t'es avec une fille ?

— Hahhh », dit Black Lodge. Ce fut tout.

« T'es puceau ou quoi ?

— Va te faire foutre, toi et le cheval castré qui t'a amené, répondit Black Lodge. Je l'ai niqué un paquet avec le bout de mes bottes. Je suis pas comme toi, vieux. Je me trimbale pas avec la bite couverte de merde.

— Hé, arrête, j'ai mis une capote, hurla monsieur Lacets Verts. On sait jamais, des fois que cette petite pute aurait le sida, ou de l'herpès, ou une maladie quelconque. En tout cas, ce petit pédé a eu ce qu'il méritait. Et je suis prêt à effacer de la carte n'importe quel enfant de salaud dans la rez qui essaie de me refiler de la came trafiquée. De toute façon, cette pédale, je lui pisse dessus. »

Rudy agita la tête en murmurant un juron. Ces mômes n'avaient même pas l'ombre d'une conscience. Des assassins de sang froid, voilà ce qu'ils étaient.

« C'est ça, marmonna Black Lodge.

— Je veux, oui », dit son partenaire.

Rudy s'éloigna en rampant aussi vite que possible, puis il se releva et courut jusqu'à sa Blazer. Il était sur le point de commettre un délit : le « Guerrier de la Vengeance » allait frapper pour la première fois. Il trouva un sweat-shirt avec une capuche et l'enfila. Piètre déguisement pour justicier en effraction. Puis il dénicha une vieille boîte de cirage noire et s'en tartina le visage. Cela brûlait la peau.

Rudy Yellow Shirt ressemblait furieusement à un nègre, un soldat du bison des temps anciens. Dans un sac fourre-tout sous le siège arrière, il trouva un vieux collant qui lui servait à lustrer ses Tony Lamas noires. Il enfila le collant sur sa tête jusqu'au cou, jeta un coup d'œil dans la glace et grimaça. « Franchement, je me fais peur, se dit-il à lui même. C'est pas des blagues. »

Par mesure de précaution pour ne pas être reconnu, il se poudra encore le visage et le corps à grand renfort de terre sèche. Lorsqu'il en eut terminé, il avait l'air de sortir des pires films d'épouvante, si monstrueux et maléfique qu'il était sûr qu'Arnold Schwarzenegger lui-même en aurait fait dans sa petite culotte hollywoodienne.

Rudy ôta son pantalon d'uniforme réglementaire et passa le bas d'un survêtement rouge. Il ôta ses bottes et mis ses tennis du Kmart. Ensuite, il prit la batte de base-ball en aluminium qu'il avait à l'arrière de sa voiture et repartit en direction des deux jeunes meurtriers. Il avait vaguement peur et un léger vertige, un peu comme un puceau dans un bordel, mais il n'avait pas de remords. Il avait vu le corps sanglant de leur victime, il lui fallait faire quelque chose. Ce meurtre abominable avait offensé sa vue et s'était insinué dans son cerveau où il s'était gravé de manière définitive.

En arrivant à proximité d'eux, Rudy savait qu'il devait agir vite, sans bavure. Il marchait à l'adrénaline et à l'instinct. Ils étaient face au petit feu et avaient entamé leur troisième ou quatrième bière. C'était le moment ou jamais. Le «Guerrier de la Vengeance» masqué au visage noir bondit hors des ténèbres pour atterrir au beau milieu du feu, éclaboussant la nuit d'étincelles, de fumée et de flammes. Là-haut, dans la Voie lactée, les ancêtres Yellow Shirt applaudissaient en souriant.

«*Hoka hey!* Je suis le fantôme des *winktes* assassinés, hurla Rudy à pleins poumons. Préparez-vous à rencontrer le créateur, bande de petits merdeux!

— Jésus, Marie! Va t'en!» hurla monsieur Lacets Verts.

Black Lodge émit un curieux petit bruit animal dans les graves. «Uuuunnnnhhhhh... un fantôme... *wanagi*!»

Il crièrent tous deux tandis que le «Guerrier de la Vengeance» abattait violemment la batte sur leurs rotules. Crack, crack, crack, crack. Et voilà, c'était fait. La batte d'aluminium vibrait dans sa main en produisant un bourdonnement aigu. Quatre rotules venaient d'être explosées, deux jeunes Indiens se tordaient dans la poussière en hurlant. Alors, Rudy fila de là.

Son acte de vengeance s'était terminé aussi vite qu'il avait commencé. Il regagna son véhicule au petit trot et démarra. De retour en ville, il rentra directement chez lui et prit une longue douche chaude. Il se savonna l'entrejambe puis se masturba. Il lui fallut frotter et gratter pour se débarrasser de cette saloperie de cirage.

Il se sentait la tête légère et ne se rendait pas compte qu'il fredonnait tout haut *Yesterday* des Beatles. Lorsqu'il s'aperçut qu'il chantait, il s'arrêta net et continua de se récurer. Il savait bien qu'il avait porté atteinte aux droits civiques des mômes, exactement comme les flics de L.A. avec Rodney King. Oh, et quelle importance. Il n'était pas en service. Il n'avait fait que commettre un acte de violence absurde comme il y en avait tant dans la réserve. Mais par lui, la vraie justice des hommes s'était accomplie.

Rudy sortait de la douche quand le téléphone sonna. Il se dit que c'était peut-être Stella, sa nouvelle minette, mais c'était Vivianne qui l'appelait de chez ses parents, à Sawyer, Minnesota. Son cœur fit une petite danse de fantaisie au son de sa voix, et il en laissa tomber le récepteur.

« Ça va ? demanda-t-elle lorsqu'il l'eut ramassé.

— Ouais, ouais, tout se passe bien, je gère », mentit-il. Puis il avoua la vérité : « Tu me manques, tu sais… » Mais avant qu'il n'ait pu en dire davantage dans la même veine, elle le coupa dans son élan.

« Rudy, ne commence pas. Nous sommes beaucoup mieux séparés. Ne me parle plus d'histoire ancienne. Je t'appelle parce que j'ai besoin de ces papiers que j'ai laissés dans la chemise en carton du placard de la chambre. Je t'ai demandé de me les envoyer par U.P.S.[1] il y a quinze jours et tu ne l'as pas fait.

— Désolé. J'étais occupé. J'ai remis à plus tard et j'ai oublié.

— C'est bien toi. Sois gentil, envoie-les, d'accord ? »

Lorsqu'il eut fini de lui parler, Rudy se sentait déçu, chagriné. Sa compagnie lui manquait. Et zut, une bonne part de lui-même l'aimait encore, mais les

1. U.P.S., service d'expédition.

choses changeaient dans sa vie. Si elle savait vraiment ce qui se passait en lui depuis qu'elle était partie, elle en chierait des briques. Il fantasmait qu'elle pensait à lui constamment et se demandait ce qu'il faisait au cours de la journée. Et pourquoi pas, au fond ? Il pensait bien à elle presque tous les jours. Seulement, la vérité, c'est que Vivianne se débrouillait très bien sans lui, et il le savait.

Tout au long de leur mariage, ils avaient fait de la vérité la pierre angulaire de leur couple. Elle ne l'avait jamais trompé, et il ne l'avait jamais trompée non plus. Ils s'étaient promis solennellement de toujours se dire la vérité. Ce qu'il venait de faire aux deux garçons, il ne pourrait jamais en parler à personne. Il était encore en partie sidéré et vaguement honteux de l'avoir fait pour de bon.

Mettant de côté Vivianne et son exploit tout frais de justicier, Rudy appela ses malamutes. Hughie, le chien dominant, vint lui baver dessus et se mit à pleurnicher pour qu'on le nourrisse. Rudy mélangea le Gravy Train à de l'eau dans une cuvette en plastique puis, pour leur faire un petit plaisir, il y ajouta un paquet de hamburgers qu'il avait achetés pour lui. Les chiens engloutirent le tout et leurs yeux en réclamaient encore.

Lorsqu'il eut nourri ses *sunkas*, Rudy s'assit pour bavarder avec eux. Un jour, il avait vu à la télévision un chien qui disait « I love you »[1] à son maître, ou plus exactement quelque chose qui ressemblait à « Ah-rou-rou ». Il resta là à répéter inlassablement « Ah-rou-rou » à ses fauves.

Finalement lassé du parler chien, il sortit le Hoover

1. Je t'aime.

112

du placard pour passer un petit coup d'aspirateur sur le tapis du salon. Puis il décida de se mettre dans les toiles. Il s'affala tout nu sur le grand lit et fixa les carrés d'aggloméré du plafond. Dieu seul sait pourquoi, il compta les trous de l'un d'eux, puis il compta le nombre total des carrés. Il tenta de faire la multiplication dans sa tête mais il n'y parvint pas. Les maths n'avaient jamais été son fort. Il tira une petite calculette de la table de nuit. Les piles étaient mortes.

Rudy ne tenait pas en place ; ses remords grandissants le rendaient nerveux. Il prit une pile de magazines et feuilleta le numéro le plus récent de *People*. Dedans, il y avait un article sur une starlette noire au talent prometteur. Qui que puisse être cette fille noire, elle lui fit pousser une trique de granit. *Ah-rou-rou.*

Rudy décida de se faire une petite branlette de la main gauche. Après s'être astiqué sans succès pendant vingt minutes en imaginant qu'il sautait Vivianne et Stella, sa nouvelle copine, en même temps, il résolut de sortir en quête d'une femme seule. De n'importe quelle femme seule. Il avait besoin d'une bière, mais il avait surtout besoin d'amour. Désespérément besoin d'amour. Son pénis le prit par la main et l'entraîna dans la nuit en quête de quelqu'un pour faire des cochonneries.

Revêtu d'un Levi's délavé neuf, d'une chemise Western blanche avec des pressions et d'un Stetson de paille blanc, il se dit qu'il devait ressembler à Elvis dans un film de cow-boys, ou alors au double en plus foncé de l'homme de Marlboro. Tout en se dirigeant vers Whiteclay, il ouvrit la boîte à gants et en sortit un petit flacon d'Old Spice. Il en versa l'équivalent d'une cuillerée à soupe au creux de sa main et s'en aspergea le cou et le visage.

Vivianne lui avait offert l'eau de toilette à Noël dernier, avant de partir. L'eau de toilette, une bouteille d'after-shave et un savon pour la douche étaient rangés dans une boîte de fer blanc travaillée de manière à ressembler à de l'étain ancien. Quand Vivianne l'avait quitté, il lui avait rendu la jolie boîte. Dedans, il avait mis un semi-automatique Llama calibre 22. Il avait dit à Vivianne que c'était pour se défendre, et elle l'avait remercié de cette délicate attention.

En allant chercher sa Budweiser, Rudy aperçut les feux clignotants d'une voiture de police sur la piste de terre où il avait commis son acte de justicier. Derrière lui, une ambulance déboulait à tombeau ouvert sur la grand-route et son gyrophare rouge pulsait tel le cœur de leur nation indienne. Les éclairs rouges pulsés réveillaient la nuit et lui ratatinaient l'âme. Quelqu'un avait découvert les deux petits oiseaux de merde aux genoux cagneux.

Rudy se rangea sur le bord de la route pour laisser passer l'ambulance. Il se demanda s'il avait une chance que Stella accepte de sortir en cachette. Il se faisait l'effet d'un lycéen en rut et, sous la chaleur de son rut, il sentait la morsure glacée de la peur. La pensée l'effleura que, peut-être, il perdait l'esprit.

Au temps des arcs et des flèches, sa conduite aurait été parfaitement acceptable dans leur société. Les Indiens faisaient alors leur police eux-mêmes, et sérieusement. Aujourd'hui, s'il était pris à jouer œil pour œil, dent pour dent à coups de batte de base-ball, il risquait fort de finir dans la même piaule que des enculeurs malappris venus d'une autre planète, au fin fond d'un sordide pénitencier fédéral gris et crasseux.

Ah-rou-rou, tu parles! La prison était le pire des cauchemars pour un flic, et il se promit à lui-même que le « Guerrier de la Vengeance » n'irait pas en prison, ah ça non. Pas question, Léon.

6

Rudy dormait comme un loir quand Mogie l'appela à neuf heures le lendemain matin. Il était au nouvel hôpital des Services de santé et il avait besoin qu'on le ramène chez lui. Il venait de se faire faire un nouveau dentier et il avait envie de le montrer à quelqu'un. Rudy se demandait bien pourquoi il avait choisi ce jour pour être d'humeur causante, mais il alla tout de même le récupérer. Mogie était au zénith de sa lune maniaco-dépressive. Incapable de se taire. Alors, Rudy ferma les écoutilles, se contentant de hocher la tête de temps en temps.

« Rudy, pourquoi les Indiens peuvent faire l'amour à leur femme toute la nuit et pas les Blancs ?

— Je ne sais pas, pourquoi ? »

Mogie se mit à rire avant de donner le fin mot de la plaisanterie : « Parce que l'homme blanc a besoin de quelques heures de sommeil avant de se lever pour aller au travail.

— Pas mal », commenta Rudy, et il attendit le prochain déluge de mots. Qui ne se fit guère attendre.

« J'ai pris une journée de congé. Pas de boisson aujourd'hui. J'ai des dents toutes neuves en haut, j'ai du mal à parler anglais. C'est l'affaire d'un jour ou deux, le temps de m'habituer. En attendant, je parle comme Daffy Duck. Je suis tombé sur quelques *kolas* qui sortaient du cabinet dentaire. Quand j'ai essayé de leur parler, c'est sorti tout de travers. Ils m'ont regardé essayer de parler et ils se sont fichu de moi. Ils m'ont demandé si j'avais reniflé des gaz d'échappement ou quoi. Le dentiste a dit que je parlerais normalement dans moins d'une semaine. Mon vieux dentier était vraiment nase.»

Rudy acquiesça de la tête tout en filant vers la petite cahute de Mogie. *La vie continue*, songea-t-il. Des années plus tôt, peu après leur retour du Vietnam, Mogie lui avait raconté qu'il avait levé une poulette blanche à Rapid City et qu'il était monté chez elle pour tirer un coup en vitesse. Comme il avait décidé de lui faire minette, il avait ôté ses dents du haut et les avait posées sur la table de nuit. Le moment venu de partir, plus de dents. Le chien de la fille les avait embarquées et réduites en bouillie. Mogie s'était promené sans dents pendant tout le mois suivant en attendant de pouvoir en faire faire d'autres par les Services de santé. Tel était l'immense pouvoir, le pouvoir à vous limer les dents, le pouvoir dévorant de la moule barbue.

«Tu te souviens de ce chien qui avait bouffé tes dents? demanda Rudy.

— Sûr que je m'en souviens. Ça valait le coup. J'avais une sacrée envie de me sauter une fille capable de parler américain. C'était juste après le Vietnam, *ennut*?

— Ouais, c'était vers le moment où on s'est battus contre ces cow-boys à la Foire des États du Centre. Ceux-là qui nous traitaient de nègres de prairie alors qu'on rentrait juste de défendre le pays contre les

Congs. Tu te souviens ? Tu avais flanqué une sacrée rouste à ce plouc.

— Ces ordures blanches, des crétins des collines », répondit Mogie. Puis il se tut. Rudy espérait bien qu'il n'était pas déjà sur la pente descendante.

Dans les villes frontières, certains *wasicus* traitaient toujours les Indiens de nègres de prairie. Et ils étaient encore plus nombreux à appeler les Sioux « mangeurs de chien ». Ils ne s'étaient jamais remis de ce que le 25 juin 1876, Boy George Custer s'était fait étendre par les Lakotas aidés de quelques Cheyennes. Aujourd'hui, le 25 juin était férié pour les tribus sioux. C'était un jour de congé officiel payé pour les Oglalas et les autres Sioux de l'Ouest. Des tas de gens de Pine Ridge que Mogie connaissait partaient en voiture pour les villes frontières, se soûlaient, puis déambulaient en zigzaguant le long des trottoirs, faisant tâche dans le décor chic des Blancs et hantant les descendants des soldats qui avaient fini par vaincre les Indiens.

Mogie trouva son second souffle et se remit à parler. Il était toujours au sommet de la vague. Rudy en fut soulagé.

« Le vieux Bobby Three Bulls s'est marié à une Indienne cherokee. Elle avait tout l'air d'une *wasicu*. Bobby ne faisait pas beaucoup plus d'un mètre cinquante. Weasel Bear a dit que la fille était pas Indienne parce qu'elle avait la peau trop claire. Moi, je lui ai dit que si, qu'elle avait un petit bout d'Indien en elle. Que chaque fois que le vieux Bobby lui montait dessus, elle avait un petit bout d'Indien en elle. »

Rudy n'avait jamais entendu cette histoire et il se mit à rire, mais il n'avait pas fini de rire que Mogie s'embarquait sur une nouvelle piste.

«L'homme rouge. L'homme rouge n'arrête pas de mourir par ici.

— Ça, c'est bien vrai», acquiesça Rudy. Que pouvait-il dire d'autre? Son travail consistait à inspecter ies cadavres d'Indiens. Et son premier accident mortel avait été une belle vérole. Une collision frontale juste après l'embranchement de Gordon sur la nationale 18. Il y avait bientôt quinze ans de cela. Six morts, et le jeune officier de police Rudy Yellow Shirt était arrivé le premier sur les lieux. La rencontre du métal et de la chair avait dû se produire une heure plus tôt.

C'était par une nuit cristalline de décembre, et le thermomètre était descendu à dix ou quinze en dessous de zéro. Les deux voitures étaient bousillées; les Indiens morts étaient froids au toucher. Ils ne respiraient pas. Le souffle de Rudy faisait de petits nuages tout autour de sa tête. À travers ces nuages humains, il vit la pleine lune, pâle comme un cul de blanche. Rudy était tout à la fois terrifié et furieux. Les deux voitures étaient remplies de boîtes de bière Coors vides et pleines. Plusieurs des corps étaient partiellement recouverts de mousse gelée. La mousse blanche était zébrée de sang.

«Amérique, terre de liberté, lança Mogie tandis que Rudy se garait devant chez lui.

— Ouais, dit Rudy. L'Amérique est presque entièrement blanche, en dehors de quelques zébrures de terre indienne ici et là, surtout à l'ouest du Missouri. Terre de sang. Sang rouge. Homme rouge. L'homme rouge n'arrête pas de mourir par ici. Prends soin de toi, mec Mogie. J'ai pas envie de te perdre.

— T'inquiète pas, Rudolph, dit-il en s'apprêtant à sortir de la Blazer. Au fait, tu as vu ce que les flics de L.A. ont fait à Rodney King? Ils lui ont flanqué une bonne torgnole à ce Noir, *ennut*? Qu'est-ce qui leur a pris de faire ça?

— J'en sais rien. J'y étais pas», répondit Rudy. Il avait vu le résultat du passage à tabac au journal télévisé et il ne tenait pas à s'attarder là-dessus. Le craquement des rotules brisées de la nuit dernière résonnait encore à ses oreilles.

7

Quand Rudy arriva au travail dans la matinée, Bill Goings, le responsable de l'équipe sortante, lui apprit que les deux garçons avaient craché le morceau et avoué le meurtre de Corky Red Tail. Il en resta médusé. Ils étaient encore à l'hôpital.

« Qu'est-ce qui s'est passé ? demanda Rudy.

— Quelqu'un leur a pété les genoux avec une batte de base-ball. Cassé, quoi. Ils pourront remarcher sans problème, dit Goings.

— Qui a fait le coup ?

— Hé, je suis pas médium. J'en sais rien. Ces mômes étaient à moitié défoncés et morts de trouille quand je leur ai parlé. Ils ont dit que c'était un grand type. Ils pensent qu'il est à moitié noir.

— Noir ?

— Ouais, un Soldat Bison. Un *Hasapa*.

— C'est peut-être un de tes parents, dit Rudy.

— Tu veux dire un des tiens, Eltee. Bon, moi je rentre. »

Une heure plus tard, Rudy était à l'hôpital pour interroger les deux jeunes. Lorsqu'il entra dans la chambre, la sueur perlait à son front. Il craignait d'être reconnu. Les deux garçons étaient au lit, les jambes suspendues à des appareils de traction.

«Je suis le lieutenant Yellow Shirt, commença Rudy en sortant son calepin.

— On a déjà avoué, dit le fils Black Lodge. Ils nous ont enregistrés. Qu'est-ce qu'il y a encore?

— Qui vous a flingué les genoux? demanda Rudy les yeux rivés au sol.

— Un grand dingue de mec. Le plus laid que j'aie jamais vu. Il avait l'air à moitié nègre, ou il avait de la boue sur la figure ou quelque chose. J'ai jamais vu ce type dans la rez, dit le môme aux lacets verts.

— Ton nom?

— Teddy Yellow Shirt. Je crois pas qu'on soit parents. Le plus gros de ma famille vient de Cheyenne River.

— C'est de là que vient ma famille à l'origine, dit Rudy.

— Et alors? Tu veux une médaille?» Ce môme-là était un dur à cuire. Rudy espérait bien qu'ils n'étaient pas parents, même éloignés, mais il fit la déclaration d'usage.

«On est peut-être parents.

— Écoute mec, je te connais pas. Ah si. T'étais pas au Conoco de Big Bat hier soir? Ouais, c'est là que je t'ai vu.

— Exact. Vous vous foutiez sur la gueule tous les deux.

— Rien de grave, on déconnait, dit Black Lodge.

— Ouais. Et vous avez avoué le meurtre de Corky Red Tail. Vous déconniez aussi ce soir-là, peut-être?» Que leur dire d'autre? Sa tête s'était mise à tourner tant il avait craint que les mômes le reconnaissent. Mais ils ne l'avaient pas reconnu, et il plongeait maintenant dans un gouffre de soulagement et de déprime. Il transpirait toujours à grosses gouttes.

«Encore une chose, et je sors d'ici. Vous auriez pas idée de qui a pu vous exploser les genoux?

— Pas la moindre, dit Yellow Shirt. Au début, on a cru que c'était un esprit, un fantôme.

— Un fantôme? répéta Rudy, vaguement amusé.

— Ouais, un *wanagi*», dit Black Lodge dans un murmure.

Vers cinq heures et demie, Rudy termina son service. Les esprits des ancêtres veillaient vraiment sur lui. Les garçons n'avaient pas reconnu en lui le pourfendeur de rotules. Et ils pourraient remarcher. Voilà qui allégeait sa conscience d'un fameux poids. D'un fameux putain de poids pour être honnête. Puisqu'ils avaient avoué le meurtre de Corky, ils pouvaient rôtir en enfer. Tous comptes faits, la journée s'était bien passée. Et pourtant, l'inquiétude le rongeait. Il lui fallait parler à quelqu'un.

Rudy rentra chez lui, se doucha et passa ses vêtements civils. Il se rendit à Whiteclay, y acheta douze Mr. Bud et mit le cap sur la maison de son cousin Storks. Storks travaillait dans l'aide sociale et il avait le don d'apaiser l'esprit troublé de Rudy.

Il n'était pas chez lui, déclara sa femme Stella quand elle vint ouvrir. Rudy connaissait Storks depuis l'enfance, mais il connaissait à peine Stella avant d'entamer une liaison avec elle. Elle avait dix ans de moins que lui. Et c'était une belle *winyan* lakota.

«Il a dû aller à Rapid pour une réunion. Il ne rentrera pas avant demain soir.

— Merde, dit Rudy, plaisantant à moitié. Je suis

complètement stressé et je voulais me poser avec lui pour discuter le coup et boire une ou deux bières.

— J'aurais rien contre une bière, dit-elle.

— Pas de problème. J'en ai de la toute fraîche avec moi. » Lorsqu'il rentra dans la maison, Stella Janis portait un survêtement lavande et des Nike blanches. Lorsqu'il en sortit trois heures plus tard, elle ne portait plus rien du tout. Il avait maintenant fait l'amour huit fois avec la femme de son cousin. Et il se demandait bien pourquoi il tenait ce compte.

8

Le nom indien de Rudy Yellow Shirt était Mato Witko — Ours Fou — mais il n'en avait jamais rien dit à des Blancs. Son père lui avait donné ce nom après avoir entendu le récit de sa folle danse avec la veuve noire. Aujourd'hui, il y avait un certain nombre d'autres choses dont Rudy ne pouvait parler à personne, Blanc ou Indien.

Après quarante-deux ans d'existence, voilà que les saisons de sa vie avaient fait marche arrière, revenant de l'automne au printemps. Non seulement le « Guerrier de la Vengeance » avait pris corps, mais Rudy était devenu un homme de la petite porte, un étalon indien pur sang, un furtif des tipis avéré. Avec une régularité désespérante, il buvait rituellement les fluides vitaux d'autres hommes, cette liqueur primordiale qui collait aux parois des puits odorants de leurs épouses. Il était devenu un coureur de jupons, un organe sexuel ambulant. Le vieux serpent de braguette qui vivait à l'étage en dessous avait pris les commandes.

Il n'en revenait pas d'être à son âge dans cet état de rut exacerbé. Autrefois, il aurait incriminé le Vietnam, un syndrome de stress tardif, une ânerie de ce genre, mais le Vietnam remontait à plus de vingt ans. Rudy n'était plus un gamin et pourtant, son pinceau avait trempé dans quelque fontaine de jouvence.

Il avait aussi la conviction que sa chute sur la tête avait éveillé un vaste réseau de cellules grises en hibernation, et pas seulement sa libido. Indien, il avait cependant fait des études universitaires, mais il était le premier à reconnaître que le travail de police émoussait l'âme et constituait une sorte de lobotomie pour un homme éduqué. Après toutes ces années de sombre et mortelle fliquerie, le choc de la pierre contre son crâne commençait à lui rendre sa vision de journaliste. Ses yeux s'étaient rouverts à ce qui l'entourait. Le travail de flic abrutissant de répétition et l'ennui du mariage les lui avaient fermés. Le travail de flic n'était qu'un travail comme un autre qui lui payait sa bière et ses factures. C'est ce que disaient aussi beaucoup de flics indiens. Et, à la réflexion, il en allait sûrement de même du journalisme.

En tout cas, Rudy était plutôt beau gosse, et il le savait. Comme beaucoup de beaux gars dans la rez, il avait eu sa part de femmes lorsqu'il était plus jeune. Il avait cru cette époque révolue, mais il n'en était rien. Et il se demandait bien pourquoi. Storks, son cousin germain, avait tenté de lui exposer son point de vue quelques semaines plus tôt, un soir où ils faisaient ensemble une séance d'aérobic du coude avec une caisse de Budweiser en bouteille.

Storks Janis était l'un des douze travailleurs sociaux de la rez employés par l'État. En vertu de sa profession, il assistait souvent aux scènes de brutalité conjugales si fréquentes à Pine Ridge, et Rudy l'écoutait toujours attentivement lorsqu'il exposait son point de vue sur les femmes indiennes. Chacun savait bien que les durs à cuire de flics qui faisaient la rue avaient des difficultés avec les femmes. Il suffisait de regarder n'importe quelle série policière merdique à la télévision pour s'en apercevoir.

Ce vendredi soir-là, Storks et Rudy se livraient à des jeux à boire d'adolescents quand Storks déclara : « Tu sais, les hommes blancs nous niquent toutes nos femmes indiennes. Nous ne savons pas y faire ; nous les traitons moins bien que les *wasicus*. Un Blanc dit un mot gentil à une femme lakota, et elle en tombe par terre, les bras en croix.

— Cela me paraît juste », répondit Rudy. Puis il rit et ajouta : « D'où diable tires-tu ces trucs, Storks ?

— Les esprits me parlent », dit Storks en manière de plaisanterie. Et il alluma une nouvelle Camel. Aussi loin que Rudy se souvenait, il avait toujours fumé à la chaîne ses trois paquets par jour de mort en tige sans filtre.

Une bonne part du travail de Rudy consistait à écouter des conneries ; il écouta donc, sans chercher à corriger son cousin pour la métaphore inappropriée des bras en croix.

« Tu veux que je te dise, Rudy, la moule barbue apprécie les douceurs », reprit Storks après une longue minute de silence. Sur quoi il vida le reste de sa bouteille de Bud à long col.

Rudy rit encore de celle-là, hocha la tête, et pria le ciel que son cousin ne lise pas dans les pensées. Il avait déjà séduit sa femme un bon nombre de fois, et elle n'était pas la seule femme mariée qu'il lubrifiait — à laquelle il offrait des douceurs. Plusieurs semaines de délicieux silence avaient passé depuis qu'il avait fait l'amour à Stella pour la première fois ; pas la moindre rumeur sur eux au « Mocassin Télégraphique ».

« Tu parles comme un expert, Storks. Et Stella,

qu'est-ce qu'elle en pense de cette histoire de moule barbue ?

— C'est pas tes affaires, cousin.

— Simple curiosité, mentit Rudy. J'aurais voulu savoir comment un expert s'y prenait. » Il tenait surtout à savoir ce que ferait Storks s'il découvrait le pot aux roses.

« Si jamais j'attrapais quelqu'un à essayer de mettre ma femme, je lui défoncerais le zizi au marteau piqueur », dit Storks dans un sourire, en regardant Rudy droit dans les yeux.

« Moi aussi, je crois », répondit Rudy, un frisson à l'entrejambe. Il se demandait vraiment comment Storks réagirait s'il apprenait que Rudy faisait la bête à deux dos avec sa femme.

Cinq semaines après sa première excursion dans les toiles avec Stella, Rudy chargeait un film Tri-X 24 × 36 mm dans l'appareil photo Pentax bon marché du service en s'efforçant de masquer son mépris pour la scène qui se déroulait sous ses yeux. Son neveu Herbie, le fils de Mogie, était l'un des deux jeunes Indiens debout à tenir les rênes de deux poneys pintos. Rudy souriait, parce qu'ils avaient l'air de sortir d'un film de série B. *Il ne manque plus ici que ce putain de John Wayne*, songea-t-il.

Ces dernières années, on avait tourné un paquet de films d'Indiens dans leur réserve, et ces films ne se déroulaient pas uniquement à Pine Ridge, mais dans bon nombre des huit autres réserves du Dakota du Sud. Le résultat était toujours le même : des mélodrames écrits par des Blancs, des emplois à court terme et de l'argent à boire pour les Indiens qui avaient l'air d'Indiens, et le même désespoir à perte de vue pour l'avenir des tribus.

Les deux garçons arboraient des tresses, comme Rudy, mais ils avaient des peintures de guerre barbouillées à la hâte sur le visage. Ils portaient des arcs et des flèches, ce qui le chagrinait. Il fit signe de la main à Herbie qui lui répondit d'un grand sourire heureux. Rudy commençait à s'impatienter. Il alluma une cigarette, ajusta sa braguette et releva le col de sa veste en jean. Il faisait un peu frais ce matin-là, mais il relevait son col pour l'effet et non pour la chaleur. Elvis ne portait-il pas toujours son col relevé ?

Ridicule au demeurant d'imaginer le King de Graceland avec la peau brune, des tresses sur la poitrine et des lunettes de soleil Forster Grant. Rudy portait des tresses depuis l'occupation de Wounded Knee en 1973. Il avait débuté dans le genre chevelu en se laissant pousser les cheveux à la hippie après le Vietnam, fin 71. Il arborait une coupe Beatles en 67, mais il n'avait jamais donné dans le gonflant gominé à la Elvis.

On était en octobre, le mois que certains vieux Lakotas appellent *can wapekasma wi* — la lune où le vent fait tomber les feuilles. L'air stagnait depuis un mois ; les journées étaient chaudes, dans les vingt-cinq degrés presque quotidiennement, et les nuits étaient froides à claquer des dents. Ce matin, il y avait un léger givre sur les collines ondoyantes de la prairie à bisons tribale près de Skokpa, à l'extrémité ouest de la réserve large de cinquante miles et longue de cent. L'hiver avait entrepris sa migration et descendait du Canada. Dans le Dakota du Sud, il n'y avait que deux saisons : le long été chaud et sec, et le congélateur de l'hiver qui semblait devoir durer éternellement.

Le Conseil tribal sioux oglala avait offert un bison pour la veillée funèbre d'Oliver Tall Dress. Deux jeunes garçons avaient été choisis pour chasser la bête selon ce qui passait pour être la tradition. Le capitaine Eagleman, patron de Rudy, l'avait envoyé en mission dans la prairie à bisons pour y représenter la police, et aussi pour prendre des photos destinées à la lettre d'information du service.

Oliver Tall Dress était un collègue, un policier, mais il était avant tout un ami d'enfance pour Rudy qui, malgré cela, se sentait déplacé ici. Il était détective, mais dès que le patron avait besoin de quelqu'un, ces foutus flics de base étaient toujours absents, se faisaient porter malades alors qu'ils cuvaient leur cuite dans un coin. L'avantage, songea Rudy en se balançant sur les talons de ses bottes, c'est que rien ne l'obligeait à porter l'uniforme.

Il écrasa sa Marlboro dans l'herbe haute et pissa dessus pour plus de sûreté. Il secoua délicatement sa bite de taille moyenne dans la brise. Il en était très fier maintenant qu'elle fonctionnait de nouveau normalement, et il rêvassait à son rendez-vous ce soir-là avec Stella. Ils avaient projeté de se retrouver après avoir passé un moment à remplir leurs devoirs à la veillée funèbre de Tall Dress. Et Rudy s'inquiétait, car Storks Janis serait lui aussi présent à la veillée.

Et puis, Rudy était nerveux, tendu; ils avaient décidé de se retrouver sur la piste de terre de la colline des Bières pour un petit coup vite fait après la veillée. C'était l'endroit où tous les lycéens se retrouvaient pour boire et draguer les minettes. C'était risqué, juvénile, désespéré.

Il avait songé un moment à se dispenser de la veillée; il retrouverait Stella plus tard. Mais cela ferait mauvais effet, sans aucun doute. Rudy Yellow Shirt connaissait Oliver Tall Dress depuis toujours, et il lui incombait de faire preuve de respect. La vérité, c'est qu'il n'avait aucune envie de voir Storks, encore que son cousin ne lui eût jamais rien dit qui laissât soupçonner qu'il savait quelque chose.

Storks se montrait parfois un peu distant et, à plusieurs reprises, Rudy avait cru qu'il le «fuyait des yeux», qu'il se détournait pour éviter son regard, éviter de le reconnaître. Mais ce n'était peut-être qu'une impression née de sa propre paranoïa. Storks était tout simplement enlisé dans le marasme de l'âge mûr, comme tous les autres Indiens bon teint de sa génération qui avaient réussi à survivre jusque-là. Storks s'était grillé à force de travailler avec les myriades de fêlés que leur tribu avait le génie de produire. Et le fait qu'il fumait des Camel à la chaîne depuis le lycée n'arrangeait sans doute pas son humeur.

Rudy avait les yeux fixés sur Winston Black Lodge, un vieil homme-médecine gâteux qu'on avait un jour accusé de tripoter des blanches lors de ses loges de sudation. Il faisait partie de ces hommes-médecine du cru qui célébraient les rites sacrés des Sioux pour les *wasicus* et recevaient de coquettes sommes en échange. Rudy n'avait rien contre les hommes-médecine et d'ailleurs il allait voir Ed Little Eagle périodiquement, mais il n'avait aucun respect pour Black Lodge. Il avait toujours méprisé ces Indiens qui se prétendent plus indien que vous. Et Rudy aimait d'autant moins ce Black Lodge qu'il le savait parent éloigné du môme dont il avait explosé les rotules.

Mais Rudy ne cherchait pas l'affrontement avec le vieillard. Black Lodge était connu pour pratiquer la mauvaise médecine — jeter des sorts, donner des cauchemars et des maladies aux gens — moyennant finance. Il affirmait tenir son pouvoir du vent d'ouest et de *wakinyan*, les êtres-tonnerre. Si vous souhaitiez voir arriver chez votre ennemi des offrandes de tabac en sachets noirs ou une patte de chouette, Black Lodge s'en occupait contre de l'argent. Il était célèbre dans toutes les réserves du Dakota du Sud pour user des puissances spirituelles dans le mauvais sens. Rudy avait déjà suffisamment de problèmes avec ses propres mauvais esprits sans que ce bizarre vieillard ne vienne y ajouter.

Vêtu de bottes Tony Lama flambant neuves, d'un Levi's, d'un Stetson de paille blanche et d'un blouson de duvet violet vif, Black Lodge établissait fermement les deux jeunes chasseurs sur la bonne route rouge par la prière et les encouragements. Crazy Horse en serait tombé sur le cul de rire s'il avait pu voir l'avenir, voir les miteux Lakotas maléfiques de l'acabit de Black Lodge.

L'assistant de Black Lodge, Elgin Maestes, une sorte de petit rongeur brun, courait en tous sens avec une boîte de café remplie de braises de sauge. Dans l'autre main, il tenait un éventail en plumes d'aigle qu'il agitait pour pousser la fumée vers les participants. Rudy l'avait coffré la semaine précédente parce qu'il était soûl et qu'il battait sa femme avec un morceau de tuyau d'arrosage.

Rudy espérait sincèrement que l'âcre fumée de sauge, la fumigation, purifierait Maestes et le remettrait lui aussi sur la bonne voie, mais il en doutait. Il était de ces jeunes types qui s'étaient retrouvés de bonne heure au pénitencier de l'État et y avaient découvert la religion lakota de leurs origines. Maestes avait alors adopté la voie de la Pipe sacrée, voie dont il s'écartait fréquemment. Rudy croyait lui aussi à la Pipe sacrée et s'écartait aussi de cette voie à l'occasion.

« *Tunkasila* : Grand-Père, priait Black Lodge à voix basse, reçois nos prières comme tu reçois la fumée sacrée de cette Pipe. Nous prions pour que nos ancêtres ne tombent jamais dans l'oubli. Nous prions pour que notre frère *Tatanka* ne souffre pas sans nécessité. Fais que les flèches volent droit, que la mort soit rapide et propre. Fais que la chair soit bonne, savoureuse, et allège les peines à la veillée funèbre. Au nom de tous les nôtres, je t'adresse cette demande. Pour tous nos parents — *mitakuye oyasin*. »

Le petit groupe approuva d'un hochement de tête et murmura : « *Hau*. » La Pipe fut alors passée aux deux chasseurs qui l'offrirent à la terre, au ciel et aux quatre directions avant de la fumer. Puis ils la rendirent au vieil homme-médecine, flanqué de son assistant, de Brings-Her-Back et Hernandez, deux gardes du Service tribal du gibier et des parcs. Leurs uniformes verts n'étaient pas à leur taille, si bien qu'ils ressemblaient à Abbott et Costello, version indienne. Rudy restait à bonne distance du groupe dont les membres lui étaient suffisamment connus pour qu'il n'ait pas envie de les connaître davantage.

D'autant qu'à son avis, ce n'était pas une très bonne idée de fumer la Pipe sacrée avec l'image des seins de Stella en tête. En règle générale, Rudy restait à l'écart de ces manifestations publiques d'indianité confinant à la tradition. Il pratiquait seul les voies des anciens, ou bien avec des personnes de confiance, et il méprisait ceux qui faisaient étalage de leur identité indienne. Rudy avait un mépris profond pour tous ceux qui vendaient les voies des anciens aux Blancs contre de l'argent, ou encore pour se rapprocher d'un quelconque cinglé de Hollywood désireux de se faire « adopter » par les Indiens.

Lorsque les dernières volutes de fumée s'élevèrent du fourneau plein de copeaux de saule rouge dans l'air froid du matin, l'homme-médecine attacha un petit sachet de tabac à la bride des deux chevaux. Puis, avant que les deux adolescents n'enfourchent leurs montures, il fixa sur une tresse de chacun une plume d'aigle montée sur une roue-médecine. Il prononça quelques mots en lakota que Rudy ne parvint pas à saisir quoique parlant la langue tout aussi couramment que n'importe quel Indien de race pure dans la rez.

À cru sur leurs poneys pintos avec pour tout vêtement un short de gymnastique et des mocassins, les deux garçons frissonnaient. Chacun avait un arc et un petit carquois de six flèches. Ils partirent au petit trot vers la plaine où paissait un important troupeau de bisons dociles. Rudy arma sa caméra et remarqua que leurs flèches étaient de fabrication commerciale — des flèches de chasse aux pointes d'acier acérées faites par des Blancs. Les arcs semblaient taillés à la main dans de jeunes frênes ; les cordes en étaient d'authentiques tendons.

Malgré son nom d'Indien bon teint, Toby Long Elk, le plus grand des deux garçons, avait la peau claire et des yeux tirant sur le vert. Il leva la main droite tandis qu'ils approchaient du pesant troupeau de près de quatre-vingts bêtes. Rudy s'ennuyait ferme mais les regarda mener leurs chevaux jusqu'au fond d'un petit ravin encombré de pins de Virginie, de cèdres et d'aronias. Les pintos au pied sûr effectuèrent la périlleuse descente sans encombre.

Rudy changea hâtivement son objectif pour un autre

plus puissant. S'il se passait quelque chose d'intéressant, il tenait à prendre la photo. Dans le cadre de son service, la plupart de ses clichés d'accidents faisaient l'affaire, mais il aimait encore à se considérer comme reporter-photographe. Il aimait les sonorités blanches de ces deux mots accolés. De 1971 à 1973, avant de se réorienter vers le droit criminel, il avait étudié le journalisme à l'université et, comme il se plaisait à le souligner, il avait passé trois étés comme stagiaire à la rédaction du journal le plus important de l'État.

Au cours de son dernier été à Sioux Falls, il avait eu une liaison avec une Blanche au visage criblé de taches de rousseur qui dirigeait la rubrique locale. Rudy était vraiment amoureux d'elle, mais leurs rapports s'étaient envenimés pour des raisons qu'il n'avait jamais comprises, et elle l'avait plaqué. Sans doute n'était-il pour elle que de la chair brune, un échantillon de fruit défendu. Plus vexé que furieux, il avait alors viré de bord et opté pour le droit criminel.

Rudy regarda plusieurs fois à travers l'objectif avant d'être satisfait. Parvenus au fond du ravin, contre le vent par rapport au troupeau, Toby et Herbie menèrent leurs poneys à travers la plaine couverte d'herbe haute, de saponaire et de blé sauvage. La chaleur de l'été avait brûlé la végétation, le vert avait tourné au brun. En descendant de cheval, les deux garçons semblaient se disputer. Rudy les voyait gesticuler frénétiquement. Parmi les spectateurs, personne n'entendait ce que se disaient les jeunes chasseurs.

«Qu'est-ce qui m'a fichu ça? demanda Rudy en s'avançant vers les quatre hommes. Mais qu'est-ce qui leur prend à ces garçons?

— Ils se disputent, déclara le garde Brings-Her-Back.

— Sans blague, Sherlock Holmes. À propos de quoi ? » insista Rudy, exaspéré par cette réponse inepte. *Mais où diable allaient-ils chercher de pareils zombies ?*

« On dirait qu'ils se disputent sur un truc », précisa Hernandez, puis il se mit à rire en les montrant du doigt. Les deux garçons s'envoyaient des coups de poing et roulèrent bientôt dans l'herbe haute, luttant au corps à corps. Herbie avait le dessous, mais quelques secondes plus tard, il était de nouveau debout et mettait un bon gnon au fils Long Elk.

Les deux gardes riaient et Rudy agitait la tête en fixant ses bottes Tony Lama en cuir de lézard noir. Elles brillaient tant qu'il pouvait se voir dedans. Elles lui rappelaient le jour où, en classe de sixième, Storks s'était fait prendre à essayer de mater sous les jupes des filles grâce au petit miroir qu'il avait attaché à l'une de ses chaussures. Suite à cet incident, Storks était devenu le héros de tous les garçons de sixième.

« Jésus, Marie, Joseph, marmonna l'homme-médecine en se grattant une croûte sur le visage. Au diable ces dingues de mômes. C'est pourtant censé être une chasse sacrée, un truc traditionnel. Qu'est-ce que c'est que ces conneries ? Ils n'ont aucun respect. Aucun respect, je vous dis. Nos jeunes ne respectent plus rien, *ennut ?* »

Entièrement d'accord sur ce point, Rudy aurait pourtant bien envoyé le vieil imposteur aux pelotes. Mais il se contenta de hocher la tête en ajustant une cravate imaginaire à la manière de Rodney Dangerfield tout en regardant le vieillard droit dans les yeux. Tandis qu'il se livrait à cet acte subversif de rébellion, il songea brièvement à la poitrine parfaite de Stella et, dans cet éclair de désir éphémère, il vit que les deux garçons enfourchaient de nouveau leurs coursiers indiens.

Exactement comme s'ils ne s'étaient jamais battus, comme si la lutte n'avait été qu'une aberration chromatique, qu'un mirage causé par le givre matinal. Dans le viseur de sa caméra, Rudy les vit armer leur arc d'une flèche, et il les entendit hurler. Ils se souriaient, comme s'ils ne s'étaient pas querellés. Durant quelques secondes, Rudy se demanda si le combat n'avait été qu'une illusion, qu'un bizarre flash-back surgi de son propre passé.

« Aiiyieeeeeaaaayiiiyiii. *Ennut.* Aieeeeeyiyiaaayi. » Herbie lançait le perçant trémolo de guerre des Indiens des Plaines.

« Aiiiieeeeeyi, yi yippies ! » répondit le fils Long Elk tandis qu'ils chargeaient à plein galop vers le troupeau. « Yi yippie », cria-t-il encore, et cette fois, tous en furent chamboulés.

« Yippee ki-yi-yo », marmonna Rudy.

Il se surprit à sourire en entendant leurs cris de guerre et, jetant un regard autour de lui, il vit que les autres souriaient aussi. L'espace d'un instant, le temps parut suspendu, les esprits de leurs ancêtres étaient vivants. L'instant était sacré ; dans ce souffle d'éternité, toute vie était belle. Les pies jacassaient avec animation dans les peupliers voisins et des essaims de taons bourdonnaient autour de la tête des hommes. Les esprits étaient si puissants ce matin, en cet instant, qu'on ne pouvait plus douter qu'ils étaient les enfants de Crazy Horse.

Haut dans le ciel, ils virent un aigle tournoyer, un présage favorable. Les deux gardes se mirent à parler indien et Rudy se joignit à leur conversation. Une bouffée d'amour profond pour ses *oyate* lakotas le submergea brièvement. Il abaissa sa caméra et regarda fièrement les deux chasseurs. Rudy éprouva même un soupçon de remords et de honte pour avoir cocufié son cousin, mais cela ne dura pas, car son cerveau conjura aussitôt l'image du corps nu de Stella. Plus tard, plus tard — il posséderait la belle Stella plus tard.

Herbie lança sa flèche contre un monstre bison, un vieux mâle. L'animal était noueux, énorme, grisonnant, et plus gros que tous ses compagnons, mais il paraissait docile, presque apprivoisé. La flèche manqua son but et les deux chasseurs, tirant sur les rênes, arrêtèrent leurs chevaux à trois mètres de l'endroit où le vieux mâle paissait. La bête indifférente mâchait avec application l'herbe sauvage sous le soleil matinal du Dakota du Sud.

« Merde, mais cette vieille carne est immangeable ! » hulula Brings-Her-Back, et la bulle qui retenait toutes choses en la beauté éclata alors pour Rudy. Les gardes du parc n'étaient qu'une bande de nuls, il les avait toujours assimilés aux abrutis de la vieille série télévisée *F Troop*. Rudy en voulait à Brings-Her-Back pour avoir rompu le charme, l'atmosphère sacrée. De notoriété publique, les gardes braconnaient eux-mêmes les bisons qu'ils étaient payés pour protéger. Ils étaient nommés pour leur appartenance politique par un système politique corrompu dans lequel rien ne changeait, quel que soit le président. Mais que diable, Rudy Yellow Shirt lui-même n'avait-il pas acheté des steaks de bison aux gardes en diverses occasions ?

« Peut-être que cette bête ferait de la bonne soupe », dit Maestes, l'assistant de l'homme-médecine, qui n'était pas tout à fait d'accord avec le garde. Rudy partageait l'opinion de Brings-Her-Back. Le vieux mâle avait l'air teigneux, décrépit et coriace. Mais des visions de steaks de bison, de ragoût de bison, de burger de bison et de viande de bison séchée défilaient dans sa tête.

Tatanka. Rudy était presque aussi friand de viande de bison que de viande de cerf, sa viande préférée. Stella lui apparut de nouveau, et il rêva à sa chair délectable. Bien que n'étant pas précisément ce qu'on appelle «politiquement correct», il n'employait jamais l'expression de «chair fraîche» en parlant des femmes. À l'occasion, ses imbéciles de collègues de la police l'avaient écœuré par leurs discours parfois colorés par l'alcool mais toujours machistes où les femmes étaient représentées comme des «chattes» ou des «coups». Mais il se surprenait parfois à user lui-même de ces termes.

«Ouais, si tu aimes la soupe de semelle», commenta Hernandez en regagnant sa dépanneuse à quatre roues motrices pour se mettre à tripoter les boutons de la grue. Rudy aurait volontiers parié ses fesses que les gardes savaient parfaitement quel animal étaient bon à tuer ou pas. Et ils savaient qu'une dépanneuse était le véhicule le plus efficace pour un safari au bison. Autant pour la «tradition».

Là-bas, les garçons évoluaient dans une autre dimension, au ralenti. Puis Toby Long Elk décocha une autre flèche qui partit droit et alla tout aussi droit au but : droit dans l'anus de l'énorme vieux mâle. L'animal émit un grondement monstrueux qui fit trembler les pins de Virginie de la petite vallée et surprit un groupe de merles aux ailes rousses qui s'égaillèrent dans les airs. Rudy sentit le grondement se répercuter en lui, il sursauta et prit par inadvertance deux rapides clichés du ciel avec son Pentax.

Le mâle furieux grondait dans sa rage de titan contre ce viol sournois venu des airs, et il tourna la tête, fixant les garçons. Son regard exprimait tout le mépris du monde. Pivotant sur lui-même malgré ses os chenus, il se lança dans une charge foudroyante et poussiéreuse contre ses attaquants.

Les garçons hurlaient comme des filles; ils tournèrent bride, revinrent au galop vers le groupe des hommes avec le mâle furieux et rugissant aux trousses. Rudy comprit que les esprits étaient entrés dans la mêlée et que ce qui devait arriver arriverait quoi qu'ils fassent. Les esprits avaient pris leur décision, ils étaient aux commandes, et non pas ces humains imbéciles.

En ce qui lui parut moins d'une minute, les garçons avaient attaché leurs montures écumantes près de la dépanneuse, avaient démonté et se précipitaient vers la cabine. Mais la cabine était pleine à craquer. L'homme-médecine, son raté de Maestes et les deux gardes étaient entassés sur la banquette avant, les yeux écarquillés, riant et jacassant. Après un bref moment de panique, Rudy partit en courant et plongea sous la camionnette. Là, il se mit à hurler après les garçons qui l'imitèrent bien vite et se couchèrent à plat ventre près de lui.

« Ce vieux mâle est dans une rage radicale, lui cria Herbie à l'oreille, et il éclata d'un rire aigu, grinçant.

— Qui vous a appris à tirer, bande de petits sagouins ? » gronda Rudy, un œil sur le bison qui chargeait. Les deux garçons se taisaient. Quand Herbie se décida à répondre, le choc énorme des cornes et de la tête contre le métal fit vibrer l'air. Il y eut un moment de silence gêné, suivi par le bruit du souffle proche et haletant de la bête.

« *Hoka hey* », hurla le fils Long Elk.

Un chœur de jappements et de plaintes s'échappa de la cabine au-dessus d'eux.

« Jésus Marie de bordel de merde, fais quelque chose, tonton, il va recharger ! » hurla Herbie. L'espace d'un instant, Rudy crut voir son frère Mogie lorsqu'ils étaient jeunes.

Rudy regarda l'animal reculer, se préparer pour un nouvel assaut. Le coup de boutoir de l'animal fit un bruit plus assourdissant encore quand sa tête cogna contre la portière. La situation devenait vraiment dangereuse. Rudy roula jusqu'au bord opposé, se releva, et observa par-dessus le véhicule l'incarnation laineuse de la folie. Les gardes avaient les yeux exorbités de terreur lorsqu'il frappa à la vitre et leur fit signe de la baisser.

« Hé, filez-moi une de vos armes, bande de machos à la manque ! » aboyait Rudy tandis que le bison frappait et repartait en courant pour la troisième fois. La camionnette s'était soulevée de trois pieds du côté de l'assaut ; elle avait bien failli verser. « Magnez-vous, ou ce machin sera plus qu'un tas de ferraille ! hurla encore Rudy à ceux de la cabine.

— Où t'as mis ton flingue ? T'es un flic, non ? T'as bien un flingue, lui cria Brings-Her-Back, les yeux hors de la tête.

— File-moi ton putain de flingue, *tahansi* ! hurla Rudy de retour. Le mien est enfermé dans ma foutue Blazer. »

Brings-Her-Back lui tendit d'une main tremblante un vieux 45 automatique des surplus de l'armée. Rudy contourna la camionnette au pas de course et se positionna juste en face du bison qui chargeait. Il n'avait pas peur, et la maxime des guerriers d'autrefois lui

traversa l'esprit : *C'est un beau jour pour mourir.*
Momentanément surpris par tant d'effronterie, le
vieux mâle s'arrêta net dans son élan. Rudy arma,
libéra le cran de sûreté et tira deux balles à la suite au-
dessus de la tête du vieux bison. L'animal ne jouait
pas. Son regard méprisant transperça le cœur lakota
de Rudy et le fit frissonner.

Il exigeait un duel à mort, et Rudy songea qu'il ne
serait sans doute guère plus tendre si un enfant de
salaud lui avait envoyé une flèche dans le cul. La bête
gratta le sol et se lança à la charge. Rudy n'avait plus
le choix. Il lui fallait l'abattre. Les quatre coups de feu
rapides atteignirent le mâle à la tête, le précipitant
dans la poussière à moins de trois mètres du camion et
de sa cargaison de couards. Langue pendante, il battait des pattes en laissant échapper une plainte sanglante constellée de bave. La chasse s'était muée en
un cauchemar honteux. Mauvaise médecine.

Dans le soudain tourbillon de silence qui suivit,
Rudy entendit un corbeau croasser, rire là-haut, dans
les nuages de pluie qui s'amoncelaient rapidement.
Moche, songea-t-il en rendant le revolver au garde
par la vitre de la dépanneuse. Comment les choses
avaient-elles pu virer si vite de la beauté à l'horreur ?
Iktomi, le trickster araignée était sûrement de la partie, Rudy en était convaincu.

« Jésus Marie », marmonna-t-il, et il s'éloigna rapidement des quatre hommes dans le camion. L'un
d'eux avait fait dans son froc, ou alors il avait lâché le
pet le plus fétide de toute l'histoire. L'odeur nau-
séabonde débordait de la cabine et lui agressait les
narines. Rudy agita la tête avec mépris, bien décidé à
filer au plus vite. De la main, il fit au revoir à son
neveu Herbie. Le gosse n'avait plus peur, il souriait

de nouveau. Rudy cracha par terre, puis il se dirigea vers sa Chevrolet Blazer garée le long de la grand-route à près d'un mile et demi de là.

Arrivé à son véhicule, il se retourna et vit les gardes charger la carcasse du bison sur le plateau de leur vieille dépanneuse cabossée. Il eut une moue de dégoût à la Elvis, entra dans sa voiture et mit le contact. «Les leçons de l'expérience», grommela-t-il pour lui-même. Toute cette fichue scène était une pure émanation de la Zone d'Ombre. Il se frotta la braguette et se rappela qu'il avait faim. Il avait faim de Stella et de ses longues jambes lisses.

Sur le trajet de retour à Pine Ridge, Rudy s'efforça de penser au doux corps de Stella, mais ce n'était pas facile. La vision du vieux bison tirant la langue au monde lui revenait sans cesse à l'esprit. Et y semait un fameux trouble. Mauvaise médecine que cette soi-disant chasse traditionnelle. Très mauvaise médecine. Et il redoutait qu'il n'en naisse quelque catastrophe.

Rudy chassa l'image du vieux bison de son esprit en se concentrant de toutes ses forces sur celle du corps luisant de sueur de Stella. Il s'efforça de se rappeler la première nuit où ils avaient couché ensemble, mais le souvenir demeurait vague, comme ces lambeaux de rêve qui disparaissent à toute allure même lorsqu'on s'ingénie à les retenir. Il se concentra davantage. Oui, sa peau était douce et ses seins délectables, avec de larges mamelons bruns. Oui, sa toison pubienne était clairsemée, lisse et soyeuse, plus noire que charbon.

Le sexe de Stella était toujours humide et avait une odeur de… une odeur qu'il était bien en peine de défi-nir. Il sentait bon le propre, le vivant, il avait une odeur indienne, sauvage, tentante. L'espace d'un instant, il fut jaloux de son mari, Storks, son propre cousin. Mais il ne tuerait pas pour l'odeur d'une femme. Enfin, peut-être que si. *Tout serait sans doute plus simple si Storks décidait de claquer d'une crise cardiaque*, songea-t-il, et il se sentit aussitôt coupable d'avoir eu cette pensée. Tandis qu'il rêvassait, le bison mort reprit vie dans son esprit. Ses pensées tournoyaient dans le nuage de poussière soulevé par le bison.

La vie était un jeu auquel tous les humains perdaient un jour ou l'autre. Au fond, peut-être était-ce là le message du Christ crucifié. Les hommes n'étaient que des bouffons, des bouffons cruels qui, dans leur arrogance, n'avaient réussi qu'à détruire la beauté. Pourquoi tuer un bison dans le seul but de se jouer la comédie du lien avec les fantômes des ancêtres ?

Rudy n'avait pas la réponse à ces questions, alors il s'obligea de nouveau à rêver au vagin de Stella qui enserrait son sexe si merveilleusement. Fantasmes de jeune homme. Sottises. Sottises que ces rêves…

Les sourcils froncés, Rudy mit la Blazer en surmultipliée et alluma sa cinquième cigarette de la journée. Il regarda dans le rétroviseur et, pendant un bref instant de folie, vit le bison à la langue pendante qui le fixait et dont la tête semblait entourée par des flammes. Rudy en eut un vide à l'estomac, et son cœur manqua s'arrêter. Il s'humecta les lèvres et regretta de n'avoir pas de bière. Puis il fit claquer ses lèvres et regretta de n'avoir pas vingt ans. Il leur aurait montré à ces jeunes corniauds comment tuer un bison proprement au lieu de lui envoyer une flèche de *wasicu* droit au tout-à-l'égout.

Quand ils étaient jeunes, Mogie et lui avaient toujours approvisionné leur famille en viande de cerf et de ces bêtes que possédaient les Blancs et qu'ils avaient rebaptisées «élans poussifs». Rudy aurait montré au monde entier comment chasser le bison correctement. Sans blague. Ils leur auraient montré, lui et Mogie. En tout cas, une chose était sûre, le « Guerrier de la Vengeance » aurait fait le boulot proprement.

À mi-chemin entre Wakpanni et Pine Ridge, de grosses gouttes de pluie lourdes se mirent à tomber sur son pare-brise couvert de poussière. Il mit les essuie-glaces en route et ne vit plus rien du tout pendant quelques instants. Et il filait à cent vingt à l'heure sur la Nationale 18. Comme pour chasser un mauvais rêve, il ferma les yeux quelques secondes et les rouvrit. Le monde étrange auquel il appartenait réémergea lentement à travers la poussière en dissolution et les cadavres d'insectes du pare-brise. Son esprit était revenu sur terre.

Lorsqu'il arriva dans le village de Pine Ridge, il pleuvait à torrent — de quoi flanquer la rage à une truite arc-en-ciel. En descendant la rue principale, Rudy aperçut Mogie et son *tahansi* Weasel Bear recroquevillés sous l'auvent d'un magasin abandonné. Ils avaient l'air de chiens perdus.

Devant le magasin, le caniveau charriait une eau brune où flottaient des ordures, rivière en crue miniature qui débordait et s'étendait rapidement à tout le trottoir. Perchés côte à côte sur un vieux casier à bouteilles en plastique, Mogie et Weasel Bear ne semblaient pas s'en soucier. Trempés jusqu'aux os, ils souriaient en se passant une pinte de Gibson à deux sous, ce vin de muscat qu'ils appelaient « Lézard Vert ». Et Rudy se souvint de l'image de Mogie jeune qu'il avait vue passer sur le visage de Herbie pendant la chasse.

Le frère de Rudy, qui avait décroché trois Purple

Hearts au Vietnam pour Boche Kissinger et Richard le Roublard, n'était plus aujourd'hui qu'un personnage sorti d'un film des Trois Compères. Rudy eut envie de s'arrêter, de prendre Mogie par les épaules et de le secouer, de le ramener à ce qu'il avait été jeune homme — le frère aîné sur lequel on pouvait compter. Rudy avait envie de s'arrêter pour lui dire qu'il l'aimait encore, mais il n'en fit rien. Ne le pouvait pas. Cela ne servait à rien. Il s'y était déjà essayé trop souvent.

Rudy passa Mogie sans même détourner le regard dans sa direction. Ces temps derniers, il ne parlait plus beaucoup à son frère et, lorsqu'ils se parlaient, Rudy avait du mal à le comprendre, car l'élocution de Mogie avait quelque chose de maniaque. Et puis, sa mémoire à court terme était flinguée. Rudy était certain qu'il souffrait d'une cirrhose, et il avait depuis longtemps cessé de lui faire la leçon sur les effets néfastes de l'alcool.

L'hôpital qui se fiche de la charité, songea Rudy ; il n'était pas capable d'arrêter de boire lui-même. Certes, il n'était pas un buveur du calibre de Mogie. Il était censé s'arrêter de boire parce qu'il avait de la tension, non pas parce que son foie avait été pourri par un amour mortel pour le vin à deux sous rouge ou blanc ou encore le Lysol.

Il savait pertinemment que Mogie se tuait et que Mogie en avait décidé ainsi. Rudy se demandait parfois si le fait qu'il eût séduit Serena avait une part quelconque dans le déclin de Mogie. Lorsqu'il repensait à ce qu'il lui avait fait, Rudy se sentait parfois coupable de l'avoir trahi, et parfois non, comme si Mogie l'avait mérité. Personne n'avait jamais demandé à Rudy en quoi Mogie méritait d'être trahi par son frère. Et il ne comprenait toujours pas pourquoi il avait planté son propre frère dans le dos en essayant de s'infiltrer dans la petite culotte de Serena.

Quand Rudy avait tué le vieux bison, quelque chose dans les yeux de la bête lui avait rappelé Mogie. Le remords lui avait coloré les joues à la vue de cette tristesse brune tout au fond des yeux de la bête. Sur-le-champ, il résolut très sérieusement de dire une prière pour Mogie dès qu'il serait rentré chez lui. Peut-être qu'il sortirait la pipe, qu'il prierait avec. *Au diable mon frère. Au diable mon frère aîné.* En arrivant chez lui, il gara la voiture dans l'allée, ferma les yeux et se mit à prier sans attendre.

« *Tunkasila*, nous sommes humbles et faibles. Prends pitié de nous et aide-nous à devenir forts. Prends pitié de Mogie et laisse-le vivre. Entends-moi, Grand-Père, entends-moi. »

Puis il pria le Jésus blanc, lui demanda de donner un coup de main s'Il le pouvait. La pluie tombait toujours, plus drue que Rudy se souvenait l'avoir vue depuis des années. Les pistes de terre de la rez allaient se transformer en gadoue. Ayant terminé de prier, il décida de redescendre en ville pour reconduire Mogie chez lui et le nourrir. Mieux encore, il l'amènerait chez tante Helen. Elle les accueillait toujours à bras ouverts. Même si Mogie était plein comme une outre. *Surtout* si Mogie était soûl comme une bourrique. Elle l'aimait d'amour.

Selon la vieille coutume indienne, tante Helen offrait toujours à manger à quiconque passait sa porte. Beaucoup d'Indiens bon teint étaient ainsi faits, faits à l'ancienne. Dès que vous entriez chez eux, ils vous offraient à manger, et vous acceptiez, vous disiez merci tout en sachant qu'ils étaient trop pauvres pour donner de la nourriture.

Et, selon la vieille coutume indienne, Rudy apportait toujours une boîte de café lorsqu'il rendait visite à sa *tunwin*, tante Helen. Il apportait toujours du déca, parce qu'elle ouvrait aussitôt la boîte pour faire une cafetière et lui en offrir. Tante Helen était si bonne… ceux de son peuple indien étaient si bons autrefois. C'était alors un peuple brave, généreux et sage. Où avaient-ils fait fausse route ? Avaient-ils fait fausse route ? Il pria en silence pour leur salut.

Il conduisait lentement sa Blazer à travers les rideaux de pluie et, lorsqu'il arriva devant le magasin abandonné où Mogie et son compère se tenaient tout à l'heure perchés sur leur casier à bouteille, il ne les vit pas. En revanche, il remarqua que la pluie s'était calmée. Un immense arc-en-ciel était apparu dans le lointain crépusculaire. Et il songea que Mogie et Weasel Bear avaient peut-être disparu dans l'arc-en-ciel, en quête du chaudron d'or ou d'une pinte de vin. Il fit trois fois le tour du pâté de maison, puis il rentra chez lui. Rudy se sentait vide, et il était furieux contre son frère, furieux contre le bison, furieux contre son peuple et furieux contre lui-même. Il résolut de se soûler. De se soûler sérieusement et de première.

9

Mogie était soûl. Il marchait de nuit le long d'une piste de terre parmi les collines couvertes de pins au nord de la ville. Il portait un fusil de calibre 22 et une torche électrique. L'air était froid, mais pas assez pour le dégriser. La lune et les étoiles permettaient de voir très loin. Ce qui avait ses avantages et ses inconvénients. Il cherchait des cerfs, et il lui serait facile de les repérer, mais de leur côté, eux le verraient aussi. Comme beaucoup, il croyait que les cerfs avaient le pouvoir de se métamorphoser pour prendre une apparence humaine.

Mogie était à l'affût d'une jolie biche pas trop grande. Il pourrait la vider et la saigner sur place, puis il l'attacherait sur son dos et rentrerait en ville. Il l'avait déjà fait. Et il l'avait fait dans un état d'ivresse beaucoup plus avancé. C'est une bonne nuit pour tuer, songea-t-il.

Il gravit péniblement la pente d'une petite colline d'argile nue et regarda en bas, dans la vallée, par-dessus le rebord de la falaise. Là, dans un groupe de buissons épineux, il y avait trois cerfs. Un grand mâle dont les bois avaient une dizaine de ramifications reniflait l'air avec méfiance tout en veillant sur deux biches, une grande et une autre, plus petite, plus jeune.

Mogie posa sa torche sur le sol. Il n'en aurait pas besoin. Il fit faire deux tours complets à son fusil, un peu comme une majorette fait tourner son bâton. Ce afin de vider le canon de la magie que les Êtres Cerfs avaient pu y mettre. Il l'avait toujours fait, il avait appris cela dans son enfance. Il cala le petit fusil contre son épaule et visa.

« Ma fille, murmura-t-il, ta chair deviendra mienne. Ton cœur sera mon cœur. Nous vivrons tous les deux ; pardonne-moi. »

Il allait tirer une première cartouche quand un vent de panique se leva. Un pickup traversa la vallée à toute allure dans un tonnerre de coups de feu dirigés contre les trois Êtres Cerfs. Le chauffeur tirait par sa vitre, le passager par la sienne et, du plateau de la camionnette, deux autres types mitraillaient comme des furieux. Une torche électrique était fixée à chacun de leurs fusils. Dans la folie du moment, Mogie se laissa tomber face contre terre et resta plaqué contre le sol. Le bruit de la fusillade lui avait rappelé les combats au Vietnam.

Il frissonna, s'adressa à lui-même un sourire niais, se releva et épousseta ses vêtements. Il regarda au pied de la petite falaise et vit les trois Êtres Cerfs agonisant au clair de lune. Le sang rouge et frais se répandait en une mare sur la terre durcie. Les chasseurs de la camionnette firent demi-tour et revinrent aussitôt sur les lieux du massacre. Ils sortirent et dansèrent en se pavanant, hululant et levant une bouteille de whisky vers la lune.

Mogie les reconnut. C'étaient de jeunes soûlards du village de Pine Ridge. Il les regarda charger les cerfs à l'arrière du pickup et, par désœuvrement, il les visa tour à tour avec son fusil. Il savait bien qu'il aurait pu abattre ces quatre clowns avant qu'ils n'aient le temps de tirer un seul coup de feu contre lui. Ils avaient manqué de respect aux Êtres Cerfs. Du moins Mogie disait-il toujours une brève prière pour l'animal qu'il allait tuer.

Quand les allumés du fusil repartirent sur les chapeaux de roues, il s'assit sur le sol et alluma une cigarette. Pendant un long moment, il resta l'esprit vide de pensée, laissa ses yeux absorber la lumière des étoiles. Il inspirait profondément l'air pur de sa terre natale. Puis il se leva et reprit le chemin de la ville. Il marchait d'un pas vif, dessoûlant lentement, jusqu'à ce qu'une idée naisse d'un rayon de lune dans son cerveau.

À proximité de la ville, il entendit mugir des veaux sur une vaste étendue de terrain que louaient des éleveurs blancs de Gordon, Nebraska. Il dirigea ses pas vers les meuglements de la jeune viande sur pattes. Mogie n'appréciait pas particulièrement le veau, mais c'était mieux que rien. On pouvait parfaitement le poêler, et les côtes étaient délicieuses. Et puis, contrairement aux Êtres Cerfs, les bovins ne nécessitaient pas de prières.

10

Emprisonnée dans ces brèves semaines qui préludent à l'hiver, l'haleine viciée de l'été flottait sur la réserve tel un gaz toxique. Les anciens rendaient l'air responsable des nombreuses morts — dont quatre par meurtre — survenues dans le mois. « Quand l'air est mauvais, les gens meurent », leur répétait depuis toujours tante Helen.

Assis sur le bord de son lit, Rudy polissait ses Tony Lama noires avec sa salive en réfléchissant vaguement à ces quatre meurtres. Ils n'avaient rien d'extraordinaire. Un homme ivre avait tué sa femme à balle dans un accès de jalousie. Deux revendeurs de cocaïne avaient réussi à se poignarder l'un l'autre avec d'identiques couteaux de chasse allemands à manche d'ivoire — une double mort relevant de ces macabres exploits dont seuls les Indiens étaient capables.

Quelqu'un de l'extérieur aurait sans doute cru que la rez était en proie à une vague de violence, mais il n'en était rien. Les choses allaient leur train comme à l'accoutumée. Et si l'on se donnait la peine d'attendre assez longtemps, les événements positifs venaient toujours contrebalancer les événements négatifs. Le bébé des Blue Hawk était en vie et se portait comme un charme. Les deux garçons aux genoux cagneux avaient avoué le meurtre de Corky Red Tail.

Été indien. Dans le village de Potato Creek, un mari et sa femme avaient été tabassés jusqu'au coma ; personne ne savait qui avait fait le coup, d'autant que le couple était généreux, fervent croyant et aimé de tous. Un gang de filles du lycée de Pine Ridge armées de fusils à air comprimé s'était battu contre des filles du lycée Red Cloud. Une adolescente de seize ans avait perdu un œil. La rez était comme tout le reste de l'Amérique.

Plus que par les meurtres et les violences, Rudy était troublé par la crise cardiaque qui avait causé la mort de son ami d'enfance Oliver Tall Dress. Il y avait eu quatre autres crises cardiaques dans le mois. À cela s'ajoutaient trois accidents de la route mortels, dont celui survenu aux deux lycéennes décapitées, deux morts subites du nourrisson et un suicide par overdose, ce qui faisait d'octobre un mois de la mort. «C'est le mauvais air», disait tante Helen, et Rudy le croyait volontiers. Il avait horreur de l'hiver, mais il espérait que la première neige viendrait bientôt nettoyer l'air.

Rudy savait cependant que le mauvais air n'était pas seul en cause. Un peu plus tôt dans la semaine, il avait lu les statistiques fédérales annuelles sur la criminalité dans la réserve. Leur territoire de cinquante miles sur cent dans les hautes terres du Dakota du Sud versait dans l'anarchie. Chacun des dix-huit mille résidents était touché par la douleur, affecté par une forme ou une autre de tristesse ou de folie de la réserve.

Dans l'année, on avait procédé à neuf mille deux cent cinq arrestations liées à l'alcoolisme ou à la drogue. En temps normal, leur service ne traitait que les délits mineurs, et les fédéraux du F.B.I. venaient de Rapid City pour enquêter sur les délits majeurs. L'une des rares fois où Rudy s'était soûlé avec son patron, Eagleman avait déclaré : « Nous sommes des bœufs — nous sommes un service castré, une tribu castrée. En pratique, et bien que nous possédions un système judiciaire, la tribu n'a même pas autorité pour punir un assassin. » Rudy avait acquiescé de la tête. Pour une fois, le patron avait raison.

Les flics plaisantaient à propos de ces neuf mille arrestations. « Allons donc arrêter une personne sur deux et finissons-en », avait dit Eagleman après avoir lu le rapport. Ernie Eagleman faisait preuve d'un peu d'esprit environ deux fois l'an. D'ailleurs, les statistiques ne donnaient pas une image juste de la situation ; parmi ces gens qu'on arrêtait se trouvaient des alcooliques chroniques qui se faisaient coffrer jusqu'à vingt fois par an. Dans la dernière année, Mogie n'était allé que trois fois à l'hôtel des Cœurs Brisés. Il s'améliorait, ou plus exactement, et Rudy le savait, il avait ralenti l'allure.

Lorsqu'il eut achevé de polir ses bottes et se fut vêtu de pied en cap, Rudy se tint devant le miroir de l'entrée et examina sa haute silhouette indienne. La transformation était complète. Malgré sa chemise marine élimée et les quelques mèches de cheveux blancs apparues au-dessus de ses favoris, il avait le physique de l'emploi : lieutenant Rudolph « Rudy » Yellow Shirt, détective au service de la Sûreté publique de Pine Ridge. Dans sa famille, personne ne l'appelait Rudolph, à l'exception de son frère Mogie qui le faisait parfois pour le mettre en boule.

On l'appelait couramment Rudy, un simple diminutif. Jamais il n'avait eu de surnom intéressant, comme

154

son frère Albert, étiqueté «Mogie» dès l'enfance parce que c'était là le premier mot qu'il eût prononcé au lieu de dire «Mom»[1]. Rudy n'avait jamais été que Rudy.

Il n'avait jamais eu non plus de surnom loufoque comme son cousin Storks[2]. Storks s'appelait en réalité Lester Lee Janis, mais tout le monde l'appelait Storks tout court. On l'avait surnommé ainsi dans sa première année comme centre dans l'équipe de basket de l'école de la communauté oglala. Il était maigre, tout en jambes, dégingandé, et les anciens disaient qu'il avait l'air d'une cigogne. Leur école avait changé de nom pour devenir le lycée de Pine Ridge, mais le surnom dégingandé de Lester Lee l'avait suivi dans l'âge mur.

Rudy s'adressa un clin d'œil dans le miroir, mit son dentier supérieur en place et s'obligea à sourire. *Pas si mal pour un flic indien mal marié de quarante-deux ans.* Pas si mal, pas si mal… mais pas si bien non plus. Vivianne vivait depuis plus de trois mois là-haut, dans le Minnesota, et cela commençait à lui faire venir des rides au front. Encore heureux qu'ils n'aient pas eu d'enfants. Elle lui manquait vraiment. Dieu seul savait quel vide affreux il éprouverait si ses enfants lui avaient été enlevés.

Il sourit une fois de plus pour bonne mesure, tira rapidement son Magnum 357 de son étui et visa son reflet.

«Fais-moi plaisir, étalon vieillissant», articula-t-il lentement.

Satisfait de son image, il remit son arme dans l'étui noir lustré. Puis il sortit et enferma ses monstres malamutes à l'intérieur.

1. *Mom*, «maman».
2. *Storks*, «cigognes».

« Tâchez de ne pas pisser partout, menaça-t-il. Que je vous y prenne et vous finissez à la casserole. »

Rudy se rendit au quartier général de la Sûreté publique et demanda un congé personnel de trois jours, expliquant au capitaine qu'il serait à la veillée funèbre de Tall Dress dès le début. Eagleman lui donna son accord ; le chef se montrait assez compréhensif pour ce genre de chose. Il passa ensuite à la comptabilité pour retirer son salaire avec un jour d'avance. Ce fut plus délicat, mais les employés savaient qu'on ne plaisantait pas avec lui. Et ils savaient aussi qu'il allait à la veillée funèbre d'Oliver Tall Dress.

Rudy avait beau être détective et compter plus de quinze ans d'ancienneté, le service avait pour règle stricte de ne jamais payer les salaires à l'avance, sauf cas d'absolue nécessité. Depuis que les casinos avaient ouvert leurs portes à Deadwood, il y avait tout un tas de flics indiens sans le sou. Bon nombre d'entre eux avaient retiré leur salaire en avance, *icazopi*, et s'étaient lourdement endettés. Quand la direction de la Sûreté publique avait eu vent de l'affaire, elle avait mis un terme brutal aux paiements anticipés. Il lui fallait prendre des mesures pour prouver qu'elle n'était pas idiote sur toute la ligne. Et maintenant, la tribu construisait son propre casino.

Un quart d'heure plus tard, Rudy sortait de la comptabilité, chèque en poche. Avant qu'Oliver Tall Dress ne décide de claquer, Rudy avait projeté de retrouver Stella à Rapid City pour le week-end, mais avec la veillée et l'enterrement, le rendez-vous était tombé à l'eau. Du coup, il se sentait tout à la fois soulagé et esseulé. Tôt ou tard, on les verrait ensemble et, fatalement, quelqu'un en souffrirait. Les Indiens étaient friands de commérages. Storks affirmait que le commérage était l'un des principaux passe-temps dans la rez et venait en seconde position, juste derrière le passe-temps favori entre tous qui consistait à geindre. Il prétendait aussi que s'il y avait une épreuve de geignardise aux jeux Olympiques, on pourrait parier ses économies de toute une vie que les Indiens d'Amérique remporteraient à coup sûr les médailles d'or, d'argent, et même de bronze.

Rudy n'avait pas d'opinion sur la question. Ce qu'il voulait, c'était être avec Stella, même s'il était encore légalement marié à Vivianne. Il acceptait l'infidélité comme une constante de la vie de réserve, mais il n'avait jamais trompé Vivianne pendant leur dix ans de vie commune. Aujourd'hui cependant, il n'avait pas la moindre envie de passer par les affres bureaucratiques du divorce. Une part de lui-même aimait toujours sa femme, la regrettait, souhaitait la voir revenir au foyer. Il trouverait un moyen de résoudre le problème ou, mieux encore, Vivianne le trouverait pour eux.

Vivianne LaDeux Yellow Shirt était une femme qu'il en était venu à détester, et pourtant il l'aimait encore. Elle *était* son épouse, même si au cours de l'année qui avait précédé son départ, ils n'avaient eu de rapports sexuels qu'une fois par mois. Au cours de leur dernière année ensemble, elle mettait des heures à se décider et, une fois excitée, le sexe devenait automatique, robotisé. Rudy savait bien que c'était sa faute à lui, ou du moins, celle des pilules fripe-zizi qu'il prenait.

Leurs rapports sexuels ne duraient pas bien longtemps, et Vivianne ne voulait plus faire ces choses cochonnes et excitantes qu'elle faisait au début de leur mariage. Lorsqu'il éjaculait, le sperme s'écoulait lamentablement dans un petit flot sans joie. Il aurait volontiers parié que le pape de Rome était capable d'éjaculations plus puissantes que les siennes avec Vivianne au crépuscule de leur union. Et puis, Vivianne s'était mise à laisser entendre qu'elle serait mieux ailleurs, ce qui l'avait sidéré autant qu'exaspéré. Mais il s'était dit qu'il était peut-être paranoïaque.

«Tu ne penses pas ce que tu dis, avait-il protesté.

— Je ne sais pas. Peut-être que si», avait-elle répondu.

Rudy se souvenait s'être branlé adolescent, et la douleur joyeuse de l'éjaculation envoyait son sperme gicler à trois pieds en l'air. Un jour, quand ils avaient douze ou treize ans, Mogie, Oliver Tall Dress et lui avaient même fait un concours pour voir qui expédiait sa charge le plus haut.

Il s'ordonna de ne plus penser au sexe. Il changea de chaîne, pensa à la violence. Sans le sexe et la violence, l'Amérique tout autant que leur rez se dessécheraient et s'évaporeraient. Il savait que sa vie serait beaucoup plus simple si Storks disparaissait. Ils avaient été les meilleurs amis du monde en grandissant mais, malgré cela, Rudy en voulait aujourd'hui à son cousin d'être l'époux de sa copine. Ses pensées l'atterraient parfois. Mais au moins, il était honnête avec lui-même. Et ce n'était pas le cas de tout le monde.

«Quel beau salopard tu fais!» Il se reprocha de souhaiter la disparition de son cousin, une idée monstrueuse, juvénile, égoïste. Écœurant. Écœurant et stupide. Mauvaise médecine.

Avant de quitter la maison poulet, Rudy s'assit à son bureau pour lire un procès verbal d'incident que quelqu'un avait posé là. C'était un rapport de routine concernant une bagarre entre ivrognes. Le seul fait remarquable tenait à ce que l'un des combattants était un dénommé Mogie Yellow Shirt. Et son frère aviné avait dit au policier qui l'arrêtait : « Allez vous faire foutre, têtes de cul que vous êtes. Mon frère, c'est le shérif Andy Taylor, votre patron ! »

Au bas du rapport, Wally Two Strikes, le policier en question, avait griffonné à l'encre rouge : « Tu es prié de contrôler les membres de ta famille, Andy. » Il y avait belle lurette que Rudy n'était plus ni choqué, ni gêné par ce que faisait son frère. Il sourit de la piètre tentative d'humour de Two Strikes, se leva et quitta le bureau.

Rudy marchait dehors, dans l'air mauvais et, pour la première fois depuis presque une semaine, il avait une fameuse envie de boire un coup. Une bonne bière fraîche ou trois ne résoudraient certes pas tous ses problèmes, mais cela aurait le mérite d'alléger pour un temps ses soucis, sa solitude, ses désirs charnels confondants. Il serait alors comme tous les autres.

Mère Nature et les ressources humaines s'étaient liguées pour engendrer la folie des Peaux-Rouges cette semaine-là. C'était *Wimima*, la pleine lune, et aussi le premier du mois. Et c'était « Jour des Mères ». Les chèques de l'Assistance sociale et ceux de l'Aide aux enfants dépendants étaient disponibles.

La semaine de fête mensuelle commençait dans la réserve indienne de Pine Ridge. C'était par une semaine comme celle-ci que, deux ans plus tôt, le journal du soir de la N.B.C. avait tourné un document en trois parties intitulé « Tragédie à Pine Ridge » sur les débauches des Sioux oglalas.

Ils avaient même filmé une séquence où l'on voyait Mogie assis avec ses potes derrière le Centre commercial de la nation sioux et se passant une bouteille de vin Thunderbird[1]. Des Indiens buvant du Thunderbird ! Que les caméras tournent ou non, cette prétendue tragédie se répétait chaque mois, et le fait d'être passé au journal télévisé sur une chaîne nationale n'avait tiré de Mogie qu'un vague haussement d'épaules quand Rudy lui en avait parlé deux ou trois jours après la diffusion du document.

Mogie lui avait taxé une cigarette et, après l'avoir allumée, il avait commenté : «*Ennut*, Rudy, je m'enverrais bien en l'air avec cette Connie Chung.

— Et moi, pareil», lui avait répondu Rudy sans prendre la peine de lui rappeler que Connie Chung était sur une autre chaîne. Il savait parfaitement de quoi parlait Mogie. À leur retour du Vietnam, tous deux s'accordaient à reconnaître que les femmes asiatiques n'étaient pas plus mal que les autres sur ce bout de caillou tournant qu'on appelait Terre.

Mogie disait toujours que les femmes orientales étaient presque aussi belles que les Indiennes, et autrement plus respectueuses envers les hommes. Foutrement plus respectueuses, même. Les livres d'histoire expliquaient aux hommes lakotas que, depuis qu'ils avaient cessé de combattre les *wasicus*, leurs femmes portaient la culotte. Quand les hommes avaient cessé d'être guerriers ou chasseurs, ils s'étaient égarés, avaient perdu le nord. À l'université, Rudy avait même lu dans certains ouvrages de sociologie que les Indiens avaient perdu leur virilité du jour où ils avaient été parqués dans des réserves.

Rudy n'en savait trop rien. Mais ce que l'histoire et les sociologues ne disaient pas, c'est que bon nombre

1. Thunderbird : Oiseau-Tonnerre, puissante entité esprit.

de femmes indiennes avaient retrouvé la virilité perdue de leurs hommes, parce que beaucoup d'entre elles étaient des têtes de nœud. Oliver Tall Dress, pour ne pas le nommer, avait fait cette remarque en plaisantant bien des années plus tôt, quand ils étaient encore au lycée.

Les paroles de Mogie ce jour-là dissipèrent les brumes philosophiques où s'engluait Rudy : « Connie Chung peut s'asseoir sur ma gueule quand elle veut et tourner comme une toupie, même si elle vient de jouer vingt manches au tennis, *ennut*. Tous les Blancs célèbres jouent au tennis, non ? Ou alors au golf.

— Ça te ferait envie, de l'œuf foo chung ? » avait demandé Rudy en riant, heureux de voir que Mogie s'enthousiasmait encore pour quelque chose. Il avait serré la main de son frère et lui avait filé le reste de son paquet de Marlboro. Et puis, Mogie était parti. Il n'avait pas l'air en très bonne santé, ce qui désolait Rudy.

« Ouais, ça me plairait assez ces cochonneries tordues », avait finalement répondu Mogie avec un sourire triste et niais. Ses yeux fixaient le vide à cent pas.

Rudy savait que le temps en dents de scie rendait tout le monde un peu *witko* — un peu fou. Un jour, il faisait dans les vingt-cinq ou trente degrés, et le lendemain, à peine dix. Trois semaines auparavant, il y avait eu une vague de chaleur et maintenant, quelques poivrots commençaient à porter les vestes hideuses en Nylon vert pomme que le Secours chrétien distribuait gratuitement dans toute la réserve. Rudy en avait lui-même une ou deux dans son placard.

Des douzaines de voitures cabossées remplies de ses *oyate* avinés parcouraient déjà Main Street au ralenti quand il atteignit sa Blazer argentée garée devant les locaux de l'Administration tribale Red Cloud. Rudy marchait droit comme un *i* et sauta discrètement dans la foulée par-dessus un tas d'ordures poussiéreuses comprenant des boîtes de bière, quelques pages délavées du *Lakota Tribune* et le cadavre d'un petit chien, puis il ouvrit la portière et monta en voiture. Il mit le cap vers le lieu où devait se tenir la veillée funèbre, passa devant le bâtiment, fit le tour complet du village de Pine Ridge et, trois minutes plus tard, il était de retour devant la salle des morts et souhaitait être ailleurs.

C'était une importante veillée pour un milieu de semaine. La salle du gymnase Billy Mills Hall était comble. Les amis et les membres de la famille étaient assis sur des chaises pliantes de métal disposées entre les deux paniers de basket. Même les gradins de bois escamotables étaient complets.

Dans un coin des tribunes, Rudy aperçut Mogie avec quelques-uns de ses compagnons de beuverie. Il avait l'air chargé, mais il portait une chemise blanche propre dont Rudy se demandait où il l'avait dénichée. Il n'était pas peu fier de voir que Mogie avait fait un effort. Mogie avait encore un reste de classe, et tandis que Mogie engloutissait sa soupe, Rudy se demandait s'il savait que Herbie avait été l'un des chasseurs qui avaient contribué à traquer la bête laineuse et violente. Un spectacle d'horreur que cette chasse. Il décida d'aller le lui dire.

Rudy se leva et se dirigea vers l'endroit où était son frère. Il lui serra la main. Les Indiens raffolaient des poignées de main. Quelqu'un lui avait un jour raconté que, quand les premiers hommes blancs étaient arrivés là et leur avaient serré la main, les Indiens avaient trouvé le geste si cocasse qu'ils s'en étaient roulés par terre de rire pendant des heures. C'était un geste si agréablement drôle qu'ils n'arrêtaient plus de le faire, et le faisaient encore dès que l'occasion se présentait. Après que Rudy lui eut serré la main, Mogie se détourna et se mit à parler avec un de ses potes ; Rudy redescendit donc des tribunes et regagna son siège. Mogie lui avait parut à peu près sobre.

Dans les brèves pauses entre les éloges funèbres, les enfants jouaient et les ivrognes passaient en chaloupant devant le cercueil ouvert et partiellement recouvert d'une couverture étoilée. Une longue file de visiteurs signaient le livre d'or et défilaient devant Oliver en disant ce qu'on dit toujours lors d'un enterrement indien : «Il est beau, *ennut* ?» et puis «Quand est-ce qu'on sert à manger ?»

De chaque côté du cercueil, on avait dressé des tables pliantes recouvertes elles aussi de couvertures étoilées sur lesquelles étaient disposées des compositions florales et des photos d'Oliver, depuis ses portraits de bébé jusqu'aux images de lui en uniforme de police. Une demi-douzaine de gâteaux aux décorations exubérantes étaient alignés sur les tables de chaque côté du défunt. De temps à autre, un membre de la famille prenait un gâteau et le promenait à travers la foule, recevant au passage compliments et condoléances.

Dans le snack-bar du gymnase, les femmes faisaient cuire la viande du bison, de la soupe de maïs séché, des galettes de pain frit et du *wojapi* aux prunes sauvages. Un épais nuage gras de cholestérol flottait sur l'assemblée, donnant à tous, sauf à lui, un profond sentiment de réconfort. Le mort, son collègue en fliquerie et vieux pote de lycée, avait été un bouffeur de première, un vide-ordures humain. Oliver Tall Dress était mort de ses artères obstruées et pesait dans les cent cinquante kilos quand son énorme carcasse avait décidé de se présenter dans le monde des esprits. Oliver avait été un fameux rondouillard.

De sa chaise, Rudy considérait son coéquipier du lycée qui reposait dans le cercueil. Oliver avait l'air moins gros maintenant, songea-t-il. Il ne ressemblait même pas au gosse qu'il avait été au lycée. L'homme dans le cercueil avait des bajoues, le front dégarni, et une moustache graisseuse de bandit mexicain. Il avait l'air vieux. Rudy grimaça de douleur.

Oliver n'était pas laid vingt-cinq ans plus tôt, songea encore Rudy en se frottant le dos contre le montant de sa chaise, regrettant de ne pouvoir se gratter les couilles. Pas question de le faire, car il était flanqué de deux grosses femmes en pleurs, les sœurs Bear Claw. Elles venaient à toutes les veillées funèbres et pleuraient, et elles étaient parmi les premières dans la queue pour manger alors qu'elles ne connaissaient jamais le mort. Elles étaient de toutes les cérémonies de dons et faisaient la queue pour avoir des cadeaux. Elles n'avaient pas de honte, et pas d'amis non plus.

Rudy croisa les jambes, inspira profondément et ferma les yeux en écoutant Gomez Brownbird, le conseiller tribal du district de Pine Ridge, qui tapotait de l'index la tête d'un micro.

Brownbird était l'un de ces alcooliques repentis aux yeux vitreux qui ont une brève aventure avec Jésus avant l'inévitable rechute dans l'alcool. Il était réélu année après année, malgré ses problèmes de picolo et les chicots moussus qui lui tenaient lieu de dents. Rudy se demandait bien pourquoi les types comme lui n'optaient pas pour le dentier. Mogie et lui en avaient un. Ça marchait nickel, et puis, tous les Indiens avaient droit aux soins dentaires gratuits dans les dispensaires de la santé publique. Ce n'était pas de la bienfaisance mais l'un des bons côtés des traités indiens.

Rudy serra les dents, les fausses et les autres, en voyant Storks toucher l'épaule de Stella. Ils étaient trois rangs devant lui. Son cousin désigna Gomez en pointant les lèvres, dit quelques mots et se mit à rire. Stella l'ignora. Elle arborait une minirobe noire décolletée sur laquelle elle avait drapé une veste de tailleur anthracite. Elle portait des bas noirs brillants et des chaussures à talons noires.

Elle donnait l'impression d'avoir passé des heures à se faire belle. Et il songea qu'elle avait l'air *vraiment* délicieuse, à croquer. Bien plus qu'appétissante pour ses trente-quatre ans. Une fois de plus, ses glandes prenaient le pas sur les médicaments contre la tension. Dans un moment de folie, il remercia Iktomi d'avoir mis la pierre en contact avec son crâne. Stella était si belle qu'on aurait tué pour elle! Et d'abord, il n'aurait jamais dû épouser cette foutue Chippewa. Il aurait dû avoir le bon sens de rester parmi les siens, de choisir une femme lakota.

«Emmène-moi au match de base-ball», chantonnait quelqu'un à voix basse, brisant le fil de sa rêverie lubrique. Derrière Rudy, un abruti lança d'une voix forte: «*Ennut*, c'est l'heure du match.» Et Rudy dut baisser la tête pour regarder innocemment le bout de ses bottes. Il se mordit les lèvres pour ne pas rire tout haut. Mais cet humour-là n'avait rien de honteux. Oliver l'aurait apprécié.

Même aux enterrements, les Indiens ne perdaient jamais leur sens de l'humour. D'ailleurs, il prenait cette histoire d'enterrement beaucoup trop au sérieux. Une fois mort, on était mort. Les vers allaient, les vers venaient. Et il prenait aussi son aventure avec la femme de son cousin trop au sérieux. Rudy se mit à fantasmer qu'il glisserait les mains le long de ses jambes recouvertes de Nylon noir ce soir, quand ils seraient sur la colline des Bières, et il lui poussa une trique en béton de première.

Il recroisa ses longues jambes, alluma une cigarette, et écouta Brownbird qui entamait son discours. Brownbird était maigre, de taille moyenne. Personne ne lui avait dit que les pulls double maille étaient passés de mode depuis des années. Tout le monde connaissait déjà son discours pour l'avoir entendu bien des fois à d'autres enterrements, et c'était devenu une petite plaisanterie de Pine Ridge. Rudy mit mentalement de côté les remarques préliminaires de Brownbird pour se brancher quand il en arriva à la page des sports.

«Et Oliver était un grand joueur», déclama le dénommé Brownbird à la peau claire, marquant une pause pour l'effet. «*Ohan*, et il est bien mieux là où il est, en ce lieu de soleil radieux… de vertes prairies bien entretenues… d'arbitres qui portent des ailes ! Il est allé rejoindre la grande équipe de Pine Ridge dans le monde des esprits. Frères et sœurs, tous nos chers disparus sont là. Je vois Luke Gray Eagle en troisième base, Anthony Horse joue rapproché.

«Les gars Brewers sont en extérieur à branler les mouches. Tim Bad Crow lance ses légendaires balles à effet, et oui, mes *oyate*, mes amis, c'est bien Oliver Tall Dress qui rattrape, et pas une balle tordue ne lui échappe ! Et regardez, regardez là ! Voyez comme les tribunes sont pleines de nos chers, chers disparus… Oh, Seigneur, quelle vision céleste ! »

Rudy réprima un ricanement à l'idée d'Oliver avec ses cent cinquante kilos, accroupi derrière la base de batte. Il se souvenait d'Ollie comme d'un rattrapeur et d'un arrière-centre réellement remarquable dans l'équipe scolaire, mais il y avait vingt-cinq ans de cela, et Oliver ne pesait alors que quatre-vingt-dix kilos. En équipe scolaire junior, Storks, Ollie, Mogie et Rudy avaient fait le championnat d'État de football. C'était l'année où ils avaient remporté le championnat d'État en division A. Ils étaient de jeunes héros à l'époque, mais des années de bière, de graisse et de sel des surplus alimentaires du gouvernement avaient mué Oliver en un hippopotame — pire encore, en un hippopotame efféminé.

Oliver ne s'était jamais marié et, après avoir obtenu son diplôme, il semblait enfler davantage avec chaque année qui passait. Pas que le mariage eut le moindre rapport avec l'obésité d'Oliver. Il aurait pu épouser une brillante cuisinière et se muer en une baleine encore plus énorme. Non, décidément, Oliver ne rattraperait pas les balles dans le grand match céleste des vedettes du base-ball, à moins bien sûr qu'en arrivant là-haut, on se retrouve automatiquement au mieux de sa forme.

Rudy se voyait actuellement au mieux de sa forme, n'était-ce sa tension et cette attaque de néo-puberté. Ces temps derniers, il s'était inquiété, craignant un diagnostic erroné des dégâts causés par la pierre.

Mais non, il avait consulté un spécialiste. Ce n'était probablement que de la paranoïa. Ensuite, comme les flics aiment à le faire, il s'inquiéta tout le reste de la veillée de l'éventuelle imminence de sa propre mort. Les anciens parmi les Indiens disaient toujours que les morts venaient par trois mais, ce mois-ci, le Grand

Esprit s'était surpassé, avait dépassé son quota. Peut-être que l'air mauvais Lui embrumait le cerveau à Lui aussi.

Rudy quitta la veillée peu de temps après minuit. Il y avait encore là une foule de gens qui commençait maintenant à s'éclaircir cependant qu'une fine pluie s'était mise à tomber dehors. L'enterrement était prévu pour dix heures le lendemain matin, au cimetière de la mission du Saint-Rosaire. Oliver avait beau être un de ses meilleurs amis d'enfance, il n'avait pas l'intention de rester debout toute la nuit.

Ils n'étaient jamais redevenus très intimes après que Rudy fut rentré du Vietnam. Pour une raison que Rudy ne s'expliquait pas, Oliver n'avait jamais fait de service militaire. Il prétendait avoir un problème médical et pourtant, lorsqu'il était entré dans la police, les examens complets l'avaient révélé aussi sain et en forme que peut l'être un homme jeune et gras. Des années plus tard, Oliver était devenu un gros fainéant de flic, et leur amitié s'était évaporée. Ils travaillaient ensemble mais se parlaient rarement.

Rudy monta dans sa Blazer et déboutonna sa ceinture. Il avait mangé trop de soupe, de pain frit et de wojapi. La soupe de bison était chaude, grasse et bonne, mais la viande était dure et filandreuse. Ils avaient dû découper ce vieux mâle au chalumeau. Il frissonna au souvenir de l'expression furieuse de la bête et se demanda quelle tête il avait, lui, quand il avait assassiné le bison.

En tout cas, le pain frit était léger, aérien. Il avait mangé deux bols de soupe et trois morceaux de pain frit, et cela, seulement après que Stella se fut approchée de lui pour lui souffler à l'oreille qu'elle ne pourrait pas être au rendez-vous. Storks se sentait mal, *kuja*, et lui avait demandé de le reconduire. Rudy avait haussé les épaules, dit d'accord, puis il s'était empiffré de délicieuse nourriture indienne riche en sel et en cholestérol. Il se demandait vaguement pourquoi Storks se sentait justement mal ce soir-là entre tous.

Sa vieille tante célibataire Helen avait tenté de lui faire manger un troisième bol de soupe, mais Rudy avait gentiment repoussé son offre. Son dentier n'en pouvait plus de cette viande coriace comme de la semelle. Sa tante Helen était une femme bonne et respectée, qui non seulement avait élevé Herbie, mais aussi son frère Vincent et ses sœurs jumelles, Geneva et Vienna — bien plus que ne l'avaient fait leurs alcooliques de parents, Sonny et Évangeline Yellow Shirt.

Helen Yellow Shirt était un petit bout de femme, une sorte d'épouvantail à cheveux blancs et au cœur aussi vaste que les Badlands. Elle ne plaisantait pas quand il s'agissait de défendre sa famille. Helen servait la nourriture et s'assurait que tous ses parents avaient largement leur part. Elle remplissait les bols de Rudy à ras bord, si bien qu'il avait eu du mal à les porter sans en renverser sur les autres participants à la veillée.

« Tatie, ton fils a contribué à chasser la soupe de bison, lui avait-il dit.

— *Ennut* ? » Son visage rayonnait de fierté.

« *Ennut* », avait répondu Rudy avant de l'embrasser sur la joue. Elle considérait Herbie, le fils de son neveu, comme son propre fils. Après tout, elle l'avait élevé depuis l'âge de trois ans.

« *Doksa*, faut que je file maintenant, lui avait dit Rudy avant de quitter la veillée. Je t'aime, tatie.

— Prends quelques restes, des *wateca*, avait-elle

proposé en lui tendant un récipient de plastique fermé rempli de soupe. Tu veux emporter du pain frit ?

— Merci, tante, ça ira comme ça. » Il avait pris le récipient, et il était sorti pour se diriger vers le parking.

Pendant le trajet qui le conduisait vers sa maison du H.U.D. à travers les rues mouillées, il examinait le quartier qu'il habitait. C'était véritablement un ghetto sur la face des plaines, mais bordel, c'était la terre de ses ancêtres ! Carré et ramassé, son préfabriqué de trois pièces avait bien besoin d'un coup de peinture ; il était entouré par un grillage haut d'un mètre vingt qui protégeait les poivrots avérés comme Mogie et ses compagnons d'armes contre ses bouffe-couilles de malamutes. La maison de Rudy était noyée parmi les peupliers indigènes qui, lentement, commençaient à perdre leurs feuilles. Bientôt, l'hiver du Dakota serait là.

Rudy gara sa voiture et, en ouvrant la portière, il entendit une grande chouette qui hululait dans le plus haut des peupliers. Sans réfléchir, il frappa dans ses mains pour la faire fuir, laissant tomber le récipient de soupe de bison. Pas bien gênant. Ses chiens se chargeraient de nettoyer. Ce qui le gênait, c'était la chouette. Pour une majorité d'Indiens, les chouettes étaient présage de mort. Il frappa de nouveau dans ses mains. Mais cette grosse saloperie de chouette n'avait pas l'intention de se laisser effrayer par un clone d'Elvis vieillissant. Rudy fit donc comme si elle s'était envolée.

Il ouvrit l'arrière de sa Blazer, tira de sur la banquette un petit sac de Kibbles'N Bits et entra chez lui. Ses trois clebs affamés lui sautèrent dessus, bavant et geignant. Du moins y avait-il des gens pour l'attendre,

170

même si l'un d'eux pissait maintenant à l'intérieur presque quotidiennement.

Ignorant les chiens, Rudy alla droit au réfrigérateur et resta là à regarder la bière, les quatre litres de sauce au piment maison, les quelques oranges vertes de moisissure, l'étagère pleine de fromage de ration que des poivrots lui avaient fourgué. Il mourait d'envie de boire une Budweiser, de sentir le liquide frais nettoyer ses poumons de l'air mauvais. Mais il savait qu'il n'en boirait pas qu'une, qu'il se soûlerait. Comme la plupart des Indiens, il buvait pour se soûler. C'était bien pour cela qu'on avait inventé ce truc, non ? Rudy aurait aimé entendre la réponse de Mogie à cette question-là.

Hésitant à satisfaire son envie, il referma le frigo, alla ouvrir la porte de derrière et laissa ses chiens bondir dehors. C'étaient d'heureux lascars, ils pataugeaient joyeusement dans la boue de la cour. Rudy souriait en regagnant le réfrigérateur et resta devant un moment à réfléchir. Sans qu'il sût pourquoi, une bizarre idée lui traversa l'esprit : peut-être le Dieu de l'homme blanc était-il déjà mort… Tous les prêtres de la réserve en feraient une chiasse mentale si c'était vrai !

Rudy ouvrit une grande boîte métallique de Bud et, tout en fixant la mousse qui montait rapidement, il sentit une vague confuse de douleur, d'amour et de peur monter en lui. Il songea à la chouette dans l'arbre. Il fut brièvement tenté de sortir son revolver et d'aller tirer en l'air dans la nuit pour l'effrayer. Il se sentait désespérément seul, aurait voulu Stella, ou même Vivianne. Il agita tristement la tête. Aucune chatte au monde ne valait qu'on se rende fou de frustration — le mensonge qu'il se répétait en guise d'excuse. Il soupira, haussa les épaules, renversa la tête et but la Bud à longs traits à même la boîte. Ensuite, il rappela Hughie, Dewey et Louis et s'assit pour parler avec eux.

Le terrible trio boueux lui grimpa dessus et lui lécha le visage. Il serra chaque chien dans ses bras, l'embrassa et lui dit « Ah-rou-rou », puis il tira son revolver de l'étui et le posa sur le frigo, à l'abri des clebs à pattes sales. En contrepoint du doux clapotement de la pluie, Rudy entendit une portière de voiture claquer dans son allée.

De brusques coups frappés à sa porte le firent sursauter. Les chiens lâchèrent d'inquiétants hurlements. En général, les gens sonnaient chez lui. Il hésita un moment à ouvrir, décida que c'était préférable et le fit. Avant d'ouvrir la porte, Rudy avait négligé de jeter un coup d'œil par la fenêtre. Il espérait que ce n'était pas un ivrogne prêt à lui fourguer quelque chose. Ce n'était pas le cas. Un jeune bleu de policier du nom de Wayne Ed Gallegos se tenait sous le porche et essuyait la pluie de sur son visage. C'était un type d'une trentaine d'années, nerveux, portant moustache.

« Salut Eltee, commença Gallegos d'une voix haut perchée. Ils viennent d'amener ton cousin Storks à l'hôpital. Il a fait une méchante crise cardiaque. Moche. Ça a l'air mal parti. Viens, je te conduis aux Services de santé, d'accord ?

— Storks ? demanda Rudy, doutant d'avoir bien entendu.

— Lui-même. Storks Janis, ouais… c'est lui, bredouilla le jeune flic. Ton cousin… c'est bien ton cousin, non, Eltee ?

— Ben merde alors ! » grommela Rudy. Il prit sa veste, enferma les chiens et monta dans la voiture de patrouille. Ses pensées tournoyaient en tous sens.

L'espace d'un instant, il revit la tête sanglante et constellée de bave du vieux bison. Il semblait sourire, et Rudy regretta de n'avoir pas vidé tout le chargeur dans son vieux crâne galeux. Tout le long de la colline qui menait à l'hôpital, Rudy ne put effacer de ses yeux l'image du bison. Et ses oreilles savaient maintenant quel nom la chouette avait appelé.

Quand Rudy arriva à l'hôpital, Storks avait l'air de somnoler, mais il était raide mort. Stella était si entourée par les membres de sa famille que Rudy ne put lui parler en privé. Il aurait voulu plus que tout au monde la tenir dans ses bras et la réconforter. Après avoir jeté un bref coup d'œil au cadavre dégingandé de Storks, Rudy s'assit dans l'antichambre des urgences et resta là, jusqu'à en avoir des fourmis dans les fesses. Après deux heures de respect au défunt, il se leva, donna des accolades à la ronde et prit congé. Il lui était doux de serrer les femmes dans ses bras, et leurs étreintes contribuaient à alléger le poids de sa culpabilité.

La plupart des gens qui se trouvaient là étaient membres de sa famille à des degrés divers. En quittant l'hôpital au bout de deux bonnes heures, il savait que le «Guerrier de la Vengeance» avait une mission à accomplir. Pour quelque vague raison, il avait décidé de brûler l'un des trois débits de boissons de White-clay. C'était un engagement, et Rudy savait qu'il ne renoncerait pas.

Sa décision était sans rapport avec la mort de Storks. Ce n'était pas une décision née de la logique causale. Il en avait décidé ainsi, sans plus. *Qu'ils aillent se faire foutre...* ces vampires *wasicu* qui vivaient de la misère des Indiens. Il tendrait la main pour serrer celle de la folie. Il ne reviendrait pas là-dessus. Le soulagement s'engouffrait en lui.

En sortant de l'hôpital, Rudy tomba par hasard sur Janie Smith, une infirmière blanche qui habitait Rushville, et l'une de ces femmes qu'il mettait à l'occasion. Il connaissait Janie depuis le lycée. Son père était Russell «Bud» Stoner. De fait, pendant un été, Mogie, Storks et Rudy avaient travaillé au ranch de son père, rentré le foin et nourri ses milliers de cochons à quelques miles au-delà de la frontière du Nebraska.

Rudy prit rendez-vous avec elle sur-le-champ. Il avait besoin d'une présence féminine pour le remonter, l'arracher à sa douleur, et il savait que Janie ferait l'affaire. C'était une fille de ferme bien nourrie, de petite taille, avec des cheveux blonds, de petits seins, des hanches et des cuisses solidement bâties. Elle avait les fesses larges, fermes, en forme de cœur. Rudy avait besoin de se soulager et d'affection. Il avait besoin d'une femme qui le tienne dans ses bras. Il avait désespérément besoin de toutes ces choses que désire un homme quand il part en quête d'une femme. Il avait besoin qu'on s'occupe de lui. Et merde, se dit à lui-même Rudy Yellow Shirt, il avait besoin d'être câliné, estampillé et validé.

Il la rejoignit trois quarts d'heure plus tard devant le bar de Stockman à Rushville, à vingt miles au sud de Pine Ridge. Il était trois heures et demie du matin et tous les bars étaient fermés. Elle avait un six-pack de Coors légère dans le coffre de sa voiture et suggéra qu'ils prennent une chambre dans un de ces anonymes motels miteux à la périphérie de la ville. Elle s'installa dans la Blazer, et ils tentèrent leur chance dans les quatre motels, sans résultat. Ils prirent une route de ferme, se garèrent dans un creux en bordure d'un champ de blé sur les terres de son père. Ils entendaient des parcs entiers remplis des cochons de son père ronchonner dans la nuit. Ils étaient tout près de l'endroit où Storks avait tué un cochon quand Rudy était en deuxième année de lycée.

« Je pourrais te raconter une histoire sur ces putains de cochons, lui dit-il.

— Moi, je pourrais t'en raconter d'autres », dit-elle. Mais il laissa tomber le sujet quand elle glissa la main le long de sa cuisse. Il défit la fermeture éclair de sa robe d'infirmière, et ils firent la bête à deux dos pendant trois heures de rang sur le siège arrière de la Blazer avant qu'elle n'aille rejoindre son mari.

Darryl, son mari, était shérif adjoint de Sheridan County et travaillait de nuit. Rudy n'avait pas l'intention de se frotter à un type légalement investi d'une autorisation de port d'arme ; il l'avait rencontré au cours de son service, avait été frappé par son manque de couilles, mais ce n'était pas une raison. Darryl Smith était un petit maigrichon de mormon bien pensant qui, par quelque hasard, avait atterri dans les forces de l'ordre, l'œil innocent et plein de bonne volonté.

« Il faut que j'y aille. Il sera rentré d'ici une heure, dit Janie en enfilant son slip blanc et son collant blanc.

— Ne t'inquiète pas. Je m'arrangerai pour que tu sois chez toi à temps pour tourner les pages du *Livre de Mormon* à ton vieux.

— Bon, ça va. On dirait que t'es jaloux, commenta-t-elle, mi-plaisantant, mi-agacée. Il m'emmène au mont Rushmore demain. On a pensé y faire un tour en voiture, histoire de voir, avant d'aller jeter un œil à cette montagne qu'ils sont en train de sculpter à l'effigie de Crazy Horse. Tu y es déjà allé ?

175

« — Qu'est-ce que j'irais y faire ? Crazy Horse n'a jamais permis qu'on le prenne en photo, et maintenant, voilà que ces butors veulent le transformer en attraction touristique. *Ennut*, ils ne savent même pas à quoi il ressemblait. Tu parles d'une farce. C'est comme ces Présidents morts, pile au milieu de *Paha Sapa*. Merde, ils en ont rien à foutre que les Black Hills soient les terres les plus sacrées des Sioux. » Il sentait la colère monter en lui.

« Bon, je me souviendrai de ne jamais appuyer sur ce bouton-là », dit elle en ricanant. Mais son rire n'était pas sincère et il s'en aperçut.

« Excuse. Je suis parti un peu vite.

— Je ne t'en veux pas. Je comprends que tu sois à cran avec la mort de ton ami et tout ça. » Et elle ponctua sa remarque d'un bref baiser.

Quand elle fut rhabillée et qu'elle eut retouché son maquillage, elle lui ébouriffa les cheveux et l'embrassa sur la joue.

« Tu as pris des vitamines, ou quoi, Rudy ? » Coquine, elle se lécha les lèvres et sourit.

Il rit, lui prit la main, la garda dans la sienne pendant tout le trajet de retour à l'endroit où elle avait garé sa voiture. Lorsqu'elle l'eut quitté, il reprit le chemin de Pine Ridge en fredonnant une vieille chanson d'amour indienne. Il ouvrit une boîte de Coors légère que Janie avait laissée dans sa Blazer et porta en silence un toast à Storks Janis.

« Storks, vieux tueur de cochon, ta compagnie va me manquer mon salaud », murmura-t-il. *Et tu peux parier ton ticket pour le ciel que je vais m'occuper de Stella. Je te le promets.*

Ses yeux se mouillèrent de quelques larmes alors, il porta la boîte à ses lèvres et but jusqu'à la vider. Puis il ouvrit une deuxième bière fraîche et poursuivit sa route à travers la nuit. À mi-chemin de la rez, il coupa les phares de sa voiture sans trop savoir pourquoi. Pendant une dizaine de secondes, Rudy Yellow Shirt fila dans le noir complet. Puis il remit les phares. Dans ce cercueil de ténèbres, il avait senti que d'autres événements mauvais étaient sur le point de se produire.

Il sentait la froide présence d'Iktomi, le trickster araignée. Dans les ténèbres, il avait eu une vision de flammes dansantes et de mort. Il se raisonna, se disant que peut-être il se sentait coupable parce que Storks était mort et pas lui. Il sentit croître sa colère.

Il demanda pardon d'avoir souhaité la mort de Storks. Il se souvint du vieux dicton : N'en demandez pas trop — vos souhaits pourraient se réaliser. Et il demanda la paix de l'âme.

11

Mogie fin rond mangeait une boîte de hot dogs en conserve sur le siège arrière d'une guimbarde puante remplie jusqu'à la gueule d'autres soûlards de la rez. Au volant, il y avait son meilleur ami Weasel Bear, qui avait emprunté la voiture à l'un de ses parents. Ils rentraient à Pine Ridge de Rushville où ils avaient acheté deux douzaines de pintes de muscat Gibson. Ils comptaient en boire la moitié, et vendre le reste du vin contre un bon bénéfice. Si leur plan marchait comme prévu, ils pourraient recommencer le lendemain.

« Jolie bouteille, sacrée bouteille, lança Mogie dans le vide.

— Ouais, on va se taper la cloche, gloussa un de ses compagnons de bordée. J'ai des rations de Spam[1] en rab. Je vais en faire revenir et je vais nous concocter un plat de pommes de terre au Spam et au fromage.

— Le Spam, ça vaut pas un clou », déclara Mogie. Il se tourna vers la vitre et balaya le décor d'un coup d'œil rapide autant qu'aviné. « Arrête la voiture, dit-il.

— Hein ? fit le chœur des soûlards.

— Arrête la voiture et gare-toi là-bas dans ce bos-

---

1. Spam, marque de pâté de jambon en boîte.

quet de pins. Vous les gars, attendez-moi ici une demi-heure, et je reviens avec une bonne surprise.

— Ça m'a tout l'air d'être du pipeau, fit l'un des soûlards.

— Tu veux mon pied au cul?» demanda Mogie.

Comme aucun des soûlards n'avait envie de s'en prendre à Mogie Yellow Shirt, ils firent ce qu'on leur disait. Mogie sortit de voiture, s'étira et prit ses repères. Il tâta sa poche pour s'assurer que son couteau Buck y était. Il alluma une cigarette et se mit en marche, traversant une prairie éclairée par la lune, gravissant une petite colline, puis une autre.

Au pied de la seconde colline s'étendait un grand ranch. Des milliers de cochons étaient parqués là. Le Mogie connaissait pour y avoir été, dans son enfance. Et la disposition du ranch n'avait guère changé depuis. Il se dirigea vers la puanteur des cochons. Ils étaient tout près de la maison, et la maison était éclairée *a giorno*. Mogie voyait des gens remuer à l'intérieur.

Il s'approcha d'un petit groupe de crèches. Dans l'une, il vit une énorme truie noire avec sept ou huit petits cochons blottis contre son ventre. Ils étaient trop petits, et Mogie alla examiner une autre crèche. Dans celle-ci, les cochonnets étaient un peu plus gros, dans les dix kilos pièce, de la taille d'une petite dinde. Il serait facile de les faire rôtir entiers au four.

Mogie enjamba la barrière en silence et en prit deux par les pattes de derrière, un dans chaque main. Il les fit tourner et les cogna tête contre tête dans un craquement retentissant. Ils moururent sur le coup, sans même pousser un cri. Mogie en fut ravi aux anges. Il franchit la barrière en sens inverse et s'éloigna de la mère truie endormie.

Il s'arrêta un moment, le temps de regarder à l'intérieur de la maison. Dans la cuisine, un vieil homme blanc versait de l'eau dans une machine à café. L'Indien le reconnut aussitôt pour Bud Stoner. Déposant les cochonnets à terre, Mogie chercha des yeux un caillou, un projectile quelconque. Il trouva une petite pierre ronde, à peu près de la taille d'un œuf. Il reprit les deux cochons de lait de la main gauche et lança la pierre de la droite.

Mogie se mit à courir au moment où la pierre brisait la vitre. Il courut à toutes jambes rejoindre ses amis qui l'attendaient.

«Au cul le Spam!» hurla-t-il aux étoiles tout en courant. Les petits cochons grillés, juteux, dorés à point, dansaient dans son esprit. Ils iraient bien avec le vin. Mieux que ça, même. «Au cul le Spam!» aboyat-il encore.

12

«Tu m'as manqué», murmura Stella en se pen-
chant pour gratter l'une de ses jambes gainées de
Nylon noir. Rudy songea qu'elle avait d'authentiques
jambes de mannequin. Qu'elle était une bien belle
femme oglala. Elle avait la peau douce et brune, des
cheveux brillants et noirs, coupés très courts. Tout
compte fait, elle ressemblait assez à Vivianne, sa
femme. Mais les yeux de Stella lui disaient qu'il était
un homme très désirable. Ses yeux lui disaient qu'elle
l'aimait, et son corps lui prouvait cet amour. Rudy se
sentait tout à la fois privilégié et coupable.

«Je sais, marmonna-t-il en la serrant dans ses bras.
Nous parlerons plus tard.» Elle avait les yeux rouges
et gonflés, les joues humides de larmes. Elle était
assise au premier rang, dans l'église catholique du
Saint-Rosaire, et Rudy faisait son tour, serrant solennellement les mains des proches venus assister en
nombre à l'enterrement de Storks.

«Je tâcherai de te parler plus tard; je t'appellerai
peut-être. Bon, je t'appelle», dit-elle à voix basse.
Puis elle lui prit la main, la serra un peu plus qu'il
n'était nécessaire. Rudy hocha la tête et poursuivit sa
tournée de poignées de main. La plupart des membres

de la famille de Storks étaient ses cousins et, au fond, Rudy se réjouissait qu'ils lui aient fait l'honneur de lui demander d'être au nombre des porteurs.

Trois des porteurs du cercueil de Storks étaient des flics de la rez, et tous avaient revêtu leur uniforme bleu bon marché. Un vétéran grisonnant du nom de Bad Wound portait son uniforme avec des chaussures de sport bleues flambant neuves. Des chaussures à deux sous achetées au Kmart. Le vieux flic ne jugeait sans doute pas la chose inconvenante, et il avait probablement raison. Rudy fixait les chaussures du vieux flic sans trop savoir pourquoi ce détail l'obnubilait. C'était peut-être la couleur. Elles n'étaient pas marine, comme leurs uniformes, mais d'un bleu électrique mutant, choquant. Rudy réprima un sourire, réalisant soudain à quel point il était inconvenant de tomber amoureux de Stella Janis en ce moment même.

Durant le long service funèbre, il s'efforça de chasser le présent de son esprit. Il fit sincèrement de son mieux pour avoir envers Storks des pensées d'amour, mais un seul souvenir lui revenait en tête, celui de l'été où Storks, Mogie et lui avaient travaillé pour le père de Janie Smith près de Rushville, dans le Nebraska.

Rudy était en deuxième année de lycée et, cet été-là, les trois garçons étaient employés par Russell «Bud» Stoner, à quelques miles au nord de Rushville et environ quinze miles au sud de Pine Ridge. Stoner cultivait le foin et élevait des cochons. Les garçons rentraient le foin et nourrissaient ses milliers de cochons. Le travail était dur, payait mal, mais c'était le premier emploi sérieux que Rudy ait jamais eu. L'argent lui servirait à payer les vêtements neufs qu'il

comptait acheter pour la rentrée scolaire et avait repé-
rés dans le catalogue de Sears & Roebuck plusieurs
semaines avant de prendre son emploi.

Ils travaillaient pour M. Stoner depuis trois semaines
le jour où celui-ci s'était rendu en ville, les laissant
seuls pour nourrir ses cochons. Il y en avait près de
deux mille, répartis dans six parcs clos par des palis-
sades. Le plus grand de ces enclos contenait environ
cinq cents cochons que les garçons entreprirent de
nourrir avec un mélange de farine de maïs et de lait
tourné, caillé.

Bud Stoner obtenait le lait d'une laiterie voisine
pour un prix dérisoire. Il les avait prévenus que la loi
interdisait de le donner aux cochons et qu'ils feraient
bien de tenir leur langue s'ils voulaient continuer à
travailler chez lui. Il avait lourdement insisté sur tous
les Indiens qu'il avait employés et qu'il avait virés
fissa, et il leur avait fait promettre solennellement de
travailler dur et de ne jamais chercher à le voler. Rudy
réfléchissait aux mises en garde de Stoner tandis
qu'ils déversaient deux bidons de deux cents litres de
lait caillé malodorant dans l'auge et y ajoutaient deux
sacs de cinquante kilos de farine de maïs.

Cette pâtée rendait les cochons complètement fous.
Ils bavaient de bonheur, les yeux écarquillés, tout en
avalant la bouillie tandis que leurs sabots pataugeaient
dans la boue et le fumier puant des enclos. Et Rudy
songeait que peu de choses à sa connaissance empes-
taient autant que la merde de cochon. Lorsque les pen-
sionnaires de l'avant dernier enclos eurent englouti le
dîner, Storks grimpa sur la palissade et se mit à hurler
à pleins poumons : « Soooeeee, soooeeee, soooeeee. »

Mogie et lui considéraient Storks comme le comique
attitré du groupe. Il racontait sans cesse des blagues

bancales, son éternelle Camel collée à la lèvre. Pour amuser ses cousins, les frères Yellow Shirt, il était toujours prêt à faire des trucs stupides, voire dangereux.

« Descends de là, imbécile ! lui cria Mogie. On a encore un lot à nourrir. Et d'abord, qu'est-ce que tu fous là-haut ? »

Storks sourit, descendit de son perchoir et continua à hurler : « Sooooeeee, soooeeee », tandis qu'ils approchaient du dernier enclos de porcs encore à jeun.

Dans l'enclos, Rudy vit passer comme une onde sur les bêtes qui se mettaient à courir en cercles lents tout autour de leur parc. Voyant que les cochons réagissaient, Storks continua à brailler de plus belle pour les exciter. Surpris, affolés, les cochons se mirent à courir de plus en plus vite, et Storks se mit à crier de plus en plus fort. Rudy était certain que les esprits allaient faire irruption dans l'humaine dimension. Son cœur s'accélérait.

« Soooooooooooooooooeeeeeeee », hurla Storks, une lueur de folie dans l'œil. Rudy en eut mal aux oreilles. Mogie qui s'énervait dit à Storks d'arrêter ses conneries ou il lui botterait le cul pour le rendre à la raison. Les cochons continuaient de courir et semblaient sur le point d'exploser de leur enclos. Les hurlements de Storks réveillaient leur cauchemar et leur terreur mortelle de devenir bacon. Ils étaient menés par un vieux mâle gris au regard de psychotique apeuré. Storks s'en aperçut et cessa de brailler, mais les cochons déambulaient toujours plus vite. Ils tournaient en rond et couraient bien plus vite que Rudy ne les en aurait crus capables.

Soudain, les trois garçons hurlèrent de panique. Les cochons étaient en train d'enfoncer la palissade. Sans hésiter, Storks ramassa une pierre de la taille d'une balle de base-ball et la lança au vieux meneur. Elle alla droit au but, et l'œil du cochon gicla comme le pus d'un furoncle. La pierre avait répandu du sang et de la gelée d'œil sur la face du porc qui s'affaissa avec un cri perçant et puissant, le cri le plus terrible que Rudy eût jamais entendu sortir d'un gosier humain ou animal.

La bête s'agita sur le sol pendant quelques minutes, puis elle se releva. Elle eut un violent soubresaut, hurla et s'effondra sur le flanc, raide morte. Un silence affolé tomba comme un suaire sur les enclos. Les cochons s'étaient interrompus dans leur course, ils piétinaient, à croire que leurs moteurs tombaient en panne d'essence. Sur le moment, Rudy songea qu'ils observaient peut-être quelques instants de respect silencieux pour leur chef abattu. Il aurait bien dit deux mots à Storks, cette espèce d'abruti, mais il se mordit les lèvres.

Avant même que Storks ou Rudy eussent pu ouvrir la bouche, Mogie avait sauté par-dessus la palissade, était à califourchon sur le cochon mort. Il tira son couteau Buck et l'entailla de la gorge jusqu'au ventre. Puis il se recula en riant tandis que les tripes fumantes ensanglantées glissaient, tel un serpent sur le sol humide et fétide de l'enclos.

«Ben qu'on m'encule!» dit Storks, perdant l'équilibre et tombant de la palissade dans un énorme tas de merde de cochon toute fraîche.

C'est alors qu'une chose plus horrible encore se produisit. Les autres porcs se ruèrent comme des piranhas sur le cadavre du mâle. Ils se mirent à canni-baliser leur meneur. Ils se disputaient les intestins, les étirant démesurément, jusqu'à l'absurde. Deux d'entre eux avaient la tête entièrement enfouie dans le ventre de leur compagnon défunt. Un troisième lui avait arraché les glandes génitales et les mâchait avec bonheur. Storks et Rudy en étaient choqués mais, à l'évidence, Mogie en savait plus long qu'eux. En un quart d'heure, il ne restait plus de la carcasse qu'un peu de peau et des os. Avec le temps, ces restes se fondraient dans la boue et le fumier. Si Stoner avait découvert le cochon crevé, il les aurait virés sur l'heure, jeunes morveux qu'ils étaient.

Mogie essuya son couteau sur son jean et sourit. « Merder c'est une chose, déclara-t-il. Mais quand on merde, faut se démerder. Bordel qu'il avait la peau dure ! J'ai bien cru y laisser mon couteau préféré.

— Ça alors ! fit Rudy.

— Pas croyable, ce truc ! » dit Storks, impressionné.

Mogie leur avait sauvé la mise mais, ce soir-là, après le travail, il riait autant qu'eux tandis qu'à tour de rôle, ils se racontaient l'histoire des cochons cannibales. Cette nuit-là, ils allèrent en stop jusqu'à Whiteclay et soudoyèrent des soûlards pour qu'ils leur achètent deux six-packs de bière, un paquet de Camel, un grand paquet de chips et six petites boîtes de mini hot dogs en conserve. Il repartirent à pied, se firent un petit feu de camp dans des dunes de sable, et Storks raconta et raconta encore l'histoire du cochon mort. Il était là, debout comme un imbécile, et hurlait aux étoiles.

« Sooooeeeeee, sooooeeee », braillait-il, et ils riaient avec lui à s'en faire mal au ventre. Puis ils s'installèrent tous et burent tranquillement leur bière en regardant le ciel nocturne. Ces mêmes étoiles avaient brillé sur les Lakotas pendant des siècles et des siècles.

Les trois garçons étaient jeunes, bien vivants, et le monde s'ouvrait devant eux. Jamais plus ils ne seraient les mêmes. Ce fut la première fois où Storks et Rudy se soûlèrent pour de bon. Quatre bières leur suffirent mais déjà à l'époque, Mogie en voulait encore.

«Tuer le cochon, ça vous flanque la soif», déclarat-il en ouvrant la dernière boîte de saucisses. Puis il but le liquide.

«Tiens, mange des bites naines», dit-il encore en tendant la boîte à Storks qui en examina les profondeurs avant d'en dévorer le contenu. Rudy était à peu près sûr que Storks ne réalisait même pas que les minuscules saucisses étaient faites de porc. Cette nuit-là, Rudy éprouvait un profond sentiment de satisfaction. Le lendemain matin, Bud Stoner mit les trois garçons à la porte sans les payer.

Après l'enterrement de Storks, Rudy avait besoin d'eau de feu. Il avait soif d'une grande Budweiser. Ce qui impliquait de faire un saut à Whiteclay. La bière était l'apanage de Whiteclay. On pouvait acheter du vin de contrebande dans la rez même. Pour les alcools, on allait à Gordon, à Chadron, à Martin, à Rushville, dans une douzaine de petites villes en bordure de la rez.

Il avait bien besoin d'un six-pack ou deux après la longue journée passée au service funèbre de Storks et au dîner en son honneur qui avait suivi. Il avait finalement réussi à parler brièvement à Stella, et elle lui avait dit qu'il leur faudrait prendre des vacances, ne pas se voir pendant une paire de semaines. Il lui fallait prendre le temps de faire son deuil dans les règles, sans l'ombre d'un scandale. Rudy le comprenait, lui assura qu'elle pouvait l'appeler quand elle voulait si elle avait besoin de lui. Il savait se montrer raisonnable.

« Je te reparlerai plus tard, lui avait-elle dit au repas, en fin d'après-midi, et elle lui avait effleuré la main. Je suis déprimée, et en plus, je me sens coupable d'être avec toi maintenant. Tu comprends ? Séparons-nous un temps, attendons un peu, d'accord ?

— Comme tu veux », avait-il répondu d'un air dégagé, s'efforçant de masquer son désir croissant. De nouveau, toute la famille toupillait autour d'elle.

Elle avait eu un hochement de tête, avait discrètement pressé sa main. Elle lui avait dit un « Je t'aime » silencieux, et il l'avait brièvement prise dans ses bras avant de partir. *Ah-rou-rou, moi aussi.*

À neuf heures ce soir-là, dans la brume du crépuscule d'automne, Rudy avait rejoint la parade des Peaux-Rouges. Des voitures bourrées de têtes de bisons se pressaient pare-chocs contre pare-chocs en direction de Whiteclay, Nebraska, des marchands de malheur, de mort et de maladie.

Whiteclay était le quartier général de Mogie. Cette petite ville de chiottes crasseuse comptait moins de vingt habitants. Les propriétaires du débit de boissons faisaient des millions de dollars annuels en ventes de bière, presque autant que Lincoln ou Omaha. Rudy considérait l'endroit comme une misérable enclave d'enfer qui ne méritait pas mieux qu'une modeste bombe nucléaire — mais uniquement dans les moments où lui-même ne partait pas en quête de bière. À ses yeux, les commerçants n'étaient, tout compte fait, pas mauvais bougres, à cela près qu'ils empoisonnaient une nation de Peaux-rouges. Les Indiens bon teint de la rez les plus radicaux étaient sans doute plus près de la vérité lorsqu'ils affirmaient que vendre de l'alcool aux leurs était une forme de génocide.

Rudy reconnut le chauffeur de la voiture qui se trouvait devant lui. C'était Sammy Walks, son voisin d'en face, un homme jeune, d'une trentaine d'années, qui vivait des allocations de sa concubine. Plus elle avait d'enfants, plus ils touchaient d'aides de l'État et du gouvernement fédéral. Jamais cet argent ne profitait aux enfants. La presque totalité allait aux marchands d'alcool blancs.

Walks et sa compagne, Alma, étaient des sujets représentatifs d'un mode de vie courant dans la rez, accepté sans grande honte. Même l'église catholique du Saint-Rosaire baptisait aujourd'hui les enfants dont les mères n'étaient pas mariées. Et cependant, les grands prêtres dégoulinant de paperie avec leurs cols à la retourne vouaient au souffre et aux feux de l'enfer les distributions gratuites de préservatifs instituées par les Services de santé. Storks avait dit un jour qu'à son arrivée en Amérique, l'homme blanc détenait la Bible, et les Indiens, la terre. Aujourd'hui, des siècles plus tard, les Indiens avaient la Bible, et les Blancs possédaient la terre.

Parfois, Rudy voyait sa nation indienne comme une voiture sans phares précipitée de nuit sur une route de montagne vers le plaisir immédiat ou une mort abjecte. Il savait bien que son boulot de flic assombrissait son jugement, mais tout au fond de lui, il rêvait de voir un jour son peuple indien guéri, ou tout au moins assez conscient pour reconnaître qu'il fermait les yeux pour ne pas voir ses problèmes sans nombre.

Rudy se faufila à travers la foule qui piétinait devant le premier débit de boissons venu. Une paire de poivrots qu'il avait arrêtés précédemment vinrent lui serrer la main tandis qu'il allait acheter sa bière. Ils étaient en quête d'une obole mais ne l'obtiendraient pas de lui. Ne voyant ni Mogie, ni aucun de ses compères, Rudy remercia les esprits de ses ancêtres pour cette petite faveur.

« *Hau, tanhansi*, tu pourrais pas me dépanner de trente cents ? lui demanda un petit homme fétide au teint jauni tandis qu'il se dirigeait vers la porte. J'ai presque assez pour un litre de bière. Tu pourrais pas me filer une petite pièce ? »

Rudy lui donna un billet d'un dollar pour sa franchise et fut aussitôt assailli par deux autres ivrognes qui voulaient un dollar eux aussi et qu'il envoya promener. Il reconnut l'un d'eux pour Buddy Pourier, un ex-flic qu'il avait connu quelques années plus tôt. Il ne l'avait jamais aimé. Pourier était un voleur.

« Dis donc, Pourier, tu me prends pour un con ou quoi ? » demanda Rudy en passant devant lui pour aller s'acheter sa bière et ses cigarettes avec son bon pognon, gagné à la sueur de son front. *Qu'il aille se faire foutre.* Jamais de toute sa vie Rudy n'avait taxé quiconque pour quoi que ce soit.

« Radin de macho indien », entendit-il Pourier marmonner en repassant devant le gars et son compère pour regagner son véhicule.

« À un de ces quatre, bande de merdeux ! » leur cria-t-il en montant dans sa Blazer. Puis il démarra sur les chapeaux de roues, les arrosant de poussière et de gravillons. Il savait bien que c'était cruel, infantile même, mais ils l'avaient foutu en boule et, de toutes façons, ils étaient sur la voie ténébreuse de la mort. Pourier avait été viré pour avoir manqué trop d'audiences au tribunal, ce qui faisait que les plaintes devenaient caduques. Avec leur bande d'agents de l'ordre inadaptés et sans éducation, le problème était courant. Mais ce n'était là que la partie visible de l'iceberg, un des maux dans la boîte de Pandore sans fond de la police indienne.

Quelques minutes après avoir fait ses emplettes, Rudy était de retour dans sa maison déserte. Il prit le sac de papier qui contenait son six-pack, jeta un coup d'œil à droite, puis à gauche, et rentra chez lui au plus vite, enfreignant au passage la loi de la rez sur l'alcool. *Quelle foutaise*, se dit-il. L'âme même de leur nation indienne se noyait dans l'alcool, et tous s'en fichaient, ou bien étaient trop soûls pour crier au secours et réclamer une bouée. Tous, à l'exception du « Guerrier de la Vengeance ». Il était sur le point d'entrer en action.

Lorsque Rudy se fut détendu, il se prépara des sandwiches aux œufs mayonnaise, regarda CNN pendant une heure, puis il se mit à boire.

« Les gars, si vous voyez un mauvais esprit rôder dans les parages, vous le flanquez dehors », dit-il à ses chiens en leur partageant le reste de ses sandwiches.

À une heure et demie du matin, le calme revenu sur la ville et les débits de boissons fermés, Rudy alla dans la cabane à l'arrière de la maison pour y prendre un jerricane d'essence de vingt litres. Ayant mis le jerricane dans sa Blazer, il rentra, fermement décidé à endosser le costume d'apparat du « Guerrier de la Vengeance ». Il était vaguement sonné sous l'effet du six-pack, mais rien ne le détournerait de sa mission.

Il avait tiré quelques leçons de sa première escapade. Pour commencer, que c'était une belle emmerdation d'ôter le cirage noir de sa figure. Ça faisait un mal de chien, et Dieu seul savait quels produits toxiques il y avait dans le cirage. En rentrant du Vietnam dans le Dakota du Sud, il se souvenait avoir fait escale à l'aéroport O'Hare de Chicago.

Sans trop savoir pourquoi, il avait décidé de faire cirer ses bottes par le vieux Noir qui tenait son stand près des toilettes des hommes. Le vieux cireur de chaussures avait les mains rougies, enflées, craquelées et, dans les craquelures, le cirage s'était incrusté avec le temps. Rudy s'en était attristé bien que le vieux fût gai comme un pinson. Il avait voulu lui donner cinq dollars pour le service, mais le cireur de chaussures avait refusé de les prendre parce que Rudy était encore en uniforme.

«Mon fils est là-bas d'où tu viens», avait-il dit. Rudy l'avait remercié et avait repris l'avion. En arrivant à l'aéroport de Rapid City, il avait acheté pour son frère Vinny une petite statuette de plâtre blanc à l'effigie d'un Indien anonyme en coiffure de guerre. Puis il avait acheté deux ours en peluche identiques pour ses petites sœurs jumelles. Pour sa mère, il avait déjà levé un collier de jade à Saigon.

Pas question d'employer le cirage, songea-t-il. Le reste d'enduit gras noir qu'il utilisait quand il jouait au base-ball avec les «Sioux de Pine Ridge» ferait l'affaire. Le produit était couvrant, et il lui donnait l'air de l'Indien sioux le plus noir qu'on eût jamais vu. Il ne brûlait pas la peau, ne piquait pas les yeux comme le cirage. Avec le bas de Nylon sur la figure et la capuche de son sweat-shirt sur la tête, Rudy fut de nouveau frappé par sa laideur effrayante. Putain qu'il était effrayant ! Et totalement méconnaissable.

Sous ce déguisement, il éprouvait un sentiment de liberté qui frisait l'érotisme. Il avait intérêt à tenir ses pensées en laisse. Depuis quelque temps, une érection

mal venue pouvait toujours pointer le nez à l'improviste.

«Rudy Yellow Shirt, roi de la trique», déclara-t-il
à haute voix.

En explosant les rotules des deux garçons, il avait
aussi découvert qu'il se sentait affreusement coupable. Le passage à tabac de Rodney King et ses
conséquences sanglantes ressassés jour après jour par
les médias n'arrangeaient rien. Les mômes qu'il avait
mis hors jeu étaient certes des assassins et méritaient
bien pire qu'une raclée à coups de batte de base-ball,
mais Rudy ne pouvait s'empêcher d'avoir honte,
d'être horrifié de les avoir cognés.

Indépendamment du bien qu'il pensait faire, Rudy
avait transformé deux jeunes Indiens en des bêtes hurlantes qui se roulaient dans la poussière. Il avait été
soulagé d'apprendre par la suite que les mômes n'en
resteraient pas handicapés à vie et pourraient marcher
de nouveau. Ils passeraient environ six semaines en
fauteuil roulant, mais les procureurs fédéraux s'arran-
geraient pour qu'ils passent des années dans les taules
de l'État — qu'ils fassent *dona* années pour le
meurtre sanglant de Corky Red Tail.

N'empêche, la culpabilité lui pesait. Prompts à pardonner, les Indiens étaient en général les êtres les plus
indulgents qui soient au monde, et ce trait culturel
contribuait sans doute à le culpabiliser. De son côté,
Rudy n'était guère indulgent. On ne se refait pas. Il
avait donc des remords alors même qu'une partie de
lui ne se tenait plus de joie à l'idée d'accomplir une
mission importante pour son sous-groupe humain, les
Lakotas. S'il devait continuer de jouer les justiciers, il
lui faudrait se faire à l'idée — à la nécessité — d'infli-
ger des souffrances aux têtes de cul qui le méritaient.

193

Rudy ne prétendait pas qu'au cours de sa carrière de flic, il avait ménagé sa matraque, mais il n'avait jamais tué un homme à balle pendant le service. Ce qui ne signifiait pas que Rudy Yellow Shirt n'avait jamais tué. Il l'avait fait. Mais c'était un autre lui, dans un autre monde, il y avait de cela bien des lunes, dans une autre réalité appelée Vietnam. Tout feu, tout flamme, sans éducation, il sortait alors de son trou et il était très, très jeune. Aujourd'hui, il n'aimait pas beaucoup parler de la guerre. Et quand d'autres anciens du Vietnam lui demandaient dans quelle unité il avait servi, il s'efforçait toujours de changer de sujet.

En 1969, il avait dix-huit ans, et c'était son boulot de tuer des gens, même si les gens en question n'avaient pas l'air très différents des Indiens d'Amérique. Ils étaient en guerre contre l'Amérique qui le payait, lui, pour rayer de la carte ces gens qui défendaient leur terre. Rudy ne serait jamais parti si Mogie ne s'était pas engagé un an avant lui. Il voulait le suivre dans la bataille. Drôles, tout de même, ces Indiens ; génération après génération, le vieux truc guerrier remontait à la surface.

Rudy savait bien que devant les injustices, les politiques de génocide, le vol des terres, les massacres, et même John Wayne, n'importe quelle personne d'intelligence moyenne se dirait que les Indiens devaient détester ce pays. Mais ce n'est pas le cas. Dès qu'une guerre se présente, ils sont les premiers à s'engager. Dès qu'il y a une fête nationale, les Peaux-Rouges sont debout aux aurores pour hisser le drapeau américain au-dessus de leurs misérables maisons *onsika*. L'Amérique blanche n'imagine pas à quel point dingue les Indiens sont patriotes.

Même l'hymne national lakota, appelé chant du drapeau, est un hymne patriotique. *Tunkasila tawapaha kihan oihanke sni he nanjin ktelo. Iohlate tanyan oyate kihan wiciagin lta ca hecamun wela.* « Le drapeau du Président flottera haut, toujours. Sous lui, le peuple prospérera. C'est pourquoi je l'ai servi. »

Jeune, Rudy était aveuglément pro-américain mais, par la suite, il avait perdu la foi dans ce pays imbécile. Quand il était gosse, Mogie avait toujours été son héros, mais Mogie n'avait plus jamais été le même quand ils étaient revenus de cette guerre inutile. Tous ceux qui étaient partis étaient sans doute revenus autres, et Rudy se disait que, si c'était à refaire, jamais il ne s'engagerait. Il manifesterait contre la guerre, comme l'avaient fait les futés, les vrais héros.

D'après Mogie, il n'y aurait jamais eu de guerre si « les Kissinger, Nixon, Agnew, et tous ces gros baveux d'androgouines étaient obligés de patouiller dans la jungle et de danser les claquettes au son des AK-47 ». « Androgouine » était le nom que Mogie donnait au fruit androgyne de l'union d'Hermès et Aphrodite. Rudy ne le corrigeait jamais. Mogie avait horreur que Rudy fasse étalage de son éducation supérieure. Au fond de lui, Rudy enviait Mogie de ne pas avoir été à l'université, mais jamais il ne l'admettrait ouvertement. Et d'ailleurs, à ses yeux, Henry, Richard, Spiro, et le général Westmorland lui-même étaient bel et bien des androgouines.

Aujourd'hui, personne ne payait Rudy pour jouer les justiciers, mais il était ficelé au rôle comme un môme hurlant sur une attraction de fête foraine. Il savait bien qu'il ne devrait pas, mais quelque chose l'empêchait de s'arrêter. Il en était donc venu à croire sérieusement que le choc de sa tête contre la pierre avait détraqué ses circuits cérébraux. Puisqu'il n'avait pas de tumeur au cerveau, c'est sans doute qu'Iktomi le trickster était entré en lui. Et puis, allez savoir quelle genre de folie danse dans l'âme d'un Sioux de race pure qui s'imagine ressembler à Elvis ?

Rudy était aussi profondément troublé par ses aventures récentes avec les femmes des autres, et particulièrement avec Stella. Ces liaisons le plongeaient dans l'incertitude. Comment pouvait-il encourager ces femmes à tromper leurs époux ? N'avait-il pas tiré la leçon de l'épisode avec la femme de Mogie ? Et est-ce que les esprits avaient une part dans la mort de Storks ? Il ne parvenait pas à s'expliquer pourquoi au juste il tombait amoureux de Stella, mais le fait était là, indéniable.

Non, il n'avait en rien contribué à la crise cardiaque de Storks. Cet ahuri s'était tué tout seul à coups de cigarettes. Et puis, il se disait et il se répétait que cette fois, il tombait amoureux de Stella pour de bon. Le vrai amour, sérieux. Et elle aussi tombait amoureuse de lui. La mort de Storks n'était qu'une carte dans le jeu, la carte qui lui était échue. Rudy n'avait pas à se sentir coupable. Tôt ou tard, la mort enveloppait de ses lèvres galeuses la bite de tout homme.

Il s'efforça de penser aux jambes de Stella nouées autour de lui la dernière fois qu'ils avaient fait l'amour. Ses jambes étaient vicieuses, superbes. Elles étaient longues, lisses et fermes, et puis, Stella portait des lunettes rondes à monture dorée. Rudy avait toujours eu un faible pour les jolies Indiennes qui portaient des lunettes, et il n'avait pas la moindre idée pourquoi, à cela près qu'avec l'âge, sa mère s'était mise à porter des lunettes. Ce rapprochement le troubla.

Il démarra la Blazer et manœuvra lentement, s'engageant dans la rue tous phares éteints. Lorsqu'il atteignit Main Street, il se dirigea vers l'est puis revint en arrière par des pistes de terre pour rejoindre la grand-route en direction de Whiteclay. Son cœur battait très fort. Heureusement qu'il avait pensé à prendre sa dose nocturne de pilules — encore que le Dr Fitzgerald l'eût prévenu que l'alcool réduisait considérablement l'efficacité des médicaments.

À mi-parcours, il se gara en bordure de route et resta là cinq bonnes minutes à contrôler son pouls jusqu'à le ramener à soixante-cinq. Ensuite, il enfila l'une des innombrables pistes de terre qui reliaient Pine Ridge à Whiteclay, se gara et sortit de voiture. Il empoigna le jerricane d'essence et, après six minutes de lente progression à travers des dunes basses couvertes d'herbe à bison, il arriva derrière le débit de boissons qu'il avait l'intention de faire flamber. Le magasin s'appelait Chief Liquors — les alcools du chef — et, sur la porte d'entrée, on avait peint une caricature d'Indien avec un grand nez et une coiffure de guerre.

Le village était plongé dans l'obscurité ; seule la lueur des lampes à argon planait au-dessus de ce qui passait pour la grand-rue. *Sainte Marie, mère de Dieu, en cette heure de ténèbres... bon Dieu, mais qu'est-ce que je fous ?*

Autant qu'il put le voir, il n'y avait ni voitures, ni piétons. La ville était morte ; son commerce d'alcool quotidien terminé, elle avait remballé ses trottoirs. Là, dans ce minable trou de ville des hautes plaines, était concentré tout ce que Rudy Yellow Shirt trouvait de plus abject en Amérique. Là résidaient la cupidité, la corruption, la cruauté, auxquelles on se livrait au nom

197

des valeurs chrétiennes et de l'esprit d'entreprise. Il s'obligea au calme, à endiguer le flot de ses visions ravageuses. Avec sa colère légitime, la peur remontait à la surface.

Jésus, Marie. Il était flic, bon sang! Pourquoi risquait-il sa carrière, son gagne-pain? Alors, la partie forte de son cerveau entra promptement en action, étouffant dans l'œuf la peur et la culpabilité naissantes. *Géronimo!* Les dés étaient jetés. Il aspergea d'essence le mur arrière du petit bâtiment de parpaing.

S'éloignant de la bâtisse, il fit couler l'essence en une petite traînée sur une dizaine de mètres et revint sur ses pas pour arroser copieusement le mur de bas en haut.

Enfin, il lança le jerricane encore à moitié plein sur le toit enduit d'une épaisse couche de goudron. Il y eut un bruit mat à l'atterrissage, puis de faibles glouglous tandis que le liquide se répandait. Satisfait de son œuvre, Rudy remonta la traînée d'essence jusqu'à son point de départ.

Il alluma une cigarette, la coinça dans une boîte d'allumettes et déposa le détonateur de fortune sur le sol imprégné d'essence. Cela lui donnait environ cinq minutes pour filer avant que l'essence ne prenne feu. Il partit en courant. En deux minutes, il avait regagné son véhicule. Il était hors d'haleine, trempé de sueur, furieux, plein de regrets, et il avait une érection exaspérante.

«Rudy, empereur des érections», hurla-t-il en appuyant sur l'accélérateur.

Cinq minutes plus tard, la Blazer était garée devant chez lui, et Rudy au volant haletait comme un chien enragé. Le «Guerrier de la Vengeance» avait accompli un nouvel exploit pour le bien général du peuple indien. Rudy avait envie de gerber. Il avait le visage en feu et le souffle court. Il gagna la maison, y entra pour se remettre. Il avait honte de lui, et il éprouvait en même temps comme un pincement de fierté. Iktomi avait réellement scindé son âme en deux. Il se conduisait de travers et en conclut qu'il devrait peut-être bien accepter la cérémonie de guérison que Little Eagle lui avait proposée.

Il avait toujours son érection. Il s'étendit sur le sofa et punit l'organe coupable de main de maître. Il envoya sa semence gicler haut dans les airs sous l'œil écarquillé de ses chiens.

Il sortait tout juste de la douche, étrillé de frais et vaguement nerveux quand le téléphone sonna, provoquant une secousse sismique dans son corps. C'était le capitaine Eagleman qui lui dit qu'on avait besoin d'un enquêteur à Whiteclay pour aider la police du Nebraska. Quelqu'un avait mis le feu à un débit de boissons, et il voulait que Rudy passe la rez au peigne fin du côté de Whiteclay pour trouver des indices. Le fichu magasin brûlait toujours, déclara-t-il. Rudy lui dit qu'il serait sur place dans deux minutes.

« Magne-toi. Ça m'a tout l'air d'un incendie criminel, dit encore Eagleman.

— Un incendie criminel? dit Rudy dont la tension artérielle montait. Qu'est-ce que tu entends par-là?

— Ben tu sais bien. C'est quand quelqu'un met le feu, expliqua Eagleman.

— Quel nez de bite», grommela Rudy après avoir raccroché. Comme s'il ne savait pas ce qu'était un incendie criminel! Il se demanda s'il avait laissé des indices que Sherlock Eagleman aurait pu découvrir. C'était un Hunkpapa de Standing Rock qui avait épousé une femme de Pine Ridge. Rudy et lui ne s'entendaient pas particulièrement bien, même si la guerre entre eux n'était pas déclarée. Le capitaine avait la comprenette passablement bouchée. À la vérité, si Rudy avait voulu les responsabilités et la paperasse, il aurait pu être le patron d'Eagleman. *C'est quand quelqu'un met le feu !*

Rudy Yellow Shirt se natta les cheveux et passa rapidement son uniforme pour aller enquêter sur les lieux du crime commis par Rudy Yellow Shirt. Il agita la tête, serra les dents et soupira au volant de sa voiture. Il était maintenant englué jusqu'au cou dans le bourbier de cette folie justicière. Il se fit la promesse silencieuse de mettre un terme à ses patrouilles de la vengeance avant d'avoir atteint le point de non retour. Il fallait qu'il arrête ou il serait pris tôt ou tard. Et après ? Il serait expédié en taule. Il n'avait jamais fait de prison. Enfin, ce n'était pas tout à fait exact. Il y avait eu cette histoire, au Nouveau-Mexique.

L'année où la guerre avait pris fin, Mogie, Storks et Rudy étaient descendus à Gallup, Nouveau-Mexique, pour leur rodéo indien. Adolescent, Mogie se défendait pour monter les broncos à cru et, au cours du trajet, il leur laissa entendre qu'il s'inscrirait peut-être au rodéo de Gallup, mais les deux autres savaient que c'était histoire de parler. Ils descendaient à Gallup pour faire la java et sauter des Indiennes qu'ils ne connaissaient pas.

Ils prirent une chambre au Sahara Motel, puis ils se mirent à faire la tournée des bars. Dès le départ, Mogie cherchait la bagarre. Ils étaient au Milan's Bar à écouter les Navajo Moonlighters, un groupe de country and western, quand Mogie commença à faire

200

chier le monde. Storks et Rudy tentèrent de le calmer, mais sans grand résultat. Finalement, ils l'embarquèrent dehors et allèrent poursuivre au Palomino Club.

Partout où ils allaient, Mogie racontait son unique blague navajo : «Écoutez bien, bande de *ya-ta-hey*[1]. Si vous n'êtes pas Yazzie, alors vous êtes Begay[2].» C'était un jeu de mot sur les deux noms de familles les plus communs parmi les Navajos. Seulement les Navajos n'appréciaient pas l'humour de cette plaisanterie-là et ne tenaient pas à voir leurs minuscules tympans offensés par les paroles d'une grande gueule de Sioux.

La nuit se fit chaude. Vers minuit, après s'être poivré le nez à la tequila, les gars du Dakota du Sud se trouvèrent à combattre une horde de ces nains d'eskimos transplantés qui se donnent le nom de *Dine*[3]. Tout avait commencé quand un Navajo superbe d'obésité les avait appelés «mangeurs de chiens» pour plaisanter. En retour, ils les avaient traités, lui et ses amis, de «baiseurs de moutons». Mogie avait mis la cerise sur le gâteau en s'écriant : «Et faut encore que ce soient des moutons nains!» La guerre était déclarée. Le bar n'était plus qu'une mêlée de coudes et de trous du cul, de poings lancés comme des flèches, de bouteilles volant en éclats et de femmes hurlantes qui mouillaient leur culotte en secret.

Les flics de Gallup étaient mauvais, blancs et méchamment mauvais. Ils prirent le bar d'assaut et eurent tôt fait d'interrompre les combats. Storks avait réussi à se faufiler par la porte et à prendre le large,

1. *Ya-ta-hey*, salut navajo, équivalent de bonjour.
2. Jeu de mot intraduisible, en anglais «you must Begay» : vous devez être (Be) homo (gay).
3. *Dine*, «le Peuple» en navajo.

mais Mogie et Rudy eurent droit aux menottes, ainsi qu'une demi-douzaine de Navajos. Ils furent tous embarqués pour l'immense taule à soûlards de Gallup. C'était la cellule la plus grande que Rudy eût jamais vue.

À l'intérieur, près de trois cents malheureux Indiens ivres à dégueuler leurs tripes tapissaient le sol de ciment froid de leur viande soûle. Sur le moment, Rudy eut la vision éphémère d'un donjon grouillant de serpents aux yeux rouges. Pour lui, l'endroit ressemblait à une chambre de torture médiévale inventée par des Blancs haïssant les Indiens. La prison de Gallup était la plus sidérante vision d'enfer qu'il eût jamais connue. Jamais il n'oublierait le spectacle tragique de son peuple indien à terre, bourré comme pas permis, pétant et gémissant tout au long de la nuit.

Whiteclay, Nebraska, n'était qu'un modeste modèle réduit de Gallup. Parfois, lorsque Rudy priait avec la Pipe, il disait une prière tout spécialement pour les Indiens soûls de Gallup. Un jour que Vivianne se plaignait des ivrognes qui traînaient à la poste de Pine Ridge, il lui avait dit que ce n'était rien. Que si elle se rendait à Gallup, Nouveau-Mexique, un jour de rodéo ou de cérémonie, elle verrait la tragique folie dans laquelle leur peuple indien avait basculé. Lui avait vécu cela, était aussi soûl qu'eux. Heureusement, son cousin Storks les avait tirés de là, lui et son frère, en payant la caution le lendemain matin. Ils avaient aussitôt quitté les lieux pour regagner leur sanctuaire des hautes plaines en remerciant le ciel que les flammes de leur enfer du Nord à eux soient moins hautes.

« Cette prison était presque aussi moche que le Vietnam, avait déclaré Rudy lorsqu'ils étaient partis. Je rigole pas, l'endroit est pire qu'à chier.

— Le paradis navajo », avait dit Mogie. Puis il avait sombré dans le silence.

Lorsque Rudy arriva à Whiteclay, le bâtiment flambait toujours. D'énormes colonnes de fumée noire passaient en volutes devant une lune orange et terne. Les flammes bondissaient à travers le toit, s'élançaient des fenêtres. Les pompiers bénévoles de Pine Ridge en étaient encore à brancher leurs lances d'incendie à l'une des rares prises d'eau de Whiteclay. Les tonneaux qui explosaient et l'éventualité d'une caisse de bière gratuite avaient mis en liesse une foule d'une quarantaine de badauds prédateurs aux yeux rouges.

Rudy se demanda d'où diable tous ces soûlards avaient bien pu surgir comme par enchantement. Dès qu'une barrique explosait, non seulement elle éclaboussait l'assistance d'un vernis de mousse, mais elle projetait des boîtes et des bouteilles de bière parmi la foule. La bière tombait du ciel sur les Indiens ivres telle une manne divine. Rudy se demandait aussi si les esprits en avaient jamais fini de jouer des tours. L'heure était à la fête. Les spectateurs ramassaient joyeusement les boîtes de bière, les ouvraient sauvagement et se mettaient à boire le poison ambré. Les ivrognes le dégoûtaient. À la première occasion, ils seraient devant les flammes bondissantes à faire griller des boules de guimauve ou des saucisses de pique-nique.

Rudy traversa les rangs des pompiers et aperçut le capitaine. Alors qu'il s'approchait de lui, il ne put s'empêcher d'entendre un cri à vous ratatiner les couilles suivi d'un gémissement pitoyable. Il leva les yeux et vit un homme qui gesticulait furieusement sur le toit embrasé. Les vêtements de l'homme étaient en feu. Les flammes de l'enfer étaient sournoisement montées d'en bas pour s'élever jusqu'au monde de Rudy. L'homme sur le toit n'était autre que son frère Mogie. C'était son invraisemblable *ciye* suicidaire ! La chemise, le pantalon et les cheveux de Mogie étaient en feu, et il braillait, pétait les plombs, s'efforçait de descendre du toit de la bâtisse.

« Tiens bon, Mo ! » lui hurla Rudy en se précipitant à toutes jambes vers le bâtiment qui flambait. Le choc de voir Mogie lui donnait le vertige. Il crut que sa cervelle allait exploser et lui sortir par les oreilles. Sans le vouloir, il avait trempé sa culotte.

« Ohhhhnnnnnn, au secours ! cria encore Mogie.

— J'arrive Mogie ! » tonna Rudy en retour.

Mogie hurlait comme un chien blessé dans l'air nocturne et, à l'entendre, Rudy regrettait d'être né.

Lorsqu'il atteignit le mur de parpaing, Mogie était suspendu au garde-fou ; trois pompiers bénévoles lui avaient pris les jambes et le descendaient à terre. Mogie fumait de partout, donnait des coups de pied et jurait. Il était au bord de l'état de choc. L'un des gars des urgences lui mit un masque à oxygène sur le visage tandis que deux autres l'installaient sur une civière.

L'ambulance l'emportait à toute allure vers Pine Ridge tandis que Rudy courait vers sa voiture pour le suivre. En approchant de sa Blazer, il aperçut une grosse pierre ronde sur son chemin. Iktomi ? Il s'arrêta devant la pierre, lui donna un bon coup de pied et hurla de douleur autant que de frustration. Il fit le reste du trajet à cloche-pied, monta dans sa voiture et partit sur les chapeaux de roues en direction de l'hôpital des Services de santé.

«Ô Grand-Père, Grand-Père, Tunkasila, priait Rudy, fais que mon frère vive ! Je l'aime. Je l'aime et je regrette de lui avoir fait du mal. Je t'en supplie, pardonne-moi. Fais que je meure et qu'il vive.»

Les larmes ruisselaient sur le visage de Rudy qui se sentait plus malheureux qu'il ne se souvenait s'être senti, mais une bizarre petite voix aiguë dans sa tête lui serinait : «*Ce n'est pas vrai. Ce n'est pas vrai. Tu ne regrettes pas. Tu ne regrettes rien du tout.*»

«Je regrette», dit Rudy à haute voix tandis qu'il filait sur la route ténébreuse. Rudy faisait plus que regretter. Comme un enfant, il souhaita de nouveau être mort. Il se moquait bien de mourir un peu plus tôt ou un peu plus tard. La mort faisait partie de la vie et il l'acceptait. Le problème, c'était la vie, les attachements sentimentaux qu'il avait contractés avec les autres, avec lui-même, et particulièrement avec ses habitudes. La vie elle-même était une habitude, une dépendance.

La voix se remit à parler. «*Reprends tes esprits. Secoue-toi. Conduis-toi comme un homme. Sois un homme.*»

Sois un homme… Ce vieux mantra machiste indien…

13

Même dans ses rêves, Mogie était soûl. Une sorcière trapue en habit blanc et couverte de verrues se tenait à son chevet. Elle brandissait bien haut un glaçon en forme de poignard et psalmodiait le mot *onsika* — pauvre misérable.

«*Onsika, onsika*, répétait la sorcière. Tu es un misérable indien. Tes vêtements puent et tu mendies. Tu vends tes rations alimentaires contre de l'argent pour acheter du vin et tu chies dans des cabinets extérieurs.»

Mogie voulait protester, dire que ce n'était pas vrai, mais il n'en avait pas la force. Il était trop soûl et se sentait trop faible, ne serait-ce que pour remuer les lèvres. Il examina la sorcière de plus près. Elle devait avoir une quarantaine d'années et portait des lunettes comme des yeux de chat, à l'ancienne mode.

«Qui êtes-vous?» murmura Mogie. Ses lèvres étaient gourdes, comme enflées, et il aurait donné n'importe quoi pour boire un coup. «Qui êtes-vous?»

La sorcière se taisait, souriait en s'asseyant sur le bord de son lit. Elle lui posa une main sur la cuisse. Curieusement, on entendait Buddy Holly en fond sonore. «Peggy Sue.» Mogie se demanda vaguement d'où venait cette musique. Il tenta de rassembler ses forces pour le demander à la sorcière. Il était incapable de sortir un seul mot. Le volume de la musique semblait augmenter. Cela ne le dérangeait pas.

La sorcière se pencha, lui embrassa la joue. «Je prendrai soin de toi, dit-elle.

— Soin de moi? articula péniblement Mogie.

— Oui», dit-elle. Et elle se leva pour fouiller sous sa robe blanche. Elle baissa son collant. Il en était choqué mais ne pouvait bouger. Il lui semblait que son corps était collé au lit. Il lui aurait bien demandé ce qu'elle faisait, mais de nouveau, la voix lui manquait.

Mogie dévisageait la sorcière qui tenait à la main son collant transparent. Immobile, il la regarda tirer le drap qui le recouvrait pour exposer son corps dans sa nudité. Avec son collant, elle lui entoura les parties génitales. Elle le noua serré autour de sa bite et de ses couilles, puis elle se mit à rire, à caqueter dans les aigus — ce qu'il supposait être le rire de toute sorcière normalement constituée. Elle avait quelque chose de vaguement familier.

C'étaient ses yeux. La sorcière avait les yeux de sa mère. Mogie se débattit pour s'asseoir. Il ne pouvait pas bouger. Il avait envie de hurler, mais seul un râle à peine audible s'échappa de ses lèvres.

La sorcière tenait à la main une boîte d'allumettes de cuisine, des allumettes en bois. Elle en prit une, la fit craquer contre son ongle. Elle lui sourit tristement et abaissa l'allumette enflammée vers ses organes génitaux. Il hurla. Sa voix fonctionnait de nouveau.

Mogie Yellow Shirt hurla et sortit au plus vite de l'horreur de son rêve.

14

Rudy avait toujours trouvé bizarres, déroutants, ces moments précis où la merde tombait dans le ventilateur. Flic de son métier, il s'interrogeait souvent sur ces moments-là, car il était régulièrement amené à en voir le résultat. Il se demandait ce qui se passait au juste dans la tête des gens quand leur voiture quittait la route à grande vitesse, se retournait et prenait les airs. *Ben merde, la fête est finie... Alors c'est ça, la fin... Alors maintenant, je vais pouvoir voir la tête de Dieu.*

Il se demandait ce qu'on ressentait réellement au moment où la crise cardiaque frappait, où l'on s'effondrait à terre, seul, sans personne pour prêter assistance. Ou encore ce qu'éprouvait un homme quand sa femme lui annonçait qu'elle baisait avec un autre. Rudy en était venu à la conclusion que, quand le destin frappait à votre porte, il fallait se ressaisir et profiter au mieux du voyage. Faire comme si la puanteur envahissante du chaos n'était que l'autre face du parfum des roses printanières.

Ombre et lumière étaient inextricablement liées par le cercle de la vie. Fin 1970, juste au sud de Loc Ninh, à l'endroit où le Triangle de Fer et la zone de guerre C se confondaient, Rudy était tombé sur un petit mec noir à deux doigts de mourir. Le frangin avait eu les deux jambes arrachées au-dessous du genou par l'explosion d'une mine et les infirmiers s'affairaient autour de lui, tentaient de lui mettre des pinces hémostatiques sans parvenir à arrêter le flot de sang. Rudy examina le petit groupe rassemblé autour du blessé pour voir s'il était de la même unité que lui. Il l'était, mais c'était un nouveau et Rudy ne le connaissait pas vraiment. Il s'étonna de ce que le visage de l'homme était passé du noir au gris. Le jeune bleu au visage gris sourit à Rudy, les yeux écarquillés, vitreux, et lui demanda s'il avait de l'herbe sur lui.

«File-moi un joint, mec. Faut que je fume un truc honnête, mon frère», dit le soldat blessé. Un filet de sang coulait au coin de sa bouche, son regard clignotait, s'éteignait peu à peu.

«Tiens, c'est pour toi, mon gars», dit Rudy. Et il alluma une cigarette normale, pensant que dans l'état où était le type, il n'y verrait que du feu.

«Veille à ce que les mômes blancs prennent soin de moi», dit le soldat blessé quand Rudy lui mit la cigarette entre les lèvres.

Rudy promit. «Compte sur moi; je ne bouge pas d'ici et je tiens ces blancs-becs à l'œil», dit-il dans la ferme intention de le faire.

Deux minutes plus tard, le soldat cessa de respirer bien que ses yeux fussent toujours ouverts. Sa peau se fit vraiment pâle, cendrée, presque blanche. Rudy en fut encore plus terrifié qu'à la vue des flaques de sang sur le sol. Son cerveau tissait une trame de pensées folles : *Peut-être que quand nous mourons, nous les peaux sombres, le ciel nous transforme tous en Blancs. Mais alors, le ciel serait un enfer...*

Et Rudy se demanda si le type n'aurait pas des rations de pêches en boîte dans son paquetage.

Selon Rudy, quand votre heure sonnait, il ne servait à rien de pleurer, de crier, ou même de lutter contre. Il fallait prendre du recul, accepter les faits et continuer. Si c'était la fin du voyage, il n'y avait plus qu'à sourire et serrer les dents. Lorsque les esprits avaient pris leur décision, rien n'y faisait. Les êtres humains ne dirigeaient pas le monde ; les esprits, oui. Cela, Rudy le savait avec certitude.

Tandis qu'il filait à toute allure vers l'hôpital, il ne cessait de penser aux pierres, à Iktomi, et à Mogie. Il comprenait maintenant que toute cette histoire de « Guerrier de la Vengeance » s'était muée en un jeu ridicule de gamin ignorant. Un jeu stupide et dangereux. Il avait foutu le feu à son propre frère ! Tout un assortiment d'images de son frère à différents moments de sa vie défilaient devant ses yeux.

Mais Rudy se souvenait surtout du jour où Mogie avait assommé leur père avec une pierre pendant l'automne 1967, et c'est à cela qu'il pensait quand il s'arrêta dans un crissement de pneus devant l'entrée des urgences de l'hôpital.

À son arrivée, Mogie avait été transporté dans le service. L'espace d'un instant, Rudy eut l'horrible pressentiment que son frère s'était éteint, qu'il était déjà mort. Ravalant l'odieuse intuition, il inspira profondément, puis il pénétra dans le bâtiment tout neuf des Services de santé.

1967. Mogie était alors en terminale et Rudy un an derrière lui. Ils débutaient tous deux dans l'équipe de football de l'école de la communauté oglala. Mogie était ailier et Rudy arrière-centre. Avec son mètre quatre-vingts et ses quatre-vingt-quinze kilos, Mogie avait été cité par le *Rapid City Journal* comme l'un des meilleurs joueurs du Dakota du Sud, Indien ou pas. En soi, cela constituait déjà une victoire importante aux yeux des habitants de la rez car, en cette fin des années soixante, le journal de Rapid City ne gaspillait pas son encre sur les Indiens ou les réserves. Récemment, il avait fait une pâle tentative pour se montrer «politiquement correct», plus sensible à l'immense population indienne de l'État.

Leur premier match de la saison 67 était contre les Wildcats[1] du lycée Custer de Custer, Dakota du Sud, une ville blanche située à soixante-dix miles au nord de Pine Ridge. Ces jeunes blancs-là avaient une haine viscérale des Indiens qui le leur rendaient bien. Les Indiens bon teint s'offusquaient de ce qu'une ville puisse être assez grossière, assez plouc pour se donner le nom de Custer. Les Oglalas étaient les descendants par le sang des guerriers qui accompagnaient Crazy Horse lorsque, en 1876, les forces alliées des Cheyennes et des Sioux avaient rayé de la carte une bonne partie du 7e de cavalerie et tué George Custer.

Cette semaine-là, l'éditorial du *Lakota Tribune* s'étendait sur le fait que la bataille de Little Bighorn avait eu lieu exactement un siècle plus tôt. Le *Tribune* était un torchon de troisième zone dirigé par un Mexicain, mais il y avait dans la rez tout un tas de sportifs sur le retour qui le lisaient. Les anciens de l'école rappelaient constamment aux garçons de l'équipe que Custer avait été lessivé une fois, et que l'événement

1. *Wildcats* : «les chats sauvages».

devait se reproduire pour l'honneur de la communauté.

Le centenaire ne changeait pas grand-chose au
moral de l'équipe. Les gars vouaient une haine féroce
à ces petits *wasicus*, et peu leur importait ce qui s'était
passé un siècle plus tôt à Little Bighorn. Les Wildcats
les avaient battus 59-3 l'année précédente. Et, sur le
chemin du retour, tandis qu'ils traversaient Custer,
l'autocar scolaire de l'équipe avait subi une avalanche
d'œufs pourris et de jets de pierres. Les Blancs de la
ville les avaient suivis en voiture, leur lançaient des
cris de guerre en faisant des bras d'honneur. L'équipe
n'avait même pas eu le temps de dîner ; les flics
inquiets les avaient escortés hors de la ville au plus
vite pour éviter l'émeute généralisée.

Cette année, le match devait commencer à quatre
heures. Mogie et Rudy avaient quitté l'école vers
midi pour rentrer chez eux, dans leur petite cahute
d'East Ridge. Ils comptaient dîner tôt et retourner se
préparer pour le match. Comme d'habitude, leurs
parents n'étaient pas là. Sonny et Evangeline Yellow
Shirt vadrouillaient Dieu sait où et nageaient dans un
océan de bière et de vin à deux sous.

Ils tiraient une méchante bordée depuis une semaine,
et les petits — Vincent, Vienna et Geneva — étaient
chez tante Helen, près de l'aire de la danse du Soleil.
Leur *tunwin*, la sœur de leur père, était fervente catholique. Elle venait toujours chercher les petits quand
leurs parents partaient en java. Mogie et Rudy étaient
assez grands pour se débrouiller seuls.

Mogie prenait toujours les choses en main quand
leurs père et mère disparaissaient une fois par mois, à
l'arrivée de la pension d'invalidité de leur père. La compagnie Anaconda Copper lui versait toujours sa pension

et, une fois par an, il recevait un billet de car pour aller chercher ses chaussures orthopédiques à Minneapolis. Quand les chaussures étaient neuves, on remarquait à peine qu'il boitait mais une fois les talons usés, sa claudication s'accentuait de manière dramatique.

Leur mère disait parfois que Sonny n'était plus le même depuis son séjour à l'hôpital dans le Montana. Elle disait que *Ate* était devenu méchant à cause de la douleur, mais Rudy n'en croyait rien. Souvent, quand Sonny était soûl et mauvais, Rudy se cachait et sortait le petit crucifix qu'il avait reçu à huit ans, et il priait Dieu de donner une crise cardiaque à son père, ou au moins de lui couper la tête. *Ina* croyait que *Ate* avait autrefois été un homme bon. Les garçons savaient, eux, de source sûre que *Ate* n'était plus bon du tout, sauf en de rares, très rares occasions.

Mogie leur prépara une assiette de sandwiches au Spam frit et quatre litres de Kool Aid au citron vert. Il fit asseoir Rudy à la table de cuisine et le servit d'abord. Ils mangèrent, puis allèrent dehors aux cabinets à tour de rôle. Ensuite, Mogie le fit rasseoir et retailla sa frange à la Beatles bien droite le long du front. Rudy fit de même pour Mogie. Ils se trouvaient tous deux l'air très cool, très dans le vent.

Satisfaits de leurs cheveux, ils rassemblèrent leurs affaires et enfournèrent leurs tenues de football propres dans le sac de l'armée de leur père. Mogie cira leurs chaussures de sport noires montantes et y fixa les crampons d'aluminium tout neufs que l'entraîneur Williams leur avait donnés. Ils attachèrent les lacets ensemble et se passèrent les chaussures autour du cou. Enfin, ils enfilèrent leurs vestes rouges au sigle de l'école, fin prêts pour aller en découdre avec la cavalerie footballesque de Custer.

À deux heures et demie, Mogie et Rudy remontèrent la colline qui menait au lycée, tenant le sac de l'armée chacun par une anse. À travers le grésillement des haut-parleurs, ils apprirent de loin que le match des plus jeunes était en cours et que les Blancs menaient 21-12 en deuxième reprise. La nouvelle les rendit un peu nerveux, mais ils savaient déjà que leurs cadets étaient nuls.

En arrivant près du campus, ils trouvèrent Storks Janis, Oliver Tall Dress et Tommy Two Bulls assis dans un bosquet de peupliers, à une centaine de mètres de l'école. Ils en grillaient une dernière en douce avant le match.

«Bande de nicotinisés, vous feriez bien d'arrêter ça, les avertit Mogie en donnant une grande tape sur le crâne de Storks. Toi, la Cigogne, ça pourrait t'empêcher de grandir. Empêcher ton zizi de dépasser ses trois centimètres actuels.

— Ouais, ben laisse-moi finir d'enfoncer ce clou dans mon cercueil. Et toi, Mogie, occupe-toi de ta bite naine plutôt que de la mienne», répliqua Storks. Et il souffla trois ronds de fumée parfaits qu'il désigna fièrement des lèvres.

Storks faisait déjà près d'un mètre quatre-vingt-dix, et ce grand compas dégingandé était la cible favorite des belles passes en spirale de Mogie. Il leva un regard penaud sur le Mogie, tira longuement sur sa cigarette une dernière fois avant d'écraser la Camel. Puis ils gagnèrent tous les cinq les vestiaires du gymnase pour se préparer au match.

Pete Williams, l'entraîneur, un petit blanc noueux qu'ils aimaient bien, vint les encourager avant l'épreuve. C'était un prêtre grec défroqué venu de New York, et son accent faisait tordre les jeunes

214

Indiens de rire. Ils ne parvenaient pas à comprendre pourquoi ce type s'appelait Williams, car il leur avait dit que ses parents étaient Grecs et, pour eux, les noms grecs devaient ressembler à Aliki, Platon ou souvlaki.

L'entraîneur Williams leur fit un long discours bourré d'allusions à l'humilité chrétienne, au travail sérieux et à la fierté d'être Américain. L'année précédente, il avait emmené toute l'équipe voir les Présidents morts au mont Rushmore, et il leur avait récité dans le détail toute l'histoire de Washington, de Jefferson, de Lincoln et de Teddy Roosevelt au visage poupin, sans même regarder dans un livre. Ce qui avait épaté les élèves indiens qui étaient de l'excursion.

L'entraîneur termina son discours d'encouragement par une brève prière, et tous durent baisser la tête. Lorsqu'il en eut fini, ils dirent *amen* en chœur, se redressèrent et s'étirèrent.

«Encore une petite chose, dit l'entraîneur, vous me perdez ce match et, la semaine prochaine, je vous fais courir autour de la piste jusqu'à ce que l'intérieur de vos cuisses soit transformé en hamburger.» Cette partie du discours fit grosse impression sur les joueurs, ce qui ne les empêcha pas de se mettre à ricaner, à s'adresser entre eux des sourires narquois et à se prendre l'entrejambe à deux mains.

«T'imagines ça, Rudy? lança Oliver en lui assenant un coup de poing sur l'épaule. Nos saucisses entourées de hamburgers!

— L'entraîneur a de ces expressions, des vraies trouvailles, commenta Storks réjoui.

— Des vraies trouvailles, pour sûr», gloussa Oliver.

Revêtus de leur tenue de jeu rouge et blanche, portant leurs chaussures à la main, ils allèrent s'allonger dans la pénombre du gymnase pour se détendre et se concentrer sur le match. Oliver avait un gros pot de miel du gouvernement qu'il faisait passer à la ronde avec une cuillère à soupe. L'avant-centre trapu croyait dur comme fer que de manger une cuillerée de miel lui donnerait de l'énergie supplémentaire pour le match. Tous se rangèrent à son avis et engloutirent l'ambre sucré. Two Bulls, le spécialiste des plaquages qui pesait cent quarante kilos et jouait en défense, avala trois cuillerées de miel. Oliver lui reprit le pot et le passa aux plus maigres. Storks n'en mangea pas.

« C'est d'une clope que j'ai besoin, pas de ce foutre d'abeille », déclara-t-il.

Ils enfilèrent leurs chaussures et traversèrent la rue dans le cliquetis des crampons pour se rendre au terrain de football. L'équipe s'aligna derrière le but nord, prête à courir à travers l'immense feuille de papier tendue entre les poteaux verticaux sur laquelle était peint un guerrier indien à cheval. Les pompom girls et la fanfare de l'école en rouge et blanc avaient formé une haie hurlante sur le trajet des membres de l'équipe.

Mogie et Oliver, les deux capitaines, couraient en tête et crevèrent l'hymen de papier. Le reste de l'équipe suivit en lançant des cris de guerre à vous glacer le sang, ce qui plut énormément à tous les Indiens des tribunes qui se joignirent au chœur. L'équipe de Custer qui s'échauffait déjà sur le terrain s'interrompit dans ses sauts chassés et regarda ceux de Pine Ridge d'un mauvais œil. Rudy se doutait bien qu'ils devaient se sentir tout drôles au milieu de cette foule de sauvages sioux oglalas. Il songea que c'était peut-être une bonne chose de leur donner une idée du malaise qu'éprouvaient la plupart des Indiens quand ils descendaient la grand-rue d'une ville blanche.

Le match commença peu de temps après quatre heures et pas un point ne fut marqué de toute la première reprise. Ces Blancs étaient coriaces, et les Indiens leur en concédèrent le mérite à contrecœur. Au cours de cette première reprise, Storks avait raté trois passes faciles de Mogie. Pendant le regroupement en début de deuxième reprise, Mogie lui demanda s'il avait besoin de faire une pause cigarette.

«Merde, Mo! dit Storks. File-moi la balle du côté de la ligne de touche et je me propulse dans leur zone de but, *ennut*? Je déconne pas. Je te promets que je marque. Parole de scout.

— *Ennut*? demanda Mogie.

— Parole d'Indien honnête, cousin, répliqua Storks. Promis, juré, cochon qui s'en dédit. Hé! Moi pas parler avec langue fourchue, tout de même!»

Mogie feignit de donner la balle à Rudy qui courut à toutes jambes, replié sur lui-même. Six bulldogs de Custer lui donnèrent la chasse et le plaquèrent au sol. Mais Rudy n'avait pas le ballon. Storks l'avait et filait comme une fleur sur la gauche du terrain, parcourant sans encombre les soixante-trois mètres qui le séparaient du but. Rudy transforma l'essai, marquant les points supplémentaires. Pine Ridge menait 7-0. L'essai de Storks leur donna la certitude qu'ils pouvaient mettre la pilée à Custer.

À la mi-temps, Pine Ridge menait 27-3. Au début de la quatrième reprise, le match n'était plus qu'une promenade. Quand le score atteignit 48-14, l'entraîneur Williams, sûr de la victoire, se mit à faire rentrer les remplaçants et quelques joueurs de seconde zone. Sur la touche, Rudy faisait le con avec Mogie, Oliver, et les remplacés de l'équipe première. La partie était dans la poche, un vrai carton.

« Géant ! s'exclama Oliver. Comme qui dirait qu'on leur a fait bouffer des sandwiches de morve à ces *wasicus*. » La remarque les fit tous pouffer de rire. Oliver avait des trouvailles verbales qui valaient presque celles de l'entraîneur. Ils s'amusaient comme des fous à regarder les seconds couteaux gagner du terrain sur Custer. Rudy nageait dans le bonheur, se sentait presque trop fier. Il avait gagné près de cent mètres à la course et attendait impatiemment la danse qui suivrait le match. Il y avait une jolie fille nommée Geraldine Lone Dog qui lui coulait des regards en douce pendant les leçons d'histoire.

Oliver avait la permission de prendre la voiture de ses parents, et ils comptaient bien s'éclater sérieux. En ville, ils avaient demandé à des soûlards plus âgés qu'eux de leur procurer une caisse de Budweiser qu'ils avaient planquée près de White Clay Dam. Il y avait un fameux chahut sur la touche. Les esprits de leurs ancêtres leur souriaient sûrement, heureux qu'ils aient battu Custer. Les gars se pinçaient les fesses et se racontaient des blagues. Une ambiance électrique régnait en bordure de terrain. L'entraîneur Williams souriait, lui aussi, et semblait soulagé de ne pas avoir à leur transformer les cuisses en hamburger la semaine prochaine. Et soudain, sans que Rudy y eût la moindre part, les mauvais esprits suscitèrent un nuage sombre de désarroi et de honte au-dessus de sa vie.

Un brouhaha leur parvint des tribunes de l'équipe locale et ils se retournèrent pour voir ce qui s'y passait. C'étaient le père et la mère de Rudy et de Mogie qui se disputaient, là, devant Dieu et devant tout le monde. Un gros attroupement de gens du cru formait un cercle autour du couple, riait et hululait en les montrant du doigt. Sonny tenait Evangeline par le bras et tentait de l'entraîner de force à descendre des tribunes.

Evangeline qui ne voulait pas partir tirait en sens inverse. Sonny lui agrippait la main et, de sa main libre, il lui giflait le visage. Le cœur de Rudy manqua s'arrêter de battre. Son teint était passé du brun au rouge pivoine. Il jeta un coup d'œil à Mogie qui se tenait près de lui, et Mogie agita tristement la tête. Mais qu'avaient-ils donc fait pour mériter cela? se demanda Rudy.

Il leva les yeux et vit une étrange pleine lune orange au-dessus de la petite colline sur laquelle étaient installés les vieux gradins de ciment. Il grimaça de douleur et regarda, incrédule, ses parents qui tiraient chacun dans un sens. Quelque chose céderait fatalement — et céda. Leur prise se relâcha, envoyant Sonny et Evangeline rouler dans des directions opposées. Leur père tomba au beau milieu d'un groupe de filles, membres du club des supporters de l'école, et il se mit à jurer comme un charretier. Leur mère s'effondra dans une travée vide.

Evangeline était tombée dans une drôle de position, la tête et les épaules contre le sol et les jambes relevées, calées sur un banc. Ses jambes étant plus hautes que ses épaules, sa jupe lui retomba sur la tête. Elle était là, avec sa culotte de Nylon rouge exposée à la face du monde. *Une culotte rouge!*

Rudy pria Dieu de lui donner un trou pour disparaître. Il pria pour que les Russes déclenchent une attaque nucléaire qui effacerait d'un coup toute l'histoire de l'humanité. Rudy était si confus, si humilié qu'il aurait voulu mourir. Pantelant, il haletait bien davantage qu'il ne l'avait fait pendant le match. Des spasmes agitaient ses paupières; il tenta de parler mais

219

pas un mot ne sortit de sa bouche. Pendant un bref instant, Rudy Yellow Shirt resta figé sur place comme une statue de ciment, complètement paralysé.

Il en allait tout autrement de Mogie. Il démarra si vite qu'il en devint flou. Mogie quitta le terrain à fond la caisse, sprintant comme un furieux. Il avait l'œil exorbité et ses bras s'agitaient comme des ailes. Il courait droit vers les gradins. D'abord trop gêné pour le suivre, Rudy se mit lentement en route. Comme si cela ne suffisait pas que l'incident se soit produit devant tous les Indiens présents au match, il fallait encore que ça arrive devant un groupe de mômes blancs en visite dans leur nation indienne, des mômes de Custer, le piège à touristes de l'ordure blanche !

Entre eux, Rudy et Mogie n'avaient jamais honte d'être si *onsika,* si dénués de tout, si peu conformes aux normes de l'Amérique blanche. Comme la majorité des Indiens, ils tiraient leur honte du regard que portaient sur eux les Blancs. Maintenant, les *wasicus* avaient un aperçu de ce qu'étaient *réellement* les Indiens. Avec les années, Rudy en viendrait à se dire qu'au moins, ils avaient botté le cul de première à Custer sur toute la longueur du terrain. Mais sur le moment, ce n'était là qu'une bien piètre consolation. *Une culotte rouge ! La culotte de sa mère !*

Rudy avait la bouche sèche et le visage couvert de sueur quand il rejoignit Evangeline. Des femmes l'avaient déjà aidée à se relever. Les parents des Yellow Shirt disaient tous qu'autrefois, leur mère avait été la plus belle femme de la rez, mais elle était affreuse et bouffie comparée aux femmes sobres qui l'avaient relevée. Elle était soûle comme jamais Rudy ne l'avait vue. Mogie la tenait par la main, lui faisait descendre les marches et quitter les tribunes pour l'éloigner de leur père fou furieux.

Leur père restait planté là à les agonir d'injures. Ce dingue d'ivrogne beuglait des jurons orduriers devant toute la putain de ville !

Rudy suivit sa mère et Mogie, prenant soin de rester quelques pas en arrière. Honteux, il regarda en bas, vers le terrain où il était encore si heureux quelques minutes plus tôt. Le match se poursuivait et l'attention de la foule était maintenant concentrée sur les joueurs. Sa gêne avait sans doute grossi l'événement à ses yeux. Il s'imaginait que le monde entier avait vu la culotte rouge vif de sa mère. Lorsque les Yellow Shirt passèrent devant le snack-bar pour gagner la sortie du petit stade, des types blancs en chapeaux de cow-boy les regardèrent en souriant. Rudy leur montra le majeur. Ils ne relevèrent pas l'insulte, car Rudy avait l'œil meurtrier. Et ils savaient aussi qu'en cette partie du monde, ils ne pouvaient afficher leur mépris des Indiens où même regarder un Indien sioux de travers.

Rudy et Mogie escortèrent leur mère le long de la rue qui menait du lycée à leur pauvre petite maison d'East Ridge. Elle avançait d'un pas chancelant, et ils ne valaient guère mieux qu'elle à s'efforcer de garder l'équilibre sur leurs chaussures à crampons. Rudy avait vaguement conscience qu'ils devaient faire un drôle de tableau. Deux garçons en tenue de football complète, casque compris, conduisant une femme soûle à travers les rues sombres de Pine Ridge.

Ce qui aurait pu être de loin l'une des meilleures soirées de ses jeunes années était devenu en un instant l'une des pires épreuves qu'il eût jamais subies. Rudy en était ravagé et oscillait encore au bord de l'état de choc. Il n'était pas certain de survivre à sa honte. Il songeait sérieusement au suicide, chose qui, de sa vie, ne lui était jamais arrivée.

De retour à la maison, les garçons ôtèrent leurs chaussures à crampons et leurs casques, et Mogie prépara du café noir pour leur mère. Elle était complètement dans le cirage, tombait toutes les deux secondes, pleurait, tentait de les prendre dans ses bras pour les embrasser, leur répétait en langue indienne qu'ils étaient tous deux de braves garçons. Ils la firent asseoir sur le petit canapé du salon qui servait de lit à Rudy. Mogie alla lui chercher son café mais elle n'eut pas le temps de le boire qu'elle perdait connaissance et ronflait tout son soûl sur le canapé. Rudy alla s'asseoir à la table de cuisine et se mit à pleurer.

Il sanglotait toujours quand Mogie se leva en jurant.

« Bon Dieu de bois ! Voilà cet enfant de salaud, dit-il.

— Hein ?

— L'autre salopard.

— Qui ça ? demanda Rudy entre deux hoquets.

— Papa qui arrive. Je viens d'entendre la camionnette se garer », répondit Mogie en allant à la fenêtre. Il écarta le store jaune et regarda dehors.

« C'est lui ? s'enquit Rudy.

— Ouais, c'est bien ce connard. Et je vais te dire une chose, ce vieux poivrot ne mettra pas le pied ici », déclara Mogie. Sur quoi il ouvrit la porte et sortit affronter le paternel. Rudy le suivit, essuyant ses larmes à la hâte. Sonny était assis à son volant et regardait dans le vague en direction de la maison. Les garçons ignoraient s'il les avait vus ou non. La camionnette était borgne. Un seul phare marchait, l'autre était écrasé contre le pare-chocs. Visiblement, il s'était embouti dans quelque chose en route.

222

«Allez, sors de là-dedans, p'pa», hurla Mogie.

Sonny se tourna vers lui, ouvrit la portière et sortit. Il tomba, se releva et se dirigea en chancelant vers la maison. Rudy ne savait même pas s'il avait vu Mogie qui était dans son axe de vision.

«Pas question que tu rentres. Fiche-moi le camp d'ici, espèce de vieil ivrogne, dit Mogie en lui barrant le chemin.

— Qu'est-ce tu fous là, en tenue de foot?» marmonna Sonny d'une voix pâteuse tout en continuant d'avancer. Des trucs mauvais étaient sur le point de se produire.

«Laisse-nous tranquilles, p'pa», hurla Mogie. Il se précipita sur lui, le poussa d'une bourrade. Leur père s'étala au sol, puis il se releva. Il tenait à la main une pierre de la taille d'une grosse chope à café.

«Tu vas prendre, *Hoksila*», dit-il en s'avançant sur Mogie, le menaçant de sa pierre. Mogie lutta au corps à corps, plaqua leur père à terre, lui arracha la pierre et lui en assena un bon coup sur la tempe. Le bruit du choc était le même que lorsqu'on cogne contre un melon pour voir s'il est mûr. Et pour être mûr, leur père l'était. Il s'effondra de nouveau, sans connaissance; le sang coulait de sa blessure.

Toisant Sonny de tout son haut, Mogie lui cracha dessus.

«Merde, Mogie, bredouilla Rudy choqué et confus.

— Il l'a cherché, gronda Mogie.

— C'est quand même notre père, Mo.

— Rudy, je ne me réclame plus de cet enfant de salaud. Donne-moi donc un coup de main à le traîner jusqu'à la camionnette.» Mogie hurlait, gesticulait frénétiquement.

«Il est vivant?» s'enquit Rudy que l'affreuse

entaille à la tempe de Sonny inquiétait. Il avait l'horrible impression que son frère venait de tuer leur père ce qui, paradoxalement, le terrifiait et le réjouissait tout à la fois.

« Ouais, il est dans les pommes, c'est tout. Remettons-le dans le pickup. Tu le reconduiras en ville et tu abandonneras la bagnole. Tu sauras faire?

— En tenue de foot? Tu rigoles.

— Arrête de geindre et fais ce qu'on te dit. Personne y verra que du feu. Gare-toi en ville, près du commissariat. En courant, tu seras de retour en un rien de temps. Ni vu, ni connu. Marche à l'ombre, c'est tout.

— Et après?

— Fais-moi confiance, s'il te plaît, dit Mogie, exaspéré.

— N'empêche. Ça me donne l'impression de larguer un cadavre. Merde, Mogie.

— Écoute, Rudy, il a rien de cassé. Il est dans les pommes, d'accord? Tu vois bien à son ventre qu'il respire, non? Il a rien. Les flics le trouveront, et ils vont le coffrer jusqu'à ce qu'il dessoûle. File maintenant. Je reste ici veiller sur maman, qu'elle aille pas se balader Dieu sait où.

— Laisse-moi au moins mettre des chaussures », dit Rudy. Il regagna la maison au trot, trouva une vieille paire de bottes de cow-boy et les enfila. Ses chaussures d'école étaient restées au vestiaire du gymnase. Ils traînèrent ensuite leur père jusqu'au pickup et l'installèrent sur le siège du passager. Rudy démarra la Ford de 1955 et la conduisit jusqu'au parking du commissariat pour la garer entre deux voitures de police. Comme son père marmonnait quelque chose, il se pencha vers lui.

Sonny ouvrit un œil vitreux et murmura : « Rudolph, le p'tit renne au nez rouge », avant de retomber dans le coma. Même dans son état de semi-conscience, le vieux bouc de soûlard cherchait encore des noises à son fils.

Rudy s'extirpa de la cabine aussi vite qu'il le put et prit le chemin du retour au grand trot à travers la nuit indienne. Il se sentait franchement zarbi en tenue de foot et bottes de cowboy. Il pleura tout au long du chemin et, lorsqu'il arriva chez lui, un spectacle pire encore l'attendait. Un spectacle dépassant l'imagination. Un moment terrible de pur enfer sur terre l'attendait, lui, Rudy Yellow Shirt.

Une demi-douzaine d'infirmiers et soignants s'activaient autour de Mogie quand Rudy pénétra en salle d'urgence. Mogie ne bougeait pas. Rudy supposa qu'on lui avait administré un sédatif ou un analgésique quelconque. Mogie était parfaitement immobile sur la table d'examen. Ses yeux étaient ouverts, mais il ne remuait ni ne parlait. Ses cheveux et ses sourcils avaient été complètement brûlés. Leurs restes calcinés empuantissaient la pièce. Son bras gauche et la partie gauche de son visage portaient des brûlures sévères. Les morceaux de peau ressemblaient à s'y méprendre à du bacon trop cuit, rouge vaguement brunâtre et suintant la graisse.

« Il survivra ? » demanda Rudy au Dr Fitzgerald, de garde aux urgences cette nuit-là. Le médecin nettoyait les brûlures avec une espèce de gelée copieusement tartinée sur de grands carrés de gaze.

« Bien sûr qu'il survivra. Ses brûlures sont assez sérieuses, mais je ne pense pas qu'il soit nécessaire de l'envoyer dans un service spécialisé. Il a eu de la chance que ses yeux n'aient rien pris. Il s'en remettra sans problème, mais il lui restera des cicatrices sur le visage et le bras.

— Et ses cheveux ? s'enquit Rudy.

— Ils repousseront. Disons qu'il a été temporairement scalpé. »

Rudy foudroya le médecin du regard.

« Je blaguais », dit Fitzgerald avec un clin d'œil.

Rudy ne releva pas, mais le médecin blanc avait compris que sa plaisanterie était de mauvais goût. Rudy resta planté là à regarder tandis que Fitzgerald aidé de deux infirmières nettoyait les zones brûlées, les enduisait d'une couche de baume supplémentaire et enveloppait Mogie de gaze. Lorsqu'ils eurent terminé, Mogie avait la tête complètement enveloppée. Il avait tout l'air d'une fichue momie égyptienne. Ils posèrent ensuite un cathéter sur sa main valide et le branchèrent sur un goutte-à-goutte. Fitzgerald prépara une injection médicamenteuse quelconque, mais au lieu d'injecter le liquide à Mogie, il transféra le contenu de la seringue dans le sachet de plastique du goutte-à-goutte.

« C'est quoi, ce truc ? demanda Rudy.

— Un sédatif doublé d'un décontractant musculaire. Cela va le calmer et le faire tenir tranquille. Avec ça, il devrait dormir environ huit heures. » Fitzgerald se tut et griffonna des notes sur une feuille de soins.

« Il est plein comme une outre, vous savez, remarqua Rudy.

— Cela se voit, dit Fitzgerald. Ce que je lui ai donné est compatible avec l'alcool. Aucun effet adverse à craindre.

— Vous êtes sûr qu'il s'en tirera ?

— Certain. Il est dans un sale état, mais c'est plus impressionnant que grave. Allez donc vous reposer maintenant, vous reviendrez le voir plus tard dans la matinée. Vous suivez toujours votre traitement ?

— Oui toubib, je le suis », acquiesça Rudy.

Il était soulagé, incroyablement et miraculeusement soulagé de savoir que Mogie s'en tirerait, mais il lui fallait échapper à cette odeur médicamenteuse d'hôpital. Il était épuisé et se sentait toujours au bord de la dépression nerveuse. À pas lents, Rudy quitta la salle d'urgence et descendit la rampe qui menait à la sortie. Dehors, il faisait un froid de loup qui le rafraîchit agréablement. Il alluma une cigarette et cracha pour se débarrasser du goût cuivré de la peur, de la honte et de la colère accumulées dans sa bouche. Il cracha, mais le goût désagréable demeurait.

Rudy avait vu des gars en bien plus mauvais état au Vietnam. Il n'était encore qu'un môme quand il avait vu de jeunes soldats aux couilles arrachées, aux yeux éclatés, aux jambes explosées, des gars qui s'efforçaient de marcher alors que leurs intestins traînaient par terre. Mais c'était la guerre, et aucun de ces types n'était son frère.

Il inspira profondément la fumée de sa cigarette et eut un haut-le-cœur. Rudy vomit d'un jet sur le trottoir, devant l'hôpital des Services de santé, puis il se dirigea vers sa Blazer. La tête lui tournait et, en cet instant précis, il contenait en lui une mixture indigeste de toutes les émotions déplaisantes connues des hommes, Indiens ou autres.

Il rentra chez lui et se doucha longuement. Il appela ensuite le capitaine Eagleman pour lui dire qu'il serait à Whiteclay le lendemain à la première heure afin de

227

poursuivre l'enquête avec la police de Sheridan County, Nebraska.

« Comment va ton frère ? s'enquit Eagleman.

— Ça va, dit Rudy qui ne tenait pas à discuter ses problèmes familiaux avec lui.

— Sérieusement, reprit Eagleman, comment va-t-il ? Si tu as besoin de temps, prends un congé.

— Il a de vilaines brûlures, mais il s'en tirera. Le médecin dit qu'il en gardera des cicatrices, mais Mogie est un dur à cuire. Il s'est offert deux séjours-vacances au Vietnam et il en est revenu. Il est coriace, il se remettra. Je serai au boulot demain.

— Tu es sûr ?

— Ouais, certain.

— Bon. Demain, je veux que tu me passes toute cette zone de la rez au crible et que tu tâches de savoir ce que les flics du Nebraska ont trouvé. Je tiens à mettre la main sur l'abruti d'enfant de salaud qui a foutu le feu pour le coller en taule.

— Ouais, si jamais on retrouve ce sagouin, on devrait le pendre par les couilles en place publique », renchérit Rudy, sentant que ce genre de réponse s'imposait, était attendue. Il avait horreur d'être obligé de se couvrir, de regarder par-dessus son épaule pour s'assurer que son mensonge ne risquait pas de faire boomerang pour revenir le frapper par-derrière. Il était conscient de s'enfoncer toujours plus profond dans le trou noir de folie qu'il creusait lui-même sous ses pas.

Après avoir parlé à Eagleman, Rudy se prépara une tisane de menthe sauvage dans l'espoir que cela le détendrait. Il se trompait. L'alcool ferait l'affaire à coup sûr, mais il se sentait trop coupable pour boire de la bière. Il se laissa tomber sur le canapé et essaya de dormir. Malgré tous ses efforts, il n'y parvint pas.

Il était trop tendu. Alors, il enfila son survêtement Nike bleu et emmena ses malamutes pour une promenade nocturne.

Rudy traversa la ville jusqu'à East Ridge et resta planté devant la vieille bicoque où il avait grandi. Elle était abandonnée et ses vitres cassées à l'exception d'un petit carreau. Le tintement des éclats de verre ne le soulageait pas. Dans un moment fantomatique, il crut apercevoir le visage de sa mère qui l'observait de derrière la fenêtre. Pris de panique, Rudy fit demi-tour et se mit à courir en direction de chez lui avec sa meute de malamutes infernaux aux trousses.

Il s'apprêta à se coucher, se promit que quand le calme serait revenu, il demanderait à Ed Little Eagle de donner cette cérémonie pour lui. Il lui fallait agir. Les choses partaient dans tous les sens, échappaient à son contrôle. Son univers était un énorme furoncle rouge sur le point d'éclater en un horrible et douloureux gâchis. Il s'étendit sur son lit en frissonnant. Puis il compta jusqu'à quatre mille cent onze avant de s'endormir.

Toute la nuit il rêva de fumée et de feu. Toute la nuit il rêva de l'enfer. Et du diable. Et des millions de pécheurs qui souffraient et hurlaient.

15

Rudy avait parfois l'impression de ne remporter que des victoires mineures. Les gelées blanches assassines de fin septembre décimaient les jardins, avaient jauni et fait tomber les feuilles de ses peupliers. L'herbe de sa cour avait viré du vert au brun terne. Des vols en V d'oies du Canada passaient occasionnellement au-dessus de Pine Ridge et, lorsqu'il les voyait, il regrettait de ne pouvoir courir pour s'élancer, sauter et prendre les airs pour partir avec elles vers le sud.

Quinze jours après avoir partiellement rôti Mogie, Rudy fut éveillé un soir, après minuit, par un fort vent du nord. La bourrasque traversa la chambre, et ses chiens qui dormaient dans le lit avec lui sursautèrent. Rudy ferma la fenêtre et envoya les malamutes faire leurs besoins dehors. Tout semblait indiquer l'arrivée précoce d'une tempête de neige. Il la souhaitait. L'air mauvais flottait sur la réserve depuis trop longtemps.

Le vent violent avait poussé toutes les feuilles mortes de sa cour devant la maison, contre le grillage. Elles s'accumulaient sur deux pieds de haut, luttaient contre l'obstacle pour s'échapper. Rudy résolut de les libérer.

Il enfila un pantalon de survêtement, passa son coupe-vent de Nylon vert et alla chercher un râteau dans la cabane. Il rassembla les feuilles en un énorme tas devant la barrière avec un minimum d'effort. Il ouvrit la barrière puis, aidé par le vent, il les poussa dehors en un rien de temps. Elles filèrent à travers la rue pour envahir la cour se son voisin *onsika,* Sammy Walks qui vivait des allocations de l'État.

Satisfait, Rudy rappela Hughie, Dewey et Louie. Ils rentrèrent tous les quatre et dormirent comme des loirs. En s'éveillant le lendemain, Rudy alla d'abord regarder par la fenêtre. Il n'avait pas neigé, mais sa cour était débarrassée de ses feuilles mortes. Celle de Sammy Walks semblait avoir subi les assauts d'une tornade. Sammy était dehors où, armé d'un râteau, il s'escrimait à rassembler les feuilles. Il tremblait encore de sa cuite de la veille et laissait tomber son râteau toutes les cinq minutes.

Rudy n'était pas de service ; il en profita pour passer à la maison poulet dire au capitaine Eagleman qu'il souhaitait prendre ses vacances. Le patron acquiesça, et Rudy déposa les dates de ses trois semaines de congé annuel. Ensuite, il se rendit à l'hôpital pour voir comment se portait Mogie.

Cela faisait deux semaines et un jour qu'il avait mis le feu au magasin de Whiteclay. Dans deux jours, Mogie sortirait. Au cours des quinze jours qui avaient suivi l'incendie présumé criminel, Rudy n'avait trouvé ni indices, ni suspects. *Parlez d'une surprise !* Rudy Yellow Shirt était à peu près sûr de ne pas trouver d'indices ; si par hasard il en trouvait, il était bien couvert.

Il jouait le jeu, suivait les procédures d'enquête habituelles en collaboration avec la police de Sheridan County, puisque Whiteclay était sous la juridiction de Sheridan. Il travaillait sur le gros de l'affaire avec Darryl Smith, adjoint blanc au shérif de Rushville, époux mormon de Janie Smith, l'infirmière *wasicu* que Rudy tringlait à l'occasion. Rudy s'en amusait, mais cela le rendait aussi nerveux et irritable.

Le shérif adjoint Smith voulait être seul responsable, car Chief Liquors se trouvait dans le Nebraska, à une dizaine de mètres de la frontière. Rudy lui déclara qu'il aurait toute responsabilité en ce qui concernait Whiteclay, mais que seuls les flics indiens étaient habilités à enquêter dans la réserve. Smith affirma qu'il comprenait. Ce type était décidément franc du collier, et Rudy le soupçonnait de ne pas briller au lit. Puis il se demanda pourquoi sa femme couchait avec un Indien comme lui. Il se demanda ce qui, chez lui, la poussait à tromper son chrétien de mari. Les mauvais esprits étaient encore en lui, lui emplissaient le cerveau de pensées négatives.

« Votre femme travaille à l'hôpital, non ? lui demanda Rudy tandis qu'ils discutaient de l'enquête sur l'incendie.

— Oui, bien sûr, dit Smith dont le visage s'éclaira d'un petit sourire timide. Vous la connaissez ? Elle est infirmière.

— Je crois que j'ai dû la voir à l'hôpital. Vous savez, mon frère y est en traitement depuis quelque temps. » *Ouais vieux, je l'ai vue toute nue se trémousser à califourchon sur mes cuisses comme une petite fille de ferme boulotte sur un cul-sauvage de bronco indien.*

Comme les fédéraux enquêtaient sur les délits majeurs commis dans la rez, les flics du Nebraska voulaient mettre le F.B.I. sur l'affaire, mais le F.B.I. leur fit remarquer que Whiteclay se trouvait en dehors de la réserve. Techniquement parlant, les flics du Nebraska étaient hors de leur juridiction dans la rez, et les flics indiens hors de la leur à Whiteclay, mais il y avait entre eux des accords de travail. La police de Pine Ridge traitait de nombreuses plaintes émanant de Whiteclay pour des raisons de proximité, et aussi parce que la plupart des abrutis qui enfreignaient la loi étaient Indiens.

Rudy trouvait curieux que les ploucs de flics du Nebraska croient tout naturellement qu'un Indien était à l'origine de l'incendie. L'idée qu'on aurait pu mettre le feu pour toucher la prime d'assurance ne les avait même pas effleurés. «C'est peut-être un Indien qui a fait le coup, mais rien n'est moins sûr.» Telle était son opinion officielle. Rudy déclara au shérif adjoint Smith et à ses gars qu'il restait ouvert à toutes les hypothèses. Il insista longuement sur le fait qu'il n'avait pas trouvé la moindre piste et que son enquête dans la rez était au point mort.

Par la suite, Rudy transmit ces mêmes informations à Eagleman. Le patron haussa les épaules et lui dit — allez savoir ce qu'il entendait par là — de continuer à travailler pour la bonne cause. Rudy n'était pas loin de penser que son acte de justicier resterait impuni. Eagleman le lui confirma.

«J'ai comme idée qu'on ne retrouvera jamais le salopard détraqué qui a fait ce coup-là.

— C'est bien mon impression, capitaine, dit Rudy. Dommage. Celui qui a foutu le feu mériterait qu'on le cloue sur une fourmilière.

— Hé! dit le capitaine. J'ai vu ça un jour dans un film sur les Apaches de je ne sais quel désert.

— Je sais. J'étais dans le film, dit Rudy en examinant l'élastique au bout d'une de ses tresses longues de deux pieds.

— Vrai ?

— Non, non, je blaguais. Mais c'est un truc dont ces tordus d'Apaches seraient bien capables. Je crois que le film est avec Glenn Ford.»

Lorsque Rudy entra dans la chambre de son frère, Mogie était assis au lit et fumait une Marlboro. Rudy lui dit bonjour, mais Mogie ne prit pas la peine de se tourner vers lui. Il avait le visage couvert de bandages, avec d'étroites fentes pour les yeux et les narines. Rudy s'étonnait de ce que Mogie ressemblait à une momie de ces vieux films noir et blanc. À cela près qu'il avait dans le nez les tubes à oxygène et que sa main était toujours branchée au goutte-à-goutte. Et puis, dans ces vieux films, Rudy n'avait jamais vu de momie fumer une Marlboro.

«Hé, Mo!» dit-il encore en s'asseyant sur la chaise proche du lit. Rudy ne savait pas si le regard de Mogie était centré sur lui. Il se taisait toujours. Rudy se pencha vers lui et lui posa la main sur l'épaule.

«Comment tu vas?» demanda-t-il d'une voix forte. Trop forte apparemment.

«Bon sang, Rudolph, faut pas te croire obligé de gueuler», dit doucement Mogie. Le son de sa voix était déformé, peut-être à cause des bandages, ou de la cigarette collée à sa lèvre, Rudy n'en savait rien. Il ne savait pas non plus comment cette momie-là parvenait à fumer avec des tubes dans le nez, une main bandée et l'autre accrochée au goutte-à-goutte.

«Comment tu te sens, Mo?

— Comment je me sens? J'ai encore plus besoin de boire un coup qu'une bonne sœur a besoin d'un vibromasseur. Comment je me sens, hein? Complètement niqué, si tu veux savoir.»

Rudy rit de la remarque et se lança dans de nouvelles questions. «Tu sors dans deux jours. Tu tiendras le coup ? Tu as besoin de quelque chose ?» Rudy s'était juré de donner à Mogie tout ce qu'il lui demanderait. Tout. Sans condition.

«Qu'est-ce que t'en as à foutre, bon Dieu !» dit Mogie. Cette réponse laissa Rudy pantois. Il ne savait trop comment prendre l'humeur grincheuse de son frère. Elle était peut-être due à la douleur. Ou bien à l'abstinence forcée. Mais Rudy s'était inquiété pour lui jour et nuit et se serait bien passé de se faire rabrouer. Il tenait seulement à ce que Mogie sache qu'il pouvait compter sur son aide.

«Je m'inquiétais, dit Rudy.

— Tu t'inquiétais, mon cul», répliqua Mogie. À ce train, la conversation n'irait pas loin, et Rudy n'avait pas l'intention d'entamer une dispute.

«Lâche-moi un peu, frangin, fit-il, exaspéré.

— Ah ouais ? Et pourquoi ?

— Je suis venu te voir tous les jours depuis l'incendie.

— Si t'étais si inquiet, explique-moi donc pourquoi tu as essayé de me faire frire.» Sur ces mots, Mogie écrasa sa cigarette dans le cendrier. Un spasme agita la cervelle de Rudy et ses poumons cessèrent de brasser l'air. L'espace d'un instant, la pièce se mit à miroiter.

«Qui t'a raconté ça, Mogie ?

— Personne. Je t'ai vu mettre le feu, Rudolph.

— Tu déconnes. T'es dingue.

— Oh que non, je déconne pas, petit renne au nez rouge», dit Mogie en le désignant du doigt.

Rudy ne put le regarder en face. Il savait que, quelque part derrière les bandages, les yeux de Mogie étaient pleins de colère.

« Je t'ai vu, Rudolph nez rouge », répéta Mogie.

Cette histoire de renne agaçait Rudy depuis le début. Un jour qu'il était soûl, Sonny avait raconté à toute la famille comment il avait eu l'idée d'appeler son fils Rudolph en l'honneur de Rudolph le petit renne au nez rouge.

« C'est de lui que tu tiens ton nom », avait déclaré bien haut son père l'été de ses neuf ans, l'humiliant du même coup devant des parents de sa mère venus leur rendre visite.

« *Hoksila*. C'est vrai. La semaine où on t'a ramené de l'hôpital, t'avais le nez tout rouge. C'est pour ça qu'on t'a donné le nom d'un des rennes du Père Noël », avait dit son père avant d'éclater de rire.

Depuis ce jour, Mogie avait recours à la médecine du renne pour se moquer de Rudy lorsqu'il lui en voulait. C'était plutôt rare quand ils étaient jeunes. Mogie veillait sur lui à l'époque, il était un bon frère, mais depuis leur retour du Vietnam, tous deux étaient sujets à d'occasionnels accès de méchanceté. De temps à autre, Mogie l'aiguillonnait sournoisement avec cette histoire de renne au nez rouge. Aujourd'hui encore, Mogie sortait parfois des blagues stupides à propos de rennes.

« Tu sais combien il faut d'Indiens crows soûls pour chasser le renne ? » lui avait-il demandé un jour. La plupart des Sioux ne portaient pas les Crows dans leur cœur.

« Non, je sais pas, avait répondu Rudy qui sentait la colère monter en lui.

— Il en faut trois, Rudolph. Un pour arrêter la circulation sur la gauche, un pour arrêter la circulation sur la droite, et le troisième pour ramasser le renne écrasé sur la route.» Il s'était esclaffé, riant de sa propre blague. Mais Rudy ne la trouvait pas drôle et, pour lui, le rire de Mogie était plus malveillant que joyeux.

Mogie posait inlassablement cette même devinette : «Que font le Père Noël et ses rennes femelles quand ils ont fini de distribuer les cadeaux le soir de Noël?» Il lui avait demandé cela environ un an après leur retour du Vietnam, alors qu'ils étaient attablés chez leur mère pour le repas de Noël. Cette année-là, il avait le regard fou, il s'était shooté avec une drogue quelconque et mettait tout le monde mal à l'aise.

«Je sais pas, Mogie. Je sèche, dit Rudy.

— Ils descendent en ville claquer quelques bif-tons[1]», dit Mogie, et il ricana jusqu'à ce que la bave lui dégouline sur le menton.

À son retour de la jungle, Mogie avait l'humour plutôt sordide ; l'alcool et les drogues le rendaient plus sordide encore, plus méchant. C'est après le Vietnam que Rudy avait vu apparaître la similitude entre Mogie et leur père. Deux hommes que la vie avait mis à vif, et deux ivrognes invétérés de surcroît. À cette différence près que l'un d'eux était mort, et que l'autre se tuait à petit feu. Mogie commençait même à ressembler physique-ment à Sonny Yellow Shirt peu de temps avant sa mort.

Rudy le regardait sur son lit d'hôpital ; si Mogie était là, c'était à cause de lui, de l'acte qu'il avait

1. «Claquer quelques biftons», et aussi «sucer quelques mâles» — avec les implications qui s'imposent concernant le Père Noël. Dans le texte, «... blow a few bucks», jeu de mot intraduisible qui repose sur le double sens de «blow» en argot — claquer (de l'ar-gent) ou sucer (a blow job, une pipe) — et de «buck», dollar en argot, et mâle des cervidés dans la langue courante. *(N.d.T.)*

commis. Il y avait dans la voix de Mogie une nuance distante, un soupçon de colère.

«Nom de Dieu, Rudy, je t'ai vu.» Il se détourna de lui. «Du toit là-haut, j'ai vu la sale gueule de ta Blazer. Bordel de Dieu, même dans cet accoutrement que t'avais, j'ai bien vu que c'était toi. Je l'ai vu à ta démarche, à ta silhouette. Je t'ai vu venir avec ton jerricane d'essence. Après, je suis tombé dans les pommes, mais bordel, je t'ai vu.

— Ça va, arrête un peu», dit Rudy. Il espérait contre tout espoir que Mogie bluffait par jeu, ou qu'il mentait.

«Je t'ai vu, bordel de Dieu! Je t'ai vu, un point c'est tout. Tu peux aller te faire foutre. Je suis peut-être un soûlard, mais je suis pas aveugle. Après tout ce temps, je connais mon frère, non?»

Rudy accusa le coup, accepta le fait que Mogie l'avait vu. Mieux valait s'en tenir à la vérité. Le temps des mensonges était révolu.

«Qu'est-ce que tu fabriquais sur ce toit, Mogie?

— Alors, tu reconnais avoir fait flamber la boutique?

— Ouais, c'était moi. Et maintenant, dis-moi ce que tu fabriquais sur le toit de Chief Liquors.

— Putain, elle est grande celle-là! Tu reconnais que tu as essayé de me tuer. Mais pourquoi? Je t'ai jamais rien fait! Tu me détestes donc tellement?

— Écoute, Mogie, je savais pas que t'étais là. Je venais juste foutre le feu à la baraque. Je te déteste pas. C'est vrai, bon Dieu! Je savais pas que t'étais sur le toit. Et d'ailleurs, tu peux me dire ce que tu foutais là-haut?

— J'essayais de rentrer pour me dégoter de l'alcool, vieux. Qu'est-ce tu crois que je foutais? Que je

238

jouais les oiseaux, que j'apprenais à voler ? Bon, laisse tomber, Rudy. Ce que je fabriquais là-haut, on s'en fiche. Ce qui compte, c'est que je t'ai vu foutre le feu. Merde, Rudolph, tu as foutu le feu à ton propre frère. Tu peux m'expliquer ça ? Alors vas-y. »

Rudy ne savait plus que dire. Abasourdi, il vit passer devant ses yeux le visage de tous les malfaiteurs qui lui avaient avoué leurs crimes. Il savait maintenant très précisément ce qu'ils ressentaient après son interrogatoire. Des sueurs froides lui sortaient par tous les pores. Son cœur tambourinait comme s'il venait de courir un cent mètres. Il était dedans jusqu'au cou. Une fois de plus, la merde était tombée dans le ventilateur. Mogie l'avait vu mettre le feu. Mogie savait donc que son frère était à l'origine de ses souffrances présentes. Rudy en conclut que, pour Mogie, ses visites quotidiennes n'étaient pas seulement dues à son inquiétude fraternelle, mais aussi et surtout à ses remords cuisants.

« Tu as la trouille, hein, petit frère ? »

Une violente douleur partit du front de Rudy et alla se loger au creux de son estomac. Sa vision se brouilla. Lorsqu'il y vit de nouveau, il prit douloureusement conscience d'une vraie foutue horreur abominable. Il dit la seule chose qui lui vînt à l'esprit, la seule chose qu'il n'eût jamais dite à Mogie. Une chose qu'il ne lui avait pas dite parce qu'elle n'avait jamais effleuré sa conscience jusqu'ici. Après toutes ces années, ses yeux se dessillaient enfin devant la vérité nue.

« Écoute, Mogie, moi aussi je t'ai vu.

— Qu'est ce que tu me chantes ? »

Pendant une fraction de seconde, Rudy ne comprit pas pourquoi il avait prononcé ces mots. Vint le choc, comme une vague de chaleur sortie d'un four. Un rideau se souleva dans son cerveau et les choses lui apparurent telles qu'elles étaient. Il en fut remué jusqu'aux orteils. Ou bien il avait une vision, ou alors il se souvenait d'un fait dont il ne s'était encore jamais souvenu.

À vue de nez, la seconde hypothèse était la plus probable. Peut-être que sa chute contre la pierre avait déverrouillé un coin de sa mémoire depuis longtemps oublié. Ou peut-être que le choc d'entendre Mogie lui dire qu'il l'avait vu mettre le feu l'avait brusquement réveillé. Quelle qu'en soit la raison, il se souvenait maintenant d'un dangereux squelette dont il avait oublié l'existence depuis belle lurette, ou qu'il avait autrefois refoulé au fin fond d'un placard mental fermé à double tour.

Rudy était toujours surpris par le bizarre fonctionnement de la mémoire. Neuf ou dix ans plus tôt, il avait interrogé un jeune soûlard qui avait frappé sa femme à l'œil avec un tournevis Phillips dans un moment d'inconscience éthylique. Quand Rudy avait commencé l'interrogatoire, le soûlard n'avait pas idée du sérieux de la situation. Il croyait qu'on l'avait embarqué pour ivresse et tapage publics, comme d'habitude. Il lui arrivait fréquemment d'être flanqué au gnouf. Et voilà qu'au milieu de la conversation, l'homme s'était mis à pleurer tout haut, parce qu'il commençait à se souvenir de ce qu'il avait fait. Il déjantait sévère en prenant conscience de son acte et, non content de pleurer, il se mit à hurler en se frappant le visage de ses poings.

« Je l'ai plantée dans l'œil avec un tournevis, hurlait-il comme une litanie. Je l'ai plantée dans l'œil avec un tournevis ! »

Heureusement pour ce fou furieux, sa femme n'avait pas perdu la vue et refusa par la suite de porter

240

plainte. Mais quand était venu pour lui le moment terrible du souvenir, il s'était payé une telle trouille qu'il en avait retrouvé le droit chemin une fois pour toutes. Plus tard, lui et sa femme étaient devenus des piliers des Alcooliques anonymes de Pine Ridge. Rudy savait de source sûre qu'ils renouvelaient leur promesse de sobriété de jour en jour, qu'ils suivaient toujours la voie des douze étapes.

Rudy n'avait jamais souffert de trous de mémoire dans son enfance, ni même étant adulte d'ailleurs, mais un événement avait été mis au placard pendant de longues années et remontait maintenant à la surface, comme le requin de *Jaws* remonte des profondeurs pour mordre les couilles d'un nageur inconscient. La chute contre la pierre, ou alors Iktomi, avait une part dans ce brusque retour d'un passé oublié depuis des lustres. C'était la seule explication possible.

« Mogie, je t'ai vu », dit-il, frappé par le ton déprimant de sa propre voix. Il se faisait l'effet d'un mauvais acteur de feuilleton télévisé, d'un acteur qui en rajoutait.

« Qu'est-ce tu veux dire ? Que tu m'as vu sur le toit de Chief Liquors et que tu m'as fait flamber exprès ? Bordel de bon Dieu, c'est ça que tu essaies de me dire, Rudolph ? Jésus, Marie !

— Non. Je suis pas si dingue. Je t'ai vu avec maman le soir où t'as cogné le crâne de papa avec la pierre. 1967, tu te souviens ? Le match contre Custer, tu te souviens ? Quand tu as eu assommé papa, tu m'as demandé de le conduire au commissariat. Je sais que tu t'en souviens. Bon, ben j'ai pas traîné en route, et quand je suis rentré, je t'ai vu. Je t'ai vu avec maman, Mogie. Bon Dieu, je t'ai vu ! 1967, parfaitement.

— Qu'est-ce que tu racontes ? dit Mogie, et il alluma une cigarette.

— Fais pas l'andouille, Mogie, tu sais de quoi je cause.

— Tu as un coup dans le nez, ou quoi Rudy ?

— Je t'ai vu avec maman... tu étais là, près du canapé, et tu...

— Tu as vu ça ? »

Rudy soupira et fixa attentivement son frère, scrutant les bandages pour tenter d'en percer la gaze jusqu'au regard de Mogie.

« Ouais Mogie, j'ai vu ça.

— Doux Jésus.

— Alors ?

— Doux Jésus de bordel de bon Dieu.

— J'attends, dit Rudy.

— Ça fait un bail de ça, je... » Mogie s'interrompit, inspira profondément puis exhala lentement, bruyamment. « Ouais, reprit-il. 1967. Ça fait un bail, et même un sacré bail. »

Pour sûr que ça faisait un bail. Au moins, Mogie ne se trompait pas là-dessus. Ça faisait plus de vingt-cinq ans. Rudy ne comprenait pas comment il avait réussi à occulter ce souvenir, mais cela avait le mérite d'expliquer certains détails de sa vie. Cela lui montrait qu'il pouvait être mû par des souvenirs cachés, et peut-être bien aussi par des esprits cachés.

Quand leur mère était morte d'un cancer du col de l'utérus en 1983 et qu'ils l'avaient enterrée, Rudy avait été surpris autant que troublé de n'éprouver aucune pitié. À la veillée comme a l'enterrement, il n'avait pu verser une larme et s'en était senti affreusement coupable. Mogie, Vincent et leurs deux sœurs jumelles, Geneva et Vienna, avaient pleuré toutes les larmes de leur corps pendant trois jours. Rudy en avait été sérieusement ébranlé. Mogie n'était que modérément soûl pour l'enterrement de leur mère, mais il avait pleuré, au point de craquer aux coutures, de se mettre à gémir : « Maman, pardonne-moi. Maman, pardonne-moi. » Sur le moment, Rudy ne savait trop que penser des suppliques de son frère.

Il se souvenait avoir rationalisé sa propre absence de larmes à l'enterrement. Il s'était dit qu'il était facile à Vincent de pleurer puisqu'il était *winkte,* à San Francisco, et que les *winktes* étaient tous de grands sentimentaux. Il s'était dit qu'il était facile à Geneva et Vienna de produire des larmes ; elles étaient nonnes, franciscaines, vivaient dans un couvent de Denver et pleuraient même aux enterrements de parfaits inconnus. Jaloux de leurs larmes, il avait tenté de plaisanter pendant la veillée et leur avait demandé si elles étaient les sœurs de Francis Caine ou bien les siennes. La remarque les avait fait renifler tant elle leur semblait déplacée. Rudy avait fait fi de leurs larmes, songeant que ces deux-là en produisaient à volonté.

Rudy aimait sa mère mais n'avait pu pleurer à son enterrement. Maintenant, il savait pourquoi. Il lui tenait rancune d'une chose qui lui avait déchiré l'âme. Maintenant, il savait pourquoi il avait trahi Mogie en essayant de sauter sa femme, Serena. Il cherchait à égaliser le score, à se venger. Maintenant aussi, il commençait à croire que, dans son inconscient, des fantômes avaient guidé sa vie dans ces moments cruciaux.

Maintenant, par quelque étrange miracle, ou par le truchement de quelque mauvais esprit, un squelette qu'aucun poids ne retenait plus au fond de la rivière de sa pensée lui ouvrait les yeux. Autant qu'il pût en juger, Iktomi était toujours en lui et, si tel était le cas, il n'avait sur sa vie qu'un contrôle limité, il le savait. Rudy Yellow Shirt se promit solennellement qu'il irait trouver Ed Little Eagle au plus vite pour lui demander une cérémonie — deux s'il le fallait.

«Je t'ai vu, Mogie», répéta Rudy pour l'effet. Il s'efforçait de chasser la fumée de sa mémoire.

«Ouais, je me suis souvent dit que tu m'avais peut-être vu.» Mogie ponctua sa remarque d'un soupir.

«J'en suis malade de penser à ça. J'en suis malade de penser à ce que je t'ai fait. Là, tout de suite, c'est l'enfer sur terre.

— T'inquiète donc pas, Rudy. Je dirai jamais à personne que je t'ai vu mettre le feu. T'as rien à craindre. Quand à ce que tu as vu dans le temps, t'as raison. T'as vu ce que t'as vu, et je regrette. Je peux plus rien y changer maintenant. Tu sais, ce que j'ai fait là m'a flanqué des cauchemars toute ma vie. Et c'est la vérité. La vérité vraie.»

Il tira longuement sur sa cigarette, l'éteignit dans le cendrier et se mit à sangloter bruyamment. Rudy n'avait vu son grand frère pleurer qu'une seule fois auparavant, et c'était à l'enterrement de leur mère. Même quand leur père les battait avec le cuir de barbier quand ils étaient gosses, Mogie ne pleurait jamais. Il n'avait pas pleuré quand il était allé en taule. Gamin, c'était un petit dur à cuire, et il l'était resté. Mogie Yellow Shirt était un vrai guerrier à la mode d'autrefois. Et les guerriers n'étaient pas censés pleurer.

Mogie ne pleurait jamais étant enfant, et si Rudy pleurait, Mogie le consolait. C'était l'une des raisons du respect que lui portait Rudy quand ils étaient petits. Mogie était si brave que les larmes ne quittaient jamais ses yeux. Et voilà qu'il pleurait pour une mauvaise action commise plus de vingt-cinq ans plus

tôt. Mogie, le mauvais garçon, son grand frère, libé-
rait toute une vie de larmes retenues pour ce qu'il
avait fait le soir du match contre Custer à l'automne
1967.

Rudy se faisait l'effet d'un imbécile à courir dans
les petites rues de Pine Ridge en tenue de foot aux
épaules matelassées et bottes de cow-boy. Gêné, il
espérait que personne ne le verrait. Il était encore
mortifié, douloureusement fragile d'avoir vu son père
et sa mère se disputer au match, d'avoir vu sa mère
tomber à la renverse et sa robe lui descendre sur la
figure. Il pensait ne jamais s'en remettre. *Une culotte
rouge!*
   Tout en courant, Rudy pleurait, et plus vite il courait, plus ses larmes coulaient. Le fait que Mogie ait
assommé leur père d'un coup de pierre aggravait
encore son chagrin. Au fil de sa jeune vie, leur père
s'était certes montré particulièrement cruel envers lui,
mais il avait aussi été bon pour eux tous en diverses
occasions.
   Tout en courant, Rudy se souvenait du jour où
Sonny Yellow Shirt avait gagné au loto sportif de
Pine Ridge et les avait tous emmenés dans un magasin de Gordon, Nebraska, choisir chacun un jouet.
Après cela, Sonny les avait emmenés au Tastee-Freez
et avait offert un cornet de glace géant à chacun des
enfants. En rentrant, ils avaient la colique, et leurs
parents s'étaient disputés. Sonny était parti, il avait
pris une cuite et, à son retour, il avait fouetté tous les
gosses Yellow Shirt avec sa ceinture.
   Rudy avait peur maintenant, parce qu'il l'avait
conduit au poste de police ; il se sentait coupable de

l'avoir abandonné. Leur père s'était souvent montré bon envers eux, peut-être même aussi souvent qu'il se montrait méchant.

À mi-parcours, Rudy s'arrêta dans un terrain vague où se trouvaient encore d'anciennes fondations. Les dalles de ciment des fondations étaient entourées par de hauts lilas et des cèdres plus hauts encore. C'était le lieu de rassemblement préféré des ivrognes qui s'y livraient à leurs beuveries, mais Rudy n'y voyait personne. Éreinté, il s'assit, se prit la tête dans les mains et se mit à prier le Dieu blanc, et aussi Tunkasila.

«Hé, *tahansi*, pourquoi tu chiales comme ça? dit une voix dans les ténèbres.

— C'est qui?» demanda Rudy entre deux sanglots. L'animal, quel qu'il soit, lui avait flanqué la trouille. Il se croyait tout seul.

«C'est rien que nous, les fantômes, dit la voix avant de rire. Viens ici avec nous. Viens boire un coup de pinard.»

Rudy regarda autour de lui et aperçut deux vieux qu'il avait vus dans le coin mais ne connaissait pas bien. Ils étaient installés sur une vieille couverture de l'armée dans un petit périmètre en demi-cercle entouré de lilas. D'où il était, Rudy les distinguait à peine. Il alla les rejoindre. ils avaient deux cubi de quatre litres de vin rouge, l'un à moitié vide et l'autre plein.

«*Hau*. Vous faites quoi, les gars? les salua Rudy.

— On discute Albert Einstein et la fission nucléaire, ah! répondit l'un deux. Je dis ça comme ça, ah! On est juste en train de boire un coup de la dive bouteille, jolie bouteille, ajouta-t-il avant de roter. Viens donc ici, le môme, viens prendre une lampée.

— Dis donc, fiston, qu'est-ce que c'est que cette

246

tenue ? Tu vas au rodéo ou au match de foot ? gloussa
l'autre.

— C'est ça », dit Rudy.

Ils ricanèrent tous deux et l'encouragèrent à s'asseoir avec eux pour boire un coup. Ces deux loqueteux
étaient des Indiens de race pure dans la quarantaine, et
ils ne sentaient pas bien bon. L'un d'eux s'appelait
Tall Boy, l'autre était Eagle Bull. Rudy but au cubi une
grande gorgée de vin. Il n'était pas bien fameux, plutôt
acide, et Rudy s'inquiétait à l'idée de poser les lèvres
sur le goulot du cubi que les soûlards avaient léché.
Mais il ne tenait pas à les offenser et déclara que le vin
était délicieux. Le mot les fit tordre de rire, et ils lui
dirent d'en reprendre encore un coup, ce qu'il fit.
Ensuite, Rudy se leva et leur annonça qu'il devait partir. Il leur serra la main, les remercia, et reprit le chemin de chez lui en courant.

« *Pilamaya pelo*, leur cria Rudy de loin. Merci ! »

À proximité de la maison, il ôta ses bottes de cow-
boy et s'avança à pas feutrés jusque sur la petite terrasse de bois. Il ne savait pas si son père avait réussi à
rentrer et, si par hasard Sonny était de retour, Rudy
n'avait aucune envie d'être découvert. Il jeta un coup
d'œil par la fenêtre, parvint à voir dedans par une
déchirure du vieux store jauni. Il cligna des yeux,
incrédule. Rudy voyait Mogie au-dessus de leur mère.

« Jésus, doux Jésus, non », murmura-t-il.

Evangeline était toujours sans connaissance sur le
canapé qui servait de lit à Rudy, mais sa robe était
maintenant relevée jusqu'à la taille. Mogie avait sorti
sa grosse bite, la pressait contre elle, la frottait contre
la culotte rouge. Le souffle suspendu en ce bref instant pourri, Rudy comprit qu'il était mort et avait
atterri en enfer. Comment Mogie pouvait-il faire une

247

chose pareille ? À leur propre mère ! Jésus-Marie-bor-del-de-Dieu !

Rudy l'observa tandis qu'il continuait de frotter son membre viril contre la culotte de leur mère. Elle était dans les pommes, et ce que Mogie faisait là était d'un répugnant inimaginable. Une flamme dévastatrice de haine et de honte partit d'un trait du cerveau de Rudy pour aller à son cœur, puis à son estomac, puis à son entrejambe. Comment, par tous les saints, par tous les diables de l'enfer, Mogie pouvait-il faire une chose pareille ? Il pria Dieu de tuer son frère sur-le-champ pour le punir.

Et pourtant, Rudy regardait, l'œil collé à la déchi-rure, incapable de bouger. Il vit Mogie prendre sa bite en main, se branler quelques secondes et faire gicler son sperme sur la culotte de leur mère. À la hâte, fur-tivement, Mogie remit la robe en place et enfourna son membre encore en érection dans sa braguette. Le cœur de Rudy battait si vite qu'il en avait mal. Il avait un goût de sang dans la bouche et ne s'était pas rendu compte qu'il s'était entaillé la lèvre inférieure à force de la mordre. Le sang coulait de sa lèvre à la terrasse de planches.

Rudy s'éloigna à reculons de la fenêtre, ses bottes à la main. Il s'enfuit dans la nuit en chaussettes, loin de la maison et de l'horreur qu'il y avait vue, loin de sa famille insensée. Il n'avait jamais su com-bien de temps il avait couru ni par où il était passé mais, très tard cette nuit-là, il était revenu aux anciennes fondations et à leurs deux ivrognes. Toute la nuit, il resta avec eux, les aida à finir leurs huit litres de vin. Un autre soûlard arriva avec un litre de Jim Beam, et Rudy les aida à boire le whisky. Tou-jours en short de foot, en maillot de l'équipe aux épaules matelassées et en bottes de cow-boy, il finit par perdre connaissance.

Lorsque Rudy revint à lui le lendemain en fin d'après-midi, il dormait seul sous les lilas. Sa bouche lui faisait mal, sa tête menaçait d'exploser, et ses bottes avaient disparu de ses pieds. Il eut beau retourner son cerveau en tous sens, il était incapable de se rappeler le moindre détail de ce qui s'était passé après le match. Cette tranche de temps était intégralement vide de souvenirs. Le noir complet. Rien.

Il s'était traîné jusqu'à chez lui peu avant la tombée du jour. Toute la famille était attablée dans la cuisine, comme si de rien n'était. Ses parents bavardaient amicalement et n'avaient pas bu. Les petits étaient rentrés de chez tante Helen, et Mogie souriait tout en engloutissant à grands coups de fourchette son rôti de chevreuil avec de la purée. Il y avait trois six-packs de Coca en bouteille sur la table. Pour une raison quelconque, le père avait décidé de casser la tirelire.

«Où diable étais-tu fourré, Rudy? lui demanda Mogie. On a passé toute la journée à s'inquiéter pour toi. Merde, je t'ai cherché une bonne moitié de la nuit, on a même envoyé les flics courir la ville pour te retrouver.

— Rudy, lui dit son père, t'as pas l'air mieux que je me sens. Qu'est-ce que tu as fait, hier soir? Tu as pris une bonne cuite? Allez, sors une chaise, assieds-toi et mange.

— Ouais, je crois bien que c'était ça, répondit Rudy, ce qui fit rire sa mère.

— Ben nous, on arrête de boire, pas vrai Sonny?» dit Evangeline.

Le père hocha la tête.

«Ouais, quand les flics m'ont eu ramené hier soir,

je me suis dit mon vieux, trop c'est trop. À partir de maintenant, je bois plus que du Coca, du Hills Brothers, du *wakalapi*, du Seven up — rien que des trucs de ce genre. »

Rudy s'assit près de Mogie, et son frère lui donna un coup de coude dans les côtes. Discrètement, il fit un signe des lèvres à la manière indienne en direction de leurs parents. « Ils ont dit qu'ils arrêtaient de boire pour de vrai », commenta-t-il en entassant la purée, le rôti de chevreuil et la crème de maïs du gouvernement sur l'assiette de Rudy. Puis il inonda le tout de sauce brune, et Rudy acquiesça de la tête avec cet air réjoui d'un poulet qui a le cou sur le billot et l'œil sur la hache.

« Cette fois, ta mère et moi, on se met aux Alcooliques anonymes, renchérit Sonny avec un sourire. Et cette fois, on s'y tient. Hé, les petits gars, vous avez bien flanqué la raclée à Custer, non ? J'étais trop soûl pour m'en souvenir.

— Ça y ressemblait », dit Rudy. Et il s'efforça de sourire malgré sa lèvre blessée douloureuse. Il se sentait comme un jeune chien perdu de retour au foyer, et le foyer en question serait étrangement aimant et chaleureux pendant près de deux semaines.

« Je ne vais plus boire du tout, et je pèse mes mots », déclara Sonny à la cantonade, et il reprit une part de viande rôtie.

« Que Dieu t'entende », dit leur mère.

L'incident survenu au match fut bien vite oublié. Rudy ne se souvenait plus de ce qui s'était passé cette nuit-là. Mogie affirmait que c'était un trou de mémoire dû à sa cuite. La vie de Rudy avait repris son cours dans une atmosphère bien meilleure que ce qui tenait lieu de norme chez les Yellow Shirt. Mais il savait que cela ne durerait pas.

Deux semaines plus tard, son père et sa mère se disputèrent de nouveau, et tous deux repartirent en bordée dans le monde de l'eau-de-feu. Enfant, Rudy avait déjà compris que, quand tout s'arrangeait, il ne fallait pas attendre de miracle. Cela se gâtait tôt ou tard pour tourner au vinaigre.

« Je suis désolé, Rudy. C'est arrivé qu'une fois, une seule. Bordel de Dieu, je suis désolé. S'il te plaît, Rudy, pardonne-moi, sanglota Mogie. Je sais pas pourquoi je l'ai fait. J'étais qu'un môme, un môme détraqué. Ce que j'ai fait là, ça m'a toujours hanté. Qu'est-ce que tu veux que je te dise après toutes ces années ? »

Rudy éprouvait de la pitié, et il éprouvait de la colère. Il aurait voulu tendre la main pour toucher Mogie et faire que tout s'arrange. Mais il ne le pouvait pas. Il n'était pas Midas. Ce qu'il touchait ne devenait pas de l'or. Il avait la malédiction des Yellow Shirt et, ces temps derniers, tout ce qu'il touchait ou presque tournait au caca.

Quand Rudy était au lycée, il avait un jour offert à sa mère pour Noël un de ces presse-papiers de verre rempli d'eau. À l'intérieur, il y avait un petit village, la grand-rue d'une charmante bourgade américaine anonyme. Quand Rudy agitait la boule de verre, la neige flottait dans le liquide et venait recouvrir le village.

Aujourd'hui, il voyait là comme une métaphore de sa propre existence, à cela près qu'au lieu de neige, il y avait de la merde dans la boule de cristal qu'était sa vie. Quand les esprits s'emparaient de sa vie, la secouaient un bon coup, tout se couvrait de déjections humaines et de désespoir. Son grand frère et lui étaient pris dans une tempête merdeuse d'émotions venues de leur passé comme de leur présent. Un vrai blizzard de merde.

Mogie avait l'air si pitoyable que Rudy n'en pouvait plus. Ses propres nerfs étaient tendus à craquer. Il craqua et se mit à chialer lui aussi. Il pleurait pour Mogie et pleurait pour leur mère. Il pleurait même pour leur nation indienne. Il pleurait pour leur père et pleurait de n'avoir pas pleuré à l'enterrement de sa mère. Mais Rudy pleurait surtout pour lui. D'énormes larmes ruisselaient de ses yeux, et il sanglotait si fort que des torrents de mucus dégoulinaient de son nez.

Il s'assit sur le lit et serra Mogie dans ses bras. Ils pleurèrent tous deux, reniflèrent, pleurèrent encore. Ils se serraient comme deux frères qui ne s'étaient pas vus depuis des années. Mogie était son aîné, avait longtemps été son héros. Il n'était plus son héros, mais il était toujours son grand frère, et Rudy l'aimait tendrement.

«Pardonne-moi, Rudy», hoqueta bruyamment Mogie. Son corps était secoué par les sanglots et Rudy le serra plus fort. «Nom de Dieu, frangin, pardonne-moi, je t'en supplie.

— Hé, Mo! Je te pardonne, dit Rudy en regardant un petit ruisseau de ses larmes couler sur l'épaule de son frère et descendre vers son cœur. Je te pardonne, Mo.

— Dis pas ça si tu ne le penses pas.

— Écoute bien, Mogie, merde, je t'aime. T'inquiète pas, je te pardonne. Pour de bon. C'est la vraie vérité. Promis, juré, cochon qui s'en dédit. Le passé est passé, fini. Je t'aime, un point, c'est tout. Et je te pardonne.

— Vrai? Tu me pardonnes?

— Oui Mogie, je te pardonne. Et je voudrais que tu me pardonnes aussi. Dans deux jours, tu seras sorti. Enterrons le passé et reprenons le fil de nos putains de vies.» Rudy était sincère, tout ce qu'il y a de sincère, mais ses paroles lui semblaient niaises, même s'il n'avait rien dit d'aussi douloureusement honnête de toute sa vie. L'espace d'un instant, Rudy eut une vieille tentation de flic, fut tenté de rentrer chez lui embrasser sur la bouche le canon de son Magnum 357.

«Dis-nous une prière, Rudy. Dis-nous une prière.»

Rudy fronça les lèvres et acquiesça. Il vit Mogie baisser la tête, fermer les yeux. Il fit de même et pria Tunkasila pour eux. Ce devait être une bonne prière, car elle les fit pleurer tous deux jusqu'à épuiser leurs larmes.

16

Ivre, à minuit dans le cimetière, Mogie chancelait et titubait de tombe en tombe, une cigarette au bec et un litre de Budweiser à la main. L'air froid de la nuit mordait douloureusement la peau encore à vif de son visage. Dans son autre main, il tenait un bouquet de fleurs en plastique qu'il avait piqué au Centre commercial de la nation sioux. Elles ne lui auraient pas coûté plus d'un dollar ou deux, et il avait davantage en poche, mais il les avait volées tout de même.

Il se traîna d'un bout du cimetière à l'autre, espérant ne pas déranger les esprits qui s'attardaient encore dans les parages. Enfin, il arriva devant deux tombes avec de petites stèles. Il les reconnut immédiatement. L'une était celle de son père; l'autre celle de sa mère.

«Je suis désolé, maman, murmura-t-il. Excuse-moi.»

«Papa», dit-il. Il se racla la gorge. «Papa, ça c'est pour toi.» Et il cracha une masse de salive mousseuse en direction de la tombe.

Mogie s'inclina et cala les fleurs contre la stèle de sa mère. Il dit une brève prière, se redressa, et alla jusqu'à la tombe de son père. Deux pas de plus, et il était dessus à se demander s'il pisserait là ou pas. Non. Ce n'était pas bien, même s'il en avait bonne envie. Ce serait manquer de respect à tous les morts qui dormaient dans le cimetière. N'empêche qu'il lui fallait pisser, et vite. Mais où? Là était la question. Pas dans le cimetière en tout cas. Trop de ses ancêtres y étaient enterrés.

Et les ancêtres ne comprendraient pas qu'il soit soûl, comprendraient encore moins le manquement liquide au respect qui leur était dû.

« Pardonnez-moi, vous tous », lança Mogie avant de tituber au plus vite vers la sortie. Il avait oublié son litre de bière. Il l'avait laissé près de la tombe de son père. Aucune importance, il était presque vide. Fasse le ciel qu'il arrive à sortir du cimetière avant de pisser dans sa culotte. Le ciel n'exauça pas. Le liquide tiède dégoulina le long de son pantalon jusque dans ses chaussures. Il s'assit par terre pour jurer et reprendre son souffle.

« C'est ridicule », dit-il en scrutant le ciel, surpris par les étoiles qui paraissaient tourner comme un essaim.

« Complètement bourré », marmonna-t-il.

Dans l'air froid, Mogie ôta ses chaussures, essora ses chaussettes. Puis, voyant qu'elles étaient pleines de trous, il les abandonna sur le sol. Au prix d'un rude effort, il remit ses chaussures. Il essaya de se lever, mais sans y parvenir. Il se gifla le visage, tâcha de rassembler un semblant de courage, un semblant d'endurance qui l'aiderait à tenir. Il était trop soûl pour se relever.

Il fouilla dans sa poche, en tira un étui d'allumettes. Il en arracha trois et les alluma. Tenant les allumettes enflammées de la main droite, il les appliqua contre le majeur de sa main gauche.

Le cerveau embrumé, il ne put décider si la brûlure furieuse qui lui gonflait les chairs était venue d'abord, où si c'était le rugissement furieux qui lui sortit de la gorge. Aucune importance. La rage l'avait relevé et, d'un pas chancelant, il se dirigea vers la ville de réserve.

Au loin, un coyote amoureux beugla une plainte si désolée que Mogie en eut le sentiment d'être le seul humain sur la face de la terre. Et il se demanda par quel bizarre miracle il parvenait encore à pleurer alors qu'il était soûl comme une bourrique, à peine capable de marcher.

Son visage lui faisait mal. Ses pieds lui faisaient mal. Son doigt lui faisait mal. Son cœur lui faisait mal aussi. C'était pour cela qu'il pleurait.

« Va te faire foutre, papa », dit-il sans cesser de tituber. Il s'arrêta brièvement, le temps d'allumer une cigarette.

« Et toi aussi, maman », ajouta-t-il dans un murmure.

17

La génération de Rudy vivait dans le monde de l'eau-de-feu. Ses parents avant lui étaient les enfants alcooliques de ses grands-parents alcooliques. Avant ses grands-parents, ses arrière-grands-parents avaient vécu sans la magie invisible de l'électricité, sans le Dieu de l'homme blanc, et sans l'eau-de-feu.

Les vieux racontaient que Crazy Horse avait mis son peuple en garde contre l'alcool, et Rudy avait sa petite idée de pourquoi les siens n'avaient pas écouté Tasunke Witko à l'époque. Rudy buvait sa part, mais il se justifiait en se disant qu'il buvait pour prendre du bon temps. Il buvait pour se calmer les nerfs, rarement par ennui ou par désœuvrement. Il se justifiait ainsi, tout en sachant qu'il ne devrait pas boire à cause de sa tension. Mais il y avait des moments où, comme dans la chanson de country and western, Rudy et la bouteille « obéissaient à une tradition familiale ».

Par un froid samedi de fin novembre, près d'un mois après que Mogie fut sorti de l'hôpital, Rudy l'aperçut à Whiteclay. Il avait trois jours de congé et venait acheter sa bière et de la nourriture pour ses chiens.

Mogie avait établi ses quartiers devant Thunderbird Liquors, où il trônait comme un Indien de bois. C'était le débit de boissons le plus proche de la réserve depuis que Chief Liquors n'était plus qu'un amas de gravats calcinés, réduit en cendres par Rudy. Les autorités du Nebraska comme la police indienne avaient plus ou moins classé l'incendie criminel au fichier circulaire — au panier. Les propriétaires n'avaient pas insisté pour qu'on poursuive l'enquête : ils avaient touché un pactole des assurances. Le «Mocassin Télégraphique» répandait la rumeur qu'ils projetaient de faire construire au printemps un magasin tout neuf encore plus grand.

Autrefois, Rudy avait lu quelque part qu'un vieux chef aurait déclaré : «Dans la langue de l'homme blanc, cupidité se dit Amérique.» Rudy avait oublié le nom du chef et sa tribu, mais il savait que ces paroles étaient vraies. On racontait que le nouveau Chief Liquors aurait deux guichets pour servir les clients en voiture. En apprenant la nouvelle, Rudy, amer, s'était fait le commentaire que la rez avait bien besoin de cela.

Shannon County — à savoir la réserve — était d'après les statistiques fédérales le comté le plus pauvre du pays. Le taux de chômage y atteignait 80 %, et cependant, les gens trouvaient toujours de l'argent pour leur médecine liquide. Une fois reconstruit, Chief Liquors prospérerait de nouveau. Et serait peut-être de nouveau brûlé.

Rudy entra dans le petit magasin voisin du tas de gravats pour acheter un sac de vingt-cinq kilos de Gravy Train, un carton de vingt boîtes d'Alpo, et trois bombes familiales de shampooing pour moquette Glamorene. Après réflexion, il s'acheta aussi une grosse tourte au poulet surgelée, un paquet de Twinkies et un litre de Dr Pepper. Ce serait son dîner. Il n'avait pas envie de cuisiner. Un gosse indien transporta ses achats jusqu'à la Blazer. Rudy lui donna un dollar et prit le volant pour parcourir les quelques mètres qui le séparaient du débit de boissons devant lequel son frère faisait la manche.

Il sortit de voiture, le héla. Mogie portait une casquette bleue aux oreillettes baissées et son coupe-vent vert, mais il faisait bien froid dehors, si froid que le mince blouson ne servait pas à grand-chose. Mogie frissonnait, et il avait tout l'air d'être en manque d'antigel. Rudy décida de lui donner un coup de main. «Laisse-moi t'en payer une. Merde, Mogie, on dirait que t'es en panne d'essence! Allez, laisse-moi te payer un bon litre de Budweiser toute chaude.»

Mogie se tripotait le nez en regardant dans le vide; il fallut un moment avant que son cerveau enregistre qu'on lui parlait.

«Ah! C'est toi, Rudy.

— Pourquoi, tu attends du monde? Le prince Charles et lady Di?

— Mec, faut s'attendre à tout par ici. Weasel Bear m'a dit que Burt Reynolds était dans la rez la semaine dernière. Il examinait les lieux pour se faire un nouveau film à ce qu'il paraît.

— Un dixième *Smokey et le Bandit*? Burt Reynolds est un mauvais acteur affublé d'une perruque. Hé, vieux, tu le veux ou pas ce litre de Bud? Allez va, laisse-moi te l'offrir. Bon Dieu! Mais il fait *lila osni*, là-dehors. T'aurais pas un manteau plus chaud?

— J'ai pas si froid que ça. Bon, d'accord Rudolph. Prends-moi de la Schlitz. Je suis à la Schlitz cette semaine, hé», dit Mogie avec un sourire forcé. Il n'avait pas mis son dentier et ne s'était pas rasé.

«Alors, va pour la Schlitz.» Rudy préféra ignorer

le Rudolph. Au moins, Mogie lui parlait et semblait d'humeur conciliante. La semaine précédente, il était même arrivé plus sobre que soûl au repas de Thanksgiving de tante Helen. Et il semblait s'en tenir à la bière, ne plus boire de «Lézard Vert» — le redoutable vin de muscat. Encore que le changement n'eût pas produit d'effets notoires. Mogie avait toujours l'air d'un échappé de *La Nuit des morts vivants*.

Rudy alla jusqu'au magasin, acheta un six-pack de grandes Bud pour lui et un litre de Schlitz pour Mogie. Il tendit à son frère le paquet contenant sa bouteille et lui demanda s'il voulait s'installer dans la voiture pour la boire. Le bref trajet de la boutique à sa Blazer avait suffi à faire frissonner Rudy qui voyait maintenant quelques flocons de neige danser dans l'air. Mogie lui coula un drôle de regard et agita la tête.

«Réveille-toi! Tu sens pas le café, le *wakalapi* Rudy! Les flics sont pas censés traînasser dans Whiteclay à boire le coup avec les ivrognes, même si les ivrognes en question sont de la famille. Réveille-toi, l'étudiant!

— Je sais pas. Il fait vraiment froid ici, et il pourrait bien se mettre à neiger sérieux. Mais t'as peut-être pas tort. De toutes façons, faut que je rentre nourrir les chiens. À l'heure qu'il est, ils doivent pisser au plafond et chier sur les meubles.»

Rudy se demanda quelle mouche le piquait de revenir sur sa promesse de ne plus jamais boire avec Mogie. Mogie, la seule victime de son orgasme incendiaire, semblait revenu à la normale — pour autant que sa vie puisse être considérée comme normale. Il taxait de l'argent aux clients des boutiques à un pâté de maisons de son ancien quartier général. Rien n'avait changé depuis son passage à la rôtissoire, à cela près que Mogie parlait maintenant fréquemment et ouvertement à Rudy. Et qu'il avait sur la joue gauche une cicatrice blanche de la taille d'une main.

Mogie était devenu un Lakota bicolore. Il avait le côté droit du visage brun — d'un brun qui tirait sur le jaune hépatique —, et le côté gauche blanchi par les tissus cicatriciels. Rudolph Yellow Shirt, lieutenant de police, était la cause de cette horrible cicatrice. Dès qu'il posait les yeux sur son frère, Rudy voyait la manifestation incarnée de sa propre folie — si c'était de la folie. Il n'en savait toujours rien. Le spécialiste lui avait affirmé que sa chute n'avait causé aucune lésion cérébrale, mais il n'avait pas encore vu Ed Little Eagle pour lui demander de donner une cérémonie.

«Comment tu te sens, ces temps-ci, Mo? demanda Rudy par la vitre baissée de la Blazer.

— Resplendissant», répondit Mogie. Rudy ne put s'empêcher de rire. Jamais de toute sa vie, il n'avait entendu ce mot dans la bouche de son frère. *Resplendissant!* Et le pauvre Mogie avait une tête à faire peur! Les médecins n'étaient pas certains que la cicatrice disparaîtrait un jour.

«*Doksa*, frangin. Super. Resplendis, je te rattraperai au vol, dit Rudy en démarrant sa voiture.

— À tout à l'heure, masturbateur», plaisanta Mogie en lui montrant le majeur. *Ouais!* C'était là le Mogie qu'il connaissait.

Mogie avait totalement pardonné Rudy de l'avoir fait partiellement rôtir. Il savait que son frère ne l'avait pas brûlé intentionnellement, mais il lui avait fait promettre de lui expliquer un jour pourquoi il avait mis le feu. Rudy le lui dirait, un jour, quand il aurait envie de se poser pour en parler. De son côté, Rudy avait pardonné Mogie pour l'acte abject qu'il l'avait vu commettre sur leur mère dans les pommes à l'automne 1967.

Tous deux s'efforçaient de revenir sur les tournants malencontreux qu'ils avaient pris et qui les avaient séparés. Ils se répétaient l'un à l'autre qu'ils n'étaient plus des enfants. Ils étaient des frères d'âge mûr qui s'aimaient tendrement, profondément, et s'aimeraient toujours. Ce qui n'impliquait nullement que Mogie eût l'intention de changer de vie, d'arrêter de boire, de s'enrôler dans l'église mormone. Au contraire, il semblait même boire davantage, plus que jamais, même s'il buvait de la bière plutôt que du vin. Rien ne changeait sous le soleil, à cela près que Mogie n'était plus intentionnellement méchant envers son frère. Et ces petits détails-là comptaient pour Rudy Yellow Shirt.

Rudy ne pouvait pas ne pas voir que Mogie poursuivait son lent cheminement de toute une vie vers le suicide liquide, comme la plupart des ivrognes en patrouille avec lui. La majorité d'entre eux s'exprimaient en mauvais anglais. Il parlaient lakota à la mode des anciens, et Rudy avait parfois du mal à les comprendre. Ils employaient des mots anciens, des images anciennes. Ils étaient cuits, coulés au moule de la pauvreté, de l'alcoolisme, de l'échec. C'était son sang, son peuple, sa tribu et, au fond de son âme, Rudy les aimait, même s'il ne pouvait rien faire pour les sauver. Brûler le magasin d'alcool avait été une sotte tentative pour leur venir en aide. Au bout du compte, Rudy n'avait réussi qu'à blesser son frère, et à poser les fondations d'un débit de boissons plus grand encore pour ceux de son peuple, les *Oglala Lakota oyate*. Non, rien ne changeait sous le soleil.

Rien n'avait changé à un sale détail près : Mogie avait reçu la nouvelle officielle de sa mort prochaine. Bien que ce salaud ne lui en eût pas soufflé mot, Rudy savait que Mogie était mourant.

Les médecins des Services de santé avaient dit à Rudy que son frère souffrait d'une cirrhose du foie, qu'il était en phase terminale. Mogie ne lui en avait jamais parlé, directement ou indirectement, mais Rudy s'en doutait depuis longtemps. Il s'était fait à l'idée que Mogie annoncerait la nouvelle à la famille quand l'envie lui viendrait — si elle lui venait un jour.

Il avait eu confirmation de ses soupçons accidentellement, puis confidentiellement, de la bouche du Dr Fitzgerald. Rudy était à l'hôpital pour faire renouveler son ordonnance mensuelle de Tenormin et, pendant que le médecin l'examinait, ils avaient discuté d'un gars là-bas, dans l'Est, auquel on avait greffé un foie de babouin. Le foie de singe avait fonctionné quelque temps à l'intérieur du type. « Dommage qu'on ait pas pu faire la même chose pour votre frère, remarqua en passant Fitzgerald. Dommage qu'il ne se soit pas arrêté de boire… »

Frappé par la gravité du médecin, Rudy l'avait questionné et avait obtenu les réponses qu'il voulait — ou plus exactement ne voulait pas. Il avait cuisiné le vieux médecin sans relâche. Finalement, Fitzgerald lui avait avoué que Mogie était bien mourant, mais que ce n'était pas à lui de le lui apprendre, que cela devait venir de son frère. Rudy avait poursuivi l'interrogatoire. Oui, le médecin avait prévenu Mogie. Les tests étaient positifs, précis, irréversibles. La cirrhose de Mogie était si avancée que la greffe était le seul traitement envisageable, et la liste d'attente interminable des candidats à la greffe du foie ne s'étendait pas aux ivrognes pratiquants ni aux camés.

Même en parfaite santé en dehors de son foie flingué, le médecin doutait fort que Mogie survive à l'attente. Et Mogie n'était pas en parfaite santé. Il avait l'estomac truffé d'ulcères, un taux de lymphocytes très bas et un début de diabète. De plus, ses reins perdaient des protéines et ne fonctionnaient qu'à 50 %. Et il avait de l'emphysème.

«Vous n'auriez pas de bonnes nouvelles, toubib?
— Pas vraiment, non», dit Fitzgerald.

Le brave médecin lui apprit qu'avec un de ses collègues, ils avaient averti Mogie qu'il lui restait peut-être trois mois à vivre. Les signes de jaunisse se manifestaient déjà et son système immunitaire n'était pratiquement plus opérationnel. Il avait parfois de légères hémorragies internes qui ne manqueraient pas de s'aggraver. Les médecins l'avaient prévenu que la fin viendrait plus vite s'il ne cessait pas de boire. Et Rudy songea que c'était sans doute là ce que souhaitait Mogie.

Rudy était au courant du diagnostic depuis quinze jours, mais n'avait pas laissé entendre à Mogie qu'il le savait mourant. Il n'en parlerait pas tant que Mogie n'abordait pas le sujet. C'était à lui de le faire. En attendant, Rudy s'était donné pour principe de veiller sur son frère mourant, de savoir à tout moment où il était, ce qu'il faisait. Rudy restait discret pour éviter que Mogie se sente surveillé.

Mogie avait choisi de vivre sa vie comme il l'entendait et il était en droit de décider de sa mort. Rudy aurait pourtant remué ciel et terre pour l'aider. Mais il ne pouvait rien faire sans se trahir, sans que Mogie découvre qu'il le savait mourant.

À mi-course entre Pine Ridge et Whiteclay, Rudy s'arrêta sur le bord de la route, alluma une cigarette et rebroussa chemin pour retourner voir Mogie. Il le trouva assis au coin du débit de boissons, frissonnant en buvant son litre de Schlitz. La petite neige glaciale tombait beaucoup plus drue.

« Mogie, viens donc manger chez moi ce soir, vers six heures. J'ai eu des steaks de cerf par Two Lance au boulot. Je les poêlerai, et je ferai de la purée ou des patates sautées avec des oignons en accompagnement. Ça te va ?

— Des steaks de cerf, hein ?

— Ouais, de la bonne biche bien tendre.

— Ben, je sais pas trop.

— Te fais pas prier, Mogie, dis oui.

— Bon, d'accord Rudy. Ça me paraît bien. Je peux venir avec Herbie ? Je comptais passer le voir chez tante Helen en fin de journée. Il a un match de basket vers sept heures. On pourrait manger tous ensemble, et après, toi et moi, on irait au gymnase, *ennut* ?

— C'est ça, venez tous les deux. J'ai des tonnes de viande et de patates. S'il a un match à sept heures, faudrait que vous soyez chez moi vers les cinq heures », dit Rudy avant de repartir.

Fait remarquable, Mogie était à jeun lorsqu'il arriva en compagnie de Herbie à cinq heures tapantes. Il portait même un jean propre et une chemise propre avec son Stetson de paille et sa vieille veste militaire kaki. Il avait quatre petits morceaux de papier hygiénique collés sur les joues, aux endroits où il s'était coupé en se rasant. En plus de sa cicatrice, il avait le visage bouffi, le teint décoloré, jauni. Rudy feignit de n'en rien remarquer et entama la conversation avec Herbie. Un si brave gosse, songea Rudy, une vraie rareté pour un môme de Pine Ridge de nos jours. Herbie Yellow Shirt ne buvait pas et avait de bonnes notes en classe.

Rudy rêvait vaguement de l'adopter quand Mogie déciderait d'aller faire son service dans le monde des esprits. Il ne l'adopterait peut-être pas légalement — il portait déjà le nom de Yellow Shirt — mais il veillerait sur lui, comme si c'était son propre fils.

Dans son rôle de ménagère, Rudy avait enduit les steaks de farine pour les faire frire dans du saindoux de ration. Dans une autre poêle, il fit sauter des patates du Nebraska précuites avec des oignons du jardin de tante Helen coupés en rondelles. Il mit un paquet neuf de pain en tranches, une petite barquette de margarine et un grand pot de confiture de fraises au milieu de la table, et ils attaquèrent. Tous trois engloutirent deux assiettes pleines avec un minimum de conversation, puis Herbie s'apprêta à partir. Il était surexcité à l'idée du match.

Vers six heures, un camarade de Herbie klaxonna devant la maison. Herbie empoigna son sac de sport. Avant de s'éclipser, il donna l'accolade et une poignée de main à son père et son oncle qui l'encouragèrent et l'avertirent en plaisantant qu'ils le surveilleraient des tribunes. Rudy et Mogie passèrent la demi-heure suivante attablés dans la cuisine à fumer leurs cigarettes en bavardant de tout et de rien.

« Dis donc, Rudy, j'ai appris que les mômes qu'ont tué Corky Red Tail ont été condamnés à perpète.

— Exact. Mais tu sais comment ça se passe. Ils seront sortis de là en moins de cinq ans. »

Rudy attendait toujours que Mogie mentionne sa cirrhose, mais il n'en fit rien. Ils parlaient pour parler, sans une trace d'humour. On aurait dit une partie d'échecs entre deux manchots. Au moment de partir pour le gymnase, Rudy se sentait nerveux, légèrement mal à l'aise face à ce frère qui ne disait rien. Pourquoi bordel ne crachait-il pas le morceau ? D'un autre côté, lui se taisait aussi. Pourquoi ne sortait-il pas carrément à Mogie ce qu'il avait appris de Fitzgerald ?

Assis sur les gradins, ils regardèrent les scolaires juniors de Pine Ridge botter le cul papiste des Red Cloud Crusaders par trente-sept points d'écart. Herbie réussit quatre tirs à trois points, en marqua vingt et un en tout. Mogie aux anges hurla pendant tout le match à s'en casser la voix. Pour la première fois de sa vie, Rudy voyait son grand frère comme un être fragile, faible au point de ne pas pouvoir prendre soin de sa personne. Mogie se déclara fatigué ; Rudy l'était aussi. Comme ils n'avaient pas de proches parents dans l'équipe, ils décidèrent de ne pas regarder le second match et se dirigèrent vers le parking et la Chevrolet de Rudy.

« Le pape peut bouffer mes noix indiennes, dit Mogie en donnant un faible coup de coude à son frère. J'ai toujours eu ces cathos de Red Cloud en horreur avec leur Vierge Marie, leurs génuflexions, leurs simagrées et tous leurs signes de croix.

— Mouais, fit Rudy en lui ouvrant la portière. Où tu veux que je te dépose ? » Il était las de parler pour ne rien dire et à peu près certain que Mogie n'aborderait pas le sujet du peu de temps qu'il lui restait à vivre.

« Ben pose-moi à Whiteclay. La nuit est encore jeune », dit Mogie avec une lueur d'enthousiasme qui s'éteignit dans le silence. Rudy supposa qu'il avait répondu d'instinct. Quelques instants plus tard, Mogie revint sur sa décision pour demander à Rudy de le ramener à la petite cahute qu'il habitait depuis dix ans à l'autre bout de la ville.

Rudy acquiesça, démarra la Blazer et mit le cap vers le bas de la colline où se trouvait le campus. Le temps où Mogie et lui jouaient dans l'équipe du lycée de Pine Ridge était à des années lumière. Un bref coup d'œil à Mogie, et ces années lumière se muèrent en une brume tiède, comme si c'était hier. Tous deux avaient été des héros du lycée, jeunes, pleins de vie, fleurant bon le feu de bois. Rudy éprouva le besoin de dire quelque chose à Mogie pour faire remonter tous ces bons souvenirs, mais aucune pensée positive ne lui venait. Il se lança pourtant. Il lui fallait absolument dire quelque chose, n'importe quoi.

« J'étais en train de penser au match contre Custer, quand papa et maman étaient soûls. » Rudy regretta aussitôt d'avoir aiguillé la conversation en ce sens. Mogie et lui étaient à peu près réconciliés avec les événements de cette nuit-là et n'en avaient pas reparlé depuis l'hôpital.

« J'ai toujours eu des remords de l'avoir cocufié, dit Mogie.

— Ouais, mais après ça, il ne nous a plus jamais battus, pas vrai ?

— Non, mais il est parti mourir dans le Nebraska. Doux Jésus ! Il n'est même pas venu pour la remise des diplômes à ma sortie du lycée. » Au ton de sa voix, il était clair que Mogie s'apitoyait sur lui-même, ce qui ne lui ressemblait pas.

« Hé, vieux, tu l'as pas obligé à partir ! C'est pas ta faute. Il s'est tiré et nous a laissés nous débrouiller tout seuls. C'est lui qui nous a abandonnés, pas le contraire.

— Tu sais, Rudy, j'aimais presque autant papa que je le détestais. Il était bon quand il jouait pas au con.

— Je me souviens pas trop de ses bons côtés, dit Rudy.

— La semaine où j'ai terminé ma cinquième, papa m'a emmené à Gordon acheter un pantalon et une veste de sport pour la cérémonie de fin d'année. Maman n'était pas là. On était que tous les deux. Je suis allé au magasin Sears dans Main Street et j'ai commencé à regarder. Papa m'a donné soixante-cinq dollars, comme ça. Soixante-cinq dollars, tu te rends compte ! Ça représentait de l'argent à l'époque. Il m'a dit d'acheter ce que je voulais, et il est parti boire un coup dans un bar.

— Il avait dû recevoir un chèque de quelque part, commenta Rudy.

— Ouais, c'était pas bien longtemps après qu'il soit rentré de travailler pour les mines d'or de Little Wakonda au nord de Rapid, expliqua Mogie à la hâte, impatient de poursuivre son récit. Quand j'ai eu acheté ma veste, un pantalon et une cravate, j'ai fini par le retrouver au Sheridan Lounge et je lui ai montré mes achats. Il m'a fait essayer la veste pour ses *tahansis*. Ils ont bien rigolé, et puis on a regagné son vieux pickup, on est montés en selle et on a quitté la ville.

— Ça, c'est papa tout cru.

— Sur le chemin du retour, papa bichait en sirotant une pinte de Jim Beam. Un peu avant de passer la frontière à Wakpamni, on est tombés sur un déplacement de bétail. Des ploucs de Blancs poussaient leur troupeau miteux de deux cents bœufs sur la grand-route. Ils nous ont obligés à arrêter. Bientôt, il y avait huit voitures derrière nous, toutes bourrées d'Indiens qui rentraient à la rez. Papa commençait à piaffer, il a essayé de se faufiler au milieu des vaches. Il en a heurté une qui s'est mise à gueuler et à boiter. Remarque, il lui avait pas fait de mal. Deux des ploucs ont pété les plombs. Ils ont chargé à cheval droit sur notre vieux pickup. Ces deux clowns avaient l'air tout droit sortis d'un poste de télé, d'un machin comme *Rawhide*.

— T'as pas vu Clint Eastwood, par hasard ?

— Mais non, déconne pas ! Ces deux types se sont plantés à cheval juste devant la bagnole, si bien que papa a dû s'arrêter. Après, ils se sont pointés côté conducteur et se sont mis à rouspéter après papa. Ils étaient verts de rage. Ils ont voulu savoir son nom. « Je m'appelle Sonny Yellow Shirt, et toi, je parie que tu t'appelles Dale Evans », a répliqué papa au plus gros des deux types.

— Dale Evans ? répéta Rudy dans un rire.

— Ouais, tu le sais peut-être pas, mais de ce temps-là, papa était l'un des durs de la rez. C'était quelques années avant le Montana et son accident, alors il était pas ralenti par son pied esquinté. Là-dessus, le chef de bande est arrivé. Il a dit qu'il s'appelait Joe Reaves, et qu'on avait intérêt à rester tranquilles dans notre camion de « nègres de prairie » jusqu'à ce que le bétail soit passé. À l'époque, les Peaux-Rouges répondaient pas à ce genre de ploucs s'ils avaient envie de vivre, surtout dans le Nebraska. Merde, ça a pas tellement changé depuis par là-bas.

— Et qu'est-ce qu'il a fait, papa ?

— Ben, reprit Mogie dont le débit s'accélérait. Il est descendu, et il a dit à Joe Reaves d'embrasser son cul de Sioux oglala. Papa devait avoir pris du muscle spécial whisky ce jour-là, et ça lui a pas plu de s'entendre traiter de « nègre de prairie ». Le cow-boy en revenait pas qu'il lui tienne tête. Il s'est avancé, jusqu'à être nez à nez avec papa, et papa lui a flanqué un bon coup de poing à l'estomac. Le mec Reaves s'est plié en deux, et il a mordu la poussière. *Ennut*, ce type pleurnichait et gémissait comme une mauviette. Il a été bien con de chercher noises à papa. Tu te rappelles papa à l'époque, avec ses bottes et sa coiffure à la Elvis ?

— Sans blague ? coupa Rudy intrigué. Quand est-ce qu'il a arrêté son numéro Elvis ? Je m'en rappelle pas du tout. Papa qui ressemblait à Elvis, hein ? Bizarre.

— Ouais, parfaitement, poursuivit Mogie. Quoi qu'il en soit, voilà cet autre vacher *wasicu* qui rapplique à toutes jambes pour essayer de flanquer un gnon à papa, et papa lui en met deux dans le nez, et un uppercut au menton. Un de plus au tapis. Il est tombé comme cinq livres de merde dans un sac d'une livre. Il geignait comme une gamine. Alors, papa a fait signe aux autres voitures arrêtées par le bétail, et il a mené la parade des Peaux-rouges à travers ce troupeau de vaches étiques. Les Indiens klaxonnaient, jetaient des boîtes de bière vides par les vitres des bagnoles, faisaient fuir ces Hereford malingres dans toutes les directions, montraient le majeur à ces culs-terreux anti-indiens.

— Comment ça se fait que j'aie jamais entendu cette histoire, Mogie ?

— Je viens de l'inventer.

— Hein ? Quoi ?

— Bon Dieu, Rudy, tu vois pas que je me paie ta tête ? Merde, c'est vrai ce truc. C'est vraiment arrivé. T'as peut-être appris à écrire dans le journal, mais c'est pas pour ça que tu connais toutes les nouvelles de l'histoire familiale.

— Ouais, fit Rudy en se tournant vers lui. C'est vrai que je connais pas tout. Il n'y aurait pas autre chose que tu voudrais m'apprendre ?

271

— Ben… si, pendant que j'y suis… », commença Mogie. Il fut interrompu par le choc d'une bouteille de bière contre la portière. «Enfant de salaud! hurlat-il. Qu'est-ce qui m'a foutu ça, bon Dieu!»

Rudy écrasa la pédale de frein et pila dans un crissement de pneus. Il jeta un coup d'œil alentour mais ne vit rien. Ils étaient juste en dessous du campus, le long d'un bois de grands peupliers que l'Agence de protection des ressources naturelles avait fait planter dans les années trente. Là, le long de la rivière, les lycéens se retrouvaient pour boire; c'était un de leurs repaires favoris et le coin était déjà connu quand euxmêmes étaient mômes. Rudy sortit de voiture et aperçut des ombres qui se précipitaient en ricanant à travers les taillis. Des foutus lycéens. Pendant un bref instant, Rudy fut tenté de prendre la carabine qu'il cachait sous le siège arrière pour leur tirer dessus. L'espace d'un instant, il eut envie de tuer.

«Tu te souviens qu'on faisait ça quand on était petits? dit en souriant Mogie quand Rudy remonta en voiture. N'empêche, ils m'ont bien eu. J'ai failli en chier dans mon froc.

— Ouais, mais nous, on lançait des tomates, des pommes pourries, des œufs, pas des canettes de bière. Merde, on peut tuer quelqu'un avec une bouteille de bière! Sans parler des dégâts qu'on cause à une bagnole.

— Une bouteille de vin aussi, ça peut vous tuer un homme», dit Mogie.

Cela, ils le savaient, et pour cause. Ils rirent tous deux de la plaisanterie bancale. Par moments, Rudy n'était pas loin de croire que le Dieu de l'homme Blanc se grattait l'intérieur des narines et jetait à travers les nuages d'énormes crottes de nez invisibles sur la réserve. Le plus souvent, ces monstruosités divines tombaient tout droit sur les Indiens, les clouaient au sol, les rendaient incapables de fonctionner pendant des mois, des années, parfois des vies entières. Selon la théorie de Rudy, quand cela se produisait, les Indiens versaient dans l'alcool jusqu'à ce que la crotte de nez se dessèche et tombe à terre comme une peau de serpent pétrifiée. Le problème, c'est qu'entretemps, les Indiens bombardés par Dieu avaient le cerveau trop confit dans l'alcool pour remarquer qu'ils étaient libres.

«À propos de cette bouteille de vin qui vous tue un homme», reprit Mogie.

La tension artérielle de Rudy monta en flèche. Il se demanda si son frère allait enfin lui révéler qu'il était mourant. Il attendit la suite en silence. Le suspense lui tapait sur les nerfs ; il commençait à se dire que Mogie savait peut-être bien qu'il savait.

Une autre minute passa dans le silence. Puis Mogie se décida :

«Rudy, faut que je te parle. J'ai des trucs à t'expliquer. Si je passais chez toi demain. Tu travailles ou quoi ?

— Non, j'ai trois jours de congé. Tu peux m'en parler ce soir si tu veux.

— Trop nase. Demain, je passe chez toi, d'accord ?

— Je pourrais venir te prendre», proposa Rudy. Mogie le regarda d'un drôle d'air, comme si sa générosité était suspecte.

«Non, je viendrai, mais pas trop tôt», dit Mogie. Il le regardait toujours d'un drôle d'air, d'un air qui en savait long, qui pénétrait par les yeux de Rudy, lui perçait le crâne pour ressortir de l'autre côté. Rudy en frissonna.

Ils prirent date pour un café en fin de matinée, vers onze heures, et Rudy déposa son frère devant sa cahute. Au moment de redémarrer, il mit une vieille cassette de Led Zeppelin dans le lecteur et monta le volume à fond. *When the Levee Breaks* hurlait toujours quand Rudy tourna le coin de sa rue. Les peupliers avaient maintenant perdu toutes leurs feuilles, et l'hiver guettait là, tout près, drapé de son imperméable et grimaçant comme un pervers familier et dangereux.

À la fin de la chanson, Rudy coupa le contact et sortit pour aller voir côté passager les dégâts causés par la bouteille. Merde, ces abrutis de gosses avaient cabossé la portière — un trou de la taille d'une main. Furieux, il remonta en voiture et fila droit vers la rivière, près de l'aire des pow wows. Il tâcherait de savoir le nom de ces gosses.

Rudy Yellow Shirt avait une fameuse envie d'exploser quelques rotules de plus avec sa batte de baseball, et cela l'effrayait. Jésus ! Comment en était-il venu à dérailler de la sorte ? Ce n'étaient jamais que des mômes qui déconnaient. Rudy était conscient de juger tout ce qu'il voyait, de se conduire en grand inquisiteur tout puissant. Il savait aussi que son excuse était bancale, qu'Iktomi n'était pas seul responsable de toutes ses folles pensées.

Juste en dessous de l'aire des pow wows, le long de la rivière bordée de saules, de frênes, d'aronias, de shepherdias et de peupliers, une demi-douzaine de lycéens buvaient de la bière autour d'un tas de pneus enflammés. Vêtus à la mode rap, ils faisaient une noce d'enfer. Un couple flirtait, et Rudy vit que le garçon avait la main dans le jean de la fille, qu'il la tripotait devant tout le monde.

À regret, Rudy devait bien reconnaître que ce n'étaient que des gosses qui s'amusaient en buvant de la bière. Ils étaient jeunes, pleins de vie et, voyant qu'il y avait de la joie en eux, Rudy se sentit soudain las. Il se sentait adulte : vieux, inutile. Et il conclut que c'était peut-être pour cela qu'il leur en voulait tant.

Rudy ne se sentait pas la force de les affronter. Il rôda un moment parmi les ombres, puis il rentra chez lui et appela l'opératrice au poste. Il lui dit d'envoyer une voiture de patrouille pour disperser la fête. Il savait bien que les mômes se regrouperaient dès que les flics tourneraient les talons. Difficile à croire, certes, mais vingt-cinq ans plus tôt, Mogie et lui étaient comme ces gosses. Ce n'était pas du travail pour le lieutenant Rudy Yellow Shirt ou le crétin de « Guerrier de la Vengeance ».

Le « Guerrier » était en passe d'être contraint à la retraite. Il ne renâclait pas, ne se rebellait pas. Queue basse, il s'en allait tel un coyote miné par les vers, regagnait en rampant les sombres profondeurs de l'âme de Rudy qui l'avaient enfanté. Il faudrait un miracle avant que le « Guerrier de la Vengeance » revienne sur la planète Pine Ridge pour aider les Peaux-Rouges à se sauver d'eux-mêmes.

Il regarda là-haut la demi-lune terne et blanche qui flottait contre le ciel d'ardoise. De gros flocons maladroits tournoyaient dans l'air. Il lui faudrait sortir ses chiens pour une brève promenade avant que le monde ne devienne blanc.

Dans un moment d'apitoiement, Rudy songea que ses chiens, son frère et Stella étaient tout ce qu'il avait sur terre. *Voilà que ça recommence, que je pleure sur mon sort.* Stella n'était d'ailleurs pas venue le voir de plusieurs jours. Y avait-il quelque chose de cassé entre eux ? Il lui avait sottement déclaré qu'elle paraissait plus vieille, plus triste depuis que Storks était parti pour les heureuses terres de chasse. Et il se demandait maintenant si cela n'expliquait pas la moindre ardeur de leur passion — toujours satisfaisante au demeurant. Ils se disaient qu'ils s'aimaient, mais Rudy commençait à se demander jusqu'à quel point elle l'aimait. Il doutait de lui, de son propre mérite.

Ils devenaient pourtant comme les couples mariés, faisaient la chose une fois par semaine, besoin ou pas. Et Rudy avait cessé de voir ses deux autres semi-régulières. Stella, la belle Lakota, suffisait à combler sa libido. Son pénis n'avait pas replongé dans l'hibernation, mais ses désirs étaient plus contrôlés. S'il avait toujours des érections dures comme pierre, il avait en tout cas repris les rênes de sa bite folâtre. Elle ne le menait plus par le bout du nez comme au temps où il était encore un jeune guerrier. Aujourd'hui, c'était lui qui la menait. *Et pour un homme d'âge mûr, c'était la moindre des choses, bon Dieu !*

À présent, Rudy répétait constamment à Stella qu'il l'aimait. C'était une belle Oglala *winyan,* douce, tendre, intelligente. Elle disait l'aimer aussi et, récemment, elle avait fait quelques allusions au mariage. Cela le rendait un peu nerveux au lit. Il était toujours marié à Vivianne, même s'il se demandait pourquoi cette fichue Chippewa n'avait pas encore obtenu le divorce. Au fond de lui, il espérait que Vivianne, elle aussi, l'aimait encore. Il avait envie de l'appeler, de lui parler de Mogie, de savoir ce qu'elle devenait. Et merde, une bonne part de lui souhaitait désespérément le retour de Vivianne, même s'il avait maintenant Stella.

276

Les esprits décidèrent d'intervenir. Rudy n'eut pas besoin d'appeler Vivianne. En rentrant de promener ses chiens, il regarda un moment C.N.N., puis il examina son courrier — principalement des factures. Il y avait une brève lettre de Vivianne dans laquelle elle disait tenir encore à lui! Elle voulait lui parler. Elle serait à Rapid City la semaine prochaine, pour une conférence sur le syndrome d'alcoolisme fœtal. Elle lui demandait s'il accepterait de la rencontrer pour dîner et faire le point. Elle logerait au Hilton où se tenait la conférence. Elle lui demandait de l'appeler à l'hôtel.

Rudy se leva et fit une petite danse de guerre. Il fixa un moment la boîte à conneries où Larry King interviewait Oliver North. Rudy avait connu des lèche-culs blancs de l'acabit de North au Vietnam. Des petits cons de Yankees tout feu tout flammes qui avaient fait flinguer des paquets de mômes noirs, bruns et rouges. Rudy savait que des têtes de nœud comme North s'étaient fait descendre par leurs propres troupes vers la fin de la guerre. Il montra le majeur à Ollie North et à ce je-sais-tout vieillissant de Larry King, coupa la téloche et monta se coucher.

Rudy se mit au lit et ramena les couvertures par-dessus sa tête. Il était épuisé et il se sentait seul. Ayant enfin trouvé une position confortable, il allait s'assoupir quand ses trois malamutes se faufilèrent sous les draps. Pour une raison inexpliquée, il se sentit encore plus seul.

«Les gars, vous voudriez que maman revienne?» leur demanda-t-il, et ils lui léchèrent le visage. Vivianne n'avait rien dit de précis sur une éventuelle reprise de leur vie commune, mais elle voulait le voir et, pour Rudy, c'était bon signe. Il laissa échapper un énorme soupir, serra ses chiens-loups dans ses bras sous les draps, jusqu'à ce que l'un d'eux lâche un pet silencieux et mortel. L'enthousiasme de Rudy retomba aussitôt. Il se leva et les chassa de la chambre. C'était sûrement un coup de ce bon Dieu de Hughie ! Enfin, il ne pissait plus sur le tapis, c'était déjà ça.

L'air redevenu respirable, Rudy sombra dans un sommeil noir et puissant qui ne fut troublé qu'une fois, quand les chiens vinrent le rejoindre en catimini. Il rêva de sa femme Anishinaabe, rêva que Vivianne revenait à leur heureux foyer intertribal.

18

Le dimanche s'annonçait froid et pluvieux. Rudy avait les sinus pleins de morve et se sentait grippé. À son réveil, vers dix heures, il prit le vieux serpent de braguette en main pour une partie de bras de fer. Ensuite, il mit les chiens dehors, brancha la machine à café, se doucha et se rasa. Il enfila un survêtement de coton rouge vif et s'assit devant la télé pour boire son café en attendant l'arrivée de Mogie. Il regardait vaguement un programme câblé sur la navette spatiale quand la sonnette retentit. Sur la télévision, l'horloge digitale affichait onze heures précises en chiffres rouges. Ce devait être Mogie.

«Tu peux entrer les mains en l'air», cria Rudy.

Mogie entra en jurant. Il était pris d'assaut par les trois chiens qui bondissaient sur lui pour lui lécher le museau. Rudy les rappela à l'ordre et les monstres filèrent dans la cour. Il fit asseoir Mogie sur le canapé et alla lui chercher du café à la cuisine. À son retour, il vit que Mogie fumait, lui avait pris une de ses Marlboro. Il tendit la main vers le paquet, en prit une lui aussi et l'alluma.

«Qu'est-ce tu regardais, Rudy? demanda Mogie en montrant la télévision des lèvres, à l'indienne.

— Un machin sur les astronautes dans leur navette.

— Faut qu'ils soient fous.

— Qu'est-ce tu veux dire ?

— Ben, ils pourraient bien rencontrer des extraterrestres à tête de grenouille avec des langues en lames de rasoir, là-haut, des extraterrestres qui prennent leur pied à lécher les yeux des humains.

— D'où tu tires ces âneries, mec ? C'est l'acide qui te revient, le stress post-traumatique ou les B.D. ?

— J'en sais rien. Mais ce qui est sûr, c'est que ces gars ont des couilles en bronze. Va-t'en savoir quel genre d'esprits ils pourraient rencontrer là-haut.

— C'est foutre en l'air l'argent des contribuables, mais je crois moi aussi qu'il y a de la vie dans l'espace, dit Rudy.

— Ouais, ben moi, j'ai jamais vu d'ovni. » Mogie s'interrompit pour rire et ajouta : « En dehors d'une poignée de tarés soûls comme des bourriques avec lesquels je me suis retrouvé dans les pommes et le cul à l'air. Il y en avait même qu'étaient si moches qu'on en aurait pissé dans son froc, bon Dieu !

— Si moches que ça, hein ? » Rudy le regardait, attendait qu'il se décide à dire ce que Rudy croyait qu'il était venu lui dire. Il ne le brusquerait pas. Il garda le silence et alluma une nouvelle Marlboro. Il ramena son attention sur le programme et se perdit dans un océan d'étoiles parmi les galaxies scintillantes de l'espace. Par le trucage des images de synthèse, on voyait sur l'écran le drapeau américain flotter dans l'espace parmi les étoiles. En dessous du drapeau, il y avait les visages des Présidents morts du mont Rushmore ! Ils avaient l'air bizarres, plus bizarres que n'importe quel extraterrestre venu sur *Maka Ina* — la Terre-Mère — des obscurs confins d'une autre planète.

280

«La cousine Delphine voudrait savoir si tu pourrais écrire au juge pour expliquer qu'elle est quelqu'un de bien, dit Mogie. Son procès ne devrait pas tarder, et elle m'a demandé de te demander ça.

— Je pourrais, oui. Et je suis censé te donner la lettre?

— Ouais. Elle fait le tour de la communauté pour rassembler des lettres. Elle pense que ça va amadouer le juge.

— Je sais pas, Mo. Je le ferai sans doute. Peut-être qu'elle pourrait aussi demander une lettre aux extraterrestres. Pour le coup, le juge serait vraiment impressionné. Je t'ai dit l'histoire de fou qu'elle m'a racontée, non?»

En avril dernier, Max et Delphine Comes Running, du petit village de Porcupine, avaient emmené leurs trois enfants à Rapid City voir le dernier film des *Tortues Ninja*. Delphine, leur petite cousine, une personne intelligente et posée, s'était toujours montrée aimable envers Rudy. Ils étaient à l'école ensemble.

Au retour de Rapid City, passé l'embranchement de Cuny Table, sur la colline, ils avaient vu d'étranges lumières danser dans le ciel. Au même moment, leur voiture s'était mise à faire des trucs bizarres; la radio s'allumait et s'éteignait toute seule, la lumière des phares baissait et le moteur avait des ratés. Ils avaient réussi à atteindre une petite route de gravier d'où ils avaient vu de vives lumières rouges, vertes et jaunes sillonner les Badlands à la vitesse de l'éclair. Avant même de comprendre ce qui leur arrivait, un hélicoptère bourdonnait au-dessus de leur voiture et braquait un projecteur sur eux.

Ils disaient avoir eu la trouille de leur vie. Soudain, une voiture avec une plaque du gouvernement s'était arrêtée le long de la leur. Deux hommes en combinaisons en étaient sortis pour braquer des torches sur eux et leur montrer rapidement une pièce d'identité officielle quelconque. Max et Delphine n'avaient pas eu le temps de voir à quel service ils appartenaient. Tout ce qu'ils savaient, c'est que ces types avaient des cartes du gouvernement. Les fédéraux les avaient interrogés, leur avaient demandé ce qu'ils faisaient là, s'ils buvaient ou s'ils se camaient.

Max et Delphine leur avaient parlé des lumières qu'ils avaient vues. Les deux hommes les avaient alors accusés d'être drogués et leur avaient demandé s'ils étaient des dealers. Ils voulaient connaître leur adresse exacte, exigeaient de voir une pièce d'identité. Delphine et son époux s'étaient exécutés, et les feds les avaient laissés partir.

Environ une semaine plus tard, trois hommes étaient arrivés devant la porte des Comes Running dans un véhicule du gouvernement. Ils avaient minutieusement examiné la voiture de Delphine avec des instruments bizarres que le couple pensait être des compteurs Geiger. Après une autre semaine, les Comes Running disaient avoir reçu une lettre recommandée leur demandant de se rendre à la base aérienne de Ellsworth pour une visite médicale complète. Ils n'en avaient rien fait mais avaient déclaré par la suite à Rudy qu'ils avaient reçu d'autres lettres les priant de s'y rendre au plus vite.

Quelques semaines après ces événements, Delphine et Max avaient fait une déposition auprès de Rudy. Il n'avait su que penser de leur histoire. Delphine semblait honnête, futée, et c'était une parente, mais elle lui déclarait aussi avoir contacté un torchon à ragots, l'*Examiner-Star*, dans l'espoir de vendre leur récit.

Rudy avait tenté de lui faire comprendre que ce genre de canard n'avait aucune crédibilité, que les journalistes qui y contribuaient étaient les pires putes de la profession, et qu'elle ferait mieux de contacter le *Rapid City Journal*.

Si son histoire était vraie, lui avait-il dit, elle ouvrait sur une fourmilière de questions. De quel droit ces fédéraux exerçaient-ils leur pouvoir dans la rez, pour commencer. Et ensuite, que se passait-il au juste dans les Badlands. L'armée y testait-elle des armements bizarres ? Peut-être qu'on y déposait des déchets radio-actifs. Ou peut-être que ça concernait des êtres venus d'une autre dimension ou encore de l'espace. Rudy lui avait affirmé qu'il était de son côté.

Cela semblait mériter enquête, mais l'affaire tourna court quand Max et Delphine décidèrent de ne pas poursuivre. Ils vinrent trouver Rudy à son bureau et lui dirent de laisser tomber ; ils avaient bu quelques bières de trop, voilà tout. Rudy haussa les épaules et acquiesça.

Leur récit avait certes des relents de mauvaise science-fiction, mais depuis des années les gens voyaient des lumières bizarres dans les Badlands, ou y faisaient de drôles de rencontres. Parfois, Rudy lui-même se demandait ce qu'on fourgonnait là. Mais quand ses cousins lui demandèrent de laisser tomber, il avait cessé d'y penser. Et puis, deux mois plus tard, Max et Delphine Comes Running avaient été arrêtés pour vente de crack-cocaïne. Autant pour les ovnis.

« Delphine Comes Running a essayé de me faire croire qu'ils avaient vu des ovnis ce jour-là, dit Rudy avant d'aller leur resservir du café.

— Pas étonnant, commenta Mogie. Elle et le vieux

Max sont les plus gros dealers de came dans la rez depuis *dona* années. Les seuls ovnis qu'ils voient, c'est quand ils se regardent dans la glace.

— N'empêche, je suis flic et j'ignorais qu'ils trafiquaient dans la came jusqu'à ce que les fédéraux leur tombent dessus. Ça m'a surpris un max.

— J'ai un autre truc que tu sais pas, dit Mogie en prenant la tasse que Rudy lui tendait.

— Ah oui ? Quoi donc ? » Rudy poussa son paquet de tiges vers son frère, de l'autre côté de la table basse.

« Une cirrhose. J'ai moins de six mois à vivre. » *Et voilà, c'était dit.* Les paroles mêmes que Rudy s'attendait à entendre. Mais il avait beau être déjà au courant, les paroles de Mogie agressèrent ses tympans comme la craie qui grince sur un tableau. Il en frissonna, en resta muet. Que répondre à cela ? Mogie le regardait droit dans les yeux ; Rudy remua sur son siège, mais ne cilla pas.

« Six mois, hein ? Et si tu arrêtais de boire ?

— Trop tard, vieux. Les dégâts sont faits. Je suis mourant, Rudy. Je vais mourir, c'est tout. Je ne pleure pas là-dessus, alors je veux pas que toi, tu te mettes à pleurer, hein. Ça fait des années que ça dure. Des années. On ne se grille pas le foie en une nuit. Je viens d'avoir quarante-quatre ans, vieux. J'ai fait la guerre, j'ai été marié, j'ai un fils. J'ai passé de bons moments. C'est pas comme si j'avais pas vécu, bon Dieu. C'est pour ça que j'ai pas trop flippé que tu me fasses frire comme une saucisse et que ça me laisse des cicatrices. Je savais depuis belle lurette que je bouclais mes valises pour me tirer de ce motel pouilleux. Maintenant, explique-moi pourquoi tu as mis le feu. Tu m'en as jamais rien dit, et tu avais promis de le faire à l'hôpital, tu te souviens ? Alors vas-y, raconte.

284

— Sûr que je me souviens, mais c'est pas facile à expliquer, Mogie. » Rudy cherchait ses mots, les mots justes, et doutait de les trouver. « Peu importe pourquoi je l'ai fait. Ce qui m'inquiète, c'est toi.

— Dis pas de conneries. Ça sert à rien de s'inquiéter. Je sais où j'en suis. Ce que je veux savoir, c'est pourquoi tu as mis le feu.

— C'est encore si important que ça ?

— Pour l'amour de Dieu, Rudolph. Pourquoi ça t'est si difficile de répondre, hein ? T'es un pétroleur secret ou quoi ? Allez frangin, raconte.

— Doux Jésus, non. Je suis pas un pétroleur. Je suis qu'un foutu justicier, un abruti de justicier de l'ombre, et je fais ce qui me semble bon pour notre peuple.

— Un justicier de l'ombre ? Comme le Lone Ranger et Tonto ?

— Le Lone Ranger ! Tonto, ah ! Pas vraiment, non.

— Ben tant mieux, parce que j'ai toujours pensé que le Ranger enculait cette femmelette de Tonto.

— Hé, je fais que des petits trucs pour aider notre peuple. C'est tout.

— Ah ouais ? Et c'est qui, notre peuple ? demanda Mogie avec un soupçon de mépris. Notre famille ?

— Notre *tiospaye*, notre *oyate*. » Rudy s'interrompit là, conscient du ridicule de ses paroles.

« *Oyate*, hein ? persifla Mogie. Tu sais, il y a des jours où je me demande si notre tribu vaut la peine d'être sauvée. Qu'est-ce que tu me chantes ? Que c'est une bonne chose de mettre le feu pour aider le peuple ? Que c'était une bonne chose de me faire rôtir ?

— Mogie, j'ai jamais voulu te faire rôtir. J'en ai ras la tasse de ce que je vois dans la rez, et je fais de mon mieux pour que ça change. Essaie au moins de

285

comprendre ça. Je vais pas passer la journée à tenter de t'expliquer un machin que je suis pas sûr de m'expliquer à moi-même. Peu importe ce que je fais. Ce qui compte, c'est comment tu te sens, et ce qui va arriver. Si on mangeait un morceau ? T'as faim ? Je vais nous préparer des spaghettis Franco-American pour déjeuner, d'accord ?

— Bon, comme tu veux... Mais je maintiens que tu m'as fourgué une excuse bancale avec ton histoire de justicier. » Mogie était à jeun, mais Rudy le sentait tendu, anticipant déjà sa première dose d'alcool médicinal.

« J'ai quelques Bud si tu en as besoin pour te calmer les nerfs », dit Rudy. Mogie acquiesça de la tête et se cala dans le canapé pour fumer une des Marlboro de son frère. Rudy lui apporta une grande bière bien fraîche et retourna s'affairer dans la cuisine. Il ouvrit deux boîtes de spaghettis industriels mous et sucrés.

« J'ai fait ça parce que j'aime notre peuple, cria-t-il de loin.

— Elle est bien bonne, celle-là », commenta Mogie avant de roter.

Le matin même, tante Helen avait envoyé Herbie lui porter une grosse miche de pain *kabubu* enveloppée dans du papier alu. Rudy la mit à réchauffer au four et entreprit de saisir des pommes de terre surgelées précuites dans une petite poêle en fonte. Dans une grande poêle en Teflon, il émietta des hamburgers. Quand la viande fut dorée, il en draina la graisse et y ajouta les deux boîtes de Franco-American. Les deux frères engloutirent le repas improvisé tout en vidant un six-pack de grandes Bud.

Ayant appris sa leçon à force d'expériences douloureuses, Rudy s'était promis de ne plus jamais boire avec Mogie, mais aujourd'hui n'était pas un jour comme les autres. Tout était différent. Son grand frère lui avait appris qu'il allait mourir. Tandis qu'ils mangeaient, Mogie lui posa une foule d'autres questions sur ses actes de justicier, et Rudy lui révéla la majeure partie de ce qu'il avait fait, aussi honnêtement que ses souvenirs le permettaient. Il ne lui dit pas tout.

Quand Rudy eut achevé le récit détaillé de deux ou trois forfaits, Mogie lui taxa une autre sèche et déclara : « Tu sais, il y a un truc que j'ai toujours rêvé de faire, mais j'ai pas eu les couilles d'essayer.

— Quoi ? demanda Rudy.

— Bah, c'est une idée de con.

— Quoi donc ?

— Faire sauter le putain de nez de George Washington au mont Rushmore. » Il rit et ajouta : « Pour notre bande, notre *tiospaye*, pour notre peuple, notre *oyate*.

— Attends, qu'est-ce que tu veux dire ? » demanda Rudy. Les paroles de Mogie avaient des accents terroristes, anti-américains. Il espérait encore avoir mal entendu.

« Mettre de la dynamite dans le nez de Washington et faire éternuer l'Amérique comme ça lui est jamais arrivé.

— Comme ça, hein ? Merde, d'où tu sors ces idées ?

— *Ennut,* Rudy. Comme ça. Deux bâtons de T.N.T., une séance d'escalade, et boum-badaboum, le père de l'Amérique a plus de placard à morve. Le mieux pour nous, ce serait de mettre la main sur un mortier, ou sur un lance-grenades.

— Nous ? répéta Rudy, surpris par ce pronom. Et d'abord, est-ce que tu te rends compte de la taille de ce nez ? Il est plus gros que cette foutue maison. Ces

287

têtes de pierre sont mégaénormes, monstres-mam-mouths.

— Et alors?

— C'est complètement dingue», dit Rudy. Seigneur Dieu! Il savait maintenant où Mogie voulait en venir.

«Évidemment, c'est dingue. Comme tes trucs de justicier à la nœud.

— Où tu vas dégoter les armes, Mogie? Et puis, Rushmore est un monument fédéral. Ils ont toutes sortes de gardes et de systèmes d'alarme là-bas depuis que les zozos du Mouvement des Indiens d'Amérique y sont montés pisser sur la barbe d'Abe Lincoln. Ça suffirait peut-être que George saigne du nez, non? Vingt litres de peinture rouge sur la figure, et le tour est joué. Au moins comme ça, si tu te fais prendre, tu resteras pas trop longtemps au trou parce que la peinture, ça s'enlève. La dynamite ou les grenades tirées au lance-roquettes, c'est une autre paire de manches.

— Tu m'aiderais à faire ça? demanda Mogie.

— Tu rigoles», fit Rudy, chagriné. Son frère venait de lui dire qu'il lui restait six mois à vivre et, dans l'instant suivant, voilà qu'il lui demandait, à lui, un flic tribal, de devenir son complice pour commettre un acte de vandalisme et défigurer le monument le plus célèbre d'Amérique.

«C'est mon vœu de mort, et je te demande de m'aider», dit Mogie.

L'expression «vœu de mort» laissa Rudy confondu. Il supposa que son frère voulait parler de dernière volonté, auquel cas il se devait d'y accéder.

«Merde, Mogie. T'es sûr?

— Aussi sûr que je peux l'être. Si t'es capable de cogner deux mômes et de leur exploser les genoux, tu peux bien m'aider dans ma déclaration à l'Amérique blanche.

— C'est quoi, la déclaration? s'enquit Rudy, mystifié.

— La déclaration c'est… ben, qu'ils ont pris de jeunes Indiens comme moi pour les envoyer au Vietnam, courir avec une meute de tueurs de femmes et d'enfants… hé, j'en sais rien, vieux. Qu'est-ce que ça peut bien foutre? J'ai juste envie de refaire un nez au pourfendeur de cerisiers. Ou au moins de lui peindre la gueule en rouge. Tout ce que j'aurai fait dans ma vie aura compté pour des prunes. C'est donc si important de savoir pourquoi je tiens à faire ce truc? Tu crois pas que ça ferait baliser un paquet de gens? Tu sais, ces vieux extincteurs d'incendie à air comprimé? On peut les remplir de peinture à l'huile et arroser avec à cent pieds.»

Rudy se massa les tempes. «Mogie, faudrait savoir ce que tu veux dire par là à l'Amérique. Quel est le message derrière ton truc? Tu le ferais en tant qu'ancien du Vietnam? En tant qu'Indien d'Amérique? C'est quoi, la raison? Faut que tu aies une raison, bordel», déclara-t-il.

Rudy regrettait de s'être montré grincheux, ce n'était pas son intention, mais cette conversation dingue commençait à l'agacer. L'idée d'accompagner Mogie dans son raid lui flanquait la trouille et ne plaisait pas trop non plus à son côté «Guerrier de la Vengeance». Et Rudy se demanda si Batman emmènerait Robin dans toutes ses aventures si Rob était accro au vin Gibson à deux sous. C'était pour le moins douteux. Eh bien, il en allait de même pour lui, bordel. Tout ce truc était une idée de merde.

«Hé, vieux, il y a pas de message, pas de raison, dit

Mogie à voix basse. Merde… qu'est-ce que je pourrais dire à l'Amérique qu'elle ne sache déjà ? » Il rit et poursuivit : « Seulement, j'aimerais me réveiller un matin et regarder Oreo Bryant Gumbel. Le voir montrer le mont Rushmore et Washington saignant du nez à *Good Morning America*. Ça te ferait pas marrer, ça ? »

Rudy hésita brièvement à corriger son frère, à lui dire que Gumbel présentait *Today* et pas *Good Morning America*. Il s'en abstint. De toute manière, c'était le même genre de programme décérébré, et un petit coin de lui-même entrevoyait maintenant une fameuse lueur d'humour dans le fantasme de Mogie, dans son rêve de vandalisme social. Et Rudy songea que tout Indien digne de ce nom à travers l'Amérique en rirait un bon coup.

« Je vais y réfléchir, dit Rudy.

— Ce serait comme au bon vieux temps. Je sais qu'on peut s'en tirer sans se faire prendre. » Sur ces mots, Mogie vida sa bière.

« Ouais, tu nous as déjà vus réussir un coup sans se faire pincer ? demanda Rudy. On est pas précisément le Dynamic Duo tous les deux.

— Ben quoi, on s'est pas faits pincer à Saigon, rétorqua Mogie.

— À Saigon, on a jamais rien fait que courir.

— Peut-être qu'on courait, mais on nous a jamais attrapés, pas vrai ?

— Bordel de Dieu, Mogie ! On a jamais rien fait de mal au Vietnam. On était au mauvais endroit au mauvais moment, c'est tout. »

Au joli mois de mai, Rudy Yellow Shirt qui n'avait pas encore vingt ans descendait Tu Do Street à Saigon en compagnie de deux soldats de son régiment. C'était au crépuscule. La ville était nimbée d'une brume de fumée, ne sentait pas la guerre mais les arômes mêlés des milliers de feux de charbon de bois sur lesquels on grillait du poisson dans les cours, la puanteur des ordures qui brûlaient, l'odeur omniprésente de poisson du *nuoc-mâm*, et les gaz d'échappement des pesants troupeaux de véhicules — appartenant à l'armée américaine pour la plupart — et des innombrables petites motos Honda.

Ils étaient à Saigon, en permission locale R & R — pour se reposer et récupérer — le genre de permission qu'ils avaient rebaptisé S & S pour « soulographie et sexe ». Ils cherchaient à tirer une piste — dénicher de l'herbe et des filles qui ne soient pas tout à fait des prostituées. Ils ne savaient ni où ni comment trouver des filles, quelles qu'elles soient. Ils étaient donc allés dans un bar où se produisaient des *go-go dancers*. Les minuscules femmes étaient bien danseuses mais, leur numéro terminé, elles se précipitèrent vers les soldats pour leur vendre le biscuit oriental qu'elles avaient entre les cuisses.

Rudy était attablé devant un rhum-Coca quand les yeux manquèrent lui sortir de la tête. Son frère Mogie venait d'entrer accompagné d'une Vietnamienne, et il n'en revenait pas. C'était la première fois que Rudy le voyait depuis qu'il était arrivé dans le vert pays d'Oz de la mort. Rudy hurla, Mogie se retourna, le vit, et courut le prendre dans ses bras. Ils se mirent à boire comme des trous, fous de joie et sidérés que deux frères de la rez se retrouvent assis à la même table en terre étrangère, à des années lumière des Grandes Plaines d'Amérique.

« C'est pas croyable, dit Rudy.

— Sûr que ça fait drôle d'être ici avec toi, acquiesça Mogie.

— Comment vous vous appelez, déjà ? plaisanta Rudy.

— Tu sais comment ils m'appellent dans le régiment ? demanda Mogie.

— Chef, j'imagine. Moi, ils m'appellent Chef.

— Non, ils m'appellent L'Indien. L'Indien. Tu vois ça un peu ? Ils m'appellent ni par mon rang, ni par mon nom. Juste L'Indien. »

Benson et Valdez, les deux gars avec lesquels Rudy était arrivé, avaient entendu parler d'une fête chez Big Willie. Big Willie Patterson était un géant noir, un sergent de Kansas City. Il avait fait partie du régiment de Rudy mais avait été muté au dépôt de vivres à la périphérie de Saigon. Big Willie était le dealer attitré du régiment, et il continuait à fourguer sa came depuis qu'il hantait les rues crasseuses de Saigon, paradis des putains et de la drague.

Rudy se contentait de boire et de fumer de l'herbe, mais les deux autres voulaient de l'acide, n'importe quoi pour décoller. Ivres, Rudy et Mogie quittèrent donc le bar en zigzaguant derrière Benson et Valdez. L'appartement de Big Willie se trouvait à cinq pâtés de maisons du bouge à *go-go girls*. Ils prirent une ruelle encombrée de prostituées en talons aiguilles et minijupes, avec des gosses qui faisaient la retape pour elles. Mogie fut frappé par la profonde tristesse et la beauté effervescente des putes.

Big Willie habitait un bâtiment bas et trapu de pur béton peint en rose qui ressemblait à tout, sauf à une maison où vivaient des humains. Il y avait là un grand patio entouré d'une clôture en parpaings couverts de plantes grimpantes. À l'extérieur du patio, plusieurs grosses voitures françaises anciennes aux imposants pare-chocs étaient montées sur cales. Au-delà des voitures, on entendait le bruit d'une nouba monstre. À moitié faits, ils s'avancèrent, passèrent une grille métallique peinte en vert, mais Big Willie ne les remarqua même pas lorsqu'ils pénétrèrent dans son monde en folie.

Furieux, il se disputait avec un officier blanc du genre costaud en tenue de combat. Le lieutenant blond et musclé, que Rudy n'avait jamais vu auparavant, braillait qu'il voulait qu'on lui rende son argent. D'une main, Big Willie lui tendit une liasse de billets et, de l'autre, tenta de lui placer un coup de poing. Le lieutenant attrapa l'uppercut droit au vol, tint bon, et retourna les doigts vers l'arrière, jusqu'à ce qu'on entende le craquement des os.

« Tu veux te battre, vas-y, blanc-bec de petit lieutenant merdeux ! » hurlait Big Willie dans son ivresse et sa douleur, tout en s'efforçant sans succès de dégager sa main. Les garçons du Dakota venaient de pénétrer dans un cauchemar.

L'immense patio encombré était plein à craquer de soldats en goguette, des Noirs pour la plupart, additionnés de quelques Blancs, d'une poignée de Chicanos, de deux Indiens sioux et d'une douzaine de nanas vietnamiennes. Un silence mortel tomba sur eux tous quand le lieutenant relâcha sa prise sur la main de Big Willie aux os brisés.

« L'enculé de sa mère a la trouille de moi, hurla Big Willie en secouant sa main avec une grimace de douleur. Il veut pas se battre comme un homme, il retourne les doigts comme les petites filles. » Big Willie était camé jusqu'aux ouïes.

« Arrêtons les conneries tout de suite et calmons-

nous, souffla le lieutenant à voix basse. Je veux seulement que tu me rembourses pour la mescaline que tu
m'as vendue. C'était de la came bidon. Je sais pas ce
que c'était, mais c'était pas un truc psychédélique. Tu
m'as roulé, et ça, c'est pas bien, mec.

— Va te faire foutre, blanc-bec, j'arnaque pas les
gens.

— Putain…

— Bien parlé, petit Blanc, t'es qu'une putain et je
te pisse à la raie.

— Rends-moi le pognon et je me tire, dit l'officier
exaspéré. Allez, allonge.

— Viens te battre, ordure blanche. Je te laisse le
premier coup. » Big Willie tendit le menton en le désignant de l'index.

« Lâche-moi un peu, marmonna le lieutenant blanc.

— Allez frappe, espèce de petit pédé », beugla Big
Willie. Il avait les yeux rouges et vitreux des camés. Il
s'était shooté à quelque chose, difficile de savoir quoi.
Rudy regarda Mogie qui agita la tête en pointant les
lèvres vers les deux types coincés dans leur histoire
démente.

Les dés étaient jetés. Le ferment de folie levait. À
leur grand étonnement, le lieutenant lança le poing,
atteignit Big Willie au menton. Big Willie s'étala
comme un sac de fumier de cent trente kilos. Il se
releva lentement, l'œil vague, un filet de sang au coin
de la bouche.

« Recommence un peu, pour voir, enculé de ta
mère », aboya le Noir en tendant de nouveau le menton. Le lieutenant relança le poing mais cette fois, Big
Willie esquiva. À la faible lueur des lanternes chi-
noises, Rudy vit quelque chose briller. L'une des Viets
hurla. Big Willie avait un couteau à la main. Il avait

294

planté l'officier pour de bon. Nouveaux hurlements des filles niacouées. Big Willie sourit et retira la lame de la gorge du lieutenant. Le sang jaillit de l'entaille écarlate, gicla dans les airs. On aurait dit que le Blanc pissait de l'urine rouge par le cou.

L'officier blond tournoyait à travers la pièce, gargouillait, appelait au secours des yeux. Tout le monde hurlait maintenant, se remuait, déguerpissait. Le lieutenant s'affaissa et deux soldats blancs se précipitèrent pour tenter d'arrêter le flot de sang de leurs doigts. Trop tard. Tandis qu'ils s'affairaient sur lui, le lieutenant fut pris de violentes convulsions et mourut en moins de trois minutes, les yeux horriblement exorbités.

«On se tire», cria Mogie en agrippant le bras de Rudy. Les deux frères ivres cahotèrent hors du patio en direction de la rue. «C'est pas le moment de traîner. Dingue de Nègre», dit Mogie.

Telle une armée de cafards quand on allume une lampe, la foule en goguette fila par toutes les issues. Eux aussi. Mogie tenait fermement Rudy par le bras et l'entraînait vers la grille. Il ne lâcha prise que lorsqu'ils furent dehors, de l'autre côté de la rue.

Quand Rudy se retourna, Big Willie accroupi regardait le lieutenant mort. Il pleurait. Rudy détourna les yeux, puis Mogie et lui se mirent à courir dans la nuit. Deux Sioux qui sprintaient dans les ténèbres asiatiques. Ils arrivèrent dans un bar, burent quelques verres, puis d'autres, puis il se promirent l'un à l'autre de ne jamais remettre les pieds dans cet appartement.

Mogie et Rudy quittèrent en titubant le quartier de Tu Do Street, trouvèrent un autre bar avec salle de massages et des chambres à louer. Ils burent et se firent tripoter l'entrejambe par des femmes jusqu'à tomber d'épuisement. Cette nuit-là, Rudy s'éveilla souvent, trempé de sueur et tremblant, hanté par un cauchemar où l'officier blanc qu'il avait vu tuer giclait le sang. Dans le lit voisin, Mogie dormait comme une souche.

Quelques semaines plus tard, Rudy apprit que Big Willie Patterson avait été arrêté par la police militaire pour le meurtre de l'officier blanc. Il ne sut jamais ce qu'il était advenu de Big Willie et ne voulait pas le savoir. Valdez, Benson et lui promirent de ne jamais dire qu'ils étaient présents lors du meurtre. Benson était un sang-mêlé choctaw d'Oklahoma ; Valdez, un Chicano de Pueblo, Colorado. Comme Rudy, ils avaient la peau brune.

Rudy se frotta les yeux, frémit à ce souvenir. Jamais au cours des années écoulées depuis la guerre il n'avait reparlé avec Mogie du meurtre auquel ils avaient assisté.

« Bon, dit Mogie en se levant pour partir, ben c'est ça que j'aimerais faire. Je sais bien que ça a l'air fou, mais c'est pas plus fou que de brûler un débit de boissons pour protéger d'eux-mêmes les alcoolos comme nous. Si tu ne veux pas m'aider, oublie que je te l'ai demandé. »

Mogie enfila sa veste kaki élimée et se dirigea vers la porte.

« Attends, vieux. Je te raccompagne chez toi en voiture. Tout doux, donne-moi une minute. » Sans trop savoir pourquoi, il se sentait horriblement coupable.

« Laisse tomber. D'abord, je rentre pas chez moi. Je vais faire un petit tour à Whiteclay. Bientôt l'heure des cocktails. Bon, alors, t'es d'accord, ou pas ? » Voilà que Mogie boudait.

« Te mets pas en boule comme ça, bon Dieu ! dit

Rudy. Ton idée est du genre dingo, mais laisse-moi le temps…

— Rudy, tu as promis.

— Je sais bien, mais…

— Tu reviens sur ta promesse, *ennut* ?

— Merde. Donne-moi au moins la nuit pour réfléchir. Je vais à Rapid City demain, voir Vivianne. Écoute, peut-être qu'on va se remettre ensemble tous les deux… peut-être… Je verrai bien si ça se fait. Bon, alors je passe chez toi et je te donne ma réponse demain matin à la première heure. Laisse-moi y réfléchir cette nuit, d'accord, M. Mogie ?

— Comme tu veux, Rudolph, dit Mogie en se dirigeant vers la porte sans se retourner. Comme tu veux… » Et il sortit.

« Au revoir », dit Rudy alors que son frère était déjà parti. Il se sentait horriblement coupable et décida de se mettre dans les toiles. Il se levait quand Mogie rouvrit la porte et demanda quelques cigarettes pour la route. Rudy lui en donna un paquet tout neuf.

« *Doksa,* et laisse pas les petites bêtes manger la grosse », dit Mogie avant de disparaître dans la nuit indienne.

19

Mogie but trois grosses gorgées au goulot du litre de whisky et rota. La bouteille de Jim Beam était un cadeau d'un de ses meilleurs amis. Son ami la lui avait donnée parce que Mogie avait récemment été hospitalisé. Ce que son meilleur ami ne lui avait pas dit et dont Mogie se doutait, c'est que l'ami en question avait volé le whisky. Aucune importance. C'était bon, ça brûlait au passage.

Il avala deux autres goulées, se pencha sur sa vieille chaise recouverte de vinyle et posa les coudes sur la petite table assortie. En Formica jauni avec des pieds tubulaires en acier chromé, la table appartenait autrefois à sa mère. Aujourd'hui bancale, elle avait survécu, accompagné Mogie depuis le lycée jusque dans l'âge mûr. Mogie fixait la table d'un regard absent quand on frappa trois coups à sa porte.

«Entrez en ma demeure», cria-t-il.

Un adolescent entra. Son fils. Le garçon souriait en entrant, mais son sourire s'effaça à la vue de la bouteille.

«Papa, dit-il d'une voix presque plaintive. Tu m'avais promis de moins boire.

— Ouais, bon, qu'est-ce que tu veux que je te dise?

— Bon anniversaire, par exemple, répondit vivement le garçon.

— Seigneur, nom de Dieu, j'ai oublié. Installe-toi à table. Je dois avoir un Pepsi par ici quelque part.

— J'ai seize ans aujourd'hui, dit le garçon.

— Seize ans? Merde, j'arrive pas à le croire. Je te revois encore tout bébé comme si c'était hier. Tu étais si mignon, bébé…

— Ouais, mais tout ça, c'est sans importance. Je passais juste te voir, vérifier que tu allais bien, que t'avais besoin de rien.» Le garçon luttait pour endiguer son irritation croissante envers son seul parent encore en vie. Il lui était particulièrement pénible de le voir dans cet état après que Mogie lui eut appris qu'il allait mourir.

«Non, ça va. Écoute, le môme, je suis vraiment désolé de pas avoir un cadeau pour toi. J'essaierai de te trouver quelque chose la semaine prochaine, d'accord? Je dois toucher ma pension d'ancien combattant la semaine prochaine.

— Ne te tracasse pas pour ça, papa. Je n'ai besoin de rien.

— Bon Dieu! dit Mogie. Je me sens vraiment crasse. Mon vieux oubliait toujours nos anniversaires. Il nous faisait jamais de cadeaux. Et maintenant, j'ai l'impression d'être comme ce connard. Excuse-moi, fils, je suis désolé.

— C'est pas grave, papa.

— Et me voilà beurré, sinon j'aurais pu t'emmener au Conoco et t'offrir le repas. Ou bien payer quelqu'un pour te faire un gâteau.

— Ca va bien, papa, laisse tomber. J'ai besoin de rien.

— Qu'est-ce que t'as mangé à dîner?

— Ben, rien pour le moment. J'ai pas faim. Et puis, tante Helen prépare un repas pour plus tard. Elle m'a dit de te demander si tu voulais venir.

— Non, je suis déjà à moitié fait, dit Mogie. Mais je vais quand même nous préparer un truc.

— T'inquiète donc pas pour moi, papa. S'il te plaît.

— T'as quand même un tout petit peu faim? demanda Mogie.

— Ben, peut-être un peu, oui», concéda le garçon pour apaiser son père. Il n'avait pas faim du tout, mais son père s'était donné une mission, et Herbie savait d'expérience que tout serait plus simple pour eux deux s'il laissait faire.

«Je vais arranger ça», déclara Mogie en se levant sur ses jambes chancelantes. Il tituba jusqu'au coin cuisine de sa maison de trois pièces en désordre et se mit à fouiller les placards au-dessus du petit évier rempli de vaisselle sale et de boîtes de conserve vides.

«Hé! lança Mogie en riant. J'en ai une pour toi. La vieille mère Hubbard va dans son placard, chercher un os pour son pov' chien. Mais voilà qu'elle se baisse, Rover casse sa laisse et lui met son os dans les fesses.

— Elle est vieille comme le monde celle-là, p'pa. Je la connaissais déjà quand j'étais en primaire.

— Ouais, ben t'énerve pas, *Hoksila*. Il y aura quelque chose pour te caler l'estomac dans un petit moment.» Mogie continua à fouiller. Il dénicha une préparation pour crêpes à laquelle il suffisait d'ajouter de l'eau et une cuillère à soupe d'huile. Il mélangea le tout dans un grand saladier et mit une lourde poêle en fonte noire à chauffer. Mogie couvrit ensuite toute la poêle du mélange. Il fit une unique crêpe énorme, épaisse de près de cinq centimètres.

«Attends un peu, et tu vas voir. Ma mère nous a fait ça un jour qu'on avait pas d'argent pour s'acheter un gâteau.»

En quelques minutes, c'était cuit. Mogie retira la poêle du feu, mit la crêpe sur un plat. On aurait dit un petit gâteau. Il versa dessus du miel de ration et saupoudra le tout de chocolat instantané. Il était fier de lui. Merde, il avait réussi à faire un gâteau pour son fils. On aurait même dit un vrai.

«Bon anniversaire, fiston», dit-il en portant le gâteau vers la table où Herbie attendait. Seulement, à mi-parcours, Mogie trouva moyen de perdre l'équilibre et s'étala à plat ventre sur le gâteau.

«Nom de Dieu! grommela-t-il.

— Bouge pas, papa. Je vais te donner un coup de main, dit le garçon. Faut que je rentre chez tante Helen. Elle aussi, elle me fait un gâteau.»

Le garçon aida son père à se relever, à regagner sa chaise. Mogie s'assit, les coudes sur la table. Il garda le silence pendant plusieurs minutes, puis se tourna vers son fils. «Je t'aime, dit-il.

— Moi aussi, je t'aime, papa», dit le garçon. Puis il se leva et sortit. Son père ramena son attention sur ce qui restait du litre de whisky. Le whisky ferait évaporer les larmes qui lui montaient aux yeux.

20

Rudy s'éveilla tôt et considéra les cinq centimètres de neige fraîche dehors. Il n'avait pas encore tiré ses contre-fenêtres. Un courant d'air froid filtrait par la vitre sur laquelle était installé l'appareil à condition-ner l'air. Il réfléchit avec étonnement qu'à sa nais-sance, personne n'avait encore l'air conditionné.

Rudy songea au temps où ils étaient gosses, où leur grand-père leur racontait l'histoire de son père à Wounded Knee. Leurs vieux récits indiens ne mour-raient jamais. Ils étaient portés par le vent, pénétraient comme il se devait l'oreille de chaque génération.

Rudy médita sur le jour où Mogie et lui s'étaient soûlés, où Mogie lui avait parlé d'un ancien du Viet-nam qui se trouvait à My Lai en mars 68. Mogie disait qu'un type qui avait accompagné le lieutenant Calley et les autres abrutis de la compagnie Charley devrait comprendre Wounded Knee mieux que personne au monde.

«Je suis bien content que j'y étais pas, disait Mogie. Ce serait une farce cosmique d'une cruauté sans nom qu'un Indien sioux ait participé à des bruta-lités pareilles.

— Ça c'est bien vrai, répondit Rudy.

— Les âmes s'évaporent par les trous des balles, avait dit Mogie. Comme la chaleur de nos cahutes de réserve en hiver. »

Rudy savait que les vents de l'hiver étaient toujours cruels dans la réserve de Pine Ridge. Les vents ennemis faisaient entrer le froid persistant de la misère par toutes les fissures, sous les portes, à travers les vitres cassées et couvertes de carton. Les vents ennemis venaient rappeler aux Indiens l'existence de la mort, leur rappeler aussi que la chaleur de l'été n'était qu'une illusion, un rêve lointain.

Le samedi précédent, dans l'espoir de hâter le printemps alors que l'hiver n'en était qu'à ses premiers balbutiements, Rudy avait quitté la rez au volant de sa voiture pour aller acheter à Stella des plantes d'appartement dans la ville frontière de Chadron. Il avait acheté deux fougères et un grand lierre anglais au magasin Safeway, puis il était passé prendre sept *burritos* chez Taco John. À son retour, il avait déposé les plantes dans son salon avant d'aller au Centre commercial de la nation indienne acheter des Rolaids pour ses aigreurs d'estomac. Il était tombé sur tante Helen qui l'avait invité à dîner. Rudy n'était pas assez sot pour refuser de la nourriture.

Deux heures plus tard, il était rentré chez lui gavé de pot-au-feu pour découvrir que sa chaudière à mazout s'était éteinte. La maison était transformée en glacière, ce qui ne gênait nullement les chiens au poil épais, mais les plantes qu'il avait achetées pour Stella avaient gelé. Par la suite, il les mit par terre, au pied de la télévision, puis il les oublia. Pendant toute une semaine, il ne prit pas la peine de les jeter. Elles finirent par le déprimer, et il se résolut à les porter dehors, à la poubelle. Ses *sunkas* d'Alaska l'accompagnèrent dans le froid. Ils fixaient les plantes mortes dans le secret espoir qu'elles se transforment en un délicieux mets pour chiens.

Debout sous le soleil glacial, Rudy jeta un coup d'œil à la maison des Walks de l'autre côté de la rue. Des draps blancs et des couches étaient suspendus au fil à linge. Ils claquaient en mesure, volaient haut dans les airs et, quand la bourrasque cessait, les draps retombaient lentement en un ballet fantôme. Dans la lumière du soleil, les draps ressemblaient à des fantômes qui dansent, tournent et virevoltent, tristes et fous. Rudy rêvassait à la danse des Fantômes[1] de 1890.

Son grand-père, qui avait étudié la chose pendant de nombreuses années, racontait toujours cette même histoire sans y changer un mot. Le 15 décembre 1890 au matin, plusieurs détachements de police sioux sous la conduite du lieutenant Bull Head quittèrent la réserve de Standing Rock avec l'ordre d'arrêter Sitting Bull. Sitting Bull — Tatanka Oyanka — avait rejoint le groupe des Danseurs dans la partie ouest de la rez de Cheyenne River. Refusant de se laisser arrêter par la police indienne — les soi-disant poitrines de fer —, il résista. Des coups furent tirés. Une douzaine d'hommes furent tués, dont Sitting Bull.

Si Tanka, ou Big Foot, le chef miniconjou, campait non loin de là avec une centaine de personnes. Sa bande décida de fuir la région pour aller à Pine Ridge demander de l'aide aux Oglalas, leurs cousins. Certains disent qu'ils sont partis pour échapper aux repré-

1. Ghost Dance, danse des Fantômes ou des Esprits. Mouvement messianique indien auquel se rallièrent massivement les opposants les plus farouches à la conquête (les Danseurs). Instigué par le prophète Painte Vovoka, ce mouvement aboutit à l'assassinat de Sitting Bull et au massacre de Wounded Knee en 1890.

sailles des *wasicus*. D'autres disent qu'ils ont fui parce que leurs réserves de vivres s'épuisaient et qu'ils voulaient refaire des provisions à Pine Ridge.

La tension monta. Les soldats du 7e de cavalerie, l'ancien régiment de Custer, furent appelés pour escorter Big Foot et sa suite jusqu'à l'agence de Pine Ridge. Tandis qu'ils campaient à Wounded Knee, des escarmouches éclatèrent entre soldats et Lakotas, et le reste est littérature historique écrite avec du sang.

Mogie, qui avait étudié intérieurement sa propre histoire pendant de nombreuses années, ne lui avait pas fait le récit détaillé des morts qu'il avait pu causer au Vietnam. La seule fois où il en avait parlé à Rudy, il n'avait mentionné que des petites choses sans suite, et c'était le récit de lèvres avinées.

Les oreilles de Rudy n'étaient pas précisément sobres ce jour-là. Il ne se souvenait pas vraiment de l'histoire que Mogie lui avait racontée et ne répéterait à personne le peu dont il se souvenait. À l'expression des yeux de Mogie, Rudy avait compris que son âme était en lambeaux.

« Les petits mômes font le même bruit que les adultes », déclara Mogie. Quand Rudy lui demanda ce qu'il entendait par là, Mogie lui dit qu'une balle faisait toujours le même bruit, qu'elle pénètre un enfant ou un adulte.

« Pop, pop, bang bang. C'est tout.

— Hein ? fit Rudy.

— Tout ce qu'on entend, c'est le coup de feu. On entend jamais la balle heurter la chair. Tout se passe trop vite. Va t'acheter un gigot, mets-le dans ta cour, et tire sur le putain de truc. Tu n'entendras jamais que la détonation. Tu n'entendras pas le plomb s'enfoncer dans la chair. Tu n'entendras pas les anges gémir. Tu n'entendras pas M. Mort guetter la vie. Et ce qui est sûr, c'est que tu risques pas d'entendre un gigot crier. Mais après, plus tard, dans tes rêves, tu entendras le bruit de la balle qui déchire la chair humaine. »

Rudy n'insista pas. Il ne tenait pas à entendre Mogie lui raconter qu'il avait tué des petits enfants, des femmes ou des vieillards. Rudy avait lu les journaux à l'époque. Rudy était allé là-bas. Les civils, les innocents civils mouraient en temps de guerre. C'était la règle du jeu. Il le savait déjà. L'histoire de Mogie, quelle qu'elle puisse être, et celle de Wounded Knee couleraient désormais pour toujours dans leurs veines avec leur sang indien.

Grand-père Yellow Shirt insistait toujours sur le fait que l'horreur de Wounded Knee n'était qu'une des histoires de leur peuple parmi d'autres, mais que ce récit devait être répété et répété encore aussi longtemps qu'existerait le peuple lakota.

Sous le brillant soleil de l'hiver, les draps qui dansaient sur le fil en face de la maison de Rudy l'incitaient à croire que quelque part, dans une maison délabrée de cette morne réserve, un jeune homme grandissait, un jeune homme qui pourrait unir tous les peuples indiens, un nouveau messie qui saurait les ramener à ce qu'ils avaient été. Rudy regarda les draps une dernière fois, puis regarda les plantes mortes qu'il avait achetées pour Stella. Il espérait que ses rêves n'étaient pas aussi dénués de vie.

Rudy se leva et se fit du café. Aidé par les murmures encourageants des esprit des ancêtres, il résolut d'aider Mogie à accomplir son vœu de mort. Oui, il l'aiderait à vandaliser le portrait de George Washington au mont Rushmore. Ensuite, il se doucha et, cela terminé, il prépara des toasts avec des œufs brouillés baignant dans une sauce au piment vert. Il lui fallait passer chez Mogie pour l'avertir de sa décision avant de faire route vers le nord.

Rudy était impatient d'arriver à Rapid City et de découvrir ce que Vivianne avait en tête. Lui ne pensait qu'au sexe. Il ne pouvait s'empêcher de penser au corps de Viv. Il espérait ce jour voir la couleur du slip qu'elle portait, le drapeau blanc de la reddition, ou le drapeau rouge de la guerre.

Rudy se disait qu'il aimait encore Vivianne, mais il sentait qu'il aimait aussi Stella. Il tritura ses œufs avec un morceau de toast tout en fantasmant qu'il les avait toutes les deux dans son lit. Soudain, la pièce devint très chaude. Il alla jusqu'à la fenêtre et regarda dehors. Le soleil matinal illuminait la cour. La neige fondait. Rudy éprouvait encore un léger vertige d'avoir décidé qu'il aiderait Mogie dans son acte de folie. Il éprouvait un léger vertige, comme une légère ivresse. Il avait aussi le vertige à l'idée de revoir Vivianne.

Soudain, un vent violent se leva. Rudy se redressa et considéra le monde du dehors. Un grand tourbillon de vent passa en trombe sur le coin boueux de sa cour, là où l'herbe refusait de pousser. Le tourbillon crachait des mottes de boue contre la moustiquaire de la fenêtre.

Il y eut un brusque bruit d'impact, si fort que Rudy, surpris, manqua en faire pipi dans sa culotte. Une énorme *tumbleweed* morte avait été projetée contre la moustiquaire et s'y était accrochée. Rudy cligna des paupières, se frotta les yeux, et sortit, inquiet, pour aller jusqu'à sa Blazer. Il revit la nuit où sa voiture de patrouille avait été attaquée par les *tumbleweeds*. Il se souvenait de cette nuit-là, parce que c'était la première fois qu'il avait poussé une trique spontanée depuis le temps de sa jeunesse où il crachait le feu et pétait des flammes. Rudy considéra sa braguette, puis se tourna vers la maison et la fenêtre contre laquelle la plante avait frappé. La *tumbleweed* avait disparu.

Quelque chose dans cette plante et sa disparition le mettait mal à l'aise. Rudy sentait monter en lui des impressions négatives concernant sa rencontre avec Vivianne. Puis il fut pris d'agitation. Il décida de passer rapidement voir Stella avant qu'elle ne parte au travail.

Une petite débauche matinale ferait disparaître toute trace de négativité. Il fit au revoir de la main à ses chiens et se mit en route pour aller chez Stella.

21

Stella Janis vint lui ouvrir, vêtue d'une jupe tabac et d'un corsage blanc à manches longues. Elle tenait une tasse de café et lui fit signe d'entrer de sa main libre. Elle mâchait quelque chose — sans doute un toast à en juger par les miettes qui collaient à son rouge à lèvres.

« Mmph, salut Rudy, dit-elle. J'allais juste partir au travail. Qu'est-ce qui t'arrive ? Tu veux des toasts, du café ? J'ai des gaufres surgelées au freezer.

— Pas faim. J'avais besoin de te parler.

— Ah ?

— Tu peux appeler ton bureau pour prévenir que tu auras une heure de retard ?

— Mais qu'est-ce qui se passe, Rudy ?

— C'est Mogie. Il va mourir de cirrhose.

— Je sais, dit-elle en allumant une cigarette.

— Tu sais ? Comment ça ? Je ne t'ai jamais rien dit, et il ne m'en a parlé qu'hier soir.

— Rudy, ton frère est passé chez moi hier soir, raide bourré et pleurant dans sa bière.

— Hein ?

— Parfaitement, il est venu.

— Il n'était pourtant jamais venu chez toi, hein ?

309

Franchement, je trouve ça bizarre. Qu'est-ce qu'il voulait ?

— Je n'en sais trop rien. Entre autre, je crois qu'il voulait me mettre la main dans la culotte. Je l'ai fait rentrer et je lui ai donné du café noir.

— Et puis ?

— Il me serinait qu'il allait mourir et qu'il fallait que je veille sur toi. Il t'appelait "mon petit frère". Il répétait sans cesse qu'il t'aimait très fort et que j'avais intérêt à m'occuper de toi.

— Doux Jésus.

— Il était complètement fait. Il tenait à peine debout. Il cherchait tout le temps à me prendre dans ses bras et sa main s'est égarée deux fois sur mes fesses. Je lui ai dit qu'il ferait mieux de s'en aller, mais il restait planté là. J'étais sur le point de t'appeler quand il s'est décidé à partir. Il m'a fait promettre d'être bonne envers toi, et il a pris la porte sans demander son reste.

— Merde alors.

— Après son départ, j'ai pleuré pour de bon. C'est tellement triste. J'en suis malade pour vous deux, pour nous tous. »

Elle s'approcha de Rudy, le serra dans ses bras et l'embrassa avec ardeur. Rudy ne savait plus que dire. Il se sentait gêné d'être venu la voir mais ému aussi de ce qu'avait dit son frère. Mogie l'aimait. Son fou de frère l'aimait. Encore qu'il le montrât de bien curieuse façon. Mettre la main aux fesses de sa copine, tout de même ! Vautours à l'horizon ou pas, cela ne se faisait pas.

Stella l'embrassa de nouveau, puis elle alla téléphoner à son bureau pour prévenir qu'elle aurait une heure de retard.

« Tu veux déjeuner ? demanda-t-elle.

— Non. C'est toi que je veux.

— Ah. Des œufs au bacon, ça te tente ?

— C'est toi que je veux. Sérieux. Je n'ai pas faim. J'ai déjà mangé des œufs chez moi.

— Tu me veux, là, tout de suite ?

— Oui. »

Ils allèrent droit à la chambre et se dévêtirent. Le lit était impeccablement fait. Rudy ne faisait le sien qu'une fois par semaine, lorsqu'il changeait les draps. Ils se glissèrent sous les couvertures et commencèrent à s'embrasser. Rudy pensait à Mogie et dut se retenir de pleurer.

« Je t'aime, Stella. » Sa main trouva la moiteur rebondie de son sexe, frotta le mont d'un mouvement circulaire.

« Oh, j'adore », dit-elle dans un murmure. Elle lui prit les testicules, les serra fort, presque à lui faire mal. Elle savait que cela l'excitait. Il le lui avait dit.

« Moi aussi je t'aime. » Son souffle s'étrangla dans sa gorge tandis que les doigts de Rudy se glissaient entre les lèvres humides et chaudes. Il trouva son clitoris et le pinça doucement, ce qui la fit gémir.

« Mords-moi là, Rudy.

— J'ai déjà déjeuné, ah.

— S'il te plaît, Rudy.

— Bon, d'accord. » Il plaça la tête entre ses jambes, glissa sa langue en elle, lui mordilla doucement le clito et descendit encore, lui couvrit l'entre-jambe de baisers. Elle se pressait convulsivement contre sa bouche et il lui pinça les fesses du bout des ongles. Elle roula des yeux et jouit dans un spasme en hurlant son nom.

Rudy continua de la lécher. Elle se contorsionna pour venir prendre son membre dans sa bouche brûlante. Elle jouit encore par deux fois avec de violents tremblements, puis ce fut le tour de Rudy. Il éjacula dans sa bouche. Elle se redressa brusquement, le plaqua contre le lit et l'embrassa profondément. Rudy sentit son sperme lui couler dans la bouche, et elle se mit à rire.

« C'est bon, hein ? dit-elle d'une voix grave, déplaisante.

— Je n'avais jamais fait ça. » Il essuya les sécrétions qui lui dégoulinaient sur le menton.

« Moi non plus.

— J'ai l'impression que je viens de me faire une foutue pipe. »

Elle rit de nouveau et déclara : « Maintenant, tu sais quel goût ça a quand je te prends dans ma bouche. Mmm, j'aime bien ton goût.

— Dieu, que ça fait du bien ! J'en avais besoin.

— Ouais, c'était bon », dit-elle. Et elle lui posa un baiser sur le front.

Il alluma une cigarette pour la partager avec elle.

« Alors, comme ça, Mogie était bizarre hier soir ?

— Non, pas bizarre. Triste surtout. Il était complètement défoncé à l'alcool. Je lui ai demandé ce qu'il avait bu. De la vodka apparemment. Il m'a dit que son pote Weasel Bear connaissait un endroit pour en voler quand l'envie lui prenait.

— Je sais qu'il va mourir depuis un bout de temps. Il y a des semaines que le Dr Fitzgerald m'a prévenu. J'attendais que Mogie m'en parle de lui-même. Hier soir, il a fini par se décider. Sacré lui !

— Il n'y a rien à faire ?

— Rien, c'est trop tard. Son corps est trop usé pour supporter une greffe et, de toute façon, ils ne font pas de greffes aux ivrognes — à moins que l'ivrogne soit milliardaire, et même dans ce cas-là, les foies ne courent pas les rues.

« — Viens ici », dit Stella en l'attirant à lui. De nouveau, elle le prit dans sa bouche et, pour lui faire plaisir, il lui lécha la chatte. Elle jouit une fois encore, mais pas lui. Il avait perdu tout intérêt pour la chose après avoir éjaculé et s'être sournoisement retrouvé avec son sperme dans la bouche. Sur le moment, la ruse de Stella l'avait excité, mais après avoir goûté son sperme, il se faisait l'effet d'un pervers.

« Ce n'est pas grave, dit-il à Stella dont les lèvres allaient et venaient inlassablement sur son manche. Je ne crois pas que j'y arriverai cette fois. Et puis, je ne voudrais pas te mettre en retard.

— Tu es sûr ?

— Sûr. J'ai eu ma part, ça me suffit. Je t'aime, Stella.

— Tu m'aimes ?

— Parfaitement, je t'aime.

— Moi aussi je t'aime, Rudy. » Elle lui caressa le visage, puis elle alla se doucher rapidement. À son retour, elle passa un soutien gorge et un slip rouge avant de s'asseoir sur le lit pour fumer une cigarette. L'espace d'un instant, Rudy revit sa mère sur les gradins du terrain de football en 1967 avec sa culotte rouge exposée à la vue de tous.

« Je vais à Rapid aujourd'hui, déclara-t-il.

— Faire des courses ?

— Ouais, j'achèterais peut-être quelques chemises. Et puis, Viv doit y être. Elle m'a écrit. Elle voulait me voir pour parler. »

Stella plissa les yeux.

« Vivianne ?

— Ouais, Vivianne, ma femme.

— Mais, bon sang, pourquoi tu me dis ça?» Stella contenait à peine sa colère et Rudy était bien en peine de s'expliquer.

«Nous sommes toujours mariés, tu sais. Je ne voudrais pas te faire des cachotteries», dit-il en enfilant son pantalon et ses bottes. L'excuse était bancale.

Stella se leva pour achever de se vêtir.

«Puisque c'est comme ça, retourne donc avec ta chienne de Chippewa et fiche-moi la paix.

— Mais, Stella…

— Va au diable, Rudy. Tu as un fameux culot de venir ici pour me sauter avant d'aller voir Vivianne. Tu es un beau salaud.»

Rudy finit de s'habiller à la hâte et prit congé.

«Je suis désolé, dit-il.

— Ben heureusement. Et je me fiche pas mal que Mogie soit mourant. Ça ne lui donne pas le droit de venir ici bourré pour me tripoter les fesses. Si je n'avais pas eu pitié de lui, j'aurais appelé les flics.

— Excuse, Stella, je suis désolé.

— C'est un peu léger, Rudy. Qu'est-ce que ça te ferait si je te disais que je revois un ancien amant?

— Pour ça, faudrait que tu ailles au cimetière.

— Non mais, écoute-toi! Voilà que tu plaisantes sur ton cousin mort. Tu devrais avoir honte. Tu es cruel.

— Chérie, s'il te plaît, lâche-moi un peu.

— Je ne suis pas ta chérie.

— Stella…

— Ouais, ben préviens-moi quand tu auras fait le tri dans ta vie. Préviens-moi quand tu en auras assez de tes petits jeux. Amuse-toi bien à Rapid. Je vais être en retard au bureau.» Sur ces mots, elle se mit à se peigner rageusement.

« Stella, je ne joue pas, ce ne sont pas des jeux. »
Elle ne prit pas la peine de lui répondre. Elle avait mis
un terme à leur conversation.

« À plus tard », dit-il en sortant, tête basse. *Les
femmes... les femmes... qu'elles aillent au diable.* Il
s'installa au volant de sa Blazer et se dirigea vers la
petite cahute de Mogie. Les paroles que son frère lui
avait dites peu avant qu'il ne le reconduise chez lui
tournaient dans la tête de Rudy comme une litanie.

« Par moment, les Indiens n'ont pas le moindre bon
sens, avait dit Mogie.

— Ça, c'est bien vrai, renchérit Rudy en riant.

— Les Indiens ne possèdent pas d'ordinateurs. Les
Indiens ne possèdent pas de voitures neuves. Les
Indiens sont indiens et les Indiens n'ont pas le moindre
bon sens », avait dit Mogie. En sortant de chez Stella,
Rudy ne pouvait qu'être d'accord avec son pelote-
fesses de frère moribond. *Les Indiens n'ont pas le
moindre bon sens.* Il jouait les deux extrêmes contre le
centre. Il jouait sur Stella et Vivianne contre son désir
retrouvé. Il n'était qu'un imbécile d'âge mûr.

« Ouais, dit-il à haute voix. Les Indiens n'ont pas le
moindre bon sens. »

22

Rudy était à mi-chemin de chez Mogie quand une brume inquiétante s'abattit sur Pine Ridge. Une brusque élévation de température, un changement de vingt-cinq degrés sur la neige tassée était à l'origine du brouillard. Il ferma les yeux une fraction de seconde puis les rouvrit, imagina qu'il voyait des esprits se promener dans le brouillard. Lorsque Rudy cligna des yeux une seconde fois, ils avaient disparu, et il se sentit soulagé de ce qu'ils n'eussent jamais été là pour commencer.

Il s'arrêta chez Mogie avant de filer vers le nord. L'étrange apparition qui lui ouvrit la porte le fit sursauter. C'était une créature terrifiante. Elle ressemblait vaguement à son frère, mais elle avait le teint jaune, le visage bouffi et les yeux rouges, une haleine de mort et de feu. Elle parlait avec la voix de son frère.

« C'est d'accord, lui dit Rudy. Je t'aiderai à refaire le portrait de George. »

Mogie se frotta les yeux et glissa dans sa bouche le dentier qu'il tenait à la main. Il empestait l'aigre et la vinasse. Ses cheveux gras collaient, rebiquaient ici et là.

« George ? Qui ça, George ?

— Le Président.

— Bill Clinton ? Qu'est-ce tu me chantes ? » Mogie ne le regardait pas, fixait le sol en parlant. Peut-être était-il conscient d'avoir l'air aussi moche qu'il se sentait. Et Rudy voyait bien qu'il ne se conduisait pas comme s'il était encore pour longtemps sur la Terre.

« Je ne te parle pas de Clinton le-crétin-des-collines. Je te parle de George fiche-moi-le-dollar-en-travers-du-Delaware Washington. De George passe-chez-Stella-et-pince-lui-les-fesses Washington. De George premier-Président-des-Américains Washington. C'est bien ce que tu voulais, *ennut* ?

— Ah, tu veux dire la peinture rouge ?

— Ouais vieux, la peinture rouge, avec un canon, un arc et une flèche, rien à foutre. Tu as l'air d'une merde réchauffée. Qu'est-ce que tu as fichu, hier soir ? Tu as bu l'araignée au fond de chaque bouteille vide que t'as trouvée entre ici et Whiteclay ou quoi ? » Rudy regretta aussitôt ses paroles et s'étonna lui-même de sa propre colère envers son frère mourant.

« Ouais, peut-être bien. Je me rappelle pas. Weasel Bear est venu me voir tard hier soir avec un litre de vodka. Il a pas voulu me dire d'où il la tenait. Je crois bien qu'il l'a volée chez quelqu'un, mais qu'est-ce que ça peut foutre, hein ? Voyons Rudolph, lâche-moi un peu. T'es pas forcé de me dire que j'ai l'air d'une merde réchauffée. T'es venu me sermonner pour me terroriser ou quoi ? »

Ouais, songea Rudy. La créature était bien son frère.

Et Mogie avait entièrement raison. Rudy lui en voulait et savait au fond de lui qu'il lui en voulait de mourir. Il pouvait lui pardonner pour avoir pincé les fesses de Stella. Merde, quel Indien normalement

317

constitué n'aurait pas envie de tâter son merveilleux postérieur? Rudy était furieux de ce que Mogie le quitterait bientôt. Il fréquentait la mort depuis assez longtemps pour savoir que la colère était une réaction naturelle face à la perte, mais cela ne facilitait pas les choses pour autant.

« Je vais à Rapid City, Mogie. Je te rattraperai au rebond. Je voulais seulement que tu saches que je marche dans ton plan si tu veux de moi.

— Ouais, je veux de toi. Je te remercie, Rudy. À tout à l'heure, masturbateur », dit Mogie dans l'encadrement de la porte, chancelant et miroitant sous l'effet d'une gueule de bois de tous les diables.

« Tu veux que je te rapporte quelque chose ?

— Ouais.

— Ouais quoi ?

— Ben tu pourrais me rapporter quelque chose.

— Te rapporter quoi ? Qu'est-ce que tu voudrais que je te rapporte ? »

Le seul fait de parler à son frère donnait à Rudy l'impression de se soûler.

« N'importe quoi. Fais-moi une surprise », dit Mogie qui fixait le sol en faisant au revoir de la main. Rudy ignorait encore s'il lui rapporterait ou non quelque chose de Rapid. Ramener des cadeaux de Rapid City était une tradition inaugurée par leur mère. Dès qu'elle se rendait quelque part, elle demandait aux enfants s'ils voulaient qu'elle leur rapporte quelque chose. En général, ces cadeaux étaient des gourmandises, des beignets, des gâteaux secs, des confiseries. Ils avaient une prédilection pour les tartes à la crème de banane ou de noix de coco.

« Peut-être que je te rapporterai une tarte à la crème de banane, dit Rudy.

— Une tarte à la crème de banane? Je risque de gerber.»

Rudy se détourna de la créature moribonde, reprit le volant de sa Blazer et se traîna par les rues enneigées de la ville jusqu'à la nationale. Sous la juridiction de l'État, la nationale était toujours déblayée au chasse-neige et sablée. Il pouvait donc rouler tranquille jusqu'à Rapid City.

Tout au long de leur conversation, Mogie avait évité les yeux de son frère; il fut un temps où Rudy y aurait vu une ruse. En ce temps-là, ce pouvait être une ruse, une marque de respect feint selon l'humeur de Mogie, selon qu'il observait ou non les traditions. La tradition voulait que les jeunes évitent le regard de leurs aînés. L'hypothèse de Rudy était sans doute erronée à la base : Mogie était d'un an son aîné. Peut-être que Mogie souhaitait tout simplement lui cacher ses yeux jaunis et injectés de sang. Et il se sentait probablement coupable d'avoir tripoté le merveilleux derrière de Stella.

Quand Rudy atteignit Rapid City, l'air s'était considérablement réchauffé et la neige tassée fondait le long des rues, devenait gadoue, rendait l'endroit encore plus laid qu'il ne l'était. Depuis toujours, les deux grandes villes de l'État — Sioux Falls, située à l'est du fleuve Missouri et Rapid City à l'ouest — semblaient à Rudy prisonnières d'une bulle de temps, enfermées dans le conservatisme petit-bourgeois du centre des États-Unis. Leur unique avantage tenait à ce que, contrairement à la majorité des villes américaines, elles avaient partiellement échappé à la criminalité envahissante et à l'explosif mélange des races. Mais c'était en train de changer. Les gangs avaient fait leur apparition et initiaient la population à leurs odieuses brutalités. La merde des gangs était dans le cœur du pays.

À vrai dire, ces deux lieux n'étaient pas de vraies villes mais plutôt des bourgades bovines, grosses et négligées. Elles étaient grosses d'ordure blanche. Les seuls changements que Rudy y eût jamais vus affectaient les quartiers d'affaires, et ces changements étaient grossiers, criards. Les fast-food, les magasins à prix réduit, les centres commerciaux et les motels bon marché y poussaient de toute part comme des champignons, mais qui remarquait un champignon de plus sur un tas de fumier ?

Si Rudy avait un jour envie de peindre Rapid City ou Sioux Falls, il lui faudrait trouver la matière adéquate. Il avait calculé qu'en mélangeant sur sa palette des quantités égales de maïs, de tarte aux pommes et de fumier de bovins frais, il ne serait pas loin d'obtenir la teinte plouc des ces prétendues «villes». Afin de représenter Rapid City, il lui suffirait d'ajouter à l'ensemble quatre Présidents morts taillés dans le granit. Ce serait un chef-d'œuvre américain.

Il s'arrêta en ville vers onze heures et passa la majeure partie de la journée à chercher des chemises au centre commercial de Rushmore. Dans le magasin Target, il en trouva deux à son goût, des chemises à manches longues en laine mélangée. Elles paraissaient solides, ne valaient pas bien cher et étaient de surcroît fabriquées aux États-Unis. Après les avoir achetées, Rudy se rendit dans un fast-food chinois du centre commercial et déjeuna de riz cantonnais, de deux pâtés impériaux et de bœuf chow-mein. La nourriture était particulièrement infecte. Il en chassa le goût de deux bières et reprit le volant en direction du centre afin de voir ce qu'il lui en coûterait pour équiper sa Blazer de pneus neufs au magasin Goodyear de Main Street.

À la nuit tombante, il s'installa dans le bar encombré du Hilton pour attendre l'arrivée de Vivianne. Comme il avait envie d'une boisson exotique, il commanda un cocktail — un Harvey Wallbanger. Le barman eut un sourire condescendant et lui déclara que cela ne se faisait plus depuis des années. Vaguement gêné, Rudy commanda une bouteille de Bud.

La salle était bourrée de dipsomanes peaux-rouges venus pour l'atelier sur le syndrome d'alcoolisme fœtal auquel assistait Vivianne. Rudy chercha parmi eux des visages familiers de la rez, mais tous les Indiens présents lui étaient inconnus. Il mata les ivrognes qui se déplaçaient en titubant, mais il regardait surtout les femmes indiennes aller et venir, heureux de leur beauté, de leur peau brune et douce.

En lakota, ce qu'il faisait se disait *wiiyape* — «attendre les femmes». De fait, il n'en attendait qu'une, son épouse. Lorsque enfin Rudy l'aperçut après vingt minutes d'attente, il inspira profondément sous l'effet du soulagement et frissonna. Vivianne l'attirait toujours sexuellement. Elle portait des lunettes sans monture, ses cheveux étaient coupés très court, son corps charnu et bien proportionné enveloppé d'une robe moulante de satin rayé vert et noir.

Elle était toujours belle, appétissante, idéale, idéalement pain d'épice. Rudy but longuement à la source de sa beauté chippewa. C'était là une bien belle Anishinaabe, une étrangleuse de lapins selon l'expression de Rudy pour désigner sa tribu. Ses verres teintés de bleu conféraient à ses yeux quelque chose d'étrangement asiatique. Le cerveau de Rudy intégra rapidement ces

321

données, ces attributs physiques qui l'avaient attiré d'emblée.

Son joli visage, ses délicieuses fesses rondes, ses seins fermes et ses longues jambes étaient toujours en parfaite condition. Vivianne avait toujours cette même beauté pour laquelle on tuerait. Elle n'avait pas le corps en forme de poire inversée qu'arboraient tant de femmes indiennes passée la trentaine. Elle n'avait pas à s'inquiéter ; en vieillissant, elle ne se transformerait pas en « corps utilitaire ».

Sur sa robe, elle portait une veste de tailleur blanche, et elle était couverte de bijoux de turquoise, dont un lourd collier *squash blossom* que Rudy lui avait offert pour Noël cinq ans plus tôt. C'était un bijou ancien de grande valeur. Rudy l'avait acheté à un ivrogne pour cinquante dollars, mais il ne le lui avait jamais dit. Vivianne le portait rarement, et il se demanda si elle s'était parée pour le mettre en colère, pour le rendre jaloux, ou bien pour l'exciter.

L'espace d'un instant, il songea que peut-être il perdait son temps en lui rendant visite, même si c'était elle qui lui avait demandé de la rejoindre à Rapid City. Une vague de regret et de désir intense, profond, monta en lui ; alors, il entoura Vivianne de ses bras et posa un baiser sur son front. Son haleine sentait le chewing-gum aux fruits. Son cou avait l'odeur d'Obsession, son doux parfum familier. Rudy se mit à rire, lui demanda un chewing-gum et, sans lui donner le temps de répondre, il l'embrassa fermement sur la bouche.

« Pourquoi tu fais ça, Rudy ? » demanda-t-elle en le repoussant gentiment. Sa femme avait rougi.

« Je n'en sais rien », répondit-il. Mais déjà il sentait entre ses jambes la pierre d'Iktomi qui se manifestait. Rudy la désirait. Bon Dieu, il tenait toujours à ce qu'elle reste sa femme. Il l'attira à lui, leva discrètement une main et lui effleura le sein gauche. Il l'embrassa de nouveau. Elle lui rendit d'abord son baiser, puis elle se mit à ricaner, frissonna et le repoussa.

Rudy jeta un regard sur la salle obscure. Personne ne prêtait attention à eux, mais il avait le sentiment de se conduire comme un sot à la peloter ainsi comme un lycéen en rut.

« Ce n'est pas pour cela que je t'ai invité ici, déclara-t-elle. Il y a des jours où je me dis que tu ne comprends rien à rien. »

Il lui tira un tabouret au bar.

« Doux Jésus, Viv, tu me manques que c'est pas croyable. Ça fait si longtemps, trop longtemps.

— Et ce n'est pas fini, Rudy. Tu risques d'attendre encore longtemps.

— Comment ça ? Qu'est-ce que tu me chantes ? Tu m'as bien invité ici, non ?

— Ouais, je t'ai invité, mais pas pour sauter au plumard et cric-crac, merci madame.

— Alors pourquoi ? »

Vivianne se laissa glisser du tabouret et se redressa. Elle tira de son sac une grande enveloppe de papier Kraft et la lui tendit.

« Ce sont les papiers du divorce. »

Sa trique se désintégra sur l'instant, se répandit en un millier de petites sangsues. Chaque sangsue se greffa sur son cœur et en suça toute trace de l'amour qu'il éprouvait encore pour Vivianne.

« Ben merde alors », dit-il dans un souffle en prenant l'enveloppe. Rudy se sentit rougir. Il crut un moment qu'elle lui faisait une farce. Il regarda au fond de ses yeux bruns de biche. Ce n'était pas une farce. Une fois l'enveloppe remise à son destinataire, elle posa un bref

323

baiser sur la joue de Rudy, lui serra la main et prit congé. Avant qu'il eût le temps d'ouvrir la bouche, elle avait tourné les talons et quittait le bar, sortait de sa vie, sans doute pour toujours.

Fini, terminé, crac, se dit-il. Fini je gare ma voiture dans ton garage, fini l'ange du matin, finis les rires tendres, las et familiers. Son estomac tournait comme le tambour d'un sèche-linge ; il vit les étincelles de l'amour-soudeur s'allumer puis s'éteindre. Eh bien tant pis. Au diable cette étrangleuse de lapins. Il lui restait Stella.

Pendant quelques instants, Rudy se perdit entre la douleur et la colère. Une part de lui aurait voulu pleurer, mais il savait qu'il ne le ferait pas. Une part de lui aurait voulu faire volte-face, la rattraper et la gifler ; mais il ne le pouvait pas. Jamais il n'avait frappé une femme, et il n'allait certainement pas commencer aujourd'hui. Il commanda une double mesure de Jack Daniel. Le bourbon lui donna des brûlures d'estomac, aggrava sa colère. Il ignorait pourquoi il avait commandé cette double ration de pisse d'âne, mais il en reprit deux doses, suivies de trois bouteilles de Budweiser avant de se sentir suffisamment motivé pour rentrer à Pine Ridge.

Rudy quitta le bar du Hilton, tituba jusqu'à sa Blazer et mit le moteur en route. Les vitres étaient couvertes d'une épaisse couche de glace. Il alluma le dégivrage et attendit quelques minutes avant de sortir gratter le pare-brise. Pendant qu'il était dans le bar, il s'était remis à neiger et la température avait chuté en flèche. Le parking était couvert de verglas. Il fit une brève danse en agitant les bras et tomba par deux fois avant d'avoir fini de nettoyer les vitres.

La neige glacée tombait drue. Rudy avait du mal à

centrer sa vision. Il longeait l'aéroport régional, à neuf miles environ de Rapid City, lorsqu'il entendit un choc sourd contre son pare-chocs. Il pompa prudemment sur la pédale de frein, arrêta la voiture et sortit voir ce qui avait cogné contre sa Blazer. La neige tombait à gros flocons pressés, tourbillonnait. Rudy manqua tomber de surprise en voyant la grande chose blanche aux yeux jaunes qui le fixait du pare-chocs chromé.

Ce que voyait Rudy était une grande chouette blanche, un messager de la mort pour une majorité d'Indiens. Elle avait les pattes prises dans la grille d'aération. Il tenta de la dégager, mais elle l'attaqua à coups de bec, menaçant de lui lacérer les mains. Le grand prédateur était fou de terreur et un filet de sang coulait au coin de son bec. Rudy regagna sa voiture, prit une paire de gants et parvint en quelques minutes à dégager l'oiseau.

«Tu perds ton temps», marmonna-t-il en déposant la chouette sur le sol couvert de neige. Elle s'éloigna en boitillant vers le bas-côté de la route. Soulagé, Rudy frissonna. Mauvaise médecine. Il irait trouver Ed Little Eagle ce week-end, sans faute, et il lui demanderait d'offrir une ou deux cérémonies pour lui.

Rudy fit ensuite demi-tour et reprit le chemin de Rapid City. Il s'arrêta dans un Kentucky Fried Chicken de restauration automobile et commanda une douzaine d'ailes de poulet pour lui, et une tarte familiale à la crème de banane pour Mogie. En attendant qu'on le serve, il ôta son dentier et le nettoya du doigt avec le dentifrice qu'il gardait dans sa boîte à gants. Il remit ses fausses dents sans les rincer. Le dentifrice finirait par se dissoudre. Puis il repartit pour l'hôtel Hilton. Rudy Yellow Shirt ne laisserait pas la belle

Vivianne sortir de sa vie si facilement. Il avait trop investi en elle, trop d'années, trop d'amour.

Rudy obtint son numéro de chambre du réceptionniste en lui disant la vérité. Il était son mari. Elle s'appelait toujours Vivianne Yellow Shirt. Il se rendit au bar, prit une demie de Chablis et deux verres, monta au deuxième étage par l'ascenseur et alla frapper à sa porte en couvrant l'œilleton de la main.

« Qui est là ? cria-t-elle sans ouvrir.

— Le service de chambre chippewa, répondit-il en déguisant sa voix.

— Qui est là ? répéta-t-elle.

— Le service spécial d'étalon sioux, hurla-t-il.

— Mais qui c'est ?

— Moi. » Elle devait bien savoir que c'était lui, bon sang ! Il en avait assez de ce petit jeu qu'elle jouait.

« Qui ça, moi ? demanda Vivianne avec insistance.

— Ben moi. Le garçon dont la seule joie est de t'aimer, répondit-il, citant une source depuis longtemps oubliée de lui.

— Rudy ?

— Bien joué, Viv. C'est moi, Rudy le coquin », lui cria-t-il en retour.

Elle ouvrit et lui demanda ce qu'il voulait. Elle avait les cheveux mouillés, était en peignoir. Ne sachant plus que dire, Rudy débarqua dans la chambre. Elle tenta de lui barrer l'entrée, mais il passa sous son bras. Vivianne courut derrière lui, le rattrapa et lui gifla l'œil gauche à la volée. Cela faisait un mal de chien. Il laissa échapper un jappement. La petite bouteille et les verres lui tombèrent des mains. Il n'y eut heureusement pas de casse.

« Bon sang, Rudy, tu vas grandir un jour ? Sors

d'ici avant que j'appelle les flics. T'es soûl ou quoi ? Nous deux c'est du passé, Rudy, c'est terminé. Et maintenant, rentre chez toi.

— Je m'en irai pas.

— Arrête de te conduire comme un gosse, s'il te plaît. Nous deux, c'est dépassé. Inutile de devenir des ennemis. Je t'aime bien, mais je ne suis plus amoureuse de toi. Nous serons beaucoup mieux divorcés, j'en suis sûre. Et ne fais pas celui qui ne savait pas que cela arriverait un jour ou l'autre.

— *Ennut*, en venant ici, je pensais que nous allions nous remettre ensemble. Ça montre bien à quel point je suis sot. » Il ne savait pas au juste s'il était vraiment sot ou bien tout simplement comme la plupart des Indiens mâles de sa connaissance. Au fond de lui, il était convaincu que tous voulaient que leur femme prenne soin d'eux. À ce qu'il en avait vu, toutes les réserves d'Amérique se ressemblaient. Les vraies victimes du système de réserve étaient les hommes.

Rudy connaissait son histoire. Quand l'armée des États-Unis avait parqué les Peaux-Rouges dans les réserves, les hommes n'étaient plus en mesure d'aller chasser sur de longues distances, ne pouvaient plus prendre le sentier de la guerre ni pratiquer leurs anciennes cérémonies religieuses. Leur utilité était morte sous leurs yeux. Devenus oisifs, ils avaient accepté les aides et vivaient des rations du gouvernement. Ils avaient découvert l'alcool. Les femmes continuaient à élever les enfants, à effectuer toutes les tâches domestiques, mais les femmes étaient aussi devenues les vrais chefs de famille. Elles portaient désormais la culotte, même si, en public, elles se montraient toujours respectueuses envers leurs hommes. Rudy connaissait son histoire.

« Tu plaisantes ? Je pensais vraiment qu'on pourrait se donner une nouvelle chance.

— Eh bien, tu te trompais, il n'en est pas question. Et maintenant, s'il te plaît, va-t'en. J'ai une présentation à faire demain matin et il faut que je dorme.

— Non. Je veux rester avec toi.

— J'ai dit non, bon sang ! » hurla-t-elle. Et de nouveau, elle lui gifla le visage. Rudy la saisit par le bras et la poussa sur le lit. Elle tomba sur le dos, mais elle se débattait, pédalait pour lui donner des coups de pied à la tête, aux épaules. Iktomi avait quitté le monde des esprits pour faire irruption dans la chambre d'hôtel ; Rudy commençait à triquer. Vivianne remuait les jambes en tous sens, s'efforçait de le frapper, et Rudy voyait bien qu'elle ne portait pas de culotte. Il lui prit les chevilles, la fit rouler sur le ventre, remonta son peignoir jusqu'à sa taille et entreprit de fesser avec avidité son postérieur rebondi.

Ses fesses fermes et brunes rougissaient sous sa main tandis qu'elle hurlait, jurait, cherchait encore à lui donner des coups. Il continua de la fesser jusqu'à ce qu'elle cesse de lutter pour se mettre à pleurer. Elle pleurait en silence, et Rudy lui frotta tendrement le derrière. Puis il se pencha pour poser des baisers répétés sur ses fesses rougies. Croyant la sentir remuer contre lui, il lui écarta doucement les jambes, baissa la tête pour venir embrasser son « ce truc-là » par-derrière. Il avait un goût délicieux — très chaud, légèrement salé, sauvage, sauvage indien.

« Rudy, non… Dieu te maudisse, espèce de salaud. » Elle ne disait pas non pour la forme.

« Bon, bon, j'arrête si c'est ce que tu veux. » Il avait conclu un peu hâtivement qu'il était de nouveau aux commandes. Il croyait qu'elle voulait encore de lui.

«Fiche-moi le camp d'ici.

— Qu'est-ce que tu veux dire?

— Rudy, fous-moi le camp.»

Il trouva son clito et s'escrima dessus de la langue. Vivianne se mit à s'agiter, à donner des hanches contre le lit.

«Ça t'excite de frapper une femme?

— Et toi? Ça t'excite?» demanda-t-il en baissant la fermeture éclair de son Levi's pour faire prendre l'air à sa truite de braguette. Comme prévu, son pénis était au garde-à-vous. La pierre, la magie d'Iktomi opérait toujours. Il glissa sa petite lance d'amour rigide dans la chaleur humide de Vivianne, la caressa de son va-et-vient. Elle fut presque aussitôt prise de spasmes, et l'orgasme de Rudy ne tarda pas à venir. Il éjacula si fort qu'il en vit des étoiles et se félicita d'avoir pensé à prendre ses cachets de Tenormin.

Avec un sourire satisfait, il se dégagea d'elle, s'assit au bord du lit et alluma une cigarette. Mais il n'avait rien du héros victorieux. Il se sentait dégonflé, vaguement coupable, curieusement mécontent. Ce qu'il venait de faire était affreusement proche du viol, même s'ils étaient encore légalement mariés. Non. C'était bien un viol. D'ailleurs, ils n'étaient pas mariés. Elle divorçait de lui. Il ne s'était pas mieux conduit qu'une douzaine d'abrutis qu'il avait arrêtés pour moins que ça. Il se faisait l'impression de devenir un con fini. Il avait déjà explosé les genoux d'une paire de mômes, violé sa femme. Où s'arrêterait-il?

«Je suis désolé», dit-il, sachant pertinemment que ces mots ne convenaient pas.

Vivianne le frappa à la tempe avec un lourd cendrier de verre. Il roula sur le tapis. Lorsqu'il se releva, un filet de sang coulait d'une petite entaille.

«Désolé mon cul, oui. Tu sais ce que tu viens de faire, Rudy ? Tu m'as violée, bon sang. Tu t'imaginais peut-être que je trouvais ça bon, mais tu m'as violée.

— Comment un homme peut-il violer sa femme ? demanda Rudy, piteux, en se tenant la tête. On a baisé, c'est tout.

— Va-t'en au diable. Tu as eu des tas d'années pour me faire l'amour si c'est ça que tu voulais. C'est pas seulement que nous deux, c'est dépassé… Je ne sais pas comment te le dire autrement que carrément, je vois quelqu'un d'autre. Toi et moi, c'est fini, nous avons fait notre temps. »

Elle se mit à pleurer doucement, puis à sangloter bruyamment. Rudy versa de son côté quelques larmes silencieuses. Pourquoi hommes et femmes avaient-ils tant de mal à s'entendre ?

«Qui c'est, ce type ? Il est mieux que moi au lit ou quoi ?

— T'occupe. Tu as eu ce que tu voulais, va-t'en.

— Merde, c'est qui, ce mec ? Je le connais ?

— Rudy ! J'ai dit va-t'en.

— Il est indien ?

— Cela ne te regarde pas.

— Hein ? Tu vis avec lui ?

— Non, je vis avec une femme.

— Doux Jésus. Parce qu'en plus, t'es gouine ?

— Non. Je vis avec une femme, c'est tout. D'ailleurs, qu'est-ce que ça peut bien te fiche ? Nous divorçons. Je ne te rejette pas. Je ne fais que m'accepter. Essaie de comprendre. Et maintenant, sors d'ici. »

Rudy ne savait plus que penser. Doux Jésus, non seulement elle le laissait tomber, mais elle le laissait tomber pour un inconnu, et peut-être aussi pour une lesbienne. Bah, songea-t-il, c'était prévu dans le par-

330

cours. Depuis qu'il était tombé sur la tête, son monde tournait de travers, avait perdu son axe. Il ne pouvait cependant pas attribuer à sa chute la perte de Vivianne. La fin de leur histoire s'était amorcée bien avant qu'Iktomi ne fasse irruption dans sa vie.

«Les chiens te regrettent, et Mogie va mourir d'une cirrhose du foie», dit-il dans une tentative désespérée de dire quelque chose. Elle le dévisagea mais ne répondit pas, se contenta de hocher la tête. Alors, il alla dans la salle de bain et prit une poignée de papier hygiénique pour tamponner l'entaille à sa tempe.

«Je ne veux plus jamais te revoir», déclara-t-elle.

Rudy se vêtit à la hâte, lui serra la main, hésita à l'embrasser pour lui dire au revoir et se ravisa, puis il sortit de la chambre sans un autre mot d'elle. Pour la seconde fois ce soir-là, il quittait Rapid City. Sa tempe battait douloureusement. Il l'effleura du doigt, remerciant le ciel que Vivianne n'ait pas eu un couteau de cuisine sous la main. Son cerveau commençait à émerger des brumes de l'alcool, et Rudy s'efforça de penser à Stella.

Au moins, il lui restait Stella — mais, pour la première fois, Rudy se demandait combien de temps ils tiendraient en tant que couple. Il ouvrit la petite boîte d'ailes de poulet et découvrit qu'elles étaient gelées, transformées en glaçons. Il alluma une Marlboro, mit la radio sur une chaîne qui diffusait de vieux tubes sentant la naphtaline et se dirigea d'une allure d'escargot vers le désert glacé de chez lui. Peut-être qu'il devrait revenir en arrière pour s'acheter des ailes de poulet toutes chaudes. La séance d'exercice dans la chambre d'hôtel lui avait donné une faim de loup.

23

Mogie rentrait doucement chez lui en titubant. Il se traînait le long du magasin minable qui louait des vidéos quand il leva les yeux et aperçut la jeune fille. Surpris, il sursauta. Il venait d'obtenir deux pintes de vin à crédit d'un trafiquant d'alcool et n'aurait sans doute pas remarqué la fille sans ses bottes de cow-boy blanches. Il marchait tête baissée, regardait attentivement le sol pour éviter de buter sur un obstacle et de répandre sa médecine sacrée.

« Eeeeyah, tu m'as fait peur », lui dit-il.

Elle portait un jean, des bottes de cow-boy blanches, et elle pleurait. Il la regarda, s'arrêta de marcher. C'était une lycéenne, une Indienne de race pure aux joues et à la silhouette pleines. Elle avait les cheveux coupés court, une veste de jean et des lunettes teintées.

« Qu'est-ce qui ne va pas, ma fille ? demanda-t-il.

— Foutue saloperie de merde, marmonna-t-elle.

— Hé, c'est pas des façons de parler pour une jeune fille », la chapitra Mogie, et il scruta ses yeux. Elle était complètement défoncée — sans doute au crack. Défoncée à ne plus se rendre compte de grand-chose. La fille était encore plus partie que lui. Elle oscillait d'avant en arrière et menaçait de tomber. La salive coulait aux coins de ses lèvres.

«Où vas-tu?» demanda Mogie. Il faisait froid dehors et, à deux heures du matin, elle n'avait nulle part où aller se réchauffer. Le magasin de vidéo était fermé depuis trois heures. Il n'y avait pas l'ombre d'une voiture en stationnement. Tout le village de Pine Ridge aurait remballé ses trottoirs s'il en avait eus.

«Qu'est-ce qui t'arrive, petite?

— Mes parents m'ont fichue dehors.» Elle pointa le menton vers lui et ajouta: «Et d'abord, qui tu es, toi?

— Je suis qu'un vieux, un mec comme ça.

— Qui tu es? répéta-t-elle.

— Je suis personne. Tu vas mourir de froid si tu restes là toute la nuit. Tu as nulle part où aller?

— Nulle part. Je te l'ai dit, mes parents m'ont fichue dehors.

— Pourquoi?

— Parce que je suis rentrée défoncée. Au crack.

— Crack-cocaïne, hein?

— C'est ça, vieux. Mais qui tu es d'abord? Tu m'as tout l'air d'un ivrogne. Où tu vas?

— Je rentre chez moi, dit Mogie. Au moins, il y fait chaud, et j'ai ma médecine là-dedans.» Il agita le sac en papier qui contenait les deux pintes de vin Gibson.

«Emmène-moi», lui dit-elle, et il l'emmena. L'homme à la chimie perturbée et la fille gagnèrent la petite cahute de Mogie à l'autre bout de la ville.

Une fois à l'intérieur, il la fit asseoir sur son canapé défoncé et alluma un feu dans le poêle à bois.

«T'es pas zarbe comme mec? demanda-t-elle.

— Zarbe?

333

— Zarbi, bizarre. T'es gentil, quoi, t'es pas un pervers ?

— Il fait rudement froid, ma fille, dit-il, et il sourit. *Lila osni.*

— Froid », répéta-t-elle, et elle perdit connaissance sur le canapé. Mogie s'approcha d'elle, lui secoua le bras. Elle ne broncha pas. Il regagna le poêle, tisonna le feu et y ajouta une grosse bûche de pin. Le feu chauffait sérieux. Il s'assit à la table de cuisine et alluma la petite télé en noir et blanc qu'un ami lui avait laissée en gage.

Elle n'avait que deux chaînes, toutes deux neigeuses, la CBS de Rapid City et la Public Television du Dakota du Sud. Il s'en fichait. Il ne regardait presque jamais la télévision, sauf quand il était chez son frère. Son frère avait le câble et des milliards de chaînes. Mais deux lui suffisaient, à lui.

Mogie regarda la boîte à neige et déboucha l'une des deux pintes de vin. La chaîne de Rapid City avait programmé pour la nuit un vieux film de Frankenstein. Mogie but quelques goulées de vin et se mit à rire en voyant un gros plan du visage du monstre. Il effleura la large cicatrice de sa joue.

« Toi et moi, frangin, *ennut*, dit-il en levant la bouteille comme pour porter un toast à la créature difforme sur l'écran.

— Mmmm », fit la fille qui dormait sur le canapé. Mogie se leva, s'approcha d'elle. Elle avait un joli corps jeune. Il tendit la main et baissa discrètement la fermeture éclair de son jean. Puis il caressa doucement le petit monticule que recouvrait sa culotte d'une blancheur éclatante. Un flux électrique lui parcourut la main mais ne descendit pas jusqu'à son entrejambe. Laissant la fermeture éclair grande ouverte, il s'éloigna.

Revenu à la table, il regardait tour à tour la culotte de la fille et le visage torturé de Frankenstein. La seconde bouteille entamée, c'est à peine s'il regardait la fille, fasciné qu'il était par Frankenstein. Alors, les villageois firent brûler la créature, et le film prit fin.

« Mmmm », gémit la fille quand Mogie éteignit la télévision. Il avait une faim de loup, une faim invraisemblable. Il alla au placard au-dessus de l'évier, y trouva une grosse boîte de ragoût de bœuf de ration. Il versa la concoction graisseuse dans une casserole sale qu'il plaça sur le poêle. L'odeur en était moins ignoble que l'aspect.

Lorsque le ragoût se mit à bouillir, il l'arrosa copieusement de poivre et de sauce aux piments de Louisiane, puis il transporta la casserole jusqu'à la table de cuisine et la déposa sur une pile de vieux journaux. Il se rassit et mangea lentement, se repaissant à la vue du ventre de la fille qui montait et descendait au rythme de son souffle.

« Mmmm, gémit-elle.

— Dors, petite, dors », dit-il. Et il ajouta une bonne rasade de piment au ragoût.

24

Le samedi suivant, Rudy se prépara pour se rendre à la cérémonie qu'Ed Little Eagle donnait pour lui et quelques *Sicangu* de la réserve de Rosebud. À l'origine, la cérémonie leur était destinée, mais Little Eagle avait dit à Rudy qu'il pouvait y prendre part s'il le voulait. Pour le vouloir, il le voulait. Il était plus que temps.

Rudy était de congé pour le week-end. Depuis l'incident du Hilton la semaine précédente, il avait essayé deux fois d'appeler Vivianne. Elle refusait de lui parler, ce dont il se doutait avant même de composer le numéro. Elle s'obstinait dans le mutisme.

Par contre, Mogie parlait. Il était passé trois fois chez Rudy pendant la semaine pour l'empoisonner avec son vœu de mort — la profanation du mont Rushmore. Rudy ne l'avait pas vu aussi motivé depuis leur jeunesse, avant la guerre du Vietnam. Afin de ne pas être constamment dérangé par Mogie et son idée fixe, il tentait de gagner du temps. Il avait déniché dans la cave du quartier général de la Sûreté publique deux vieux extincteurs d'incendie à air comprimé et les avait apportés à Mogie qui s'était mis en devoir de vérifier qu'ils fonctionnaient avec un enthousiasme peu commun.

Il faisait étrangement doux dehors. S'étant levé et habillé, Rudy alla passer deux heures chez Stella. Elle lui confectionna des sandwiches aux œufs frits en guise de petit déjeuner tardif, puis elle se prépara pour aller faire des courses à Gordon, Nebraska. Elle lui avait rouvert sa porte et ses bras depuis qu'il lui avait annoncé que Vivianne demandait le divorce. Il ne lui avait pas soufflé mot de sa frénésie sexuelle au Hilton de Rapid City.

En attendant qu'elle soit prête, Rudy paressa en regardant des dessins animés à la télévision, puis il rentra chez lui lorsqu'elle se mit en route. Vers deux heures, il fit le bref trajet qui menait à la maison de Little Eagle, à l'est de la ville. Il savait que la cérémonie de *yuwipi* serait précédée par une loge de sudation — deux perspectives qui ne le réjouissaient guère. Rudy souhaitait seulement être guéri, débarrassé des événements négatifs qui se produisaient dans sa vie sous l'influence des esprits. Il souhaitait chasser de sa vie la folie arachnéenne d'Iktomi. Mais il voulait surtout offrir des prières pour Mogie. Pour impossible que cela paraisse, son frère avait l'air plus malade que jamais.

Rudy se dévêtit dans la petite cabane proche de la loge de sudation. Recouverte de toile, cette dernière ressemblait à un igloo sans glace. Il sortit nu, une vieille couverture de l'armée drapée autour des épaules, et attendit que les pierres qui chauffaient dans le feu soient à point. Il y avait là huit hommes en plus de Little Eagle et de son assistant, Dexter Little Moon. Il en connaissait la moitié. Les autres lui étaient inconnus. Tous étaient des Indiens bon teint.

Il ne connaissait ni l'homme *yuwipi* ni son assistant. C'était des *Sicangu* venus d'Upper Cut Meat, réserve de Rosebud. Ed Little Eagle dirigerait l'*inipi* — la cérémonie de la loge de sudation —, mais il n'était pas *yuwipi*. Il avait fait venir un homme-médecine renommé pour ses pouvoirs, un petit homme noueux à la peau sombre du nom d'Orville Elk Dog. Elk Dog avait amené de Mission deux malades du cancer, et Rudy se sentait ridicule tant ses maux semblaient peu de chose comparés aux leurs. Les douze hommes pénétrèrent dans la loge de sudation en sens inverse des aiguilles d'une montre et s'assirent sur un tapis de sauge répandue sur le sol de terre battue.

Little Eagle avait promis de chanter pour Rudy et d'offrir des prières spécialement pour lui pendant la fournaise infernale des cycles de chaleur à l'intérieur de la loge. Au cours du premier cycle, Rudy sentit les esprits se mouvoir au-dedans, mais il ne put se concentrer. Il pensait sans cesse au film dans lequel Will Sampson joue le rôle d'un homme-médecine en lutte contre des mauvais esprits *et* des tronçonneuses volantes. Il attendait le moment où la cérémonie de sudation prendrait fin avec le dernier cycle.

Lorsque les abattants de la loge s'ouvrirent pour la deuxième fois, Rudy but goulûment l'air frais et vif du dehors qui s'engouffra brièvement dans la hutte sombre. Little Eagle demanda si quelqu'un voulait prendre une louche d'eau dans le seau en plastique posé sur le sol de terre. Tous déclinèrent l'offre. Le troisième cycle commença. Dans l'obscurité, Rudy se couvrit le nez et la bouche avec une poignée de sauge fraîche. Cela semblait tempérer la chaleur. Il pria pour que la loge de sudation se termine et pria pour tous ceux qui souffraient. Il pria très fort pour Mogie. Rudy songea à prier pour Vivianne, pour qu'elle retrouve son bon sens, qu'elle revienne au foyer, près de lui et des malamutes, mais il s'abstint. Il pria pour se refaire une bonne vie avec Stella. Et pour se débarrasser de ses démons.

Il baignait dans une flaque de boue née de sa sueur et des larmes qu'il avait versées pour son frère. Rudy aurait voulu qu'il vienne, mais Mogie ne suivait pas les voies de la tradition. Il s'essuya les yeux, et des étoiles filantes rouges, jaunes et vertes se mirent à danser dans les ténèbres. Même lorsqu'il ôtait les mains de devant ses yeux, les étoiles filantes dansaient.

À l'intérieur de la loge, tous les hommes les voyaient. Tous savaient que c'étaient des esprits et leur adressaient des prières. Presque toutes leurs prières visaient à soulager de plus malheureux qu'eux. C'était là le principe même de la prière, Rudy le savait. Ne jamais prier pour soi. Toujours prier pour ceux qui ont réellement besoin d'aide. On ne peut prier pour soi qu'en priant pour les autres. Il y avait des prières pour les alcooliques, pour les malades, pour les vieillards, pour les inadaptés sexuels, des prières pour la survie même de leurs traditions indiennes, de leurs nations indiennes.

À travers le tourbillon des ténèbres de feu, des étoiles filantes, de la vapeur des pierres, Rudy percevait des voix qui se mêlaient ; certaines chantaient, d'autres priaient, d'autres encore gémissaient. Il perdit toute notion du temps. Il était incapable de se souvenir du nombre de cycles accomplis. Était-ce le premier cycle de l'*inipi* ? Le deuxième ? Le dernier ? Il entendit Ed Little Eagle dire pour lui une prière en langue indienne, mais il ignorait s'il l'entendait par ses oreilles, où si la voix d'un esprit parlait à l'intérieur de sa tête.

Lorsque Little Eagle souleva l'abattant de toile de

la loge pour la dernière fois, Rudy avait envie de pleurer, de s'agenouiller pour embrasser le sol. Il éprouvait un vif soulagement, savait qu'il survivrait, que l'obscurité brûlante ne l'avait pas tué. Little Eagle était renommé pour ses loges de sudation assassines ; il les faisait si chaudes qu'elles n'étaient réussies que si quelqu'un s'évanouissait. C'était un résidu de sa période radicale au sein du Mouvement des Indiens d'Amérique, époque où l'on était censé «sacrifier» sérieusement pour ses frères et sœurs indiens.

Rudy avait un léger vertige en sortant nu de la loge bâchée pour aller s'essuyer et se vêtir dans la petite cabane à l'arrière. Il faisait presque nuit dehors. Il lui semblait avoir perdu cinq kilos en sueur. Sa tête s'éclaircit un peu tandis qu'il se dirigeait vers la maison mobile double largeur de Little Eagle. La vieille caravane couleur saumon se trouvait à une cinquantaine de mètres de la cabane, au beau milieu d'un bosquet de cèdres.

La sudation avait vidé Rudy d'émotions, mais il sentait cependant la crainte monter en lui à l'idée de participer au *yuwipi*. Il se souvint de son enfance, des cauchemars de fantômes qu'il faisait alors. Leur grand-père leur racontait souvent qu'on ne devait pas laisser les petits enfants seuls dans une pièce, les abandonner seuls dans une maison, car des fantômes ou des esprits en profitaient pour les défigurer.

À la porte de la caravane, Rudy se frotta vigoureusement le visage, frappa un coup sec et entra, regrettant de n'avoir pas pris une double dose de pilules contre la tension.

On avait ôté tous les meubles du salon étonnamment spacieux. Les participants reçurent l'ordre de s'asseoir par terre en demi-cercle, face à l'autel de l'homme *yuwipi*. Rudy haletait, était parcouru de picotements sous l'effet d'une crainte profonde des fantômes et des esprits, crainte qu'il n'avait pas ressentie depuis des lustres. Il regretta d'avoir accepté de prendre part à la cérémonie. Il avait l'impression de freiner sur du verglas. Perte de contrôle. Il aurait voulu être ailleurs, n'importe où plutôt qu'assis là, sur le sol, à attendre que le ferment de folie humaine et spirituelle fasse effet. Iktomi, l'araignée, se trouvait dans la pièce, assurément.

La toile d'Iktomi se refermait sur lui.

25

Orvillle Elk Dog, l'homme *yuwipi*, Lyle Bordeaux son assistant et Ed Little Eagle entamèrent le rituel en psalmodiant dans les graves. Agenouillé sur une peau de bison, Elk Dog ouvrit un grand ballot enveloppé de toile rouge du commerce. À l'intérieur, il y avait six ou sept plumes d'aigle, un récipient contenant de l'écorce de saule rouge, plusieurs paquets de tabac Bull Durham, une pipe, trois hochets, et deux objets que Rudy ne put identifier. Depuis ses douze ans, il n'avait pas participé à un *yuwipi*, mais il savait que du tabac serait offert à tout esprit qui apparaîtrait.

Plusieurs des hommes assis autour de l'autel priaient ; un autre chantait à voix basse. Un gros type que Rudy ne connaissait pas priait en langue indienne pour que sa sœur guérisse du diabète. Rudy s'impatientait, il avait hâte que cela commence, hâte d'en finir. Il ne priait ni ne chantait, restait là à attendre. Il avait des crampes dans les jambes d'être assis à l'indienne. Il passa d'une fesse sur l'autre tout en parcourant la salle du regard.

Sur la peau de bison se dressait un petit autel décoré de *wannu-nyanpi*, les offrandes de tissus de couleur qu'on utilise constamment lors des danses du

Soleil. Des centaines de *canli wapathe*, de petites offrandes de tabac enveloppées de tissu, étaient réparties dans toute la vaste pièce. Rudy en voyait où qu'il posât les yeux. Il avait lui-même apporté près de trois douzaines d'offrandes de Bull Durham qu'il avait remises à Little Eagle avant la cérémonie.

La pièce dégageait une puissante odeur de sauge. On avait étalé une grande quantité de cette plante sacrée en un lit haut de six pouces, large de trois pieds et long de six contre l'autel. Rudy inspira profondément et ferma les yeux. Quand il les rouvrit, il vit Bordeaux et Little Eagle envelopper Orville Elk Dog de la tête aux pieds dans une grande couverture ouatée.

La couverture aux couleurs vives, aux motifs d'étoiles vertes et bleues, enserrait étroitement l'homme *yuwipi*. On ne voyait plus rien d'Elk Dog. Little Eagle et Bordeaux lièrent ensuite fermement le ballot humain avec des cordes, puis ils déposèrent l'homme enveloppé face contre terre sur le lit de sauge. La lumière s'éteignit. Rudy sursauta, surpris par les ténèbres. Il faisait noir d'encre dans la pièce, et il manqua se lever d'un bond en entendant le son des hochets accompagné par de perçants trémolos indiens. Quelqu'un hurlait comme si on l'égorgeait.

Les ténèbres donnaient à Rudy une impression de dangereux chaos. Il entendait les psalmodies des hommes, leurs chants, leurs prières marmonnées. Il entendait des respirations haletantes, le bruit sourd de quelqu'un, peut-être de plusieurs personnes, tapant des pieds ici et là. Rudy frissonna. Au même moment, quelque chose percuta sa main, la plaqua au sol pendant quelques instants et s'évanouit. Il se mit à crier comme une fillette et fut bientôt pris à la gorge par une puanteur pestilentielle. Il y avait dans la pièce une présence fétide, aussi malodorante qu'une fosse d'aisance pleine sous la chaleur de l'été.

Rudy transpirait à grosses gouttes, crut en suer davantage que Custer à Little Big Horn. Il s'en étonna, car il s'imaginait que la loge de sudation l'avait asséché. Au-dessus du cercle des têtes, des étincelles bleues et vertes dansaient, à peine perceptibles, brefs soupçons d'illumination. Il crut voir deux personnes se mouvoir dans la pièce et se demanda si toute la cérémonie du *yuwipi* n'était pas un tour de passe-passe.

Il ferma les yeux pendant quelques secondes dans l'espoir d'y voir plus clair. Lorsqu'il les rouvrit, une énorme masse noire se tenait près de lui, passait d'un pied sur l'autre au centre de la pièce. Elle était de grande taille, bien plus grande qu'un homme, et bien que Rudy fût incapable de le discerner clairement, il sentait qu'elle était couverte de fourrure. Des torrents de sueur lui coulaient du front, ruisselaient sur son visage. Rudy Yellow Shirt sentit ses couilles rétrécir, se ratatiner.

Il se produisait là une chose comme il n'en avait jamais vue. Il entendit crier deux aigles. Il songea que, peut-être, ce n'était que des sifflets en os d'aigle, mais lorsque l'aile d'un aigle lui fouetta le visage, il sut que les prédateurs au bec acéré volaient dans les ténèbres de la pièce. La caravane grouillait d'esprits. L'espace d'un instant, Rudy crut voir un grand homme velu aux yeux rouges de braises ardentes. L'homme velu dansait à l'indienne et agitait frénétiquement des hochets de calebasse sur sa gauche. Son cœur manqua s'arrêter, et il se mit à marmonner des prières en lakota.

Il scruta les ténèbres, regarda de tous ses yeux, et l'homme velu s'évanouit. Rudy était au bord de l'hyperventilation et se félicitait d'avoir pris ses pilules peu de temps avant de venir. Il avait si peur qu'il se gifla le visage afin de retrouver le contrôle de ses sens, de reprendre les rênes de ses émotions dispersées sous l'effet de la panique. Il se couvrit le nez et la bouche de ses mains, respira l'air ainsi emprisonné dans l'espoir que l'oxyde de carbone aurait sur lui un effet calmant. Au bout d'une minute de respirations profondes, il se sentit effectivement plus calme, mais la paix fut de nouveau troublée. Il entendait maintenant le tonnerre des sabots et les renâclements des bisons dans la pièce. Rudy se demanda si les esprits ne l'avaient pas rendu raide fou cinglé. Rien ne l'avait préparé à cela. Rien.

Un énorme bison l'effleura. Comment était-ce possible ? Il aurait voulu se lever, crier et sortir de la pièce en courant, mais il ne tenait pas debout. Il avait les jambes en coton. Près de lui, le *tatanka* renâclait, haletait. Il sentait sa fourrure, son souffle chaud sur lui. Il sentait son odeur fécale, sauvage. Il déplaça sa main qui cogna contre le sabot du bison. Rudy se mit à pleurer comme une femme. Alors, un calme inattendu prit possession de son cœur, de son esprit, de son âme.

Au même moment, il accepta la venue de sa mort. Il ferma les yeux et se mordit la lèvre à en percer la peau. Il goûta le sel de son propre sang sioux oglala.

Il semblait à Rudy qu'il s'enfonçait dans le sol, mais il n'en était pas certain. Il éprouvait une sensation agréable, comme lorsqu'on chie un bon coup, mais en mille fois mieux. Ses paupières se fermèrent. Ses membres relaxés irradiaient la détente, comme dans un bain chaud. Il se sentait comme transporté hors de la caravane.

Il ouvrit alors les yeux et vit miroiter devant lui une verte vallée couverte de végétation luxuriante, d'arbres et de plantes de toutes sortes. Les oiseaux, les animaux, les femmes, et même l'eau courante chantaient le chant de l'éternel bonheur. Les collines voisines regorgeaient de tournesols et de trèfle sauvage. Partout où se posait le regard de Rudy, il y avait de petits animaux amicaux. Il supposa qu'il était mort, qu'il avait atteint le monde des esprits.

Rudy soupira profondément et vit une énorme tête blanche, humaine, s'élever jusqu'à dominer la scène de beauté. Il comprit aussitôt que c'était là la tête de la convoitise — non, la tête de la misère et le visage de la convoitise. C'était la fausse idole de l'intrus. C'était la statue de granit de George Washington au mont Rushmore.

Pour lui, c'était le symbole des abrutis et autres rebuts de l'Europe venus dans le Nouveau Monde pour s'approprier la Terre-Mère. Ils étaient venus faire main basse sur *Maka Ina* et la violer parce qu'ils n'avaient jamais possédé de terre, jamais rien possédé auparavant. Et ils amenaient avec eux la destruction divine.

Le granit blanc s'élevait de la terre, faisait affront et désacralisait tout ce qui était saint à ses yeux d'homme rouge. Rudy voyait dans cette froide tête de pierre l'incarnation du mal. C'était un intrus répugnant dans cette belle vallée. Il se sentait avili par ce symbole *wasicu* du massacre et de l'asservissement culturel de son peuple indien.

Tout cela lui fut transmis non par des mots, mais par des sentiments. Sur l'instant, il comprit que la tête de pierre blanche était la plus exacte représentation du mal qu'il eût jamais vue. Ainsi, il avait reçu une vision. Il lui avait été donné de voir que le mont Rushmore était un monument à la peur que l'homme blanc avait de la nature.

Rudy se détourna de l'immense tête de pierre au regard inhumain pour contempler le calme paisible d'un bosquet de peupliers. De derrière un gros buisson de shepherdia apparut une belle Indienne vêtue de peau de daim et aux tresses enveloppées d'hermine. Elle portait des lunettes aux verres teintés de bleu, exactement comme celles de sa femme, Vivianne. Surpris, il allait lui demander d'où elle les tenait, mais avant qu'il n'ouvre la bouche, elle lui tendit un arc et une flèche puis désigna des lèvres le premier Président des États-Unis d'Amérique.

Rudy fit ce qu'il devait faire. Il visa et tira droit dans le nez de Washington. La flèche toucha son but et ricocha sur le granit. Rudy vit alors le sang jaillir d'une petite entaille dans la pierre. Une plainte d'angoisse et de douleur s'échappa de l'énorme bouche, et la tête tout entière se désintégra en cailloux de la taille d'un poing. La belle femme indienne lança un cri de guerre, s'approcha de lui et lui posa la main sur la poitrine.

Rudy fit de même pour elle et la prit dans ses bras. Il l'embrassa profondément, ferma les yeux dans un moment de paix et de plaisir suprêmes, et il sentit une chose s'écouler hors de lui. Elle suçait, le débarrassait de quelque substance. Lorsqu'il rouvrit les yeux, Rudy s'aperçut qu'il étreignait amoureusement une araignée fétide, laide, énorme, de la taille d'un homme. Il ne put discerner si elle souriait, mais une bave blanche s'écoulait de sa bouche.

Iktomi ! Il avait embrassé Iktomi sur la bouche et le trickster lui avait sucé l'âme, le corps, l'esprit, dérobé quelque chose. Rudy se dégagea de l'araignée et cria de toutes ses forces.

Il se mit à courir en hurlant et crachant. Il avait dans la bouche un goût abominable, comme s'il avait croqué dans un étron d'ivrogne. Il courut comme un fou jusqu'à s'engouffrer de nouveau dans les ténèbres. Il ignorait s'il était vivant, s'il était encore mort. Peu à peu, il reprit conscience de son corps. Il était là, assis par terre, de retour au *yuwipi*. Le bruit du rituel n'était plus maintenant qu'un chœur de murmures. Rudy était toujours en vie.

Seules quelques étincelles bleues et rouges zébraient encore la pièce. Certaines ressemblaient par la forme à des araignées. Rudy frissonna et essuya la bave qui se formait au coin de ses lèvres. Il se tâta le pouls. Son cœur avait passé la cinquième, battait à quatre-vingt-quinze comme s'il n'y avait pas de lendemain. *Merde alors !* Il lui fallait sortir de là. Il allait se lever pour le dire quand les lumières se rallumèrent.

La sidérante clarté lui arracha un hurlement, et la plupart des autres participants se mirent à hurler avec lui. Orville Elk Dog était debout au milieu de la pièce, totalement débarrassé de la couverture étoilée dans laquelle on l'avait lié avec des cordes. Il se tenait droit, dans une attitude solennelle, mais malgré sa folle terreur, Rudy crut détecter dans le regard d'Elk Dog un soupçon de fierté digne de Houdini. Rudy s'essuya la bouche, fixant la scène avec étonnement. Il lui semblait revenir de l'enfer.

Sa chemise était trempée de sueur, à tordre. Son pantalon aussi était trempé. Il avait pissé dans son froc. Il avait le nez bouché, se moucha dans ses mains et essuya la morve sur son jean. Il tenta de se lever, mais ses jambes trop faibles ne le soutenaient pas. Rudy regarda alors vers l'homme *yuwipi*, Elk Dog. L'homme-médecine était là, le visage serein, et il portait la Pipe sacrée entre ses bras. À ses pieds, les cordes étaient roulées en pelote, et toutes les offrandes de tabac étaient entassées dessus. On fit circuler des gobelets d'eau, puis tous fumèrent la Pipe sacrée. La cérémonie du *yuwipi* était terminée.

Rudy frissonnait encore, physiquement et spirituellement, mais il se leva pour fumer la Pipe à son tour. Il avait reçu une vision et il lui fallait maintenant en comprendre le sens, comprendre ce qu'il lui fallait faire pour aider son peuple, s'aider lui-même. Il tira une longue bouffée de la Pipe sacrée et offrit une brève prière aux esprits des quatre directions. Puis il prononça les mots *mitakuye oyasin* — « pour tous mes parents » — et passa la Pipe à l'Indien qui se tenait debout près de lui.

Dans l'esprit tourbillonnant de Rudy, les deux paroles sacrées de son peuple se réverbéraient à l'infini. *Mitakuye oyasin*. Pour tous mes parents. *Mitakuye oyasin*. Il fumait la Pipe pour tous ses parents, surtout pour Mogie, mais aussi pour tous ceux qui n'appartenaient pas à sa famille proche, pour ces autres humains qui voyageaient sur terre parmi les créatures à quatre pattes, qui partageaient la terre avec les bêtes de la mer et des airs. *Mitakuye oyasin*.

Lorsqu'ils eurent fumé, Donette, épouse de Little Eagle, et ses amies leur servirent une collation. Elles avaient préparé une pleine terrine de haricots au jarret de porc, un grand plat de sandwiches au bœuf bouilli et de la salade de pommes de terre. Il y avait aussi des plats traditionnels, du *pa pa wasna,* du jus d'aronias, du *wojapi* aux prunes et aux baies de shepherdia, du pain frit et de la tisane de menthe sauvage pour les hommes las qui venaient de participer aux rudes cérémonies de l'*inipi* et du *yuwipi*.

Il faisait noir comme en un four dehors lorsque Rudy prit le volant pour rentrer chez lui, épuisé mais purifié, vivant, et avec un urgent besoin d'une femme, d'une *winyan* à tenir dans ses bras. Il visualisa Stella, visualisa qu'il l'embrassait et frémit brusquement au souvenir du fétide baiser sur la bouche de la femme qui s'était muée en Iktomi.

Il alluma le chauffage. La journée avait été chaude, trop chaude pour la saison, mais le temps revenait maintenant à la normale. La température avait brutalement baissé et une soudaine averse de neige poudrait progressivement la route. De gros flocons tombaient sur son pare-brise telles des étoiles filantes. Il était vidé, physiquement, émotionnellement, et les tourbillons de neige rendaient la conduite dangereuse dans la nuit noire. Heureusement, le trajet jusqu'à chez lui n'était pas long.

Rudy décida de rentrer faire un petit somme avant d'aller chercher Stella au bingo. On était samedi, et il savait qu'elle serait à Billy Mills Hall pour y jouer au bingo jusqu'à minuit. Jamais elle n'en sortait plus tôt. Le bingo était son seul vrai vice. Comme tant d'Indiens à travers l'Amérique, elle était une joueuse invétérée. Elle ne manquait pas un bingo, mais elle ne gagnait jamais non plus. C'était une accro du bingo.

Lorsqu'il se gara dans sa cour, il se dit qu'il devrait envoyer une carte à Vivianne, une gentille carte de commisération, ou peut-être un mot d'excuse. La cérémonie n'avait en rien émoussé son ressentiment envers elle, mais il savait aussi avec certitude qu'il avait commis une faute quasi impardonnable. Il l'avait violée et se le reprocherait encore longtemps.

Il coupa le moteur, alla jusqu'à la porte et ouvrit à ses chiens pour qu'ils sortent dans la cour. Les bêtes hésitaient entre la joie de courir librement et celle de lui faire fête. Rudy entra et prit une longue douche chaude, après quoi il se sentit mieux, mais il avait affreusement soif. Il but trois boîtes de soda à la fraise et se propulsa jusqu'au miroir de l'entrée pour s'y examiner.

Son reflet lui prouvait qu'il était encore au nombre des vivants. Il était bien là et ressemblait toujours à une version indienne, longue, mince mais musclée, du père de la femme de Michael Jackson. Rudy boxa l'homme du miroir jusqu'à en perdre le souffle. Il lui faudrait songer à réduire sa ration quotidienne de dix cigarettes.

Rudy pesait maintenant quatre-vingt-dix kilos, il avait un peu de ventre et souffrait parfois d'arthrite à l'épaule droite. Il avait toujours le visage ferme, le teint clair et, en dehors de petites poches bouffies sous les yeux, le lieutenant Yellow Shirt avait l'aspect d'un homme d'âge mûr en bonne santé. Il pensa alors à l'état de Mogie, et le coup de couteau du remords lui fit venir la sueur et la nausée.

Rudy se gratifia d'un froncement de sourcils avant d'enduire ses cheveux d'huile d'amande. Il les brossa soigneusement, les sépara et entreprit de les natter. Ses tresses étaient maintenant si longues qu'elles lui touchaient les fesses, et il en était fier. Il était convaincu qu'elles lui conféraient du pouvoir. Il fixa le miroir, s'adressa un dernier froncement de sourcils, fit tourni-coter par trois fois le vieux Joe-n'a-qu'un-œil et alla se mettre au lit. Ce vieux salaud aurait sa cérémonie tout à l'heure, avec Stella.

Stella fixait d'un air mauvais le reflet de Rudy dans le miroir et ne desserrait pas les dents. Elle avait ses règles et cela les ennuyait tous deux pour des raisons différentes. Elle était nue en dehors de la culotte blanche qui lui montait jusqu'à la taille. Rudy regardait distraitement ses seins. Il remarqua qu'ils étaient fermes, tendus, de la taille de melons, et qu'ils ne tombaient pas, du tout. Elle était debout devant sa coiffeuse, furieuse contre lui, et soufflait la fumée de sa Virginia Slims vers le plafond. Il était assis sur son lit, nu comme un ver. Il n'avait rien à dire non plus, mais le silence commençait à l'irriter.

Vers minuit et demi, il était arrivé à l'improviste dans son duplex du lotissement pour les employés du B.A.I. derrière le lycée ; depuis rien n'allait plus. Elle venait de rentrer du bingo et s'apprêtait à se coucher. Elle avait perdu deux cents dollars et n'était pas de bonne humeur. Ils étaient tous deux fatigués et, de là, les choses n'avaient fait qu'empirer. Stella ne buvait pas beaucoup et n'avait presque jamais d'alcool chez elle. Rudy n'avait rien amené et, lorsque la soif se fit sentir, il eut un moment de colère parce qu'elle n'avait rien à lui offrir.

« J'ai besoin de quelque chose pour me calmer, bon sang ! Je suis allé au bain de sueur et j'ai fait une cérémonie de *yuwipi*. Je suis complètement déshydraté.

— Parce qu'il te faut de l'alcool après les cérémonies ? »

Rudy ne savait quoi répondre sans passer pour un imbécile ou bien pour un faussaire. Il se racla la gorge et resta là, assis au bord du lit. Au bout de quelques minutes, elle se lassa de ce duel silencieux. Rudy aussi. Il rampa sous les draps, espérant être bichonné, materné, mais elle n'était pas d'humeur. La nuit s'annonçait orageuse, et Rudy se demanda s'il n'avait pas meilleur temps de rentrer chez lui.

Il y renonça finalement, la prit dans ses bras et se mit à l'embrasser tendrement dans le cou, ce qui l'excitait toujours. Après une ou deux minutes tiédasses, Stella manifesta des signes d'excitation. Alors, il passa la main sous sa culotte et entreprit de lui masser les fesses. Tendant le bras, elle attrapa un flacon d'huile d'amande.

«Tu veux juste que je te fasse reluire, c'est ça? demanda-t-elle.

— Non, on peut faire l'amour si tu veux.

— Je croyais que tu ne voulais pas à cause de mes règles. C'est pour ça qu'on se boude, *ennut*?

— Mais si, je veux, dit-il.

— Faut d'abord que j'aille aux cabinets.

— Là, tout de suite?

— Faut bien que j'enlève le Tampax.»

Il alluma une cigarette et attendit dans le noir qu'elle revienne. À son retour, elle alluma une de ses cigarettes et lui annonça qu'elle commençait à saigner sérieusement. En temps normal, il ne faisait pas l'amour aux femmes qui avaient leurs règles. Cela dégoûtait Rudy Yellow Shirt, le faisait débander. La majorité des Indiens de sa connaissance étaient comme lui. Sachant aussi que les femmes qui menstruaient étaient exclues de la plupart des cérémonies, il se demandait si le contact physique avec Stella ne risquait pas d'annuler les dons que les esprits lui avaient faits au cours de la cérémonie. Il fixait son dos, et elle se crispait de nouveau.

«Stella, je suis désolé, dit-il. Tu sais bien que je suis comme ça. Ne le prends pas pour toi.» *Autant mettre les paroles magiques dans la balance pendant qu'il y était.* «Je t'aime, Stella», ajouta-t-il dans l'espoir de la calmer.

«Écoute, tu me chauffes, tu m'excites, et tu t'arrêtes au milieu de tout sous prétexte que mes règles

353

arrivent. Tu veux, tu ne veux plus, tu veux encore.
Jésus Marie, j'ai mes besoins, moi aussi !

— Je sais.

— Tu n'es pas le seul à avoir des envies.

— Je sais », répéta Rudy faute d'autre chose à dire.
Il écrasa sa cigarette, se leva, vint se placer derrière
elle et l'entoura de ses bras. Puis il lui embrassa le
cou.

« Ne commence pas si tu n'as pas l'intention de
finir. Je ne plaisante pas, dit-elle tandis qu'il lui prenait les lèvres.

— Je finirai. » Et il l'entraîna vers le lit.

« On pourrait le faire avec les mains », dit Stella.
Cela convenait parfaitement à Rudy. Il la caressa
doucement par-dessus sa culotte jusqu'à ce qu'elle
s'arque contre sa main baladeuse. Alors, il insinua
deux doigts sous le tissu et les glissa jusqu'à l'entrée
chaude et suintante de son vagin. Il prit ensuite une
poignée de poils pubiques près des lèvres de son sexe
humide et testa la frontière du plaisir et de la douleur.
Il tira sur les poils et, lorsqu'il crut lui faire mal, il
déplaça les doigts vers son clitoris. En moins de cinq
minutes, Stella avait un orgasme multiple à plusieurs
syllabes, mais pas Rudy. Sa bite demeurait flasque.

Lorsqu'elle eut retrouvé son souffle, Stella prit de
nouveau la bouteille d'huile d'amande et lui enduisit
copieusement l'entrejambe de liquide froid. Puis elle
se mit à l'ouvrage, le manipulant et le triturant de
toutes les façons imaginables dans l'espoir de le
récompenser pour l'avoir fait jouir si fort. En haut, en
bas, à droite, à gauche et au milieu, à une main, à deux
mains, tout y passa, mais sans effet. Sa matraque refusait de bander, mais Rudy ne s'en souciait guère. Il
avait eu une journée terriblement stressante et il était

vanné. De plus, il était un homme d'âge mûr qui prenait des pilules contre la tension.

Rudy expliqua à Stella les raisons de son impuissance et lui déclara qu'il devait rentrer pour s'occuper de ses chiens. Il l'embrassa, se leva et se vêtit. Le temps d'enfiler ses bottes, et elle dormait, produisant, Dieu savait comment, de petits sifflements avec le nez. Il posa un dernier baiser sur son front et quitta la chambre. Dans la cuisine, il jeta un coup d'œil dans le frigo pour voir s'il ne pourrait pas pirater quelque chose. Un bon reste de steak avait l'air tentant. Il le mit avec une rondelle d'oignon entre deux tranches de pain blanc enduites d'une bonne couche de moutarde et de Miracle Whip, sortit de la maison en mâchant le sandwich, gagna sa Blazer et prit le chemin du retour.

Une fois chez lui, Rudy chassa les chiens de sa chambre et en ferma la porte. Il avait quelques petites choses à régler en privé. Il tortura sa bite récalcitrante pendant quarante-cinq minutes, s'escrima comme un diable pour qu'elle bande. Rien à faire. Cette chiffe molle refusait de se battre. Bah, il était tout simplement épuisé. Ce n'était pas la faute de la belle femme indienne apparue dans sa vision au *yuwipi*. La belle femme qu'il avait embrassée dans la verte vallée céleste était au-delà de tout reproche.

Sa tête fatiguée essayait cependant de faire comprendre à son cœur que la femme qu'il avait embrassée ne s'était pas transformée en énorme araignée, qu'il n'y avait jamais eu de femme. Que c'était Iktomi, le trickster déguisé. Peut-être qu'Iktomi était venu lui reprendre son érection. Iktomi, le bienfaiteur des Indiens. Iktomi, cet enculeur d'insectes. Il tenta de faire taire son esprit éreinté.

Rudy Yellow Shirt maudit Iktomi jusqu'à sombrer

dans le sommeil. Il rêva de Vivianne. Rudy rêva qu'elle était revenue au foyer. Vivianne était sa seule et unique épouse, même si, aujourd'hui, elle en désirait une autre. Cette idée l'excita vaguement, et il rêva qu'il s'apprêtait à lui faire l'amour. Mais même dans son rêve, il restait incapable d'avoir une érection. Il dormit toute la nuit d'un sommeil agité.

26

Mogie était soûl, sans cela, jamais il n'aurait sup-
porté la réunion des Alcooliques anonymes. Il était
venu pour la simple raison que le tribunal tribal avait
exigé qu'il assiste à six réunions la dernière fois qu'on
l'avait ramassé pour ivresse publique pendant l'année.

Après cette réunion, il aurait rempli son contrat,
purgé sa peine. Au fil du temps, Mogie avait à maintes
reprises emprunté la voie des douze étapes. Le concept
même lui semblait une vaste plaisanterie, mais le café
était toujours fort, et il aimait écouter les autres raconter leurs misères. Parfois, il entendait de telles horreurs
que ses propres souffrances devenaient insignifiantes
en comparaison. Et puis, au terme de chaque réunion,
il avait le sentiment d'avoir accompli quelque chose,
même s'il buvait toujours autant.

« … Et aujourd'hui, je fête mon quatrième mois de
sobiriété, disait un soûlard. Il y a quatre mois de cela,
j'ai quitté la mauvaise pente que je suivais depuis deux
ans. Je suis impuissant devant l'acool. J'avance doucement, au jour le jour et toutes ces bonnes choses.
Mieux vaut vivre dans la sobriété et éviter l'acool.

— Cousin, lança Mogie, on dit sobriété et pas sobiriété. » Il ne prit pas la peine de corriger « acool ». Tous

les soûlards qu'il connaissait ou presque prononçaient « acool » au lieu d'alcool.

« Tu veux parler ? demanda le responsable de séance à Mogie.

— Pas ce soir. Je vous ai déjà tout dit les autres fois.

— C'est comme tu le sens, déclara le responsable d'un ton d'encouragement calculé.

— Non, c'est non », conclut Mogie. Il mit la paume de sa main sur sa cicatrice, puis il se leva pour aller chercher du café.

Il était là avec onze autres ivrognes, dans le sous-sol d'une maison préfabriquée proche du bâtiment de l'Administration tribale. Le préfabriqué plein de courants d'air abritait différents rouages du programme tribal sioux oglalas contre l'alcool. L'éclairage fluorescent des néons donnait à la pièce des allures de vaisseau spatial et rendait Mogie réticent. Ou, plus exactement, l'éclairage faisait que sa cicatrice sautait aux yeux des autres alcoolos. Certains le dévisageaient, puis ils clignaient des yeux en espérant qu'ils n'étaient pas victimes d'hallucinations à la noix. D'autres, sobres depuis plus longtemps, regardaient la grande cicatrice du coin de l'œil et remerciaient leur puissance supérieure de ne pas être tombés assez bas pour être esquintés de la sorte.

Tous ceux qui souhaitaient prendre la parole avaient parlé. La réunion touchait à sa fin. Mogie n'avait rien dit, mais il avait parlé en d'autres occasions, il s'était confessé, avait pleuré, prié. Il se cala dans sa chaise, alluma une cigarette, et écouta le discours du « modérateur ».

Ed Skye était un ivrogne repenti depuis des années. Devenu sobre, il était allé à l'université et avait décroché un diplôme de sciences sociales. Il avait même fait un mémoire de recherche et dirigeait maintenant tous les projets de la tribu concernant l'alcoolisme. Mogie était au lycée avec Skye et savait que, sobre ou pas, c'était un baratineur.

«Nous marchons sur la bonne route rouge», déclara Skye. Au ton de sa voix, il était clair pour tous qu'il avait répété ces paroles des centaines de fois. «Nous sommes frères et sœurs de même peau. Notre peau est rouge. Nous sommes frères et sœurs de sang. Notre sang est rouge. Le combat que nous menons tous individuellement n'est pas seulement le combat pour la sobriété. Nous sommes au front dans la bataille pour la survie de nos peuples indiens, nos *tiospayes*, nos *oyate*, nos Oglalas…

— Ed, vieux, je peux te demander un truc? interrompit Mogie.

— Bien sûr, demande.

— Qu'est-ce que t'en sais, du front?

— Je ne te suis pas», dit Skye. Il leva son gobelet de plastique pour avaler une grosse gorgée de café et reprit: «Tu as l'air en colère, pourquoi? Nous sommes tous tes amis, ici. Si tu as quelque chose à dire, nous sommes là pour t'écouter.

— Ed, il y a vingt-cinq ans, tu te souviens? On t'a pas trop vu, t'étais où?

— Ça veut dire quoi?

— Ça veut dire que moi et une douzaine de gars de la terminale, on était dans les rizières de merde à exploser les couilles des niacoués. Et toi, Ed, où t'étais? Comment tu y as échappé?

— Tu m'as tout l'air d'être soûl. Rentre chez toi et cuve. La réunion est close. La semaine prochaine, je reverrai certains d'entre vous. Bonne chance à vous tous, ceux qui reviendront et les autres. Restez sur la bonne route rouge », conclut Skye. Et il quitta la vaste pièce avant que son adversaire puisse rouvrir la bouche.

Mogie se resservit du café et mit le couvercle de plastique sur le gobelet. Il le réchaufferait peut-être chez lui un peu plus tard, ou il le boirait froid demain matin. Il quitta le frigo miteux du préfabriqué, sortit dans la nuit glaciale du Dakota. Il neigeait doucement et le brouillard s'était levé avec la neige. Tout alentour était couvert de givre. Les routes seraient glissantes ; un fin vernis de glace s'étendrait sur toutes choses.

En chemin, Mogie fit un crochet par le Centre commercial de la nation sioux et passa devant l'entrée des livraisons, lieu de rassemblement des ivrognes à l'arrière du bâtiment. Ce n'était pas une nuit à rester dehors. Il ramènerait chez lui les loups solitaires en maraude et les laisserait dormir sur le plancher de sa cahute.

Route rouge ou pas, Mogie savait ce que c'était de n'avoir pas d'abri par une nuit d'hiver. C'était pire que la mort. Ou peut-être, qui sait ? Peut-être que c'était justement comme la mort.

27

Une semaine après la cérémonie du *yuwipi*, Rudy s'éveilla en fredonnant une vieille chanson populaire que chantait sa mère : « Longtemps tu as tourné autour de ma cabane. Oh, misère, ne reviens plus jamais. » *Ce devrait être l'hymne national des Indiens d'Amérique*, songea Rudy.

Il avait eu un rêve cette nuit-là, presque un rêve de l'esprit élan. Une furieuse tornade esprit de sexe élan dansait dans sa cour, faisait tournoyer les branches, les cartons vides et autres détritus dans un tourbillon gémissant de rut et de désespoir.

Dans le rêve, il se tenait juste devant la tornade et tentait de voir au travers, d'apercevoir un signe qui lui sauverait la vie. D'abord, Rudy ne vit rien. Puis, à travers la poussière, il aperçut deux petites lumières rondes. Elles grandissaient, grandissaient jusqu'à ce qu'il les distingue clairement. C'étaient les phares d'une voiture qui avançait vers lui à travers la poussière. C'était la voiture de Vivianne, et elle s'arrêta dans son allée.

Vivianne en sortit et courut à sa rencontre, au ralenti, comme une starlette d'antan dans un film à la gomme. Elle l'embrassa, et il lui rendit son baiser.

Les chiens leur bondissaient dessus, leur faisaient fête. Ils pleuraient tous deux et gagnèrent la maison pour y vivre heureux le reste de leurs jours. Elle lui prépara un cheeseburger, et quand Rudy Yellow Shirt mordit dedans, il était plein de pus jaune et d'asticots. « Ça t'apprendra à me violer, espèce de salaud arrogant », hurla Vivianne, et elle se mit à rire comme une hyène. Ainsi s'achevait le rêve.

Rudy s'interrogea sur ses rapports avec les femmes. Au fil des années, il avait fait des rêves de culpabilité sur Stella et lui, Vivianne et lui, Serena, la femme de Mogie, et lui, sur lui et des douzaines de femmes. Il en venait parfois à la conclusion que la majorité de ses problèmes avec les femmes remontaient à sa mère. À sa mère et à sa culotte rouge.

En 1967, environ un mois après que Mogie eut sans vergogne frotté sa bite contre leur mère, Rudy était allé fureter dans sa commode, et il avait volé la culotte rouge. Il l'avait emmenée dehors, aux cabinets, y avait mis le feu, et il avait laissé tomber le Nylon enflammé dans le trou de l'enfer. Cette culotte rouge lui rappelait trop sa chute dans les gradins au match de football. Il ne se souvenait pas alors de leur mère inconsciente cependant que Mogie se masturbait sur elle.

En gros, Rudy voulait de Stella ce qu'il avait eu avec Vivianne. Il voulait revenir à ses routines simples. Il voulait regarder *Sunday Morning* sur CBS avec elle pendant qu'ils mangeaient leurs œufs au bacon. Il voulait nettoyer la maison avec elle. Il voulait aller faire les courses avec elle. Il voulait s'étendre sur le canapé pour regarder les Chicago Bears, sachant qu'elle rentrerait bientôt de l'église pour préparer leur repas. Rudy voulait une vie normale.

Mais la vraie question qu'il voulait se poser était la suivante : « Est-ce que moi, M. Rudy Yellow Shirt, j'aime vraiment Stella ? » Et la vraie réponse qu'il voulait se donner était : « Oui, monsieur ; bien sûr, monsieur ; absolument, monsieur. »

Rudy en avait par-dessus la tête du tournant de folie solitaire qu'avait pris sa vie depuis que Vivianne l'avait quitté. C'était précisément à cela qu'il pensait lorsqu'il sauta du lit, passa un survêtement à la hâte et fila au pas de course jusqu'à chez Stella pour l'attraper avant qu'elle ne parte au travail.

Elle lui ouvrit la porte en chemise de nuit de flanelle et le considéra d'un œil méfiant. Elle avait toujours ses règles.

« Pas de petit câlin rapide ce matin, Rudy. Mon patron a un gros rapport que je dois finir de mettre en forme dans l'ordinateur pour le sortir avant que les gars du bureau local d'Aberdeen ne débarquent cet après-midi.

— Ce n'est pas pour ça que je suis venu, dit Rudy.

— Bon, prends un café. Excuse-moi une minute, le temps que je passe sous la douche. Tu peux te faire des toasts si tu veux. »

Il en était à son deuxième café lorsqu'elle reparut dans la cuisine en peignoir d'éponge rose.

« Stella, je suis venu pour cette histoire de loyer, dit-il.

— Quelle histoire de loyer ?

— Ben, nous payons chacun un loyer alors que nous passons presque toutes nos nuits ensemble.

— Rudy, tu ne serais pas en train de me dire que tu veux te mettre à la colle ?

— Non, pas exactement.

— Alors quoi, exactement ? »

Il inspira profondément et contempla les rondeurs brunes de ses seins qui débordaient du peignoir. « Stella, commença-t-il en fermant les yeux, je suis célibataire à présent.

— Et alors ?

— Alors... tu veux te marier ?

— Me marier ? Pourquoi veux-tu m'épouser, Rudy ?

— Parce que je t'aime.

— Et Vivianne ? Tu es sûr que c'est fini avec Vivianne ?

— Vivianne qui ?

— Je ne plaisante pas. Tu en as fini avec elle ?

— Oui, c'est fini.

— Je suis sérieuse, Rudy. Plus de Vivianne, terminé.

— C'est fini, terminé.

— Bon. Alors c'est d'accord, M. Rudy Yellow Shirt. Je vous épouse.

— Vrai ?

— Puisque je viens de te le dire. Cela te surprend ? Tout de même, c'est pas comme si on en avait jamais parlé.

— Merci.

— Merci ? Quelle drôle de chose à dire. »

Il se leva et l'enveloppa de ses bras. « Tu ne pourrais pas téléphoner pour prévenir que tu vas être en retard ?

— Certainement pas. Trop de travail aujourd'hui. Je te verrai ce soir. J'ai droit à une bague de fiançailles ou pas ?

— Bien sûr que oui. Mais d'abord, faut que je passe au magasin acheter des pochettes surprises. En plastique, ça t'ira ?

— Fiche-moi le camp, Rudy. Je te vois ce soir.

— Stella, je t'aime.

— Moi aussi», dit-elle. Et elle l'embrassa pour lui dire au revoir.

Il l'embrassa aussi, avec la langue, et il lui prit les fesses à deux mains avant de filer. Rudy exultait, mais il éprouvait aussi comme un soupçon de tristesse, et quelque chose qui ressemblait à du mépris. Cela avait été trop facile. Il regrettait de ne pas être plus satisfait, plus joyeux. Il était la proie d'un bizarre mélange d'émotions. Il était profondément inquiet. Il lui semblait quitter le vaisseau spatial Entreprise pour descendre à la vitesse de la lumière vers une étrange planète appelée Stella.

«Stella Yellow Shirt, dit-il à haute voix alors qu'il croisait un groupe de trois enfants.

— Hein, quoi? fit l'un des mômes.

— Mme Rudolph Yellow Shirt», marmonna-t-il.

Tandis qu'il rentrait chez lui en petites foulées, son moral remonta. Il chanta: «Longtemps tu as tourné autour de ma cabane. Oh, misère, ne reviens plus jamais.» Rudy pensa d'abord à sa mère, à combien elle lui manquait. Il pensa ensuite à Mogie. Rudy se demanda si Mogie accepterait d'être son garçon d'honneur. Ce n'était peut-être pas une très bonne idée. Si, c'était précisément la meilleure des idées, l'idée juste. Mogie serait son garçon d'honneur. Qu'est-ce qui l'en empêchait?

28

Le lieutenant Rudy Yellow Shirt, enquêteur criminel au service de la Sûreté publique, réserve de Pine Ridge, a parcouru le territoire cette nuit à la recherche d'abrutis de mômes à cheval qui jetaient des pétards de grande puissance contre les maisons.

C'était exactement ce qu'il écrirait dans son rapport de nuit. Si c'était à cela qu'ils voulaient le payer, pas de problème. Et s'ils n'appréciaient pas l'humour, qu'ils aillent se faire foutre. Rudy n'avait pas retrouvé le gang des pétards, mais il s'en souciait comme d'une guigne. Il faisait moins six dehors, et il n'était pas d'humeur à se geler les *cojones*[1] pour poursuivre des mômes qui ne respectaient rien.

La nuit était claire, étonnante, une chouette nuit de mi-décembre ; les lumières de Noël brillaient à travers les fenêtres des maisons, dans les arbres des jardins. Il y avait dans chaque rue une ou deux maisons dont les occupants s'étaient déchaînés sur les ampoules clignotantes pour emputasser leurs minables cahutes de lumières multicolores. Des quartiers entiers de la petite ville misérable des hautes plaines étaient illumi-

1. Couilles, en espagnol dans le texte.

nés, rutilaient de mauvais goût telles des Las Vegas miniatures, au point que les étoiles se voilaient la face de honte. «Les Indiens n'ont pas de bon sens», murmura Rudy pour lui-même.

Il était près de huit heures, et il avait encore quatre heures à tuer avant la fin de son service. Le lieutenant Strong Wound était à la tête des troupes ce soir, et Rudy ne tenait pas à l'approcher de trop près. Victor Strong Wound était un ancien marine d'une trentaine d'années qui portait encore les cheveux en brosse. Rudy ne l'aimait pas, parce que le lieutenant était aussi arriviste qu'un Blanc. Ce que Rudy détestait le plus chez lui, c'est qu'il se conduisait parfois comme s'il rassemblait des prisonniers irakiens après ces monstres exercices de bombardement qu'on avait baptisés «Tempête du désert». Il aurait voulu voir ce petit frimeur se démerder dans la jungle de l'enfer vert d'Asie que Mogie et lui avaient visité. Au cul ces anciens de «Tempête du désert», tous des pédés.

Rudy n'était pas fâché d'être de patrouille, loin de cette tête de nœud de sang-mêlé. Il se dirigea vers East Ridge et décida de passer par la cahute de Mogie. Au fond de lui, il savait qu'il ferait mieux de s'abstenir. De l'instant où Rudy aperçut son frère, il eut une telle peur que son pouls s'emballa et dépassa le cent.

Quand Rudy s'arrêta devant la pitoyable cabane, Mogie et un autre type étaient sur le côté de la maison. Mogie était couvert de sang et tenait à la main un grand couteau. Dans l'autre main, il avait une torche électrique qui oscillait de haut en bas. Rudy se gara et coupa le moteur. Tandis qu'il bondissait de sa voiture de patrouille, il vit Mogie essuyer le couteau sur son jean. Rudy en frissonna.

Le rayon lumineux de la torche éclaira alors le mur

de la cahute, et Rudy s'aperçut qu'un petit cerf-mulet était suspendu sur le côté du palace. Une vague de soulagement lui emplit l'esprit, mais son cœur s'agitait toujours avec la frénésie d'une carpe hors de l'eau. Malgré ses médicaments contre la tension, il savait bien qu'un jour son cœur exploserait et qu'il n'aurait plus à subir ce monde mesquin de désespoirs humains. Le cerf était attaché par les pattes de derrière à deux gros clous. Mogie était en train de le vider. La bête était décapitée et écorchée de frais. La tête, ornée de petits bois, gisait à terre dans une mare de sang.

Son frère achevait de nettoyer la carcasse. Un tas de boyaux fumants luisait sur la terre recouverte de neige. Ensuite, il découperait l'animal. Une importante portion de mur était éclaboussée de sang. Son frère, le grand chasseur! Ils avaient dû sortir pour traquer la malheureuse bête aux phares. Plus tard, Rudy savait qu'ils feraient le tour de la ville pour tenter de vendre les meilleurs morceaux, que s'ils y parvenaient, ils boiraient comme des trous pendant une nuit ou deux. Loi 101 de l'économie des ivrognes.

«Nom de Dieu, Mo, tu m'as flanqué une trouille! Maintenant, faut que je rentre changer mon slip chocolat, lança Rudy en s'approchant lentement de son frère. J'ai cru que tu commettais un meurtre abominable, et finalement, c'est rien qu'un minable cerf efflanqué. Vieux, tu m'as foutu une pétoche de tous les diables.

— Cal Iron Boy, c'est lui, il a touché le cerf avec sa camionnette. On a presque fini de le nettoyer. Enfin, moi. Il me donne la moitié de la viande pour le travail au couteau. Pas vrai, Cal?

— Bonsoir Cal, dit Rudy à l'ami au cerf.

— *Wasté*. Tu voudrais pas un peu de gibier,

Rudy? demanda Cal, son regard vitreux rivé sur le pistolet à sa ceinture.

— Je vous achète des steaks si vous me les taillez bien épais», dit Rudy. Il savait que Mogie possédait une bonne scie à métaux, et il savait aussi qu'il les lui taillerait. Mogie avait besoin d'argent pour acheter sa ration nocturne d'eau de feu.

«Ouais, t'en fais pas, dit Cal, mais vas pas raconter ça aux flics. Aaahhh.

— Faut pas te sentir obligé, dit Mogie.

— Sérieux, Mogie, je t'en achète.

— Bon, d'accord, je vais te les découper. Hé, quand je donne ma parole, je tiens promesse, moi. Je ne mens pas à propos de George Washington et de tous ces trucs. Surtout au moment de Noël.

— De George Washington?

— Parfaitement, Rudy. Le gars qui a coupé le cerisier...

— Et merde. Je te verrai plus tard, vieux. J'ai un rapport à écrire», déclara Rudy qui n'avait pas envie de rester là à attendre que Mogie lui fasse son cirque. Il tourna les talons et se dirigea vers sa Ford de patrouille. Les paroles de Mogie le suivaient comme des moustiques.

«Les anciens Lakotas appelaient décembre *tahecapsun win*, la lune où les cerfs perdent leurs bois. Ça me fait toujours marrer quand je pense aux rennes du Père Noël et tout ça, frangin Rudolph», dit Mogie au moment où Rudy montait en voiture. Rudy ne savait pas trop à quoi Mogie voulait en venir.

Irrité, il quitta East Ridge pour regagner le commissariat. Depuis bientôt un mois, il avait réussi à repousser l'échéance de son expédition terroriste au mont Rushmore. L'état de Mogie empirait, il se déplaçait avec difficulté mais il buvait toujours autant. Ce n'était plus qu'une question de temps. De peu de temps. Triste temps.

Dans le courant du mois, Mogie avait abordé le projet de refaire le nez à George Washington un certain nombre de fois. Parfois, Rudy se conduisait comme s'il n'avait jamais eu l'intention d'aider Mogie à accomplir son «vœu de mort», comme s'il n'avait fait que plaisanter. Parfois aussi, comme ce soir, Rudy laissait sa colère prendre le dessus, camoufler sa mauvaise conscience.

Il ne savait que faire. Avec chaque semaine qui passait, Mogie avait l'air plus mal en point. Mais Rudy lui avait promis de l'aider, s'était promis de le faire. Et voilà qu'il jouait les Bill Clinton, qu'il noyait le poisson, louvoyait... Il fut soulagé lorsqu'un appel radio l'obligea à cesser de penser à Mogie. Il noierait ses remords dans le travail. Quand l'opératrice lança l'appel, Rudy était à des lieues d'imaginer que l'incident en question bouleverserait Mogie et mettrait tout son univers sens dessus dessous.

Un inconnu s'était pris le pied dans un piège à coyote, dans un jardin situé à moins d'un pâté de maisons de chez Rudy. L'ambulance était en route. Rudy aussi. En trois minutes, il était sur les lieux, battant l'ambulance d'une courte tête. Une petite foule s'était assemblée dans le jardin à l'arrière de la maison. C'était celle des Trudeau. Il l'avait reconnue au camping-car Winnebago qui était toujours garé devant. Et même sans la Winnebago, Rudy ne se serait pas trompé. Il savait qui habitait où dans toute la ville.

Wally Trudeau était un Blanc; enseignant en sociologie au collège Akicita, il avait épousé une Black Lodge. C'était un costaud à barbe noire légèrement

370

siphonné qui se prétendait Cherokee. Rudy l'avait arrêté deux fois parce qu'il battait sa femme, Rondella. Les deux fois, il l'avait sérieusement amochée à coups de poing.

Trudeau était un fanatique de l'égalité raciale qui portait fréquemment d'authentiques peaux de daim historiquement correctes. Il assistait aussi souvent que possible au « Rendez-vous de l'Homme de la Montagne ». Rudy l'avait un jour décrit comme un frappé de « Kivoudrai[1] » cherokee. C'était après une visite de Trudeau qui faisait une collecte pour Leonard Peltier, le militant indien emprisonné.

Wally Trudeau, sa femme, leurs trois enfants et plusieurs voisines étaient debout près d'un homme immobile, étendu face contre terre dans la neige. Sous la lumière aveuglante des projecteurs du jardin, Rudy vit qu'il s'agissait de Verdell Weasel Bear, le compère de Mogie. Il paraissait mort, et son pied était pris dans un petit piège d'acier. Rudy se pencha, ouvrit le piège et dégagea la cheville. C'était un bon piège à coyote mais, de l'avis de Rudy, n'importe quel homme normal aurait pu l'ouvrir sans trop de peine.

Il prit le poignet froid de Weasel Bear et chercha le pouls. Rien. La peau semblait sur le point de geler. Le bras était raide. Rudy posa l'oreille sur sa poitrine. Pas un bruit. Les gars des urgences arrivèrent et tentèrent de le ranimer. Comme il ne réagissait pas, ils le chargèrent rapidement et l'embarquèrent à l'hôpital. Ils seraient rendus en trois minutes, et les médecins tenteraient une défibrillation. Rudy savait que c'était

1. En anglais « wannabe », contraction familière de « want to be » — qui veut être. Expression que les Indiens utilisent pour désigner ceux qui se prennent pour des Indiens — la tribu des Kivoudrais.

sans espoir. Le pote de Mogie était raide. Ses jours de beuverie étaient terminés. Vieille histoire indienne.

Rudy avait remarqué plusieurs détails sur la victime avant qu'on ne l'emmène aux urgences. À en juger par les traces furieuses dans la neige, Weasel Bear s'était bien débattu, mais sa cervelle de soûlard avait dû paniquer. À lui tout seul, il empestait comme une brasserie. Autour de la cheville, son pantalon était en lambeaux, mais la chair que les dents du piège avaient mordue n'était pas si abîmée que cela. Sa cheville n'avait saigné que très peu, la blessure n'était pas bien grave, à peine un demi-centimètre de profondeur.

Peut-être qu'il était trop soûl, trop affolé pour se sortir du piège. Tous détails mis à part, Rudy supposa que Weasel Bear avait fait une crise cardiaque et qu'il était mort là, sous les étoiles de l'hiver.

Il se tourna vers Wally Trudeau et lui demanda ce qu'un piège à coyote armé foutait dans son jardin. Trudeau avait l'air à moitié dans le sac et des restes de nourriture étaient pris dans sa barbe noire et luisante.

« C'est pour éloigner les voleurs.

— Fous-toi de ma gueule, va.

— Quelqu'un venait nous piquer des trucs dans la maison.

— Alors, tu as mis un piège ? Quelle tête de con…

— Lui parle pas sur ce ton », intervint la grosse Rondella Trudeau. Rudy ne savait pas trop sur quel ton s'adresser à elle. Il la connaissait depuis toujours. Pire même, Rondella Black Lodge Trudeau était celle qui l'avait dépucelé à la fin de sa seconde. Depuis l'époque du lycée, elle avait pris cinquante kilos et s'était transformée en un tas de lard teigneux à grande gueule. Trop de Budweiser, et trop de rations alimentaires du gouvernement. Scolarité insuffisante.

«Et personne ne l'a entendu hurler, là-dehors? demanda Rudy d'une voix forte dans un effort pour asseoir son autorité.

— Non», dit Trudeau en le foudroyant du regard. Il vivait dans la rez depuis une douzaine d'années, mais Rudy ne le connaissait pas bien. À ses yeux, ce n'était qu'un connard, l'un des dix millions d'abrutis qui, en Amérique, se réclamaient d'ancêtres cherokees.

«Si moi j'avais la jambe prise dans un piège, je sais que je gueulerais comme un putois», dit Rudy en fixant un reste de nourriture accroché à la barbe de Trudeau — peut-être de la purée. Et il se demandait bien comment personne n'avait entendu le malheureux Weasel Bear qui se débattait dehors.

«On a rien entendu, Rudolph Yellow Shirt», déclara Rondella. Grosse, de petite taille, elle n'en portait pas moins une tenue de sport moulante en Spandex. Sous son gros ventre, sa chatte rebondie étirait le tissu élastique violet. Rudy songea que minette avait sans doute grandi considérablement depuis qu'il l'avait mise. Rondella était connue dans tout Pine Ridge pour une «grande gueule». Elle zézayait légèrement, avait de mauvaises dents et portait des lunettes à monture noire à l'ancienne mode. Dieu qu'elle était laide. Le prétendu «Cherokee» pouvait la garder longtemps, grand bien lui fasse.

«Vous êtes sûrs que vous n'avez rien entendu?

— Rien du tout que je t'ai dit. Wally et moi, on dormait. On travaille, on se lève le matin. On avait mis le piège parce qu'il y a environ deux semaines de ça, quelqu'un est entré dans la maison pour prendre toutes sortes de trucs et deux bouteilles de vodka. Et puis on vous a appelés, bon Dieu de flics. *Ennut*, tu es

373

placé pour le savoir. Alors, essaie pas de nous faire sentir coupables. C'est pas de notre faute si ce vieux sac à vin puant s'est pris les pattes dans le piège.

— En tout cas, je vois pas qu'il ressemble beaucoup à un coyote. Je sais pas quoi vous dire d'autre. Les fédéraux vont venir pour enquêter. S'il ne tenait qu'à moi, je vous embarquerais tout droit à l'hôtel des Cœurs Brisés pour homicide involontaire. En attendant, j'emmène le piège au poste. Pièce à conviction.

— On veut pas parler au F.B.I. Et tu as tout intérêt à pas nous paumer ce piège. C'est l'un des meilleurs de mon mari », rétorqua Rondella, poings sur les hanches en fixant Rudy d'un œil mauvais. Ce triple gras-double de femme n'avait même pas l'air d'avoir froid. Mais peut-être qu'il aurait chaud, lui aussi, avec autant de graisse sur le dos emballée dans du Spandex.

Le piège était accroché à une chaîne en acier de deux mètres, elle-même attachée à un vieux tuyau galvanisé qu'on avait enfoncé dans le sol gelé. La chaîne était solidement cadenassée au tuyau, et Rudy n'avait pas de clé anglaise avec lui. Il tendit la chaîne, sortit son Magnum 357 et fit sauter un ou deux maillons. La détonation émut le voisinage. Les yeux écarquillés, muets de stupeur, les Trudeau le dévisageaient bouche bée. Rudy leur fit un petit salut idiot, emporta le piège et la chaîne, les rangea dans le coffre de sa voiture de patrouille. Il était content de lui, de son coup de feu théâtral.

« Va te faire foutre, Clint Eastwood », lui lança Rondella.

De chez eux, Rudy se rendit aux Services de santé pour voir si Weasel Bear était officiellement décédé. Il l'était et paraissait en paix. Quoique. Rudy n'avait jamais vu un mort à l'expression vraiment paisible.

Weasel Bear avait tout simplement l'air malheureux. Des morceaux de glace et de la neige avaient fondu sur la table d'examen et gouttaient sur le sol.

Rudy dit une brève prière silencieuse, puis il regagna son bureau pour rédiger son rapport. Il appela les fédéraux de Rapid City qui promirent d'envoyer un agent dans les trois heures. Rudy espérait bien qu'ils n'enverraient pas ce nœud de Suédois, l'agent Lars Thorsen. Pour Rudy, la mésaventure de Weasel Bear n'était pas un simple accident. Il avait le sentiment que les Trudeau pourraient se faire coincer pour homicide involontaire, mais c'était aux fédéraux de décider s'il s'agissait ou non d'un accident.

Assis à son bureau, il se demandait s'il ne devrait pas prévenir Mogie de ce qui s'était passé. Il décida de s'abstenir. Mogie était peut-être soûl et Verdell était son *kola*, son meilleur ami. Impossible de prévoir la réaction de Mogie. Rudy lui-même avait bonne envie de retourner chez Wally le Cherokee et de flanquer la raclée du siècle à ce connard de Blanc.

Quelque chose d'enfoui au fond de son psychisme se délectait toujours de la violence aveugle et, bien qu'ayant plus de quarante ans, il était fier de pouvoir encore s'offrir une virée occasionnelle au «Pays du Coup de Poing». Mais il savait que c'était là une de ses nombreuses faiblesses de macho. Rudy ignorait au juste pourquoi cette mort-là le déprimait autant. À cela près qu'il n'était pas spécialement fier de lui, au contraire. Et que Weasel Bear avait été tué par un Blanc.

Rudy reconnaissait parfois qu'une large part de son psychisme demeurait immature. Depuis toujours, dès qu'il posait les yeux sur une femme, il essayait d'imaginer comment elle serait au lit — sauf si elle était vraiment moche. Depuis toujours, dès qu'il posait les

375

yeux sur un homme, il s'efforçait de déterminer la meilleure stratégie pour lui flanquer une trempe. D'après lui, il y avait bien peu d'hommes au monde capables de résister à un direct au ventre, un bon coup de genoux dans les joyeuses suivi d'un uppercut au menton. L'idée étant de les battre avant qu'ils ne vous battent.

Se sentant soudain fort sot d'entretenir ces pensées de brute, il résolut de se conduire avec bienveillance envers ceux qu'il rencontrerait pendant le reste de son service. Il ne fallut pas bien longtemps avant qu'il brise sa promesse. On l'appelait pour coffrer des soûlards.

Mogie passa chez lui tôt le lendemain matin. Rudy venait de préparer du déca et lui en offrit une tasse. Aux yeux rougis et gonflés de son frère, Rudy comprit qu'il avait pleuré son ami, mort si lamentablement. Mogie déclara qu'il était debout depuis deux heures du matin, heure à laquelle Rudy était passé à sa cahute annoncer la mauvaise nouvelle. Mogie avait l'air si triste à pleurer dans sa tasse que Rudy en fut tout attristé lui-même. Il passa son paquet de Marlboro à son frère et se mit à pleurer avec lui. Au diable les conséquences, Rudy savait qu'il finirait par cogner ce sac à merde de Blanc. Il n'était certes pas un fan de Weasel Bear, mais sa mort avait fait pleurer son grand frère. Et Rudy avait la certitude que le *wasicu* avait tué Weasel Bear, même si l'agent Thorsen avait fait certifier par le médecin légiste de Pine Ridge qu'il s'agissait d'une mort accidentelle.

« Bon sang, pourquoi tu m'as pas averti hier soir, juste quand c'est arrivé ? protesta Mogie. Je serais venu zigouiller cet enculé de barbe-noire avec mes mains nues et mes ongles de pieds.

« — Justement, dit Rudy. C'est pour ça que je l'ai pas fait. Et puis, l'enquête n'est pas finie.

— Je me fais l'effet d'une merde, bon Dieu. Pour tout te dire, j'ai plus trop envie de vivre non plus.

— Ben tu sais, quand j'en ai eu fini, j'ai pensé que tu dormais ou que t'étais dans les vapes. Il était plus de minuit. N'empêche, je suis venu te prévenir un peu plus tard, vers les deux heures. »

Sans prêter attention aux excuses de son frère, Mogie reprit :

« Il y a des jours, j'aurais envie de claquer et de quitter ce ghetto des hautes plaines. Tu vois ce que je veux dire ? » Rudy se contenta de hocher la tête. Que répondre à cette question ? De toutes façons, Mogie mourrait bientôt.

Il tenta de se mettre dans les mocassins de Mogie sans y parvenir. Il ne voyait que les faits, du moins ce qu'il pensait être les faits. Le meilleur ami et compagnon de beuverie de Mogie était mort, mordu par un piège à coyote en acier appartenant à un professeur de sociologie blanc du collège Akicita. Le piège avait été posé dans le jardin de Trudeau, à quelques pas de chez Rudy. Wally Trudeau habitait cinq maisons plus haut dans sa rue, et si Rudy avait jamais vu un « Kivoudrai », c'était bien lui. Rudy n'avait pas de temps à perdre avec les « Kivoudrais », ces Blancs qui voudraient être Indiens. Et de ceux-là, il y en avait une belle palanquée au collège.

Le problème, c'est qu'une fois pris au piège, Weasel Bear n'avait pu s'échapper. Depuis l'enfance, la plupart des Indiens entendaient raconter des histoires de gars qui piégeaient des renards, des coyotes, des blaireaux. Beaucoup de ces histoires racontaient que de pauvres bêtes prises dans les mâchoires d'acier du piège devenaient folles de rage et se rongeaient la patte pour se libérer. Hier soir, quand Rudy était arrivé sur les lieux, il avait bien vu que Weasel Bear s'était démené comme une bête, au moins brièvement. Et, pour lui, cet abruti de soûlard de merde aurait pu se dégager sans peine s'il n'avait pas paniqué. Mais jamais il n'oserait le dire à Mogie.

Quoi qu'il en soit, Weasel Bear s'était démené comme un beau diable, tant et si bien qu'à force de se débattre pour se libérer, il s'était flanqué un infarctus mortel. Les fédéraux ne voyaient là qu'un accident et refusaient de poursuivre l'enquête — de l'avis de Rudy, sans doute parce que Trudeau était un Blanc. Le F.B.I. et le bureau du procureur avaient une sainte horreur d'arrêter des Blancs dans la rez pour des crimes commis contre les Indiens. L'agent Lars Thorsen avait donc obtenu que le médecin légiste de la réserve déclare officiellement la mort accidentelle. Du coup, l'homme blanc se lavait les mains de toute cette panade qui retombait sur ceux de la tribu.

«Ce mec s'en tire pour rien. Faut qu'on fasse quelque chose, Rudy, dit Mogie.

— Je suis bien d'accord», acquiesça Rudy. Et il était sincère.

Le lendemain matin, le capitaine Eagleman lui confiait la réjouissante mission d'obtenir une nouvelle déclaration de Trudeau.

«Je veux qu'on boucle l'affaire. L'autopsie confirme que c'était une crise cardiaque. Fais un saut au collège, et vois ce que tu peux tirer du gars Wally. Prends donc la nouvelle Wagoneer. Elle est super sur le verglas.»

Rudy fit le trajet de vingt minutes jusqu'au collège Akicita. Le campus — un bien grand mot pour ce que c'était — s'étendait sur un vaste terrain plat, à mi-chemin entre Pine Ridge et *Pahin Sinte*. Rudy s'était toujours demandé comment on osait appeler ce truc un «collège indien» quand la majorité des enseignants étaient des *wasicus* libéraux et pleins de bonnes intentions qui vivaient dans les villes frontières en dehors de la rez.

Il avait neigé pendant la nuit, mais le soleil avait transformé la neige en gadoue, et quand le soleil disparut derrière les nuages, la gadoue se remit à geler. Lorsque Rudy se gara sur le parking, la glace craquait et se fendait sous les roues de la Jeep flambant neuve de la police. Rudy avait aperçu le camping-car Winnebago de Wally Trudeau et s'était rangé à côté. Il sortit et se traîna dans la gadoue gelée vers un trio d'énormes cubes de béton posés comme des furoncles sur les hautes plaines nues.

Les bureaux des enseignants étaient situés au sous-sol du bâtiment administratif. Comme les trois autres constructions, le bâtiment circulaire était décoré de tourbillons avant-gardistes. Le collège était une pure vision de science-fiction. Les motifs au pochoir empanachés et flamboyants des Indiens de la côte Ouest ne faisaient qu'ajouter à l'effet visuel confondant de l'ensemble. Aux yeux de Rudy, c'était un résidu de fausse couche.

On disait que le collège avait été conçu par un architecte indien. Si tel était le cas, le type était shooté à l'acide, nourri depuis l'enfance de clichés artistiques et fou amoureux du béton. Rudy trouvait le campus plus laid qu'un cul de babouin. Pour construire le collège Akicita, il en avait coûté 4,2 millions de dollars au gouvernement fédéral.

Les bâtiments prétendaient se fondre dans le paysage des hautes plaines. Échec lamentable, ils en étaient très loin. Pire, le collège prétendait éduquer les Indiens, et Rudy savait bien que c'était là aussi un échec lamentable. En quinze ans d'existence du collège, le taux de chômage dans la rez avait plus que doublé, passant de 40 % à 85 %.

Rudy considéra les faucons marins et les saumons bondissants stylisés ; le motif de la côte Nord-Ouest encerclait le bâtiment principal. Il agita tristement la tête. Toutes ces décorations lui donnaient des allures de vaisseau spatial venu d'un autre monde. Ces scènes aux couleurs criardes agressaient l'âme sioux de Rudy. Et, comme si cela ne suffisait pas, deux totems en béton coulé, de style impressionniste et peints de couleurs vives, servaient de colonnes à l'entrée principale. Rudy disait toujours que ce lieu avait l'air d'un truc importé de Disneyland, ou peut-être d'un truc qu'on devrait *exporter* vers Disneyland.

Il passa devant la réceptionniste et descendit au sous-sol par l'ascenseur. Il frappa à une porte sur laquelle était écrit « Professeur Trudeau ». Wally Trudeau ouvrit et fit signe à Rudy d'entrer. Il lui désigna une chaise ; Rudy s'assit. Les murs du bureau étaient entièrement tapissés de couvertures étoilées sur lesquelles étaient exposées des peaux de castor, de loutre, de coyote et de nombreux autres animaux. L'espace d'un instant, Rudy eut la vision de Weasel Bear, le pote puant de Mogie, empaillé et accroché au mur. L'idée le fit frémir, et il réprima un rictus condescendant.

Il entreprit d'interroger Trudeau sur les détails qu'il pourrait avoir omis de sa déclaration initiale.

« Écoute, le F.B.I. estime qu'il s'agissait d'une mort accidentelle. Si le gouvernement fédéral n'y voit pas d'objection, la police tribale n'a pas à y revenir », déclara Trudeau en allumant une petite pipe de maïs.

Rudy fixait le visage velu au regard bleu et froid. Wally avait un gros point noir au bout du nez. Rudy tenta de lui expliquer patiemment qu'un détail leur avait peut-être échappé et que la police de Pine Ridge procédait à une simple formalité de routine.

Trudeau fronça les sourcils et dit d'un air mauvais : « Écoute, finissons-en une fois pour toutes. Ce n'est pas ma faute si ce type est mort dans mon jardin. Qu'est-ce qu'il faisait là, d'abord ? C'est mon terrain, je suis propriétaire. » Sur la défensive, Trudeau refusait de coopérer et, de surcroît, il cherchait des noises. Rudy n'avait guère envie de se fâcher inutilement. Il s'abstint de répondre. À quoi bon ? Trudeau n'avait apparemment pas le moindre remords concernant l'Indien tué par son piège à coyote. Rudy haussa les épaules.

Il griffonna quelques notes, principalement pour l'effet. Il souhaitait surtout filer de là, s'éloigner au plus vite de cet étron de Blanc. Il s'était déplacé en pure perte. Pire encore, il avait dû subir ce minable *wasicu* qui, sans la moindre honte, cherchait à se donner des airs supérieurs. Trudeau se tut, joua avec ses mains, joignit le bout des doigts en ogive.

« Tu es en partie Indien ? lui demanda Rudy.

— *Tsalagi*, dit-il.

— Salami ?

— *Tsalagi* nom de Dieu !

— C'est quoi, ça ?

— Cherokee. Je suis indigène d'Amérique.

— Certes », fit Rudy en concentrant son attention sur le furoncle prêt à éclater qu'il avait à la cuisse. Sans quoi, il aurait pouffé de rire au nez de Trudeau. Jamais auparavant il n'avait rencontré un seul « indigène d'Amérique ». Il avait connu des Indiens, des bons teints, des mangeurs de chien, des baiseurs de moutons, des étrangleurs de lapins, des Apaches, des Arapahos, des Cheyennes, des Crows, des Shoshones, des Comanches, et quelques durs à cuire de Paiutes, mais jamais de sa vie il n'avait entendu un bon teint se présenter comme un « indigène d'Amérique ».

Rudy fixa la cravate de Wally, une cravate vert vif, une vraie, pas de ces trucs qu'on accroche à son col comme celles de Rudy. De petits sucres d'orge de Noël étaient imprimés sur le tissu vert de la cravate, d'un vert qui se mariait à l'ensemble de son costume. Wally portait une veste de velours vert sombre, une chemise grise, et la cravate. Rudy était en vêtements civils — Levi's, bottes, parka noir au molleton de duvet, casquette de base-ball au logo de la police.

Trudeau portait le costume de l'emploi, s'était habillé pour jouer les professeurs, les dispensateurs de savoir. Ce qui n'intimidait pas Rudy : il avait son Magnum 357 à la hanche. Lorsqu'il prit congé, il veilla à tapoter doucement son arme tout en dévisageant Trudeau d'un air mauvais. Après cela, il se sentit un peu mieux — pas beaucoup, mais un peu. Mogie avait raison ; cet ovni barbu ne s'en tirerait pas comme ça. Il allait payer la mort de Weasel Bear.

En sortant de l'ascenseur, Rudy se dirigea vers la sortie.

« Il y a un petit blizzard là, dehors. Soyez prudent », l'avertit la réceptionniste. Elle flirtait. Par-dessus son épaule, il jeta un regard à son visage plein d'Indienne de race pure. Pas mal. Et elle avait les yeux rivés sur ses fesses.

« Bien maman. » Il rit et prit le chemin du parking. La fille était jolie. Il faudrait qu'il se renseigne pour savoir qui c'était. Il frappa dans ses mains pour conjurer le désir et poursuivit sa route dans le blizzard tourbillonnant. La visibilité était si mauvaise qu'il n'y voyait pas à cinq pieds devant lui. Il était dans le blanc complet.

Il avançait péniblement, passa trois rangées de voitures, et se retrouva à côté de la Winnebago de Trudeau. Il en fut soulagé : la Wagoneer était garée juste à côté. Dès qu'il eut mis le contact, la Jeep neuve démarra au quart de tour. Rudy avait l'impression d'être au cœur d'une de ces boules de liquide qu'on secoue pour faire de la neige. Il n'y voyait absolument rien.

Il mit la radio civile sur la chaîne de la rez où un abruti de disc-jockey parlait de la tempête de neige dans un anglais de bazar. Apparemment la perturbation se déplaçait très vite et devait dépasser la zone ouest de la rez d'ici quinze à vingt minutes à une ou deux heures près.

Rudy vérifia le niveau d'essence ; heureusement, le réservoir était plein. Il pouvait donc attendre. Au pire, il regagnerait le bâtiment administratif et passerait le temps à flirter avec la réceptionniste. L'idée n'était peut-être pas si mauvaise. D'ailleurs, il lui fallait faire un saut aux toilettes. Ses boyaux s'énervaient, lançaient des messages d'urgence à son cerveau, l'enjoignaient de se poser sur le trône dans les meilleurs délais.

Rudy sortit de voiture en laissant tourner le moteur. Il tentait de s'orienter entre la Jeep et la Winnebago quand une violente bourrasque le précipita dans une congère. Il se releva tant bien que mal, tendit les bras devant lui. Il ne voyait plus rien.

Dans le tourbillon de la neige, il ne voyait même pas ses pieds. Par deux fois, il regarda le sol pour s'assurer qu'il n'était pas un fantôme, l'esprit de quelque ancêtre flottant dans l'air d'hiver. Rudy n'allait certainement pas prendre le risque de se perdre sur les trente mètres séparant le parking du bâtiment administratif. Il remonterait dans sa Jeep et attendrait que tout se calme. Il resterait au chaud à fumer ses cigarettes.

Son nez le piquait ; respirer lui faisait mal. Il tendit la main à l'aveuglette, tomba sur la portière du camping-car de Trudeau qui se trouvait être ouverte. Il entra, heureux d'être momentanément à l'abri des intempéries. Il examina l'espace d'habitation et avisa une petite alcôve qui abritait un petit W.C. Les esprits de ses intestins lui dirent qu'il lui fallait s'y asseoir au plus vite sous peine de se balader avec une charge dans le slip. Il tomba le pantalon et se précipita tant bien que mal vers l'alcôve.

Rudy Yellow Shirt n'arriva pas au but. À mi-chemin, des crampes terribles le plièrent en deux. Le mouvement dut déclencher un mécanisme quelconque au fin fond de ses tripes, et il fit ce qu'il avait à faire, par terre, en plein milieu de la Winnebago. La chose terminée, il alla prendre du papier dans les toilettes.

Ayant remonté son pantalon, Rudy regagna l'avant du véhicule. Dehors, la tempête s'apaisait. On voyait maintenant à cinq pieds dans toutes les directions. Il se retourna, vit l'excrément fumant enroulé comme un serpent brun sur le tapis du camping-car. Il sourit, ricana, sortit et regagna sa Jeep.

Encore cinq minutes, et le plus gros de la tempête était passé. L'air était étrangement calme lorsqu'il quitta le parking, et il fut grandement soulagé en franchissant la grille du campus.

Il ignorait encore s'il attribuerait ou non sa vendetta odorante au «Guerrier de la Vengeance». Il se dit que c'était peut-être enfantin, vaguement psychotique même, mais il aurait aimé être là, simple mouche sur le mur du cabinet d'aisance, pour voir Wally Trudeau rentrer dans sa voiture. Il aurait bien aimé voir ça avec Mogie. En tout cas, il raconterait l'aventure à Mogie. À n'en pas douter, Mogie apprécierait.

«Sans dec', c'est ce que j'ai fait», qu'il lui dirait. *Sans dec'*. Mogie en péterait de rire. «Sans dec'.»

Au moment même où il quittait le campus, le soleil bondit hors des nuages. Tout le paysage étincelait, les milliards de flocons étaient comme autant de soleils en miniature. Rudy était heureux, exalté, et il avait soif. En rentrant à Pine Ridge après le coup de l'étron, Rudy résolut de passer chez un trafiquant d'alcool en campagne. Il avait une soif terrible, inexplicable. En temps normal, il ne buvait pas pendant le service, mais il avait désespérément besoin d'une bière.

À trois miles du collège, il arrêta la Jeep en bordure d'une route enneigée qui menait à un ensemble de cabanes en bois. La pièce maîtresse de ce dépotoir était une caravane en ruine avec une cinquantaine de pneus attachés sur le toit pour l'empêcher de s'envoler par grand vent. Rudy frappa à la porte et acheta un six-pack de grandes Bud à une chose malingre et sentant l'aigre du nom de Sharlette Black Owl. Il lui paya la bière deux fois le prix qu'elle coûtait à Whiteclay.

Il ouvrit une boîte et entreprit d'en engloutir le contenu. C'était bien bon, merveilleux même. Il se félicita d'avoir des bonbons à la menthe sur lui. Une bière lui suffisait. Il apporterait le reste à Mogie après le travail.

Il espérait que Mogie serait satisfait de ce qu'il avait accompli. Mais Mogie n'en resterait pas là, exigerait de faire payer Trudeau. Et Rudy savait aussi qu'il l'y aiderait sans doute. C'est à cela que servaient les frères. Au cinéma comme dans la vie. *Sans dec'*.

29

Ce soir-là, Rudy se rendit chez Mogie qui se mit bientôt en colère. Le récit du défi scatologique de son frère ne lui remonta guère le moral. Rudy finit par le convaincre de venir dîner avec lui et promit de lui préparer des hamburgers couverts de piments en boîte avec des frites. Mogie accepta l'offre, mais il boudait toujours, exigeait une vengeance digne de ce nom.

« Ce que tu as fait là, Rudy, c'est un truc de môme, de jeune délinquant, dit-il en montant dans la Blazer pour traverser la ville.

— C'est déjà un début, répondit piteusement Rudy.

— Et si le "Guerrier de la Vengeance" et moi, on allait foutre une carabine au cul de ce *wasicu* de Trudeau ? Si on lui filait un lavement au plomb ? »

Rudy sentait venir l'impasse.

« T'es dingue, Mo. Laisse tomber la violence. Tout le monde saurait qui a fait le coup.

— Tout le monde, tout le monde, au cul tout le monde. Je tiens à ce qu'il paie, ce mec, il a tué Verdell. Toi et moi, on était au lycée avec Verdell, vieux. Ce Kivoudrai de Blanc, il vaut pas un pet de lapin.

— Peut-être, mais je ne te laisserai pas aller le voir

avec un fusil, Mogie. "Guerrier de la Vengeance" ou pas, je ne suis pas fou.

— On fait quoi, alors?

— Ben, ce type, il est amoureux de son camping-car. Ces petites bêtes-là, ça coûte. Plus de trente-cinq mille dollars. On pourrait lui niquer son jouet avec une bombe incendiaire.

— Dis donc, Rudy, t'es obsédé par le feu ou quoi?

— On pourrait fabriquer une bombe à essence digne d'un 4 juillet en y ajoutant un bon mieux de cartouches.

— De quoi lui foutre une bonne trouille... l'idée me plaît bien.

— D'accord, on lui fait ça, mais pas de carabine au cul, pas de violence.

— Quand ça?

— Quand tu veux, Mogie. Ton jour sera le mien.

— Sans dec' hein?

— Hé, je déconne pas avec un déconneur.

— Alors, on y va ce soir.»

Rudy gémit et soupira. Il s'en voulait de s'enfoncer toujours plus profond dans les sables mouvants de l'univers de Mogie.

«Ne me lâche pas maintenant, hein, Rudy.

— Tu a dis ce soir, ce sera ce soir», déclara Rudy en mettant les hamburgers au piment et les patates à cuire. Il alla ensuite fouiller dans le placard et en sortit trois boîtes de cartouches calibre douze.

Une heure et demie plus tard, après le dîner, il entendit Mogie faire tomber quelque chose dans la salle de bains. Rudy lui avait donné le petit pot d'enduit noir pour sportifs et lui avait dit de se rendre invisible. Assis à la table de cuisine devant une bière, il espérait que Mogie serait bientôt prêt. Rudy s'était déjà noirci le visage et avait son bas de Nylon sur la tête.

« Dis-le bien fort… Je suis noir et j'en suis fier », chantait Mogie en dansant à la manière de Chuck Berry le long du couloir pour regagner la cuisine. Aux yeux de Rudy, il avait l'air d'un faux chanteur noir de music-hall à la gomme. Mais il n'avait rien d'une caricature ; il était menaçant, irréel, une créature venue d'un autre monde. À le voir dans la rue, Rudy ne l'aurait pas reconnu, mais il l'aurait arrêté pour délit de sale gueule.

« Tu es prêt ? demanda Rudy.

— Prêt, frangin. Ce vieux train *soul* nous attend », dit Mogie en tendant la main pour frapper dans celle de son frère. Rudy soupira. Il espérait que Mogie arrêterait bientôt son numéro de nègre. Mogie commençait à lui taper sur les nerfs. Le « Guerrier de la Vengeance » n'avait pas de temps à perdre avec ce genre de pitreries. Le « Guerrier de la Vengeance » avait une leçon à donner au « Cherokee » blanc, à savoir que quand on fait le con avec les Indiens, les Indiens se fâchent, et on récolte une bite.

La bombe incendiaire de Rudy n'était guère plus perfectionnée que celle qu'il avait utilisée pour faire flamber le débit de boissons à Whiteclay. Il mit dix litres d'essence dans un jerricane de vingt litres, puis il laissa tomber les trois boîtes de cartouches calibre douze dans l'essence. Ensuite, il enfila un vieux chiffon dans le bec verseur et s'assura qu'il atteignait l'essence pour faire mèche. Incapable d'imaginer un meilleur système, il se décida une fois de plus pour la brave pochette d'allumettes et la cigarette allumée en guise de détonateur.

Rudy ouvrit la porte de derrière, fit rentrer Hughie,

Dewey et Louis et leur donna à manger. Pendant ce temps, Mogie prit un sac de papier et sortit dans le jardin. Rudy ne souffla mot mais vit par la fenêtre que Mogie ramassait des merdes de chiens fraîches à l'aide de deux bâtons et les mettait dans le sac. Rudy grimaça, se détourna de la fenêtre et alla chercher son fusil à pompe dans le placard de cuisine.

De retour à la fenêtre, Rudy comprit et accepta l'évidence : son univers s'était mué en une maison de fou ambulante. Il était là, à regarder son frère condamné qui ramassait des merdes de chiens avec des baguettes sur le sol gelé de l'hiver. Quand Mogie aurait terminé sa folle besogne, ils iraient incinérer le véhicule de loisir d'un tiers.

Muni de sa bombe incendiaire et du fusil à pompe, Rudy rejoignit son frère dehors.

« Hé, monsieur Pincettes à Merde, lança Rudy.

— Vieille ruse indienne, répondit Mogie en agitant le sac.

— Par-dessus la barrière », dit Rudy en désignant des lèvres le grillage. Mogie tenta de sauter, mais il ne s'éleva que de quelques centimètres et atterrit violemment contre l'obstacle qui l'envoya rouler dans un tas de neige. Il se releva en jurant, souleva une jambe, resta un moment à califourchon sur le grillage avant de faire passer l'autre jambe. Rudy lui tendit la bombe incendiaire et le fusil, puis il sauta le mètre vingt de l'obstacle en ciseaux. Il n'avait pas fini qu'il se sentait coupable d'avoir fait une chose dont le corps malade et condamné de Mogie était incapable.

« Dis donc, vieux, t'as mis des Air Jordan ou quoi ? » lui gronda Mogie à l'oreille avant de se mettre à rire. Rudy l'ignora, lui fit signe de se taire en posant le doigt sur sa bouche. En silence, ils suivirent lentement la piste de terre qui longeait l'arrière des maisons dans la nuit indienne éternelle. L'espace d'un instant, Rudy se sentit jeune et exalté, comme si les années s'étaient envolées, comme s'il partait avec son grand frère pour une aventure d'adolescents. Une aventure d'adolescents mutants dans un monde parallèle.

La nuit était noire, d'un noir inquiétant, et la piste enneigée était bordée d'arbres et d'énormes buissons d'aronias dénudés. Pendant les deux minutes que dura le trajet, ils s'emboutirent à plusieurs reprises dans les buissons. Enfin, ils s'arrêtèrent. Ils étaient juste derrière la maison des Trudeau. Le cœur de Rudy battait comme les ailes d'un colibri. Il avait oublié de prendre sa dose de pilules contre la tension. Il inspira profondément plusieurs bouffées d'air nocturne glacé, non seulement pour retrouver son équilibre, mais aussi pour endiguer le flot de sourde panique qui s'enflait dans sa poitrine.

Pourquoi diable se livraient-ils à cette farce infantile ? À l'évidence, cela ne rendrait pas Weasel Bear à la vie. Comme celui de Rudy, le terrain des Trudeau était entouré de grillage, mais un étroit chemin de terre séparait leur propriété de celle des voisins. Le chemin était encombré par une demi-douzaine de voitures mortes et désossées, mais il menait jusqu'à la rue qui passait devant la maison. Même de derrière, on voyait l'énorme camping-car couleur crème qui brillait sous le réverbère à vapeur de mercure.

Ils s'accroupirent derrière une vieille Ford posée sur des cales. Rudy pressa cinq fois la pompe de son fusil, visa, et toucha le réverbère. L'ampoule s'éteignit avec un faible « pouf », et les éclats de verre tombèrent en silence sur la neige. En dehors d'une ampoule nue de quarante watts sous le porche, la maison des Trudeau était aussi noire qu'un Soldat du Bison à minuit.

Rudy se racla la gorge et cracha. Les deux frères se relevèrent. Rudy cala le fusil contre le grillage, tapota l'épaule de Mogie, et enfila le chemin qui descendait jusqu'à la rue. Mogie le suivit comme un chien fidèle, un chien heureux. Il riait, et Rudy dut s'arrêter deux fois pour le faire taire avant qu'ils atteignent le camping-car. Il était verrouillé. Avec son couteau Buck, Mogie força la serrure en moins d'une minute. Mogie riait comme une hyène.

« Rudy, montre-moi où t'as chié.

— Là, par terre, sur le tapis. Prépare-toi à courir dès que j'allume la mèche. » Nom de Dieu, songea Rudy, ils se conduisaient comme des mômes.

« Je vais leur faire le vieux truc indien du sac à merde devant la porte. Je vais tirer la sonnette et cavaler comme quand on chope la danse des pommes pas mûres, le grand galop des *kajos*.

— Ouais, t'as tout intérêt à courir comme si t'avais la cavalante. Ce *wasicu* à barbe a tout un arsenal chez lui. Je tiens pas à ce qu'il prenne nos fesses pour des cibles.

— T'inquiète pas, je contrôle. Juste un petit coup de Bic.

— T'as ton briquet.

— Mais bon sang, Rudy, qu'est-ce que je viens de te dire ?

— Je sais pas. J'ai cru que tu parlais de coup et de bite. » Rudy sentait la colère le gagner, colère contre son frère, contre lui-même, contre leur stupide mission. « Prépare-toi à trisser », dit-il.

Il alluma une Marlboro, la fuma à moitié, puis il la coinça dans une pochette d'allumettes et déposa l'engin sur le chiffon qui servait de bouchon et de mèche à leur bombe. D'après ses calculs, ils disposaient de deux minutes avant l'explosion. C'était assez pour prendre le large.

«On taille la route, mec Mogie, dit-il en gagnant à grands pas l'avant du camping-car.

— Ouais, moi aussi, petit frère», dit Mogie.

Rudy descendit le chemin de terre au pas de course tandis que Mogie trottait jusqu'à la porte d'entrée des Trudeau. Il tordit le haut du sac en papier et y mit le feu. Ensuite, il tira la sonnette et se mit à courir. Jamais Rudy n'avait vu un moribond courir plus vite. Il sprintait, levant haut les genoux, comme ce héros du lycée qu'il était autrefois. En cet instant, Rudy éprouva un amour si profond pour son frère qu'il se sentit gêné. Quelques secondes plus tard, Mogie l'avait rejoint; tous deux étaient tapis dans l'ombre, derrière la maison des Trudeau, et soufflaient comme des bœufs dans les ténèbres.

Ils virent Rondella, l'épouse poids lourd de Trudeau, ouvrir la porte. Elle portait une veste d'intérieur, des bigoudis, et une cigarette pendait à sa lèvre. Lorsqu'elle aperçut le sac en feu, elle jappa après son mari. Wally arriva en courant, écrasa les flammes de ses pieds nus. Rudy remarqua que «l'indigène d'Amérique» portait pour tout vêtement un minuscule slip violet. Même d'où ils étaient, ils voyaient tous deux que les Trudeau avaient les pieds couverts de l'authentique caca d'authentiques malamutes. Wally jurait comme un troupier dans la nuit sans étoiles.

«Assassin!» lui hurla Mogie en retour. Là, il exagérait, ce n'était pas prévu au programme. Et Rudy sursauta si fort qu'il faillit pisser dans son froc. Mogie attirait l'attention sur eux, et ce fou de Blanc avait beaucoup de *mazawakan* — beaucoup de fusils.

«Au diable, *wasicu*!» hurla encore Mogie. Rudy l'agrippa et lui plaqua la main sur la bouche. Trudeau scrutait l'obscurité dans leur direction, mais Rudy savait bien qu'il ne pouvait pas les voir. Au même moment, un grand bruit sourd interrompit Trudeau dans ses recherches. Une énorme boule de feu apparut en plein cœur de la Winnebago. Les flammes jaillirent par les vitres. Le véhicule tout entier se mit à gondoler et à fondre, comme une gigantesque guimauve dans un bon feu. Alors, les douzaines de douilles explosèrent. Wally attrapa sa femme, et tous deux plongèrent la tête la première dans une congère pour éviter d'être arrosés.

La veste d'intérieur de Rondella lui remonta jusqu'aux épaules. Elle ne portait rien en dessous, et son énorme postérieur luisait dans la lumière dansante des flammes. La vision de son gros cul sombre était si comique que Mogie et Rudy pouffèrent à s'en faire péter les boyaux. Rudy ne se souvenait pas avoir ri de si bon cœur depuis bien longtemps.

Secoué par le fou rire, il prit d'une main son fusil à pompe, de l'autre le Mogie au bord de l'hystérie, et ils filèrent tous deux à travers la nuit. Mogie produisait des bruits bizarres, comme s'il riait et pleurait à la fois. Ils poursuivirent leur curieuse danse ricanante le long de la rue sombre qui menait au jardin derrière chez Rudy. La silhouette noire aux membres agités de Mogie ressemblait à une énorme tarentule prise de frénésie arachnéenne. Son frère ressemblait au trickster Iktomi. Oui, il ressemblait comme un frère à l'Iktomi que Rudy avait embrassé pendant sa vision du *yuwipi*.

Rudy courait le long de la route noire comme l'encre, et son esprit bouillait à déborder. Il avait le

393

souvenir limpide d'avoir couru en tenue de foot et bottes de cow-boy la nuit du match contre Custer en 67. Il se revit sur la terrasse de leur ancienne maison. Sa mère gisait, inconsciente sur le canapé-lit. Une immense araignée de six pieds de haut se tenait tout près d'elle. L'araignée avait des yeux rouges flamboyants et l'écume à la bouche. De son œil rouge, elle fit un clin d'œil à Rudy, puis elle se pencha sur sa mère. Rudy se mordit la lèvre de dégoût, et la vision s'évanouit.

Lorsqu'ils arrivèrent chez lui, il laissa Mogie se doucher le premier et fit de même lorsqu'il eut terminé. Mogie se tordait toujours de rire. Dès qu'il entendait une sirène dans la rue, il bondissait pour jeter un coup d'œil à la maison Trudeau. Par la fenêtre du salon, on voyait parfaitement le camping-car qui flambait, mais Rudy se serait damné plutôt que d'aller voir le feu sur place. Lorsque Mogie regardait par la fenêtre, il souriait et se frappait la main du poing. Il était visiblement satisfait du prix qu'il avait fait payer pour la mort de Weasel Bear. Rudy devait bien reconnaître qu'il était satisfait lui aussi. Il se sentait aussi bien que s'il venait de baiser. Non, mieux encore.

« Ça fera l'affaire en attendant que je le chope pour de bon, déclara Mogie.

— Buvons à cela », dit Rudy.

Il dénicha une pinte de Seagram's 7 dans son placard de cuisine et leur prépara à tous deux un 7 & 7 double dose. Ils en reprirent un verre, et la pinte était morte. Rudy sortit ensuite un six-pack de grandes Bud du frigo. Mogie semblait joyeusement éméché. Rudy prenait plaisir, lui aussi, à boire avec son grand frère, même s'il avait une sale tête. Au fond, peut-être qu'il n'avait pas l'air si malade que ça. Peut-être que Mogie avait découvert une nouvelle formule scientifique indienne : la vitamine mort et ses paroles de poussière étaient solubles dans une quantité x de Bud au carré.

Mogie parlait à n'en plus finir, abordait tous les sujets sous la lune. Il évoqua même brièvement le Vietnam, un sujet qui était pour lui quasi tabou.

« Après avoir tué mon premier niacoué, j'étais soûl du matin au soir. Je me baladais toujours avec un petit flacon d'ammoniaque pour la gueule de bois du matin. Je reniflais l'ammoniaque, et ça me remettait debout le temps que je charge sur le café et l'aspirine avant de reprendre une cuite. »

Rudy avait faim. Il se leva donc et leur prépara des œufs pochés et du Spam poêlé sur des toasts de pain complet. Il fit aussi une pleine cafetière de café, sachant que, sans cela, il n'arriverait jamais à l'heure à son travail après leur nuit de beuverie.

« Rudy, faudra que tu fasses un truc pour moi, dit Mogie en engloutissant ses œufs au Spam.

— Ah ouais, quoi donc ?

— Si je tiens pas jusque-là, faudra que tu profanes le mont Rushmore tout seul. Promets-moi ça, d'accord ?

— Que je le profane ? Qu'est ce que t'entends par profaner ?

— Merde, tu sais bien. Tu me l'as promis, nom de Dieu !

— Bon sang, Mogie, je sais bien que j'ai promis. Je t'ai donné ma parole, et on le fera. Ton jour sera le mien.

— Dans deux semaines. Et si je suis malade, que je peux pas y aller, faudra que tu le fasses tout seul.

— D'accord.

— Promets-le, Rudy.

— Bon, je promets. Je le ferai tout seul si tu ne peux pas venir, mais t'inquiète pas, tu tiendras le coup. Tu seras là avec moi quand on repeindra le nez de George Washington en rouge.

— Promis devant Dieu ?

— Non. Devant Tunkasila », répondit Rudy.

Rudy plaqua un sourire sur ses lèvres et demeura silencieux pendant près d'une heure. L'alcool coulait à flot, et Mogie parlait à n'en plus finir. Sans même y penser, ils avaient fait un saut à Whiteclay et déniché une caisse de bière. Le liquide ambré coula jusqu'à ce que leurs yeux injectés de sang se tournent vers la fenêtre et voient les lourds nuages flamboyants de l'aurore du Dakota. L'eau de feu continua de couler jusqu'à ce qu'il n'y en ait plus et que la fête s'éteigne.

Il était sept heures du matin quand Rudy ramena Mogie à sa cahute. Mogie serra la main de Rudy et sortit de la Blazer en titubant. En repartant, Rudy aperçut Mogie dans le rétroviseur. L'homme qu'il voyait ressemblait à son frère, mais il aurait tout aussi bien pu être Crazy Horse. Peut-être était-ce le fantôme de Crazy Horse qu'il voyait là, sur le bord de la route, le pouce levé, dans l'espoir de trouver une voiture qui l'emporte dans l'histoire, ou peut-être seulement jusqu'à Whiteclay dans le Nebraska.

De retour chez lui, Rudy se mit le doigt dans la gorge pour se forcer à vomir. Il croqua ensuite trois cachets d'aspirine, prit une douche chaude et se mit au lit. Il tenta de dormir, mais il était trop soûl et tendu à craquer. Il pensait et repensait sans cesse à la promesse qu'il avait faite à Mogie. Si seulement il pouvait arrêter de lui donner sa parole !

En plus de tout l'alcool qu'il avait absorbé, Rudy avait l'impression d'avoir avalé une livre de limaille, et l'énorme aimant de sa promesse à Mogie allait maintenant l'attirer contre sa volonté, contre celle de son cœur, de son âme, vers les étranges bustes des Présidents morts du mont Rushmore. Bah, c'était peut-être aussi bien ainsi. Rudy pensait savoir très exactement ce qu'était le mont Rushmore.

Les gigantesques Présidents taillés dans la roche n'étaient rien d'autre que des graffitis monumentaux. Ils étaient un affront fait à tous les Indiens qui vivaient sur la terre d'Amérique. Il n'y avait aucune différence entre ces sculptures de granit et les tags à la bombe des ados sur les murs des ghettos.

Mogie et lui nettoieraient ce graffiti américain que l'intrus avait logé dans leurs Black Hills. Oui, ils le nettoieraient.

30

Mogie se sentait plus mal qu'il ne se souvenait s'être senti. Même l'alcool n'agissait plus. Pour la première fois de sa vie, l'alcool le rendait plus malade encore dès la première gorgée. Il avait fini par accepter l'idée de sa mort prochaine et s'étonnait de l'étrange exaltation qu'il éprouvait depuis.

C'était presque sexuel. Le sexe était pourtant le dernier de ses soucis. L'idée même lui levait le cœur. Il avait beaucoup mieux à faire. Mogie Yellow Shirt avait décidé de tuer un homme, mais il hésitait maintenant. Il se répétait encore et encore qu'il n'avait rien à perdre. Rien.

Une heure plus tard, il était devant la maison de sa cible. Il la voyait à l'intérieur passer d'une pièce à l'autre. Mogie tira une pinte de vin de dessous sa veste et but une rapide goulée. Une chaleur familière se répandit en lui, et il hocha la tête avec satisfaction. Mais dans l'instant, une vague de nausée le tordit, corps et âme ; son ventre semblait rempli d'aiguilles incandescentes. Il cracha et jeta la bouteille dans une congère. Il alluma une cigarette, la jeta elle aussi, trahi par les papilles confuses de l'homme malade et condamné.

Il tenait sa carabine et tremblait de tous ses

membres dans la nuit glaciale de l'hiver. Il n'était protégé que par son coupe-vent de Nylon, mais il avait trois chemises l'une sur l'autre en dessous. Il avait aussi une casquette de base-ball mais ne portait pas de gants et, dès que ses doigts touchaient accidentellement le métal de la carabine, ils y restaient collés quelques instants. Mogie se souvenait qu'enfant, il avait mis son petit frère au défi de mettre sa langue sur le pare-chocs gelé du pick-up de leur père. Le petit frère l'avait fait, et il avait pleuré, et leur père avait flanqué une méchante raclée au Mogie avec sa ceinture.

Dans la poche de son coupe-vent, Mogie trouva une grosse poignée de Kleenex. De fait, ce n'était pas des Kleenex du tout, mais un tas de serviettes en papier qu'il avait prises sur une des tables du Conoco de Big Bat la dernière fois qu'il y avait bu un café. Il s'efforçait toujours de voler des serviettes au magasin pour s'en servir chez lui comme papier hygiénique. C'était mieux que le papier journal et, de toute façon, il achetait rarement le journal.

Il enveloppa de serviettes une partie du canon et la culasse de sa carabine, puis il épaula et scruta l'intérieur de la maison en prenant garde de ne pas coller sa joue contre le métal. Mais cela faisait mal aussi de toucher le bois gelé de la monture.

À travers la fenêtre de cuisine, il vit l'homme qu'il allait abattre. L'homme était devant la cuisinière, préparait quelque chose, et Mogie le visa à la tête. C'était une cible facile et il aurait tiré, mais au moment où il mettait le doigt sur la gâchette, la cible se pencha. Mogie soupira. La cible se penchait pour soulever une fillette. L'homme dans la maison embrassa la petite fille sur le front et la reposa à terre. Il ouvrit le four et en sortit une plaque de biscuits. Mogie distinguait parfaitement les biscuits.

Impossible, bien sûr, mais il lui semblait sentir l'odeur des biscuits sortant du four. Il tira une cigarette de son paquet et l'alluma. Elle avait un goût abominable mais il ne la jeta pas. Il fuma, souffla la fumée dans l'air sioux glacial. Ses mains lui faisaient mal, ses pieds semblaient gelés, son visage lui cuisait. Il regarda le bout incandescent de sa cigarette et vit qu'elle s'éteignait.

Dans la maison, l'homme donnait des biscuits tout chauds à ses enfants. Mogie était au bord des larmes, mais il craignait de pleurer : le froid intense gèlerait sûrement ses larmes.

Mogie se balança d'avant en arrière sur ses plantes de pieds. Pendant quelques instants, il ne sut plus que faire. Puis il se détourna pour s'éloigner. Il se sentait étrangement en paix avec lui-même.

31

L'*Unci* de Rudy, grand-mère Yellow Shirt, semblait savoir à quel moment la famille Yellow Shirt avait fait fausse route. Il y avait dans la réserve deux familles Yellow Shirt distinctes, et celle de Rudy était la moins nombreuse. Bien que sa famille se fût établie à Pine Ridge en 1890, la majorité des anciens de race pure les considéraient comme des étrangers. Ils n'étaient pas de souche oglala mais miniconjou, venaient de la réserve de Cheyenne River, plus au nord. Leur arrière-grand-père, Ogle Ziya, était descendu vers le sud avec le chef Bigfoot en décembre 1890.

Après le massacre de Wounded Knee, il avait épousé une jeune Oglala de treize ans appelée Eagle Woman, Wanbli Yuha Win, et donné naissance à une nouvelle branche de la famille. Rudy avait encore dans le Nord des palanquées de parents qu'il n'avait jamais vus. Quand Rudy était en sixième, un an avant la mort d'*Unci*, elle lui avait raconté l'histoire de leur famille. L'alcool faisait partie intégrante de l'histoire.

«Le père du père de ton père ne buvait pas, disait *Unci* en maintenant un morceau de bœuf cru sur l'œil au beurre noir d'Evangeline Yellow Shirt.

— Ben moi, je boirai jamais, intervint Mogie.

— Ogle Ziya était un Lakota à l'ancienne, pas comme votre grand-père Oliver, ou maintenant votre père. Il ne battait pas les femmes et ne buvait pas d'alcool.

— Moi non plus, je boirai jamais», dit Rudy, non pas pour imiter Mogie, mais parce qu'il était choqué, vexé de voir sa mère assise là à pleurer. Elle avait pris des coups au visage, elle avait honte, elle avait mal.

«Au diable ce bon à rien d'ivrogne», dit *Unci* en parlant de son propre fils, celui-là même qui avait poché l'œil de la mère de Rudy.

Sa mère et les cinq gosses séjournaient une fois de plus chez *Unci*. Ils se réfugiaient là en ces noires occasions où Sonny Yellow Shirt battait sa femme comme plâtre avant de dévaliser la maison. Leur grand-mère ne cherchait pas d'excuses à son fils. Elle se contentait de dire que les choses avaient mal tourné pour la famille du temps du grand-père de Rudy. Son grand-père, Oliver Yellow Shirt, était le fils d'Ogle Ziya. Grand-père Oliver avait été le premier de la longue histoire familiale à boire de l'alcool. D'après la femme d'Oliver et grand-mère de Rudy en tout cas.

Sa grand-mère racontait qu'en avril 1931, elle et son mari Oliver avaient attelé leurs chevaux à leur charrette pour aller faire des provisions à Gordon, Nebraska. En chemin, près du lac Wakpamni, la charrette avait heurté une pierre et grand-père en était tombé. Il était littéralement tombé de la charrette dans l'alcool. La chute l'avait assommé. Grand-mère l'avait hissé sur le plateau de la charrette pour le conduire chez l'un des médecins blancs de Gordon.

Le médecin n'avait pas fait grand-chose, s'était contenté de vendre au grand-père deux flasques de whisky bon marché et un tube d'aspirine. Le médecin avait dit que grand-père devait prendre deux cachets et un verre de whisky dès que sa tête lui ferait mal.

C'était l'enfance de l'art. Grand-père avait pris goût au whisky et il avait fini par marcher sur la voie de l'eau-de-feu. *Unci* disait toujours que, quand grand-père était tombé, Iktomi était entré en lui et y avait élu domicile, car jamais après cela Oliver Yellow Shirt n'avait été le même. La chute proprement dite ne l'avait pas transformé, mais l'alcool s'en était chargé.

Et le désir d'alcool, avec son cortège de misères et de tragédies, avait migré de leur grand-père à leur père, de leur père à Mogie et, dans une moindre mesure, à Rudy. Il espérait et priait maintenant que la migration s'arrêterait avec eux. Il n'avait pas d'enfants, et il espérait bien que Herbie, le fils de Mogie, ne boirait jamais. Jusqu'ici, ils avaient de la chance : Herbie était non seulement un gosse bien élevé, mais aussi un bon élève qui ne buvait pas d'alcool. *Touchons du bois*, se dit Rudy.

Début janvier, trois semaines après le barbecue du camping-car, un agresseur inconnu abattit Wally Trudeau d'une balle de carabine dans la tête. En apprenant la nouvelle, Rudy fut pris de sueurs froides. Trudeau le méritait, mais tout de même.

Rudy avait de bonnes raisons de penser que le suspect numéro un serait un certain Indien du nom d'Albert Yellow Shirt, dit «Mogie». Le lieutenant Strong Wound, qui s'occupait de l'enquête avec le F.B.I., n'avait cependant pas la moindre idée de qui pouvait bien avoir abattu Trudeau. Et Rudy se serait damné plutôt que de lui faire part de ses soupçons. Et il se serait damné plutôt que d'aborder le sujet avec Mogie.

Rudy classa le meurtre comme un acte de violence

gratuite dont la rez avait le secret et s'efforça de ne plus y penser. Rien ne prouvait d'ailleurs que Mogie fût coupable. Quoi qu'il en soit, il laisserait faire. Advienne que pourra. Et il priait le ciel que l'enquête ne fasse pas le lien avec l'incendie du camping-car.

Le jour même du meurtre de Trudeau, l'état de Mogie empira. Herbie arriva chez Rudy au moment où il s'apprêtait à partir au travail. Herbie semblait légèrement paniqué, mais s'efforça bravement de faire bonne figure en déclarant à Rudy que son père « avait l'air drôlement mal en point ». Herbie s'inquiétait pour Mogie. Rudy lui proposa de passer le voir de suite.

« Il tousse et il grelotte. C'est peut-être qu'un mauvais rhume, mais ça m'a tout l'air d'être une pneumonie. Il était dehors tard, hier soir, dit Herbie.

— Tard ? demanda Rudy dans un frisson.

— Ouais. Il était dehors à boire, comme d'habitude. »

Rudy prit sa voiture et emmena Herbie jusqu'à la cahute.

À leur arrivée, Mogie délirait et ne tenait pas debout. Il avait l'air si mal en point que Rudy l'emmena droit aux urgences. De l'hôpital, il appela Eagleman pour le prévenir qu'il serait en retard et ne viendrait peut-être pas du tout. Il promit au patron de rappeler plus tard pour le tenir au courant. Rudy avait la terrible impression qu'il n'irait pas travailler de quelque temps.

Les médecins de service aux urgences finirent par conclure que Mogie souffrait de pneumonie. Ils voulaient le garder, mais Mogie rassembla ce qui lui restait de lucidité pour refuser. Rudy ne savait pas trop si Mogie pensait qu'il mourrait le jour même, en tout cas, Mogie déclara vouloir rentrer chez lui, dans son lit à lui. Pas de discussion. Rudy manqua se mettre à pleurer en entendant les paroles de son frère. Il demanda cependant aux médecins de l'inscrire sur les registres et de le garder sur place.

Il signa le formulaire d'admission, et ils emmenèrent Mogie dans une chambre du deuxième. Une heure plus tard, Mogie dormait et Rudy s'en alla. Les médecins déclarèrent que les signaux vitaux de Mogie étaient faibles. La suite s'annonçait mal. Au premier, Rudy s'arrêta pour faire renouveler son ordonnance contre la tension à la pharmacie de l'hôpital, puis il rentra chez lui. Il retournerait voir Mogie d'ici une heure, après avoir passé quelques coups de fil.

Rudy appela brièvement ses sœurs, Vienna et Geneva, et son petit frère Vinny. Il dramatisait peut-être, mais il leur demanda de venir au plus vite s'ils voulaient revoir Mogie vivant. Cette fois, Rudy avait la conviction que Mogie était en route pour le monde des esprits. Tous pleurèrent au téléphone, encore que la nouvelle n'eût rien d'inattendu. Tous déclarèrent qu'ils feraient le nécessaire pour regagner la rez sur le champ.

Tous trois arrivèrent le lendemain, dans l'après-midi. Vienna et Geneva était venues de Denver dans leur petite voiture noire de nonnes, et Vinny avait pris l'avion de San Francisco — ville que Mogie appelait la « capitale mondiale des *winktes* ». Rudy offrit sa chambre aux deux filles et le canapé à Vinny. Il rassembla quelques affaires dans un sac qu'il déposa chez Stella. Il dormirait chez elle le temps que Mogie mettrait à mourir. S'il dormait.

Dès leur retour dans la rez, ils passèrent leur temps au chevet de Mogie. Ils lui tenaient compagnie jusqu'à ce qu'il fatigue, quittaient alors la chambre pour y revenir plus tard. Cela dura toute la journée et une partie de la nuit. Le lendemain matin, les médecins remarquèrent une nette amélioration dans l'état de Mogie. Apparemment, il avait quelques chances de survivre à la pneumonie. Vinny et les filles soulagés s'en réjouirent, mais tous savaient que ce n'était qu'un répit. Mogie était atteint de cirrhose terminale.

Au troisième jour de leur visite, Mogie était en pleine forme et les médecins déclarèrent que, sauf rechute, il pourrait rentrer chez lui le lendemain. Rudy décida de reprendre le travail, entre autres pour se distraire du souci qu'il se faisait pour son frère. Il appela le capitaine Eagleman qui lui dit de se présenter pour la relève des équipes. Cet après-midi-là, Rudy emmena Vinny et les filles au Conoco Mini-Mart de Big Bat et leur offrit un repas de poulet en friture avec des frites trop grasses et une salade fatiguée. Puis il rentra chez lui et passa son uniforme. Vinny et les filles iraient voir tante Helen.

Rudy Yellow Shirt était en avance au travail. C'était un vendredi et la nuit était tiède. On était en plein «redoux de janvier». À huit heures et quart, quand Rudy reçut l'appel, la température frisait les dix degrés.

«Un vrai temps de plage», commenta l'homme de patrouille Wayne Ed Gallegos.

Rudy se tourna vers le siège de Gallegos et scruta son visage de *spiola*. Il se demanda un moment s'il n'avait pas voulu dire «un temps de chien». Parfois, Gallegos retrouvait l'accent mexicain[1] du grand-père

---

1. L'espagnol n'a pas de voyelles courtes et longues contrairement à l'anglais, d'où la confusion possible entre «beach» — plage — avec un «i» long, et «bitch» — chienne — avec un «i» court.

qui l'avait élevé après la mort de ses parents, tués tous deux en état d'ivresse dans une collision flamboyante sur la Highway 44 au sud de Rapid City.

«Pour sûr», répondit Rudy. Il avait pris le nouveau avec lui car la police tribale manquait de voitures. Nombre de véhicules de patrouille étaient en panne et attendaient au garage Ford de Rushville que l'administration fédérale fasse suivre l'ordre de réparation.

«Ouais, on se mettrait bien en bikini», plaisanta Gallegos. Puis il entreprit de raconter ses récentes années d'étude dans le Dakota du Nord. Rudy ne l'aimait pas beaucoup, mais il le supportait parce qu'il était parent de Stella par raccroc.

Wayne Ed Gallegos avait trente et un ans, une moustache de bandit mexicain, et il était bâti comme une borne fontaine à peau brune. Il avait depuis peu regagné la rez après ses études avortées à Grand Forks où se trouvait l'université du Dakota du Nord. Il y suivait des cours du soir pour préparer son droit tout en travaillant comme cuisinier à la cafétéria.

Il étudiait à temps partiel depuis huit ans quand sa femme, Irene, était partie avec une Allemande qui fantasmait sur les Indiennes. Irene l'ayant planté là avec leurs six enfants, Gallegos n'avait eu d'autre choix que de rentrer à la rez pour vivre avec sa sœur Carmen et son époux, James Iron Elk, demi-frère de Stella. Le couple n'avait pas d'enfants.

Wayne Ed ne pouvait travailler, étudier et s'occuper des gosses, il était donc rentré à Pine Ridge et avait pris un emploi de flic. Il avait étudié à l'Académie de police oglala quand celle-ci était encore rattachée au collège Akicita et avait obtenu de bons résultats. Il s'était engagé dans la police et inscrit au collège pour y suivre des cours en vue d'obtenir un diplôme d'aide sociale.

Il disait à Rudy : «Tu sais, j'ai jamais vu de ma vie plus plouc et plus raciste que ces mômes blancs de l'université du Dakota. Et le plus beau, c'est que leur mascotte s'appelait "Le Sioux combattant".» Rudy hocha la tête et s'engagea sur le parking du Centre commercial de la nation sioux.

Le magasin fermait. Il se gara et alluma une cigarette. Il s'arrangeait en général pour veiller à ce que les employés puissent sortir sans encombre, sans se faire aborder ou cogner sur la tête par des soûlards fous furieux. Quelques années plus tôt, il avait un jour dû arrêter Mogie qui, assis par terre, refusait de quitter le magasin à la fermeture. Rudy sortit de voiture et dit à Gallegos de prendre sa place au volant. Le petit bleu pouvait conduire le lourd véhicule pendant le reste du service. Rudy se sentait soudain vieux et las.

La radio lança un appel 10-49 pour White Clay Dam. 10-49 était le code concernant les sujets en état d'ivresse. Rudy n'avait pas envie de prendre l'appel. Il jeta sa cigarette par la portière et attendit que quelqu'un réponde. Apparemment, aucun guerrier flic oglala n'avait envie d'aller là-bas pour coffrer de foutus Indiens soûls.

«Ici Un-A, dit Rudy sur les ondes. On s'en occupe.» Ils quittèrent le parking du supermarché et filèrent vers White Clay Dam, à environ deux miles au nord-ouest de la ville. Rudy donna une tape sur l'épaule de Gallegos et lui demanda de ralentir.

«Te crois pas à Indianapolis», dit-il à Wayne. Une légère neige poudrait la route, mais elle ne tenait pas en raison de la chaleur, fondait en atteignant l'asphalte et se transformait en brouillard. Rudy était finalement content de cet appel. Cela lui changerait les idées, lui éviterait de penser à Mogie et aux vautours de négativité qui tournoyaient là-haut, prêts à fondre sur lui.

À un demi-mile du barrage, ils aperçurent un feu. Rudy demanda à Gallegos de couper les phares, et ils avancèrent lentement vers le lieu de leur mission dans le noir complet, guidés par les seules flammes qui sortaient d'un baril.

Parvenus à vingt mètres du feu, ils virent qu'on brûlait de vieux pneus dans un baril en métal de quatre cents litres. Sept costaudes de femmes, principalement des sang-mêlé, se tenaient autour du feu, riant et buvant à qui mieux mieux.

Il y avait deux pickups garés non loin de là, mais Rudy ne put lire les plaques qui l'auraient renseigné sur leur comté d'origine. L'une des monstres femelles tenait un petit jerricane d'essence et arrosait les pneus de temps à autre. Les flammes dansaient alors une folle danse dans le brouillard épais et froid.

« La fête bat son plein, commenta Gallegos.

— Tu les connais ? demanda Rudy.

— Certaines, ouais. Il y a une paire de broutards aux hormones dans le lot.

— De quoi ?

— De broutards aux hormones… des gouines… des gougnotes bouffe-chattes.

— Des broutards aux hormones, hein ? gloussa Rudy. Je l'avais jamais entendue celle-là. » Rudy reconnut que le bleu avait de bonnes expressions, mais les paroles de Wayne étaient pour lui dénuées de tout humour. Il repensa à Vivianne qui avait un nouveau copain et qui vivait avec une femme. La nouvelle l'avait mis hors de lui, mais ce n'était peut-être que sa propre paranoïa; d'ailleurs, il n'avait rien contre les homos. Son propre frère était homo.

«Moi, je les aime pas, déclara Gallegos.

— J'avais compris. Mais on est pas payé pour les aimer ou pas. Allons y voir de près.» Rudy remit les phares et sortit de voiture. «C'est moi qui leur parlerai», dit-il. Les préjugés antihomo de Gallegos risquaient de leur causer des ennuis.

«Qu'est-ce qui se passe, mesdames?» demanda Rudy en s'approchant du groupe. Elles le dévisagèrent d'un air renfrogné. Elles étaient toutes énormes et auraient enfoncé la ligne d'attaque de leur équipe de foot de 67. Rudy reconnut deux des femmes, Sandy Grey Eyes et «Babe» Eagle Nose. C'était un couple de lesbiennes connu, mais elles ne faisaient pas dans l'embrouille.

Il ne connaissait pas les autres qui étaient toutes des indiennes à peau claire. L'une portait un coupe-vent de Saint-François, et il en déduisit qu'elles étaient sans doute des *sicangu* de la réserve voisine de Rosebud.

«Qu'est-ce qui se passe ici, répéta-t-il.

— On fait rien de mal, répondit l'une des mammouths *iyeska*. Qu'est-ce que ça peut te foutre?

— Vous buvez et c'est interdit, aux *winktes* comme aux autres, lança Gallegos de derrière Rudy.

— Dis donc, espèce de Pancho Villa de merde, qu'est-ce que c'est que ces histoires de *winktes*?» gronda la plus grosse de toutes en propulsant ses cent dix kilos vers Gallegos. C'était une brute de femme en blouson d'aviateur, bottes de cow-boy et Stetson noir.

«Faites pas attention, c'était pas méchant», dit Rudy pour se montrer plus ou moins politiquement correct. Il se tourna vers le jeune flic et l'enjoignit de la boucler. Soudain, il lui sembla avoir des clignotants jaunes et rouges à la place des yeux. Il les cligna, recentra sa vision. On aurait dit que la femme au chapeau de cow-boy avait brusquement grandi, le dominait de vingt pieds. Rudy ne paniqua pas, se demanda seulement ce que c'était que ce bordel.

Quelque chose clochait salement, mais Rudy s'aperçut bien vite que la femme ne s'était pas muée miraculeusement en lesbienne colossale. Il était au sol et la regardait d'en bas. Rudy était à terre, aplati comme une crêpe. Quelqu'un lui avait flanqué un coup sur la cafetière avec un truc dur et lourd. Il était au tapis et pas loin du K.O. Il tenta de se redresser, mais deux baleines de femmes s'assirent sur lui, le maintinrent et le ligotèrent.

Gallegos avait raison : c'était bel et bien des broutards aux hormones. En quelques secondes, elles lui avaient lié pieds et poings avec une mince corde de Nylon jaune. Rudy regarda l'étrange équipe de cinq lutter avec Wayne Ed le bleu puis le plaquer au sol. Une vraie bagarre de chats, et le petit ne se défendait pas si mal, mais il ne faisait vraiment pas le poids contre leurs masses conjuguées. Rudy nota aussi que les deux de Pine Ridge se tenaient à l'écart et ricanaient. Elles avaient de bonnes raisons de ne pas participer.

Les cinq autres par contre maintenaient son collègue écartelé au sol — une pour chaque bras, une pour chaque jambe, et la grosse au Stetson assise sur sa poitrine. Rudy considéra l'énorme postérieur qui débordait du jean en stretch. Il espérait de tout cœur échapper au supplice.

« T'es un dur, hein ? » dit-elle. Et elle se pencha pour embrasser sa victime sur le front. Elle se payait sa tête.

« Euh… euh… Je peux plus respirer », haleta Wayne.

« Excuse, chéri » dit la grosse en se levant. Les yeux de Gallegos lui sortirent de la tête quand l'énorme femme tomba le jean et se pencha pour ouvrir sa braguette. Elle en extirpa son machin de mec qui, entre la terreur et le froid, n'était plus qu'un timide champignon.

« Merde ! Mes tétines sont plus grosses que ça ! » ricana-t-elle. Et les frangines rirent en chœur avec elle. « Ben j'espère que t'as faim », reprit-elle. Et elle installa sa masse gélatineuse et nue à califourchon sur la figure du flic. Rudy doutait fort que l'Académie de police sioux oglala lui eût enseigné à se défendre en pareille situation. Il doutait aussi que l'université de Dakota du Nord se fût jamais montrée aussi férocement cruelle envers lui.

« 22 ! une bagnole ! » hurla l'une des femmes.

D'où il était ficelé, Rudy ne voyait pas venir de phares, mais il priait le ciel pour que les femmes paniquent et filent de là au cas où la voiture amènerait en renfort des flics de Pine Ridge.

« Attachez-lui les pieds et les mains, ordonna la femme au Stetson. Baissez son froc jusqu'à ses chevilles. »

Les ordres exécutés, elles décampèrent, coururent à leurs pickups et filèrent dans la nuit, tous phares éteints. Rudy laissa échapper un soupir de soulagement. Dieu merci, elles n'avaient pas eu le temps de lui violer la face. Rudy se débattit pour se défaire de ses liens et parvint à se dégager en deux minutes. Il jeta un coup d'œil alentour. Pas de véhicule en vue. La mystérieuse voiture avait dû tourner quelque part. Rudy alla ensuite libérer son collègue qui avait l'air sonné et mortifié.

«Appelle le poste pour prévenir, croassa Gallegos en remontant son pantalon. Je vais déposer une plainte. Attaquer un officier de police, c'est un délit fédéral.» Il se racla la gorge et cracha.

«Réfléchis quand même, vieux, dit Rudy, mi-amusé, mi-exaspéré.

— On sait déjà que deux des filles sont de Pine Ridge. On leur fera donner les cinq autres. Elles vont le payer.» Wayne ponctua sa phrase d'un nouveau crachat.

«Tu as envie que les fédéraux et tous les gars de la Sûreté de Pine Ridge soient au courant de ta mésaventure? Ils vont te chambrer sévère. Tu dis ça à un mec, et toute la rez le sait. Je te vois pas t'en sortir.

— Qu'est-ce que tu veux dire par là?

— Merde, bonhomme, tu veux leur raconter que des "broutards aux hormones" comme tu les appelles t'ont flanqué par terre et qu'une gravosse s'est mise à poil et s'est frotté la chatte sur ta gueule? C'est pas *elle* qui t'a violé, c'est *ta* langue qui l'a *pénétrée*.

— Beueurk!» hurla Gallegos. Il se racla la gorge et cracha un gros mollard mousseux.

«Alors, j'ai raison?

— Beueurk! fit-il encore, et il cracha deux mollards plus petits.

— Bon, tirons-nous d'ici. Je vais conduire. On peut remercier notre bonne étoile qu'elles nous aient pas piqué nos armes. Là, on serait vraiment dans la mouise. Allez viens, Wayne Ed. On va faire un saut à Big Bat. Je te paie une tasse de *wakalapi*. Ça te décrassera la tête *et* les papilles. Aaah.»

Tandis qu'ils remontaient vers la ville, Rudy appela l'opératrice pour rapporter l'incident à sa façon — des lycéens qui faisaient la fête à White Clay Dam. Ils les

413

avaient dispersés sans problème. Lorsque les deux flics de la tribale se rangèrent sur le parking du Conoco Mini-Mart de Big Bat, Rudy se tourna vers Gallegos. «Bordel de Dieu, qu'est-ce que c'est que ça?

— Qu'est-ce que c'est que quoi?

— Ben, l'odeur…

— Quelle odeur?

— On dirait que ça sent le thon, aaah!

— Sacré Eltee, va, quel clown tu fais!

— Ouais, ça sent le thon.» Rudy éclata d'un grand rire qui dénoua toutes ses tensions. Gallegos lui-même ne put s'empêcher de rire. «Viens, espèce de lèche-con. On va prendre le café, s'esclaffa Rudy en donnant une bourrade à Wayne Ed. Ça te nettoiera les lèvres de ce jus de poisson. Putain, ça me donne faim, cette odeur.

— Merde!»

Ils étaient assis devant une tasse de café quand Eagleman appela. Rudy pressa le bouton de sa radio portable et le patron lui dit de se rendre à l'hôpital sur le champ. Vinny avait appelé Eagleman pour lui demander d'envoyer Rudy à l'hosto illico. Le froid de la peur le fit frissonner. Pourtant, les médecins avaient dit que Mogie allait mieux, qu'il rentrerait chez lui le lendemain. Rudy demanda à Gallegos de conduire. Arrivé devant l'hôpital, il sortit de voiture et se dirigea d'un bon pas vers l'entrée principale. Geneva et Vienna étaient devant la porte. Elles fumaient en pleurant.

«Qu'est-ce qui se passe? leur demanda Rudy.

— C'est Mogie, dit Vienna.

— Hein? Quoi?

— Il est parti.

— Parti?

— Il est parti, mort», dit Geneva dans un sanglot.

414

Toutes deux le prirent dans leurs bras, et ils se mirent à sangloter de concert sous le ciel brumeux.

«Bon sang! Dire que je croyais qu'il allait mieux.

— Nous aussi, on le croyait, dit Vienna. Il est parti très vite. Les médecins nous ont dit qu'il avait fait une grosse attaque. C'était fini en un rien de temps. Notre frère ne souffre plus.»

Rudy alluma une cigarette, en tira coup sur coup deux bouffées et la jeta dans un tas de neige sale. Il entraîna ses sœurs à l'intérieur, et ils allèrent veiller Mogie. Les infirmières l'avaient ramené dans sa chambre, il était au lit et semblait dormir. Vinny était à son chevet et lui tenait la main en pleurant.

«Les gars des pompes funèbres seront là d'ici une heure pour discuter de la suite avec nous, dit Vinny en serrant la main de Rudy.

— Tiens bon la barre, Vinny, dit Rudy.

— J'ai vu trop de gens mourir ces temps derniers», dit Vinny Yellow Shirt dans un murmure. Et Rudy maudit en silence le Dieu de l'homme blanc.

«Il a fini de souffrir», dit Rudy à Vinny. Il le prit dans ses bras et le serra très fort. Il se garda de lui dire le fond de sa pensée. À savoir que Mogie avait trop souffert dans cette vie et que, comme dans le vieux cliché, il était beaucoup mieux où il était que dans le monde de vin amer où il avait vécu. Mogie était beaucoup mieux où il était, et si c'était bien lui qui s'était fait Trudeau, bon courage pour l'arrêter maintenant.

32

Mogie s'éveilla, lucide dans la clarté limpide, et s'étonna de marcher. Plus étonnant encore, il était parfaitement sobre. Il porta la main à son visage et se frotta les yeux. Les biceps de ses bras avaient la résistance de l'acier. Il sentait ses poumons capables de soutenir un marathon. Sa bouche était pleine de vraies dents blanches en parfait état. Et il marchait. Mogie Yellow Shirt marchait parmi les étoiles, et ce n'était pas un putain de rêve.

Il ignorait depuis combien de temps il marchait, mais il voyait au loin une belle vallée verte pleine d'une foule de gens. Même de loin, il voyait que ces gens lui souriaient, lui faisaient signe d'avancer. Puis il aperçut sa mère. Elle portait une robe traditionnelle en peau de daim et des larmes de joie ruisselaient sur ses joues.

«Nous t'attendions, mon fils», lui dit-elle. Et elle le serra dans ses bras. Les larmes jaillirent des yeux de Mogie, la morve lui coulait du nez. L'amour s'enfla dans son cœur, s'étendit aux étoiles, enveloppa les galaxies. Derrière sa mère, des générations et des générations de parents lui souriaient. Les oiseaux chantaient dans les arbres. L'air était lourd d'odeurs,

odeurs de fleurs sauvages, de baies, de glycérie. Bisons, élans et cerfs pullulaient au flanc des collines.

Mogie parcourut du regard les milliers de visages des gens qui se tenaient, souriants, devant lui. Parmi eux, pas un visage blanc.

« Mon peuple, dit-il. Oh, mon doux peuple lakota. »

Installé autour de la table dans la cuisine de tante Helen, le clan des Yellow Shirt échangeait des histoires de Mogie en attendant que le croque-mort en ait fini avec lui. Ils pourraient ensuite passer un moment tranquille auprès de Mogie avant que la veillée ne commence dans l'après-midi. Tante Helen faisait frire du poulet.

Vinny parlait, à tous et à personne. « Crayon : le plomb, la pointe et la main le font marcher, disait Vinny. C'est une devinette que Mogie m'a posée quand j'étais petit. Crayon, *ennut* ?

— C'est tout lui », commenta Rudy. Et il se souvint qu'il avait oublié de nourrir ses chiens. « Je reviens dans un quart d'heure, ajouta-t-il. Faut que je rentre nourrir mes chiens avant qu'ils crèvent de faim. »

Il arriva chez lui pour trouver le satané vieux Hughie couché sur le dos près du poste de télé, les quatre pattes en l'air, pointées vers le plafond. Il était raide comme la justice. Mort de vieillesse conclut Rudy dans un frisson. Fini le vieux Hughie et les pisses sur le tapis, songea-t-il. D'abord son frère, et maintenant son chien dominant. Rudy s'agenouilla par terre et dit une brève prière pour lui. Il caressa le

poil épais et laissa Dewey et Louie le renifler une dernière fois avant de les expédier dehors.

Il alluma une tresse de glycérie, répandit la fumée
dans l'air. Il mit ensuite Hughie dans un grand sac, le
transporta jusqu'à sa Blazer et l'installa sur le siège
du passager avant de filer vers la campagne pour des
funérailles solitaires.

Rudy se rendit à Wolf Creek, sur les anciennes
terres familiales. Hughie méritait bien cela. C'était un
bon chien. Rudy n'allait pas le jeter dans une benne à
ordures ou sur le bord de la route comme cela se pratiquait dans la rez.

À mi-chemin, il passa un ivrogne miteux le long de
la route. Les yeux rouges du vieux soûlard se posèrent
sur Rudy, le brûlèrent comme des braises. Coupable,
il s'arrêta un demi-mile plus loin et fit marche arrière
pour lui proposer de l'emmener. Lorsqu'il arriva à
l'endroit où se tenait le soûlard, il avait disparu.
Wanagi. Un fantôme sur cette terre des esprits, réfléchit Rudy. Peut-être même que c'était le fantôme de
Mogie.

Rudy passa la main à l'intérieur du sac et tapota
Hughie pour s'assurer qu'il était toujours mort. Il
l'était. Rudy fit le reste du trajet avec la main sur le
chien. Il neigeait lorsqu'il trouva un petit orme dans
un endroit boisé à plusieurs miles de la moindre maison. Rudy hissa le chien parmi les branches mortes et
dit adieu au vieux malamute fidèle avant de rentrer
nourrir les deux survivants. Ce ne serait pas si facile
de dire adieu à Mogie.

Mogie Yellow Shirt. Absent de la rez pour cause de
permission définitive. Tant de souvenirs de leur jeunesse indienne étaient à jamais gravés dans l'esprit de
Rudy. 1967 : deuxième match de la saison contre le

lycée du comté de Bennett. Quatrième reprise, et Pine Ridge menait les Blancs de Martin 48-17. Mogie opta pour un jeu de passe. Rudy descendit le terrain sur quinze mètres en faisant des boutonnières, feintant comme un malade pour se démarquer le cul.

Rudy piégea la redoutable balle en spirale de Mogie et fila vers la ligne de but. Hélas, à mi-parcours, sans raison apparente, la balle lui échappa. Dans un effort pour rattraper le ballon imbécile au rebond, il l'envoya d'un revers au beau milieu d'un groupe de « Guerriers » de Bennett.

De cette mêlée de corps qui ressemblait aux orgies du Rugby anglais, un minuscule ailier chicano appelé Buddy Baca sortit avec la balle et se mit à courir vers le but de Pine Ridge. Oliver Tall Dress fut le seul joueur de l'équipe à tenter de plaquer Baca. Rudy se souvenait d'Oliver se propulsant en diagonale vers l'ailier nain de Martin. Mais au moment de l'agripper, il s'étala soudain dans un nuage de poussière comme si on l'avait abattu d'un coup de feu.

Baca marqua le but, et Rudy vit Mogie aider Oliver à se relever. Oliver dit quelques mots à Mogie, et tous deux se mirent à ricaner comme des gamins. Ils marquèrent encore deux essais pour un score final de 62-24. Les « Guerriers » *wasicus* avaient des flèches dans l'aile ce soir-là. Plus tard, après le match, Rudy demanda à Mogie ce qui les avait tant fait rire.

« Vous avez eu de la chance que l'entraîneur vous voie pas, lui dit-il.

— Au diable l'entraîneur, dit Mogie.

— Alors, qu'est-ce qu'il y avait de si drôle ?

— Oh, c'est Oliver. Quel numéro celui-là. Je lui ai demandé pourquoi il est tombé, et il m'a dit que le petit chicano avait lâché un pet au piment. Que le piment l'avait renversé. Sans ça, je te l'aurais aplati pour de bon, qu'il m'a dit, Oliver. Ça m'a fait craquer, ce truc.»

Rudy avait craqué aussi. Le mot d'Oliver les avait fait rire pendant deux jours. Pendant ces deux jours de 1967, leur vie s'était éclairée d'une lueur d'humour. Ils en avaient bien besoin. Leur père et mère étaient une fois de plus partis en java. Les filles et Vinny étaient chez tante Helen.

Rudy entendait encore Mogie lui dire : «Ça m'a fait craquer, ce truc.» À présent, Oliver était mort. À présent, Mogie était mort. Rudy médita un moment sur la chanson de Johnny Cash, *La Ballade de Ira Hayes*. Cela aurait bien pu être *La Ballade de Mogie Yellow Shirt*.

Un flot d'images ininterrompu lui revenait : Mogie s'efforçant de natter les cheveux de Vienna et Geneva avant de les envoyer chez tante Helen ; Mogie lissant l'accroche-cœur de Vinny avec du Brylcreem et nettoyant sa petite frimousse avec un gant de toilette. Cette image fit pleurer Rudy, et il sortit son carnet de chèque pour écrire au dos de fiches de dépôt vierges :

Mogie, Mogie, Mogie.
Frère, mon frère, tu es mort.
Et peut-être, Mogie, avais-tu adopté une position sioux,
*   à ronfler ainsi sur les tessons verts des bouteilles*
*   brisées.*
Tu dormais au soleil de la mort
et ton visage grillait côté face
de la pièce, mais qui pleure maintenant
tandis que les esprits dansent et comptent les coups
sur tes yeux sans vie ?

Pas moi.
Un flic ne pleure pas alors, écoute bien son rire.

On dit que c'est la solitude
qui pousse le serpent à frapper dans sa colère.
Apitoyé sur moi, la panique me vole la compassion
mais j'aspire à te faire revivre
pour te dire mes regrets avec des mots
plus noirs que le massacre du bison.
Doksa, *mec Mogie. Tu as été un dur.*
Tu as bu le dur whisky.
Tu as bu la dure bière.
Tu as bu le plus dur des vins.
Et ces larmes qui coulent sur mes joues sont pour toi.
À plus tard. Doksa.

34

OÙ ON LIT LA LETTRE DE MOGIE À SON FRÈRE

Mon cher frère,

Il y a une paire de semaines, le docteur m'a dit que c'était la fin. Alors, je t'écris ce mot pendant que je peux encore. J'ai fait des tas de trucs moches dans ma vie. Mais pas que des trucs moches. Les trucs moches, s'il te plaît, essaie de pardonner. Je ne cherche pas d'excuses. Mais un moment ou l'autre, on fait tous des trucs moches. Et puis cette guerre, cette bon Dieu de guerre. Bon, tu y étais aussi, alors tu sais. Je t'aime, petit frère. Je t'aime pour toujours, Rudolph. Si tu m'en veux pour quelque chose, pardonne-moi. Je n'ai pas peur de mourir. J'ai vécu ma vie et maintenant, la fin me guette au tournant. Si, j'ai un peu la frousse. Non, plus que ça. Peut-être que je mens quand je dis que j'ai pas peur. Oui, j'ai vraiment la frousse. C'est comme ça. S'il te plaît, prie pour moi. Envoie-moi ton amour. Mon frère, il y a une chose que tu dois faire pour moi. Tu dois prendre soin de mon fils. Veille sur lui, prends soin de lui. Je sais que tu le feras. C'est un brave garçon et je l'aime. Ma pen-

423

sion d'ancien combattant, mes biens et tout ça sont à lui. Je t'aime. Quand ton tour viendra, je t'attendrai pour t'accueillir dans le monde des esprits. Si c'est là que je vais. C'est bien ce qui me fiche le plus la frousse. Et si le *wasicu* a raison. S'il y a un enfer et que j'y suis expédié. Bon. J'ai une chance sur deux. Je vous aime tous.

Doksa.

35

Assis devant la dépouille de son frère aîné, Rudy ne pensait plus qu'au jour où il l'avait emmené au restaurant Hacienda de Gordon pour ses quarante ans. Rudy se souvenait surtout du soleil couchant derrière la voiture.

L'ombre de la Blazer filait sur la grand-route avec, à l'intérieur, son ombre et celle de Mogie. Leurs ombres filaient devant eux le long de la grand-route, silhouettes noires précipitées vers leur mort éventuelle dans le crépuscule des hautes plaines. Ils avaient fait le trajet de vingt-cinq minutes jusqu'à Gordon, avaient dîné de côtes de bœuf au Hacienda et pris une cuite mémorable.

Les mois s'étaient étirés, étendus en années comme la moisissure verte sur le pain, et Rudy avait oublié les deux ombres jusqu'au moment où il avait vu Mogie dans son cercueil. Il avait de l'allure dans ce costume noir de coupe occidentale que Rudy ne lui connaissait pas. Les pompes funèbres avaient rajeuni Mogie, lui avaient rendu un semblant de bonne mine. Le maquillage couvrait les traces de brûlure. Rudy espérait bien que, son heure venue, on ferait pour lui le même miracle. Dieu merci, songea-t-il, la vanité humaine prend fin lorsqu'on vous met en terre pour le festin des vers.

Rudy jeta un coup d'œil vers le fond du gymnase et aperçut le lieutenant Strong Wound, droit comme un i sur son siège. Rudy le salua d'un signe de tête. Strong Wound lui avait dit que le meurtre de Trudeau était maintenant classé au fichier des affaires non élucidées. Strong Wound lui avait dit que l'affaire ne serait sans doute jamais élucidée : Trudeau avait *dona* ennemis, et il devait y avoir des milliers de carabines de 22 dans la rez. Rudy avait cru lire quelque chose dans les yeux de Strong Wound, mais il avait fait comme s'il n'avait rien vu.

Au bout du compte, Rudy ne saurait sans doute jamais si Mogie avait ou non abattu Trudeau. Tout cela était maintenant du domaine de l'histoire.

Strong Wound se leva de sa chaise, s'approcha de Rudy et lui serra les mains.

« Je suis désolé pour ton frère, dit le lieutenant. Il avait deux médailles du Vietnam, des *Purple Hearts*, non ?

— Tout à fait, dit Rudy. On était là-bas ensemble. »

Une demi-heure auparavant, Stella avait quitté la veillée. Elle l'avait embrassé, lui avait dit qu'elle le verrait le lendemain matin à l'enterrement. Elle s'efforçait d'être gentille avec lui, mais Rudy savait déjà qu'elle était gentille de nature. Il l'avait embrassée aussi, et elle était partie. Il baissa les yeux pour vérifier que ses bottes brillaient toujours. La fête était en l'honneur de Mogie. Une triste fête.

Rudy commençait à étouffer dans la salle ; il quitta la veillée pour aller prendre l'air. Il tourna le coin du bâtiment et s'arrêta devant la poste. Il alluma une Marlboro, examina son reflet dans la vitre puis, regardant à travers son double, il aperçut dans le hall de la poste une grande affiche représentant les nouveaux timbres : des coiffures de guerre indiennes très romantiques dans des teintes que ses ancêtres n'avaient jamais vues.

Tandis qu'il scrutait la vitre, trois balourds de soûlards *onsika* couverts de bleus passèrent en traînant de grands sacs pleins de boîtes de bière aplaties. Rudy se demanda s'ils savaient seulement qu'on veillait la dépouille de Mogie au coin de la rue. Il y avait de nombreux soûlards à la veillée funèbre. Mais peut-être que les ramasseurs de boîtes étaient des ennemis de Mogie, ou peut-être qu'ils ignoraient qu'on veillait un des leurs dans le gymnase. Rudy les fixa de son regard le plus noir, et ils s'éloignèrent en titubant sur le chemin de l'oubli.

La plainte des chants de Noël s'élevait, incongrue, de la station service Conoco pour flotter sur Main Street délabrée. Rudy toussa violemment et écrasa sa cigarette sur le trottoir. Dans une faille gelée de la chaussée défoncée, il aperçut une seringue de plastique vide qu'un camé ou un diabétique avait laissé tomber par négligence.

Rudy pria en silence : *Ô, esprits de tous les grands-pères, pourquoi faut-il que nous empoisonnions nos corps et nos âmes ? Dans ce petit village de rêves brisés, ce morceau de plastique, ce signe de détresse, ne nous renvoie-t-il pas à notre faute ?*

Même si leur nation était aujourd'hui hantée par le monde extérieur et les rêves de l'homme blanc, Rudy voyait clairement à présent que Mogie avait raison, lui qui disait toujours : « Quand ils ont assassiné Tasunke Witko ce jour-là, à Fort Robinson, le dernier Indien libre est mort. » Rudy hocha la tête. Oui, songea-t-il,

Crazy Horse était probablement le dernier Indien libre jusqu'à ce que la baïonnette d'un soldat blanc lui transperce les reins et le tue. Rudy inspira une grande bouffée d'air de la rez, puis il alla rejoindre son frère mort et ses parents vivants.

Contrairement à beaucoup de familles de race pure, les Yellow Shirt avaient opté pour une veillée d'une journée suivie du service funèbre lakota traditionnel. Les vraies veillées traditionnelles duraient en général deux jours. Mogie avait l'air remarquablement bien conservé, mais les pompes funèbres avaient un peu forcé sur le maquillage. Elles avaient amené le corps au gymnase vers trois heures de l'après-midi, et les sœurs Yellow Shirt avaient gommé l'excès de maquillage avant l'arrivée des visiteurs.

Le premier groupe conséquent se présenta vers six heures. Rudy était assis entre Herbie et tante Helen. Près d'eux, le reste de la famille s'était réparti sur les deux premières rangées de sièges. Temporairement détachées de leur laisse papale, Geneva et Vienna, les épouses du Christ, étaient en tenue civile. Vincent, si grand et autrefois si beau, semblait incroyablement maigre — squelettique —, et il avait bien mauvaise mine. Rudy le soupçonnait atteint de la fatale slipite, du virus mortel des culottes.

La famille et les amis proches étaient rassemblés sur les deux premiers rangs. Billy Mills Hall se remplissait rapidement. Des centaines de gens étaient assis face au cercueil posé sur une plate-forme devant le mur orné d'une fresque, un gigantesque portrait de leur compatriote oglala Billy Mills remportant la médaille d'or du dix mille mètres aux jeux Olympiques de Tokyo en 1964. Le dessin laissait à désirer. Le bras et la jambe de Billy Mills étaient trop courts du côté gauche. Le peintre n'avait pas le sens des proportions. Storks avait dit un jour que, sur ce tableau, Billy Mills était si difforme qu'il avait l'air de remporter le sprint des paraplégiques aux Jeux des Handicapés.

Sur une grande table pliante près du cercueil, Vienna, Geneva et tante Helen avaient disposé de vieilles photos de Mogie. Rétrospective panoramique : Mogie le bébé brun, Mogie à sa promotion de fin de cinquième ! Mogie lançant une passe de quarante mètres au championnat d'État en 1967. Rudy avait rattrapé la passe en question.

Et là, on le voyait en tenue militaire à la fin de ses classes. Mogie dans un bar de Saigon, faisant le signe de la paix un joint au coin des lèvres et tenant à la main un fusil d'assaut russe AK-47 pris à l'ennemi. Des photos de mariage, de lui et de son ex-femme Serena portant Herbie, leur fils nouveau-né. Mogie aux yeux rouges riant lors du dernier Noël qu'ils avaient passé avec leur mère avant que le cancer l'emporte. L'histoire photographique de son frère semblait s'arrêter là.

Rudy avait le sentiment que ces photos ne représentaient pas Mogie dans sa totalité. Il lui semblait voir une succession de portraits de personnes différentes. Et Rudy réfléchit qu'au temps des arcs et des flèches, les Indiens croyaient que la caméra leur volait leur âme. Et il songea que Crazy Horse n'avait jamais permis qu'une caméra lui dérobe son âme.

Les gens qui défilaient devant le cercueil regardaient les photos, puis regardaient Mogie et devenaient tristes. Ils avançaient lentement, signaient d'abord le livre d'or, puis se penchaient pour lire les cartes de chaque composition florale. Il y avait environ une douzaine de gâteaux à la décoration exubérante et dont beaucoup portaient des inscriptions faites à la douille :

« À un ami cher », « À Mogie, notre frère bien aimé », « À la mémoire de mon père ». Avec une faute d'orthographe à « mémoire », remarqua Rudy. La famille avait commandé six gâteaux, et six autres personnes avaient amené les leurs.

Vint le moment de la veillée où un micro ouvert était à la disposition de quiconque souhaitait faire l'éloge de Mogie. Certains de ses compagnons de beuverie prirent la parole, se répandirent en tristes pleurnicheries dans un mélange d'indien et d'anglais sentant la dive bouteille. Une fille qui était au lycée avec eux et qui était devenue plus tard modeste chanteuse de country and western et héroïnomane se leva avec sa guitare pour chanter *Silver Wings*, le succès de Merle Haggard, et *Seven Spanish Angels* de Willie Nelson.

Deux anciens professeurs de Mogie se levèrent pour dire quelques mots gentils, mais insipides. Un prêtre catholique se livra à un exercice de grammaire latine avant de s'attaquer aux dizaines du rosaire. Ce qui mit Rudy en boule. Personne n'avait invité ce sinistre petit col à la retourne bourré de bonnes intentions. Lorsque l'eunuque du pape en eut terminé et dirigea ses pas vers le comptoir du snack-bar pour y prendre un café, Rudy lui fonça droit dessus et explosa.

« Nous ne sommes pas catholiques pratiquants, alors arrêtez vos conneries. » Le prêtre rougit, eut une grimace douloureuse, et Rudy s'éloigna avant que l'envie lui prenne de s'excuser. Mogie avait eu l'Église catholique et tout ce qu'elle représentait en horreur, et il méprisait copieusement les bons teints qui se laissaient happer. Ironiquement, il serait enterré dans un cimetière catholique. De mémoire de Yellow Shirt, les membres de la famille avaient toujours été enterrés à Red Cloud, dans le cimetière de la Mission du Saint-Rosaire.

Quand Rudy eut regagné sa place, Vinny lui dit : « Il reste encore deux heures avant la bouffe. Allons dehors en griller une. » Rudy acquiesça, et ils sortirent dans l'air froid de la nuit sur le parking du gymnase qui était aussi celui du Centre commercial de la nation sioux.

Rudy glissa un regard de biais à Vinny, un regard de flic qui note le signalement d'un criminel. Vinny était grand, un bon mètre quatre-vingt-cinq, et maigre comme un clou. Il avait une beauté ténébreuse, des cheveux noirs coupés courts et coiffés à l'arrière. Rudy nota que la coiffure avait tout l'air de tenir avec de la laque. Vinny portait une veste de cuir marron, un jean noir trop grand, un pull rouge et noir et des tennis blanches flambant neuves.

Ils fumèrent en sautillant sur place pour se réchauffer et tentèrent de parler en frères. Vincent était salement remué par la mort de Mogie. Il n'avait pourtant jamais été très proche de son grand frère du temps de leur enfance, ou même après. Et Rudy reconnut que lui-même connaissait mal Vinny. Mais ils étaient frères. Rudy se le répéta avant de lui poser une question des plus directes.

« Vinny, ne te vexe pas, mais vu la mine que tu as, il faut que je te demande : est-ce que tu as le sida ? » Son petit frère se mit à rire, émit une série de bruits curieux, mi-ricanement, mi-bizarres sanglots. « Doux Jésus, Rudy, n'aies pas peur d'être direct. Oui, je suis séropositif. Je n'ai pas honte. J'apprends à vivre avec. Ça se voit donc tant que ça ?

— Ben, t'es drôlement maigre, encore plus maigre que n'était Storks.

— Le répète à personne, Rudy, d'accord ? Je le dirais le moment venu.

— Bon, si c'est ce que tu veux, je ne dirai rien. Je ne vois pas bien pourquoi tout ce secret, mais si tu y tiens, j'ai pas d'objection.» *Jésus Marie!* songea Rudy. S'il s'en était aperçu, quiconque voyait Vinny en tirerait la même conclusion.

«Je te remercie Rudy. Nous en reparlerons plus tard.

— Pas de problème.

— Enfin, peut-être que je devrais dire quelque chose.

— Non Vinny. Ne t'en fais pas. T'es pas obligé d'expliquer.

— Écoute, je prie pour qu'ils trouvent un remède avant que mon virus prenne le dessus. T'as pas idée du nombre d'amis que j'ai perdus, qui sont morts de cette peste. La nouvelle administration à Washington est censée mettre beaucoup d'argent pour qu'on trouve un remède, mais elle n'en fera sans doute rien.

— Je ne sais pas, Vinny. Pour moi, Clinton n'est qu'un baratineur. Je ne connais pas grand-chose au sida. Il n'y en a pas tellement par ici que je sache. Qu'est-ce que tu comptes faire?

— Rentrer à San Francisco. J'y suis chez moi maintenant. Je ne peux pas vivre ici comme un Indien sauvage. J'ai besoin d'un minimum de civilisation. Je vis avec mon ami et je vais essayer un nouveau traitement. Va savoir, peut-être que celui-là marchera. Peut-être qu'il tuera tous ces petits virus imbéciles.

— À la fin, le remède sera peut-être un truc tout bête, un machin de tous les jours comme de l'aspirine avec du jus d'asperge. Ou peut-être du bicarbonate avec du sang de lapin.

— Quelle imagination, Rudy.

— Oh, ils trouveront quelque chose.

— Peut-être…

— Allons, Vinny, pense positif.

— J'espère qu'ils trouveront avant que je sois vraiment malade.

— Je voudrais pas être méchant, mais tu n'as pas l'air très en forme tout de suite. Tu as besoin de quelque chose? Tu as assez d'argent?

— Bon sang, Rudy, tu veux pas alléger un peu? C'est l'enterrement de Mogie, pas le mien. Je ne veux plus entendre parler de moi ni du sida. Et souviens-toi, tu as promis de ne rien dire à personne, hein? Lâche-nous un peu qu'on respire, grand frère. Honorons la mémoire de Mogie. C'est son jour.

— Tu as raison Vinny. On y retourne.

— Arrête donc de jouer les grands frères, zézaya-t-il en entourant Rudy de son bras.

— Je t'aime, Vinny, dit Rudy.

— Moi aussi, je t'aime», dit Vinny. Et il sourit.

Rudy savait que Vinny serait son prochain crève-cœur. Il admirait son courage. Il en fallait pour être ouvertement homosexuel. En général, les Indiens se montraient particulièrement intolérants envers les homos.

Jadis, les *winktes* étaient respectés, presque vénérés parmi les Sioux et les autres tribus des Plaines. Quand le moment serait venu pour Vinny de partir, Rudy pleurerait pour lui, mais alors seulement. Son petit frère avait raison : cette nuit était celle de Mogie, pas celle de Vinny. Ce soir, Mogie Yellow Shirt commençait son voyage sur la route des esprits.

À l'intérieur, le service prenait des allures moins formelles. Les membres âgés d'un Tambour[1] amenè-

---

1. Tambour désigne ici un ensemble traditionnel chez les Indiens.

rent des chaises autour du micro et chantèrent trois chants d'honneur en lakota. Lorsqu'ils eurent terminé, tante Helen alla voir le premier chanteur et lui tendit deux billets repliés de vingt dollars que Rudy lui avait donnés pour le groupe. Ils avaient chargé tante Helen de l'argent pour la durée de la veillée. De nombreuses personnes leur donnaient des cartes de condoléances dans des enveloppes contenant des chèques ou du liquide pour les aider à couvrir les dépenses. Même les compagnons d'armes alcoolos de Mogie leur tendaient des billets froissés en leur exprimant leurs condoléances. Ces Indiens alcoolos bouleversaient Rudy, lui allaient droit au cœur.

Après le groupe de tambour, un bataillon d'une douzaine de V.F.W.[1] marcha au pas jusqu'au micro ; ces hommes qui n'étaient plus de première jeunesse exécutèrent une rapide série d'exercices pas très au point avec leurs vieilles mitraillettes M-1 peintes en blanc. Clowns tristes en mauvaise condition physique, aux crânes dégarnis et aux cheveux blancs, les anciens soldats avaient recueilli les noms de tous les vétérans présents dans le gymnase et se mirent à faire l'appel. Lorsqu'on appelait un nom, l'intéressé se levait et répondait « présent » d'une voix forte en faisant le salut militaire.

Il fallut une dizaine de minutes pour en arriver au dernier nom. « Albert "Mogie" Yellow Shirt », aboya le chef de patrouille. Personne ne répondit, bien sûr. Il y eut un moment de silence sidérant qui fit venir les larmes à tous les Yellow Shirt présents dans le gymnase.

De nouveau, on appela le nom de Mogie. De nou-

---

1. Veterans of Foreign Wars, anciens combattants des guerres étrangères.

veau il n'y eut pas de réponse. Au troisième appel, un membre du bataillon répondit : « Absent. » Tous portèrent alors leur fusil à l'épaule, le bataillon fit un demi-tour et quitta la salle au pas plus ou moins cadencé. Rudy se tourna pour les regarder s'éloigner. *Les anciens soldats ne meurent jamais. Les anciens soldats comme Mogie s'éloignent et s'estompent — emportés par leur foie pourri, oui !*

Vers minuit, Ed Little Eagle se leva, fit brûler de la sauge et de la glycérie, puis il entonna une prière en lakota qui dura près de quarante-cinq minutes. Il chanta ensuite d'une voix douce un lancinant chant de départ pour le monde des esprits. Quand Little Eagle eut fini, c'était l'heure du festin. Les gens prirent place derrière la famille proche pour faire la queue au comptoir de la cafétéria.

Des bénévoles et des membres de la famille étendue remplissaient les assiettes de sandwiches, de poulet frit, de pain frit, de *wojapi,* et distribuaient de grands bols de *taniga.* Une énorme marmite de soupe au tripes avec du *timpsila* — du navet sauvage — et du maïs séché était posée au bout du comptoir. En prenait qui voulait ; tout le monde n'aimait pas le *taniga.* Après avoir mangé, Rudy passa une heure à faire le tour de la salle et à serrer des mains. Il connaissait beaucoup de ces gens, mais pas tous.

Il serra les mains de types qu'il avait coffrés, expédiés à l'hôtel des Cœurs Brisés. Il y avait dans la salle une importante et odorante délégation du syndicat des ivrognes de Pine Ridge. Ils avaient perdu un des leurs. En général lors des veillées, les ivrognes restaient dans l'ombre, n'y venaient que pour manger, avoir un siège au chaud. Peu importait le mort, les ivrognes étaient de toutes les veillées. On les y acceptait, ils faisaient partie de la vie, partie de la tribu. Mais aujourd'hui, ils allaient et venaient, se pavanaient, fiers de voir qu'on offrait une belle veillée funèbre à leur compère Mogie Yellow Shirt.

Les sœurs de Rudy avaient branché le vieil électro-phone de Mogie, et les murs de la salle réverbéraient ses 45 tours préférés mais rayés. Les «nonnes volantes» passèrent une curieuse sélection de chan-sons Mogie-esques : *Endless Sleep* par Jody Reynolds, *Killer Joe* par Rocky Feller, *It's Over* par Roy Orbi-son, *Guantanamera* par les Sandpipers et *Old Paint* par les Sons of the Pioneers.

Geneva et Vienna avaient effectivement choisi parmi les chansons préférées de Mogie, mais elles n'avaient passé aucun de ses disques rock favoris de la génération acide — Led Zeppelin, Country Joe and the Fish, Big Brother and the Holding Company, ou encore les Beatles. Elles ne connaissaient pas trop ce genre d'albums. Et Rudy songea qu'il y avait sans doute peu de nonnes à les connaître.

À deux heures et demie du matin, Rudy fit un saut jusqu'à chez lui, engloutit une grande Bud et rentra ses chiens. Il passa ensuite sous la douche et but rapidement une autre bière sous l'eau chaude. Vingt minutes plus tard, il était de retour à la veillée.

À cinq heures, des membres de la famille déci-dèrent de rentrer dormir un peu, ou au moins prendre une douche et se changer avant l'enterrement de dix heures. S'étant déjà douché, Rudy n'avait aucune rai-son de rentrer chez lui. Il s'assit sur une chaise pliante entre Herbie et tante Helen qui somnolait.

Mogie serait enterré au cimetière de Red Cloud, près de leur mère et de leur père, de leurs grands-parents et de leurs arrière-grands-parents, ce qui faisait plaisir à tante Helen. Elle avait une prédilection pour Mogie. Non seulement il était le premier de ses neveux, mais à force de s'occuper des enfants, elle en était venue à le considérer comme son propre fils. Tous aimaient tante Helen. De fait, Herbie était plus proche de sa tante qu'il ne l'avait été de son père. Herbie prenait Mogie dans la foulée, l'acceptait pour ce qu'il était, le considérait le plus souvent comme un fardeau. Mais il vouait à tante Helen un amour sans condition.

À neuf heures du matin, Ed Little Eagle dit une dernière prière et les membres de la famille passèrent un à un devant Mogie pour l'embrasser ou le toucher une dernière fois. Rudy l'embrassa sur le front et plaça une plume d'aigle sous ses mains croisées. Puis il se tint près du cercueil et balaya la salle du regard dans l'espoir de repérer Stella. Il ne la vit pas.

Quand toute la famille eut embrassé Mogie, ceux qui le souhaitaient passèrent le regarder une dernière fois. On ferma ensuite le cercueil et les porteurs — Rudy, Vincent, Herbie et trois de leurs cousins — emmenèrent Mogie jusqu'au corbillard argenté qui attendait dehors.

Le soleil brillait, un soleil d'hiver impuissant qui flirtait avec la terre gelée. Un fort vent d'ouest bousculait de vieux journaux et des boîtes de bière vides près de la sortie du gymnase. L'immense parking que le gymnase partageait avec le Centre commercial de la nation sioux était plein à craquer de voitures prêtes à partir pour la parade d'adieu à Mogie. Ils se mirent en route, la famille Yellow Shirt suivant le corbillard.

Les proches parents de Rudy étaient dans sa Blazer. Ils étaient tous ensemble, son frère Vinny et ses deux sœurs, Geneva et Vienna, ainsi que tante Helen et Her-

437

bie, et Rudy conduisit dans l'ombre du corbillard jusqu'au cimetière de Red Cloud.

Derrière eux suivaient cent cinquante voitures bourrées de Sioux oglalas. Rudy se sentait étrangement vide, sans émotions, il se sentait coupable d'être dans cet état. Il avait pleuré toutes ses larmes pour son frère. Mogie Yellow Shirt était maintenant sur la *wanagi canku* — la route fantôme que tout Indien empruntait un jour.

Le soleil se mit à briller davantage au cimetière. Il faisait froid, et le vent poussait toujours de petits objets devant lui. Ils descendirent Mogie dans la terre indienne. Après de nouvelles prières, les membres de la famille entreprirent de combler la tombe, puis ce fut au tour des amis de se relayer aux sept pelles.

Tandis que Rudy pelletait la terre, il tourna la tête et aperçut Stella en tailleur noir et lourd manteau parmi la foule. Il lui adressa un clin d'œil, fronça les lèvres pour lui envoyer un baiser, mais le vent soufflait si fort qu'elle n'avait peut-être pas remarqué ce signe d'affection presque inconvenant. Il se réjouit de sa beauté, fixa son attention sur elle. Il craignait sans cela que la tristesse l'accable.

Rudy continua de pelleter, et une image surprenante, indésirable, de l'enterrement de son père lui traversa l'esprit. Il réfléchit ensuite au match de football de l'automne 67. Pendant quelques instants, son esprit se perdit dans les méandres d'un petit débat. De tout ce qui s'était passé le soir du match contre Custer, où donc était le pire ? Était-ce ce que leur père avait fait à leur mère devant tout le putain de stade, ou bien ce que Mogie avait fait à leur mère pendant qu'elle était sans connaissance ?

Non, décidément la question ne se posait même pas.

Mogie avait fait une chose véritablement abominable, mais il n'était alors qu'un môme. Et pourtant, à cause de l'acte de Mogie, Rudy savait que sa tête avait court-circuité, qu'il avait pété un fusible quelque part. Il avait mystérieusement perdu pendant des années l'accès à des informations propres à troubler la tête et à dessécher le cœur, et c'était peut-être mieux ainsi.

Rudy pelleta la terre jusqu'à ce que ses bras lui fassent mal, puis il passa la pelle à quelqu'un d'autre. Et puis ce fut fini. Une part de Rudy était ensevelie sous terre à tout jamais et ne reviendrait plus dans le monde des vivants. Mogie avait entrepris son voyage pour le monde des esprits sur la route fantôme. Et Rudy s'étonna de se souvenir maintenant que Mogie disait souvent pour plaisanter que le Kmart de Rapid City était le «paradis des Indiens».

Une fois Mogie enterré, tous regagnèrent Billy Mills Hall pour un grand repas dans l'après-midi. Ce fut un repas particulièrement triste malgré la nourriture excellente. Quelqu'un avait offert deux quartiers de bœuf, et on servit en plat de résistance du *wastunkla wahunpi* — de la soupe de maïs séché —, du pot-au-feu et du rosbif.

Épuisé, Rudy n'avait pas très faim, mais il s'assit pour boire du café. Il grignota un morceau de pain frit et serra des mains à n'en plus finir, les mains de douzaines et de douzaines de gens, de tant de gens qu'il finit par compter les secondes pour savoir combien de temps chacun gardait sa main.

Des centaines de soûlards ou peu s'en fallait faisaient la queue pour avoir leur dîner *wateca* — à emporter — et s'en allaient pour le manger plus tard chez eux s'ils avaient un chez eux, ou bien dans les ruelles et les buissons. Rudy les comprenait. Il avait envie de rentrer lui aussi. Mais il resta encore deux heures à parler de Mogie avec Geneva, Vienna et Vinny. Ensuite seulement, il se retira. Ils avaient convenu de se retrouver le lendemain matin chez tante Helen pour le petit déjeuner.

Quand Rudy arriva chez lui, la nuit tombait. Il laissa ses malamutes miteux courir dans la cour et sortit avec eux prendre un bol d'air nocturne glacé mais revigorant.

Les étoiles dansaient, vivantes. Une lune d'argent sur le déclin était suspendue entre deux nuages solitaires. *Hankepi Wi*, la lune, ressemblait à une grosse carpe au ventre blanc dans un étang noir plein de petits poissons scintillants. Là-bas, près du ruisseau, Rudy entendit un coyote hululer son triste chant d'amour à quelque femelle de Pine Ridge. Dewey et Louie hurlèrent de mâles défis au coyote. L'air était lourd de la fumée du pin qui brûlait dans les poêles à bois du voisinage. Les esprits dansaient dans l'air froid.

Rudy alluma une Marlboro. Dans l'obscurité, le rougeoiement tremblant se fondit parmi les millions d'étoiles de la Voie lactée au-dessus de sa tête. Chaque étoile était un feu de camp sur la *wanagi canku*, la route fantôme. Mogie campait là-haut, cheminait sur cette route vers le monde des esprits.

Tous leurs ancêtres étaient là-haut à l'attendre. *Ciye*, son grand frère était là-haut, sobre, en pleine forme. Mogie était là-haut, fort, jeune, et vivant. Rudy lui fit signe de la main, le salua de son poing fermé. Puis il rentra dans la maison et pleura pendant deux longues heures. Il pleura des larmes amères, douloureuses.

Lorsqu'il se lassa de pleurer, il appela Stella. Elle n'était pas chez elle. Rudy se demanda où elle était. Plus il s'interrogeait, plus il se sentait seul. Elle lui avait dit de l'appeler ; il avait dit qu'il le ferait. Bon, il allait nourrir ses chiens, faire un petit somme, et il réessayerait plus tard. Il se mit a avoir des pensées jalouses. Peut-être que… non. Si. Peut-être qu'elle avait trouvé quelqu'un d'autre comme elle l'avait trouvé lui.

Ses enfants à fourrure ne furent pas ravis lorsqu'il leur servit du Gravy Train sec parce qu'il n'avait pas le courage d'ajouter l'eau et la viande en boîte à leur pâtée. Rudy savait bien qu'il les gâtait trop, et voilà que maintenant ils lui faisaient un caprice et refusaient tout net de manger. Qu'ils aillent au diable ! Il se déshabilla et se mit nu au lit. Bientôt, les chiens bouddeurs l'y rejoignirent.

Rudy dormit quatorze heures d'affilée. Il eut des bribes de rêve sporadiques, rêves de remords pour Mogie, pour lui-même, pour l'*Oglala oyate*, pour tous les misérables, les *onsikas* qui souffraient dans cette vie.

Rudy ne savait pas de quoi les chiens rêvaient, ni même s'ils rêvaient. En tout cas, s'ils rêvaient, les *sunkas* avaient sans doute fait de meilleurs rêves que lui. Mais peut-être pas, au fond. Ils avaient eux aussi perdu leur frère chien, et Rudy voyait bien qu'il leur manquait.

Rudy rêva le blues indien : des rêves amers de flèches brisées jetées en tas aux coins des rues, le long des pistes de terre, des chemins de traverse, et dans les vallées bordées de peupliers de sa réserve. Toutes les flèches racontaient la même vieille histoire : « Cette route sur laquelle tu marches n'a ni commencement, ni fin. C'est là une vieille malédiction indienne, mais ne t'inquiète pas, c'est une bonne malédiction. »

À son réveil, Rudy ne savait que penser du rêve des flèches. Alors, il appela Stella pour lui dire combien il l'aimait. Elle lui dit ce qu'il voulait entendre. Stella aussi aimait Rudy. Après avoir raccroché, il décida de reprendre le travail d'ici deux ou trois jours, même s'il avait officiellement droit à davantage de congé.

Le lendemain, il appela Eagleman pour lui dire qu'il reprendrait le travail dans deux jours. Deux jours plus tard, il attachait son revolver à sa ceinture. Il y avait dehors des Indiens sauvages qui n'attendaient que lui pour qu'il les arrête. Quand il aurait passé la journée à mettre des bons teints à l'ombre, il aurait Stella pour récompense. Rudy Yellow Shirt mettrait sa peau brune à l'ombre dans celle de Stella. Et puis, peut-être qu'ils iraient au Hacienda de Gordon manger des côtes de bœuf. Mais avant, il restait une dernière chose à faire.

36

La terre ne commença à dégeler que fin avril. Les crocus qu'ils avaient plantés avec Vivianne des années plus tôt se mirent à percer dans la plate-bande sauvage qui bordait le grillage devant la maison. Le mec Mogie était enterré depuis bientôt trois mois, et Rudy se remettait lentement. Du moins se le répétait-il chaque matin à son réveil.

Lentement mais sûrement, il revenait à la normale — à ce qui passait pour normal à ses yeux. Il faisait efficacement son travail de police. Il n'avait pas de problème sérieux, et l'amour profond qui s'était développé entre Stella et lui était une bénédiction. Parfois, Iktomi lui reprenait le don des triques, mais cela avait ouvert pour lui et Stella de nouvelles voies vers le plaisir. Iktomi était bienfaiteur des Indiens. Depuis que Rudy avait fait faire une cérémonie par Ed Little Eagle, le trickster et ses machinations semblaient être plus ou moins sortis de sa vie.

Rudy avait réduit sa ration de cigarettes à cinq par jour, et il avait aussi considérablement réduit sa consommation d'alcool. Avec l'aide de Stella, il s'était même tenu à un régime sans sel. Les médecins des Services de santé lui avaient déclaré que s'il parvenait à réduire ses doses d'antitenseurs, son érection lui reviendrait peut-être de manière permanente. La rez avait bien besoin de ça, songea Rudy.

Il devait reconnaître que, dans l'ensemble, il était soulagé de ne plus être l'objet de ce rut d'adolescent. Récemment, son pénis avait cessé de n'être qu'un modeste requin tubulaire à la voracité démentielle. Il ne regrettait pas ses besoins frénétiques, ses douloureux désirs et ses gloires éphémères. Mais quelque chose manquait encore à sa vie.

Le cercle n'était pas bouclé. Ce qui manquait, c'était l'accomplissement de la promesse faite à Mogie. Rudy lui avait promis de repeindre le mont Rushmore en rouge, avec ou sans lui. Autrefois, la parole d'un Indien était sacrée. Quand Rudy était jeune, les Indiens scellaient leurs accords d'une simple poignée de main. Ils vivaient selon le vieux cliché blanc : « Un homme vaut ce que vaut sa parole. »

Plus de trois mois s'étaient écoulés depuis qu'il avait fait sa promesse à Mogie. Entre-temps, un Indien du nom de Scott Black Lodge avait été arrêté pour le meurtre de Wally Trudeau. Black Lodge était un parent par alliance de Trudeau, et il avait avoué l'avoir abattu après une soirée de beuverie. Il avait quitté la maison des Trudeau et avait tué Wally d'une balle dans la tête au moment où il sortait pour aller racheter de la bière à Whiteclay. En apprenant la nouvelle, Rudy se serait bien mis à genoux pour remercier le Créateur. Mais au lieu de cela, il s'était souvenu de sa promesse à Mogie.

Et c'est ainsi que, dans la dernière semaine d'avril, par une douce nuit de dimanche embaumée, Rudy prit la route du nord au volant de sa Blazer. Il emmenait Dewey et Louie, un pot de vingt litres de peinture à l'huile rouge, et il était plus sobre qu'un régiment de chameaux. Rudy n'avait pas emmené les extincteurs de Mogie. Son plan — si c'en était un — consistait à grimper par le sentier à l'arrière des monuments, arriver au-dessus des têtes, et vider le seau de peinture rouge sur le nez de Washington.

À Rapid City, il prit une chambre près du Kmart dans un motel puant au lino sale qui hébergeait les Indiens assistés et les putes en hiver, les touristes pauvres et les putes en été. C'était un endroit anonyme et peu cher qui, malgré sa saleté, donnait à Rudy un sentiment de sécurité. Il n'était pas revenu à Rapid depuis qu'il avait violé Vivianne au Hilton. Il frissonna à ce souvenir et chassa bien vite son ex-épouse de ses pensées. Stella et lui avaient décidé de la date de leur mariage — le 7 mai. Herbie serait son garçon d'honneur.

Il installa ses deux chiens vieillissants dans la chambre et leur laissa un bol de croquettes moelleuses. Dewey se déplaçait péniblement ces temps derniers, et Rudy s'attendait à le voir prendre la *canku wakan* des chiens du jour au lendemain. Il alluma la télé et leur mit CNN. Ce je-sais-tout de tête parlante à bouche motorisée qu'on appelait Larry King irrita les chiens. Rudy passa sur la chaîne météo, puis il alla tirer la chasse d'eau deux fois pour rincer la cuvette de tout désinfectant. Ses chiens buvaient l'eau des toilettes.

Avant de se rendre au mont Rushmore chez les Présidents morts, Rudy s'arrêta à l'Oasis, un bar fréquenté par les Indiens sauvages des villes. Là, il but deux mesures de Jack Daniel et deux pressions. Le bar était presque vide, et il ne connaissait aucun des piliers de comptoirs bons teints collés à leur sièges. Rudy acheta un paquet de Marlboro et un six-pack de Budweiser à emporter. Cela le gênait de faire un truc aussi dingue en toute lucidité. Au moins, s'il se faisait prendre, il pourrait toujours dire que c'était la faute de l'alcool. Vieille ruse indienne, songea-t-il.

Sous la couverture chaude et noire de la nuit, Rudy conduisit pendant vingt minutes et arrêta sa Blazer à un demi-mile de l'entrée du Centre pour les visiteurs. Il gara le véhicule dans un bosquet de petits pins anémiques et de trembles qui commençaient tout juste à bourgeonner. Il n'était ni tendu ni excité, mais il alluma machinalement une cigarette.

Il lui semblait faire une curieuse expérience de dédoublement. Il était là, au mont Rushmore, et pourtant il était ailleurs. Mais sa décision était prise. Il n'y reviendrait pas. Il avait résolu d'accomplir le « vœu de mort » de Mogie, d'en finir une bonne fois. Il savait ce qu'il avait à faire, tout le reste lui semblait superflu. Le vrai chasseur sait que la chasse est dans l'approche, que la mise à mort n'est rien ; mais Rudy n'était plus chasseur de bêtes sauvages.

Sa tête s'emballait, alors il s'efforça de se concentrer sur la chasse. Cela aurait le mérite de détourner ses pensées de sa folle mission. Aux yeux de Rudy, la mise à mort de pauvres créatures affamées qui se terraient dans l'ombre de l'homme était une tragédie. Tout en cherchant à se calmer, il se promit de ne plus manger de viande de cerf.

Il obligea sa tête à changer de vitesse, à ne surtout pas penser à la peinture rouge sur le nez de George Washington. Aujourd'hui, il considérait toute chasse comme un jeu de macho aussi triste que lassant, mais Rudy savait bien que, quand il était un jeune mâle, il avait fait la chasse aux femmes.

Un jour, pendant une permission aux Philippines, il

avait rencontré une infirmière militaire paiute. Elle s'appelait Theda Joe et venait de Winnemucca dans le Nevada. Theda était grande, brune et belle, et elle était absolument ravie d'être avec un Indien. Elle demanda à Rudy de lui parler en sioux, puis elle lui parla en paiute. Il y eut un moment de conversation bizarre, et elle décida que leur rencontre était d'ordre « spirituel » en raison du lien qui rattachait Wovoka et la *Ghost Dance* à Wounded Knee[1].

Ils s'étaient livrés à une longue et complexe séduction mutuelle, et quand, finalement, ils s'étaient retrouvés dans une chambre d'hôtel, Rudy avait décidé de ne pas lui faire l'amour. Il ignorait pourquoi, mais il n'était plus d'humeur. Plus il regardait Theda Joe, plus elle parlait, et plus elle lui rappelait sa mère. Rudy ne savait pas s'il avait une attaque de mal du pays ou quoi. Il ignorait pourquoi il faisait soudain une fixation sur le visage de sa mère. En tout cas, il était incapable de faire l'amour à Theda qui se mit en rogne, se rhabilla et s'en alla.

« Merci de rien », lui avait-elle lancé en crachant par terre avant de claquer la porte.

Rudy ne jouait pas aux échecs, mais déjà à l'époque, il pressentait vaguement que la vie était conçue comme un jeu d'échecs géant. La jeune Paiute avait pris son refus comme une insulte et l'avait sans doute pris, lui, pour un pervers quelconque. Elle lui avait dit qu'elle n'avait pas besoin d'aller se perdre aux Philippines pour se faire envoyer sur les roses par un butor d'Indien de réserve. Qu'elle aurait eu le même service

1. Le prophète paiute Wovoka était à l'origine de la *Ghost Dance,* danse des Esprits ou des Fantômes, mouvement spirituel millénariste indien auquel se rallièrent les résistants sioux et qui servit de prétexte au massacre de Wounded Knee.

chez elle. Dans sa colère, Rudy la trouvait d'une beauté incroyable.

Le lendemain même, il tombait sur Theda au magasin de l'armée américaine. Il se confondit en excuses, supplia et rampa pour obtenir un nouveau rendez-vous. Ils se retrouvèrent dans le même hôtel et ils frottèrent leurs corps bruns l'un contre l'autre pendant une heure et demie. C'était une pure formalité, brutalement mécanique, et Rudy ne s'y astreignait que pour faire taire les restes d'immaturité qui parlaient par ses reins.

Rudy s'y était astreint pour lui prouver qu'il en était capable. Il l'avait fait parce qu'elle était Indienne et qu'il était Indien. C'était la voix du sang. Il l'avait fait parce qu'issus de peuples tribaux et loin de leurs terres, ils se battaient pour l'homme blanc à l'autre bout du monde contre des gens issus d'autres peuples tribaux. La chose terminée, il ne se sentait pas mieux. Et pendant tout le temps qu'il la sautait, Rudy avait été hanté par l'horrible vision du visage de sa mère…

À présent, le stupide projet de repeindre la face de George Washington lui semblait ridicule. Il lui aurait fallu un lance-grenades, un fusil M-67 90 mm sans recul, ou même un de ces anciens canons Hotchkiss comme ceux dont on s'était servi au massacre de Wounded Knee. Rudy aurait donné n'importe quoi pour un lance-grenades M-79. Tout plutôt que de la peinture. La peinture, c'était bon pour des farces de mômes.

S'il tenait véritablement à faire passer un message, mieux vaudrait de la dynamite ou un canon. Avec de la peinture, il ne ferait jamais que poser son propre graffiti sur l'énorme graffiti *wasicu*.

Rudy sortit de voiture et partit en reconnaissance

vers les immenses têtes illuminées par des spots. Gênant, cette lumière. Mais sans doute que l'administration des parcs américains aimait ce genre de chose. Il arriva devant une clôture de grillage assez haute, mais franchissable. Bah, mouillé pour mouillé se dit Rudy, et il regagna la Blazer pour se préparer à l'assaut. Il prit le pot de vingt litres de peinture et s'assura qu'il avait un tournevis dans sa poche pour ouvrir le couvercle. Il alluma une cigarette et décida de boire une dernière bière avant d'attaquer le mont Rushmore.

Ce n'était pas Mogie qui l'avait entraîné dans pareille sottise, mais Iktomi. Son geste n'accomplirait sans doute rien de positif pour son peuple. Il n'accomplirait rien pour lui, sauf qu'il le dégagerait de sa promesse. Personne n'attribuerait cet acte de vandalisme aux Indiens.

Ce geste juvénile n'attirerait ni l'attention mondiale, ni même celle de l'État sur le sort lamentable des Indiens d'Amérique. Et Rudy songea que, par-dessus le marché, il n'était même pas extrémiste. Il avait un emploi stable dans la police, une future épouse, deux chiens, deux sœurs et un frère pour s'occuper l'esprit. *Reviens sur terre !* s'admonesta-t-il. *Reviens un peu sur terre, bordel !*

« Désolé, mec Mogie, dit-il à voix haute dans l'air nocturne. C'est plus fort que moi, je ne peux pas. S'il te plaît, pardonne-moi. »

Là-haut, les Présidents morts blancs semblaient rire de lui avec leurs yeux d'araignées. Il jeta le pot de peinture rouge dans un buisson. Rudy prit ensuite une profonde inspiration ; il éprouvait un soudain sentiment de paix, comme s'il avait jeté avec le pot de peinture sa culpabilité envers Mogie. Il lui semblait s'être dégagé de l'emprise d'Iktomi. Et il espérait bien s'être débarrassé de son *alter ego*, « le Guerrier de la Vengeance ». Rudy Yellow Shirt se sentait envahi par un flot de soulagement spirituel. Pour une fois, il se sentait presque complet.

Presque, mais pas tout à fait. Il lui manquait encore quelque chose.

Il pivota sur lui-même et alla récupérer les vingt litres de peinture rouge. Avec une longueur de corde, il confectionna un harnais de transport. Une fois le pot de peinture amarré sur son dos, il escalada le grillage et entreprit de gravir la pente qui menait aux statues de pierre.

L'ascension, l'escalade des saillies de granit était éreintante. Il découvrit un étroit sentier de service qui serpentait derrière les visages de pierre. Il était barré par une grille et une guérite de garde, mais Rudy passa l'obstacle à pas furtifs et se trouva enfin au-dessus de la tête du premier Président, de George Washington, propriétaire d'esclaves que les Blancs appelaient le « père » de ce pays.

Rudy se baissa et ouvrit le pot de peinture avec son tournevis. Avec un foulard de coton bleu, il essuya soigneusement le pot pour ôter toute trace d'empreintes digitales. Puis il leva les yeux vers le ciel nocturne et vit scintiller une étoile particulièrement brillante. Peut-être que l'étoile était Mogie. En tout cas, il l'espérait, et il espérait bien que Mogie le regardait. Il dit une brève prière et contempla le pot plein de peinture à l'huile rouge vif. On aurait vraiment dit du sang.

Lorsque Rudy reprit le volant de sa Blazer, il fila à toute allure jusqu'au motel de merde pour nourrir Dewey et Louie. Il s'affala sur le lit et s'endormit aussitôt. À cinq heures du matin, il s'éveilla et chargea les chiens dans la voiture. Le soleil commençait à poindre.

Il prit la route qui menait au mont Rushmore et la suivit jusqu'à apercevoir au loin les statues de granit. Une large bande de peinture rouge s'étendait du front jusqu'au menton de George Washington. Rudy en eut le souffle coupé. Il fit demi-tour et se dirigea vers le sud, vers la réserve de Pine Ridge. Durant tout le trajet, il rêva de Stella et, lorsqu'il atteignit la frontière de la rez, son entrejambe se mit à enfler.

«Stella, Stella, Stella ma douce chérie. Que tu m'attendes ou non, j'arrive», hulula-t-il si fort que ses chiens se mirent à hurler.

«Ahrrrrououououou! dirent les deux chiens.

— Ahrrrrououououououououou!» répondit Rudy Yellow Shirt.

DU MÊME AUTEUR

Aux Éditions du Rocher

COLÈRES SIOUX. Les guerriers d'Iktomi, 1996 (Folio nº 3613)
INDIENS DE TOUT POIL ET AUTRES CRÉATURES,
1999 (à paraître en Folio)

COLLECTION FOLIO

*Impression Bussière Camedan Imprimeries
à Saint-Amand (Cher), le 2 janvier 2002.
Dépôt légal : janvier 2002.
Numéro d'imprimeur : 020002/1.*
ISBN 2-07-041901-0./Imprimé en France.